FRANZ KAFKA

EL PROCESO, LA CONDENA, EL FOGONERO Y MUCHOS CUENTOS

astria

**LA CONDENA, EL PROCESO, EL FOGONERO Y MUCHOS
CUENTOS**
Franz Kafka

ÍNDICE

A 100 AÑOS DE LA MUERTE DE NUESTRO AMADO FRANZ KAFKA

Una noche, Franz Kafka se sentó a escribir. El reloj marcaba las diez de la noche. Poseído por las fuerzas poderosas de la literatura, fue llenando página tras página, hasta que le dieron las seis de la mañana.

"Me temblaba el cuerpo y tenía las piernas entumecidas…", cuenta el escritor checo en su diario. Se puso de pie y se fue a dormir. Sobre la mesa quedó la que sería una de sus grandes obras: La Condena.

Ocho horas le habían bastado para escribir uno de sus mejores libros.

Al leer a Kafka, la fuerza de sus historias, la angustia, la tensión entre sus personajes, los dramas humanos, los símbolos presentes en sus narraciones, no podemos menos que lamentar que hubiera fallecido a la temprana edad de 41, cuando aún tenía muchísimo que regalarnos de su genio creativo.

¡Qué tragedia!

¡Cuánta perturbación en su vida, desde la complicada relación con su padre, el peso de ser judío, el rechazo al final de su vida de su propia obra (pidió que toda fuese destruida, a excepción de La Condena, El Fogonero, La Metamorfosis, En la colonia penal, Un médico rural y Un artista del hambre), cuando la tuberculosis le robaba las últimas fuerzas.

"¿Quién me soportará en el hotel si toso como ayer, de 9:45 a 11:00, sin interrupción… Duermo un poco, una hora, hasta las doce, doy vueltas en la cama y vuelvo a toser", escribió Kafka en una de sus cartas.

A esas alturas solamente tenía ánimo para leer libros y escribir cartas. Libros y cartas. Muchos libros, muchas cartas…

Pero los que somos fanáticos de la obra de Kafka sabemos cómo terminó el asunto: Max Brod, su íntimo amigo, no acató la última voluntad, la de destruir todo lo que estaba en borradores, manuscritos, cuadernos…

¡Gracias Max, gracias Max, porque gracias a esa decisión, millones de lectores de todo el mundo hemos podido deleitarnos con Kafka!

En este 2024, que se cumplen cien años de la muerte de Franz Kafka (falleció el 3 de junio de 1924), Astria publica dos tomos con sus grandes clásicos.

En el número I están La Metamorfosis, La Muralla China, Un artista del hambre y El Fogonero; en este, el número II, El Proceso, La Condena, El Fogonero, Un artista del hambre y muchos cuentos.

De esta forma recordamos a Franz Kafka y a su obra inmortal.

Al escritor que todavía nos estremece con la idea de que un día nos despertemos convertidos en insectos monstruosos…

ÓSCAR FLORES LÓPEZ
Astria Ediciones

EL PROCESO[1] LA DETENCIÓN

Alguien tenía que haber calumniado a Josef K[2], pues fue detenido una mañana sin haber hecho nada malo[3]. La cocinera de la señora Grubach, su casera, que le llevaba todos los días a eso de las ocho de la mañana el desayuno a su habitación, no había aparecido. Era la primera vez que ocurría algo semejante. K esperó un rato más. Apoyado en la almohada, se quedó mirando a la anciana que vivía frente a su casa y que le observaba con una curiosidad inusitada. Poco después, extrañado y hambriento, tocó el timbre. Nada más hacerlo, se oyó cómo llamaban a la puerta y un hombre al que no había visto nunca entró en su habitación.

---

[1]En la primera edición de El proceso de 1925, Max Brod comentaba que el manuscrito no llevaba título. Sin embargo, Kafka, como Max Brod documentó, siempre se refirió al texto con esa denominación. Por regla general, Kafka se decidía por un título definitivo una vez concluida la obra. No se puede excluir, por consiguiente, que El proceso fuese sólo un título provisional.

[2] Como en su novela El castillo y en otros relatos, el personaje principal se oculta tras un apellido reducido a inicial. Es muy posible que Kafka hiciera referencia a su propio apellido. No obstante, Kafka solía emplear este tipo de iniciales en sus anotaciones en diarios y, según sus manifestaciones, "porque el escribir nombres me causa una extraña confusión". Esta relación problemática se extendía a su propio nombre, que evitaba escribir siempre que podía. Su firma era FK En sus diarios escribe: "Considero la K horrible, me repugna y, aun así, la escribo, debe de ser característica de mí mismo" (27 mayo 1914). En cuanto al nombre "Josef" es muy posible que hiciera referencia al Emperador Francisco José I. En la obra de Kafka los nombres suelen desempeñar un papel simbólico. De una anotación en su diario de 27 de enero de 1922 se deduce que Kafka se inscribió en un hotel con el nombre "Josef K".

[3] La escena de la detención de Josef K se ha podido inspirar en las Memorias de Giacomo Casanova. En la novela hay más referencias ocultas. Ya en el inicio, la unión de un término judicial, "detención", y otro moral, "malo", presagia la ambigua naturaleza del proceso y de la judicatura.

Era delgado, aunque fuerte de constitución, llevaba un traje negro ajustado, que, como cierta indumentaria de viaje, disponía de varios pliegues, bolsillos, hebillas, botones, y de un cinturón; todo parecía muy práctico, aunque no se supiese muy bien para qué podía servir.

—¿Quién es usted? —preguntó Josef K, y se sentó de inmediato en la cama.

El hombre, sin embargo, ignoró la pregunta, como si se tuviera que aceptar tácitamente su presencia, y se limitó a decir:

—¿Ha llamado?[4]

—Anna me tiene que traer el desayuno —dijo K, e intentó averiguar en silencio, concentrándose y reflexionando, quién podría ser realmente aquel hombre. Pero éste no se expuso por mucho tiempo a sus miradas, sino que se dirigió a la puerta, la abrió un poco y le dijo a alguien que presumiblemente se hallaba detrás:

—Quiere que Anna le traiga el desayuno.

Se escuchó una risa en la habitación contigua, aunque por el tono no se podía decir si la risa provenía de una o de varias personas. Aunque el desconocido no podía haberse enterado de nada que no supiera con anterioridad, le dijo a K con una entonación oficial:

—Es imposible.

—¡Es lo que faltaba! —dijo K, que saltó de la cama y se puso los pantalones con rapidez— Quiero saber qué personas hay en la habitación contigua y cómo la señora Grubach me explica este atropello.

Al decir esto, se dio cuenta de que no debería haberlo dicho en voz alta, y de que, al mismo tiempo, en cierta medida, había reconocido el derecho a vigilarle que se arrogaba el desconocido, pero en ese momento no le pareció importante. En todo caso, así lo entendió el desconocido, pues dijo:

—¿No prefiere quedarse aquí?

—Ni quiero quedarme aquí, ni deseo que usted me siga hablando mientras no se haya presentado.

---

[4] En el manuscrito el vigilante reacciona de una manera más brusca: "¿Qué quiere?" Kafka lo tachó y eligió una fórmula más convencional.

—Se lo he dicho con buena intención —dijo el desconocido, y abrió voluntariamente la puerta.

La habitación contigua, en la que K entró más despacio de lo que hubiera deseado, ofrecía, al menos a primera vista, un aspecto muy parecido al de la noche anterior. Era la sala de estar de la señora Grubach. Tal vez esa habitación repleta de muebles, alfombras, objetos de porcelana y fotografías aparentaba esa mañana tener un poco más de espacio libre que de costumbre, aunque era algo que no se advertía al principio, como el cambio principal, que consistía en la presencia de un hombre sentado al lado de la ventana con un libro en las manos, del que, al entrar K, apartó la mirada.

—¡Tendría que haberse quedado en su habitación! ¿Acaso no se lo ha dicho Franz?

—Sí, ¿qué quiere usted de mí? —preguntó K, que miró alternativamente al nuevo desconocido y a la persona a la que había llamado Franz, que ahora permanecía en la puerta. A través de la ventana abierta pudo ver otra vez a la anciana que, con una auténtica curiosidad senil, permanecía asomada con la firme resolución de no perderse nada.

—Quiero ver a la señora Grubach —dijo K, hizo un movimiento corno si quisiera desasirse de los dos hombres, que, sin embargo, estaban situados lejos de él, y se dispuso a irse.

—No —dijo el hombre de la ventana, arrojó el libro sobre una mesita y se levantó—. No puede irse, usted está detenido.

—Así parece —dijo K[5]—. ¿Y por qué? —preguntó a continuación.

—No estamos autorizados a decírselo. Regrese a su habitación y espere allí. El proceso se acaba de iniciar y usted conocerá todo en el momento oportuno. Me excedo en mis funciones cuando le hablo con tanta amabilidad. Pero espero que no me oiga nadie excepto Franz, y él también se ha comportado amablemente con usted, infringiendo todos los reglamentos. Si sigue teniendo tanta suerte como la que ha tenido con el nombramiento de sus vigilantes, entonces puede ser optimista.

---

[5] Tachado en el manuscrito: "dijo K sonriendo; sin haber estado antes preocupado, ahora se sentía aliviado, pues se había expresado lo imposible y, así, su imposibilidad se había tornado más evidente".

K se quiso sentar, pero ahora comprobó que en toda la habitación no había ni un solo sitio en el que tomar asiento, excepto el sillón junto a la ventana.

Ya verá que todo lo que le hemos dicho es verdad —dijo Franz, que se acercó con el otro hombre hasta donde estaba K. El compañero de Franz le superaba en altura y le dio unas palmadas en el hombro. Ambos examinaron la camisa del pijama de K y dijeron que se pusiera otra peor, que ellos guardarían ésa, así como el resto de su ropa, y que si el asunto resultaba bien, entonces le devolverían lo que habían tomado.

—Es mejor que nos entregue todo a nosotros en vez de al depósito ––dijeron—, pues en el depósito desaparecen cosas con frecuencia y, además, transcurrido cierto plazo, se vende todo, sin tener en consideración si el proceso ha terminado o no. ¡Y hay que ver lo que duran los procesos en los últimos tiempos! Naturalmente, el depósito, al final, abona un reintegro, pero éste, en primer lugar, es muy bajo, pues en la venta no decide la suma ofertada, sino la del soborno y, en segundo lugar, esos reintegros disminuyen, según la experiencia, conforme van pasando de mano en mano y van transcurriendo los años.

K apenas prestaba atención a todas esas aclaraciones. Por ahora no le interesaba el derecho de disposición sobre sus bienes, consideraba más importante obtener claridad en lo referente a su situación. Pero en presencia de aquella gente no podía reflexionar bien, uno de los vigilantes —podía tratarse, en efecto, de vigilantes—, que no paraba de hablar por encima de él con sus colegas, le propinó una serie de golpes amistosos con el estómago; no obstante, cuando alzó la vista contempló una nariz torcida y un rostro huesudo y seco que no armonizaba con un cuerpo tan grueso. ¿Qué hombres eran ésos? ¿De qué hablaban? ¿A qué organismo pertenecían? K vivía en un Estado de Derecho, en todas partes reinaba la paz, todas las leyes permanecían en vigor[6], ¿quién osaba entonces atropellarle en su habitación?

---

[6] No sin cierta ironía describe Kafka la situación jurídico—política del momento. Kafka comenzó la novela el 11 de agosto de 1914, en plena gestación de la I Guerra Mundial. Las referencias al "Estado de Derecho" y al vigor de las leyes es interesante porque designa un régimen que se somete al derecho en su forma de

Siempre intentaba tomarlo todo a la ligera, creer en lo peor sólo cuando lo peor ya había sucedido, no tomar ninguna previsión para el futuro, ni siquiera cuando existía una amenaza considerable. Aquí, sin embargo, no le parecía lo correcto. Ciertamente, todo se podía considerar una broma, si bien una broma grosera, que sus colegas del banco le gastaban por motivos desconocidos, o tal vez porque precisamente ese día cumplía treinta años[7]. Era muy posible, a lo mejor sólo necesitaba reírse ante los rostros de los vigilantes para que ellos rieran con él, quizá fueran los mozos de cuerda de la esquina, su apariencia era similar, no obstante, desde la primera mirada que le había dirigido el vigilante Franz, había decidido no renunciar a la más pequeña ventaja que pudiera poseer contra esa gente[8]. Por lo demás, K no infravaloraba el peligro de que más tarde se dijera que no aguantaba ninguna broma. Se acordó —sin que fuera su costumbre aprender de la experiencia— de un caso insignificante, en el que, a diferencia de sus amigos, se comportó, plenamente consciente, con imprudencia, sin cuidarse de las consecuencias, y fue castigado con el resultado. Eso no debía volver a ocurrir, al menos no esta vez; si era una comedia, seguiría el juego.

Aún estaba en libertad.

—Permítanme —dijo, y pasó rápidamente entre los vigilantes para dirigirse a su habitación.

—Parece que es razonable —oyó que decían detrás de él.

En cuanto llegó a su habitación se dedicó a sacar los cajones del escritorio, todo en su interior estaba muy ordenado, pero, a causa de la

---

actuación. Un manto de normalidad cubre la sociedad en la que se desenvuelve Josef K, no hay ninguna perturbación del orden político ni ningún "estado de alarma, excepción o sitio" que pudiera justificar la existencia de tribunales de excepción.

[7] La acción de la novela transcurre en el periodo exacto de un año. En la elección de la edad y de otras circunstancias temporales se dan motivos autobiográficos, en concreto se reflejan determinados acontecimientos relativos a su relación con Felice Bauer.

[8] Tachado en el manuscrito: "por el miedo de que se rieran más tarde de su seriedad exagerada".

excitación, no podía encontrar precisamente los documentos de identidad que buscaba. Finalmente encontró los papeles para poder circular en bicicleta, ya quería ir a enseñárselos a los vigilantes cuando pensó que esos papeles eran insignificantes, por lo que siguió buscando hasta que encontró su partida de nacimiento. Cuando regresó a la habitación contigua, se abrió la puerta de enfrente y apareció la señora Grubach. Sólo se vieron un instante, pues en cuanto reconoció a K pareció confusa, pidió disculpas y desapareció cerrando cuidadosamente la puerta.

—Pero entre —es lo único que K tuvo tiempo de decir.

Ahora se encontraba en el centro de la habitación, con los papeles en la mano. Continuó mirando hacia la puerta, que no se volvió a abrir, y le asustó la llamada de los vigilantes, quienes permanecían sentados frente a una mesita al lado de la ventana abierta. Como K pudo comprobar, se estaban comiendo su desayuno.

—¿Por qué no ha entrado la señora Grubach? —preguntó K.

—No puede —dijo el vigilante más alto—. Usted está detenido.

—Pero ¿cómo puedo estar detenido, y de esta manera?

—Ya empieza usted de nuevo —dijo el vigilante, e introdujo un trozo de pan en el tarro de la miel—. No respondemos a ese tipo de preguntas.

—Pues deberán responderlas. Aquí están mis documentos de identidad, muéstrenme ahora los suyos y, ante todo, la orden de detención.

—¡Cielo santo! —dijo el vigilante—. Que no se pueda adaptar a su situación actual, y que parezca querer dedicarse a irritarnos inútilmente, a nosotros, que probablemente somos los que ahora estamos más próximos a usted entre todos los hombres.

Así es, créalo —dijo Franz, que no se llevó la taza a los labios, sino que dirigió a K una larga mirada, probablemente sin importancia, pero incomprensible. K incurrió sin quererlo en un intercambio de miradas con Franz, pero agitó sus papeles y dijo:

Aquí están mis documentos de identidad.

—¿Y qué nos importan a nosotros? —gritó ahora el vigilante más alto—. Se está comportando como un niño. ¿Qué quiere usted? ¿Acaso pretende al hablar con nosotros sobre documentos de identidad y sobre órdenes de detención que su maldito proceso acabe pronto? Somos empleados subalternos, apenas comprendemos algo sobre papeles de identidad, no tenemos nada que ver con su asunto, excepto nuestra tarea de vigilarle diez horas todos los días, y por eso nos pagan. Eso es todo lo que somos. No obstante, somos capaces de comprender que las instancias superiores, a cuyo servicio estamos, antes de disponer una detención como ésta se han informado a fondo sobre los motivos de la detención y sobre la persona del detenido. No hay ningún error. El organismo para el que trabajamos, por lo que conozco de él, y sólo conozco los rangos más inferiores, no se dedica a buscar la culpa en la población, sino que, como está establecido en la ley, se ve atraído por la culpa y nos envía a nosotros, a los vigilantes. Eso es ley. ¿Dónde puede cometerse aquí un error?

—No conozco esa ley—dijo K.

—Pues peor para usted—dijo el vigilante.

—Sólo existe en sus cabezas —dijo K, que quería penetrar en los pensamientos de los vigilantes, de algún modo inclinarlos a su favor o ir ganando terreno. Pero el vigilante se limitó a decir:

—Ya sentirá sus efectos.

Franz se inmiscuyó en la conversación y dijo:

—Mira, Willem, admite que no conoce la ley y, al mismo tiempo, afirma que es inocente.

—Tienes razón, pero no se puede conseguir que comprenda nada —dijo el otro.

K ya no respondió. "¿Acaso —pensó— debo dejarme confundir por la cháchara de estos empleados subalternos, como ellos mismos reconocen serlo? Hablan de cosas que no entienden en absoluto. Su seguridad sólo se basa en su necedad. Un par de palabras que intercambie con una persona de mi nivel y todo quedará incomparablemente más claro que en una conversación larga con éstos". Paseó de un lado a otro de la habitación, seguía viendo enfrente a la anciana, que ahora había arrastrado hasta allí a una persona aún más anciana, a la que mantenía abrazada. K tenía que poner punto final a ese espectáculo.

—Condúzcanme hasta su superior —dijo K.

—Cuando él lo diga, no antes —dijo el vigilante llamado Willem—. y ahora le aconsejo — añadió— que vaya a su habitación, se comporte con tranquilidad y espere hasta que se disponga algo sobre su situación. Le aconsejamos que no se pierda en pensamientos inútiles, sino que se concentre, pues tendrá que hacer frente a grandes exigencias. No nos ha tratado con la benevolencia que merecemos. Ha olvidado que nosotros, quienes quiera que seamos, al menos frente a usted somos hombres libres, y esa diferencia no es ninguna nimiedad. A pesar de todo, estamos dispuestos, si tiene dinero, a subirle un pequeño desayuno de la cafetería.

K no respondió a la oferta y permaneció un rato en silencio. Tal vez no le impidieran que abriera la puerta de la habitación contigua o la del recibidor, tal vez ésa fuera la solución más simple, llevarlo todo al extremo. Pero también era posible que se echaran sobre él y, una vez en el suelo, habría perdido toda la superioridad que, en cierta medida, aún mantenía sobre ellos. Por esta razón, prefirió a esa solución la seguridad que traería consigo el desarrollo natural de los acontecimientos, y regresó a su habitación, sin que ni él ni los vigilantes pronunciaran una palabra más.

Se arrojó sobre la cama y tomó de la mesilla de noche una hermosa manzana que había reservado la noche anterior para su desayuno. Ahora era su único desayuno y, como comprobó al darle el primer mordisco, resultaba, sin duda, mucho mejor que el desayuno que le hubiera podido subir el vigilante de la sucia cafetería. Se sentía bien y confiado. Cierto, estaba descuidando sus deberes matutinos en el banco, pero como su puesto era relativamente elevado podría disculparse con facilidad. ¿Debería decir las verdaderas razones? Pensó en hacerlo. Si no le creían, lo que sería comprensible en su caso, podría presentar a la señora Grubach como testigo o a los dos ancianos de enfrente, que ahora mismo se encontraban en camino hacia la ventana de la habitación opuesta. A K le sorprendió, al adoptar la perspectiva de los vigilantes, que le hubieran confinado en la habitación y le hubieran dejado solo, pues allí tenía múltiples posibilidades de quitarse la vida. Al mismo tiempo, sin embargo, se preguntó, esta vez desde su perspectiva, qué motivo podría tener para hacerlo. ¿Acaso porque esos dos de al lado estaban allí sentados y se habían apoderado de su desayuno? Habría sido tan absurdo quitarse la vida, que él, aun cuando hubiese querido hacerlo, hubiera desistido por encontrarlo absurdo. Si la limitación intelectual de los vigilantes no hubiese sido tan manifiesta, se hubiera podido aceptar que tampoco ellos, como consecuencia del mismo convencimiento, consideraban peligroso dejarlo solo. Que vieran ahora, si querían, cómo se acercaba a un armario, en el que guardaba un buen aguardiente, cómo se tomaba un vaso como sustituto del desayuno y cómo destinaba otro para darse valor, pero este último sólo como precaución para el caso improbable de que fuera necesario.

En ese instante le asustó tanto una llamada de la habitación contigua que mordió el cristal del vaso.

—El supervisor le llama—dijeron.

Sólo había sido el grito lo que le había asustado, ese grito corto, seco, militar, del que jamás hubiera creído capaz a Franz. La orden fue bienvenida.

—¡Por fin! —exclamó, cerró el armario y se apresuró a entrar en la habitación contigua. Allí estaban los dos vigilantes que le conminaron a que volviera a su habitación, como si fuera algo natural.

—¿Pero cómo se le ocurre? —gritaron—. ¿Cómo pretende presentarse ante el supervisor en mangas de camisa? ¡Le dará una paliza y a nosotros también!

—¡Al diablo con todo! —gritó K, que ya había sido empujado hasta el armario ropero—. Cuando se me asalta en la cama no se puede esperar encontrarme en traje de etiqueta.

—No le servirá de nada resistirse —dijeron los vigilantes, quienes, siempre que K gritaba, permanecían tranquilos, con cierto aire de tristeza, lo que le confundía y, en cierta medida, le hacía entrar en razón.

—¡Ceremonias ridículas! —gruñó aún, pero cogió una chaqueta de la silla y la mantuvo un rato entre las manos, como si la sometiera al juicio de los vigilantes. Ellos negaron con la cabeza.

—Tiene que ser una chaqueta negra—dijeron. K arrojó la chaqueta al suelo y dijo:

—Aún no se puede tratar de la vista oral.

Los vigilantes sonrieron, pero no cambiaron de opinión: —Tiene que ser una chaqueta negra.

—Si eso contribuye a acelerar el asunto, me parece bien —dijo K, que abrió el armario, buscó un buen rato entre los trajes y por fin sacó su mejor traje negro, un chaqué que por su elegancia había causado impresión entre sus amigos. A continuación, sacó también una camisa y comenzó a vestirse cuidadosamente. Creyó haber logrado un adelanto al comprobar que los vigilantes habían olvidado que se aseara en el baño. Los observaba para ver si se acordaban, pero naturalmente no se les ocurrió; sin embargo, Willem no olvidó enviar a Franz al supervisor con la noticia de que K se estaba vistiendo[9].

Una vez vestido tuvo que atravesar, pocos pasos por delante de Willem, la habitación contigua, ya vacía, y entrar en la siguiente, cuya puerta, de dos hojas, estaba abierta. Esta habitación, como muy bien sabía K, había sido ocupada hacía poco tiempo por una mecanógrafa que solía salir muy temprano a trabajar y llegaba tarde por las noches, y con la que K apenas había cruzado algunas palabras de saludo. Ahora la mesilla de noche había sido desplazada desde la cama hasta el centro de la habitación para servir de mesa de interrogatorio, y el supervisor se sentaba detrás de ella. Tenía las piernas cruzadas y apoyaba un brazo en el respaldo de la silla. En una de las esquinas[10] de la habitación había tres jóvenes que contemplaban las fotografías de la señorita Bürstner, colgadas de la pared. Del picaporte de la ventana, que permanecía abierta, colgaba una blusa blanca. En la ventana de enfrente se

---

[9] Tachado en el manuscrito: "¡Aún tardaré un rato! —le gritó K por simple petulancia, pero en realidad se dio toda la prisa que pudo".

[10] Desde la nota hasta "Josef K?" hay una versión alternativa en el manuscrito: "El supervisor le contempló en silencio y con mirada inquisitiva. "El interrogatorio parece limitarse a miradas —pensó K—. Un rato se le puede permitir. Si supiera qué autoridad puede ser ésta que, sólo por mi causa y sin la menor perspectiva de éxito, se puede permitir el lujo de tomar semejantes medidas extraordinarias. Pues no se puede dudar en calificarlas de extraordinarias. Me han asignado a tres personas, han desordenado dos habitaciones ajenas, allí en la esquina hay tres jóvenes que contemplan las fotografías de la señorita Bürstner".

encontraban de nuevo los dos ancianos, pero la reunión había aumentado, pues detrás de ellos destacaba un hombre con la camisa abierta, mostrando el pecho, que no paraba de retorcer y presionar con los dedos su perilla pelirroja.

—¿Josef K? —preguntó el supervisor, tal vez sólo para captar su atención dispersa. K asintió.

—¿Le han sorprendido mucho los acontecimientos de esta mañana? —preguntó el supervisor y, como si fueran elementos necesarios para el interrogatorio, desplazó con ambas manos algunos objetos que había sobre la mesilla: una vela, una caja de cerillas, un libro y un acerico.

—Así es —dijo K, y le invadió una sensación de bienestar por haber encontrado al fin a un hombre razonable con el que poder hablar sobre su asunto—. Cierto, estoy sorprendido, pero de ningún modo muy sorprendido.

—¿No muy sorprendido? —preguntó el supervisor, y puso ahora la vela en el centro de la mesilla, mientras agrupaba el resto de los objetos a su alrededor.

—Es posible que no me interprete bien —se apresuró a especificar--Quiero decir... — aquí K se interrumpió y buscó una silla—. ¿Puedo sentarme? —preguntó.

—No es lo normal —respondió el supervisor.

—Quiero decir —dijo ahora K sin más pausas— que me ha sorprendido mucho, pero como llevo treinta años en el mundo y he tenido que abrirme camino solo en la vida, estoy endurecido contra todo tipo de sorpresas, así que no las tomo por la tremenda[11]. Especialmente la de hoy, no.

---

[11] A continuación, tachado en el manuscrito: "Alguien me dijo, ahora no me acuerdo quién, que, cuando nos levantamos temprano, resulta extraño encontrarlo todo en el mismo sitio en que se dejó por la noche. La vigilia, al menos en apariencia, es un estado muy diferente al del sueño y, como ese hombre dijo con razón, se necesita una gran presencia de ánimo para, con los ojos abiertos, situar todos los objetos en el mismo lugar en que quedaron la noche anterior. Por esto mismo, el instante en el que despertamos es el más arriesgado, una vez que se ha superado, sin quedar desplazado del lugar, podemos seguir viviendo confiados el

—¿Por qué no especialmente la de hoy?

—No quiero decir que lo considere todo una broma, para ello me parecen demasiado complicadas todas las precauciones que se han tomado. Tendrían que participar todos los inquilinos de la pensión y también todos ustedes, eso me parece rebasar los límites de una broma. Por eso no quiero decir que se trata de una broma.

—En efecto —dijo el supervisor y se dedicó a contar las cerillas que había en la caja.

—Por otra parte —continuó K, y se dirigió a todos, incluso le hubiera gustado que los tres situados ante las fotografías se hubieran dado la vuelta para escucharle—, por otra parte el asunto no puede ser de mucha importancia. Lo deduzco porque he sido acusado, pero no puedo encontrar ninguna culpa por la que me pudieran haber acusado. Pero eso también es secundario. Las preguntas principales son: ¿Quién me ha acusado? ¿Qué organismo tramita mi proceso? ¿Es usted funcionario? Ninguno tiene uniforme, a no ser que su traje —y se dirigió a Franz— se pueda denominar un uniforme, aunque a mí me parece más bien un traje de viaje. Reclamo claridad en estas cuestiones y estoy convencido de que, una vez que hayan sido aclaradas, nos podremos despedir amablemente.

El supervisor derribó la caja de cerillas sobre la mesa.

—Usted se encuentra en un grave error —dijo—. Estos señores, aquí presentes, y yo, carecemos completamente, en lo que se refiere a su asunto, de importancia, más aún, apenas sabemos algo de él. Podríamos llevar los uniformes reglamentarios y su asunto no habría empeorado un ápice. Tampoco puedo decirle si le han acusado, o mejor, ni siquiera se si le han acusado. Usted está detenido, eso es cierto, no sé más. Es posible que los vigilantes hayan charlado de otra cosa, pero eso sólo es una charla. Aunque no pueda responder a sus preguntas, sí le puedo aconsejar que piense menos en nosotros y en lo que le pueda ocurrir y piense más en sí mismo. Y tampoco alardee tanto de su inocencia, estropea la buena

---

resto del día. A qué conclusiones llegó ese hombre —ahora me acabo de acordar de quién era, pero su nombre es indiferente…”

impresión que da. También debería ser más reservado al hablar, casi todo lo que ha dicho hasta ahora se podría haber deducido de su comportamiento aunque hubiera dicho muchas menos palabras, además, no resulta muy favorable para su causa.

K miró fijamente al supervisor. ¿Acaso recibía lecciones de un hombre que probablemente era más joven que él? ¿Le reprendían por su sinceridad? ¿Y no iba a saber nada de su detención ni del que la había dispuesto? Se apoderó de él cierta excitación, fue de un lado a otro, siempre y cuando nada ni nadie se lo impedía, se subió los puños de la camisa, se tocó el pecho, se alisó el pelo, pasó al lado de los tres señores, dijo "esto es absurdo", por lo que éstos se volvieron y le contemplaron con amabilidad, pero serios, y, finalmente, se paró ante la mesa del supervisor.

—El fiscal Hasterer es un buen amigo mío —dijo—, ¿le puedo llamar por teléfono?

—Por supuesto —dijo el supervisor—, pero no sé qué sentido podría tener hacerlo, a no ser que quisiera hablar con él de algún asunto particular.

—¿Qué sentido? —gritó K, más confuso que enojado—. ¿Pero, entonces, quién es usted? Usted pretende encontrar algún sentido y procede de la manera más absurda. Esto es para volverse loco. Estos señores me han asaltado y ahora están aquí sentados o pasean alrededor y me obligan a comparecer ante usted como si fuera un colegial. ¿Qué sentido tendría llamar a un fiscal si, como indican las apariencias, estoy detenido? Bien, no llamaré por teléfono.

—Pero hágalo —dijo el supervisor, y extendió la mano en dirección al recibidor, donde estaba el teléfono—, por favor, llame.

—No, ya no quiero —dijo K, y se acercó a la ventana. Desde allí podía ver a las personas de enfrente, quienes ahora, al ver aparecer a K en la ventana, se sintieron algo perturbadas en su papel de tranquilos espectadores. Los ancianos querían levantarse, pero el hombre que estaba detrás de ellos los tranquilizó.

—¡Allí hay unos mirones! —gritó K hacia el supervisor y los señaló con el dedo—. ¡Fuera de ahí!

Los tres retrocedieron inmediatamente unos pasos, los dos ancianos se colocaron, incluso, detrás del hombre, que con su ancho cuerpo los tapaba. Por los movimientos de su boca se podía deducir que estaba diciendo algo, aunque incomprensible desde la distancia. Pero no llegaron a desaparecer del todo, más bien parecían esperar el instante en que pudieran acercarse a la ventana sin ser notados.

—¡Gente impertinente y desconsiderada! —dijo K al volverse hacia la habitación. El supervisor probablemente asintió, al menos así lo creyó K al dirigirle una mirada de soslayo. Aunque también era posible que no hubiera escuchado, pues había extendido una de sus manos en la mesa y parecía comparar los dedos. Los dos vigilantes estaban sentados en un baúl cubierto con un paño decorativo y frotaban sus rodillas. Los tres jóvenes habían colocado las manos en las caderas y miraban alrededor sin fijarse en nada. Había un silencio como el que reina en una oficina vacía.

—Bien, señores —dijo K, pues le pareció que él era quien lo soportaba todo sobre sus hombros—, de su actitud se puede deducir que han concluido con mi asunto. Soy de la opinión de que lo mejor sería no pensar más sobre si su actuación está justificada o no y terminar el caso reconciliados, con un apretón de manos. Si comparten mi opinión, entonces, por favor… —y se acercó a la mesa del supervisor alargándole la mano.

El supervisor elevó la mirada, se mordió el labio y miró la mano extendida de K. Aún creía K que el supervisor la estrecharía, pero éste se levantó, cogió un sombrero que estaba sobre la cama de la señorita Bürstner y se lo colocó cuidadosamente con las dos manos, como hace la gente cuando se prueba un sombrero nuevo.

—¡Qué fácil le parece todo a usted! —dijo a K mientras se ponía el sombrero—. Deberíamos terminar el asunto con una despedida conciliadora, ¿ésa es su opinión? No, no, así no funcionan las cosas, y con esto tampoco le estoy diciendo que se desespere. No, ¿por qué hacerlo? Usted está detenido, nada más. Eso es lo que tenía que comunicarle, he cumplido mi misión y también he visto cómo ha reaccionado. Con eso es suficiente por hoy, ya podemos despedirnos, aunque sólo por el momento. Usted querrá ir al banco…

—¿Al banco? —preguntó K—. Pensé que estaba detenido.

K preguntó con cierto consuelo, pues aunque su apretón de manos no había sido aceptado, desde que el supervisor se había levantado se sentía mucho más independiente de aquella gente. Quería seguirles el juego. Tenía la intención, en el caso de que se fueran, de ir detrás de ellos hasta la puerta y ofrecerles su detención. Por eso repitió:

—¿Cómo puedo ir al banco, si estoy detenido?

—¡Ah, ya! —dijo el supervisor, que había llegado a la puerta—, me ha entendido mal, usted está detenido, cierto, pero eso no le impide Cumplir con sus obligaciones laborales. Debe seguir su vida normal.

—Entonces estar detenido no es tan malo —dijo K, y se acercó al supervisor.

—No he dicho nada que lo desmienta—dijo éste.

—Pero tampoco parece que haya sido necesaria la comunicación de la detención —dijo K, y se acercó más. También los otros se habían acercado. Todos se habían reunido en un pequeño espacio al lado de la puerta.

—Era mi deber —dijo el supervisor.

—Un deber bastante tonto —dijo K inflexible.

—Puede ser —respondió el supervisor—, pero no vamos a perder el tiempo con conversaciones como ésta. He pensado que querría ir al banco. Como usted está al tanto de todas las palabras, añado: no le obligo a ir al banco, sólo he supuesto que quería hacerlo. Para facilitárselo y para que su llegada al banco sea lo más discreta posible, he mantenido a estos tres jóvenes, colegas suyos, a su disposición.

—¿Cómo? —gritó K, y miró asombrado a los tres.

Aquellos jóvenes tan anodinos y anémicos, que él aún recordaba sólo como grupo al lado de las fotografías, eran realmente funcionarios de su banco, no colegas, eso era demasiado decir, y demostraba una laguna en la omnisciencia del supervisor, aunque, en efecto, se trataba de funcionarios subordinados del banco. ¿Cómo no se había dado cuenta antes? Hasta qué punto había concentrado la atención en el supervisor y en los vigilantes, que había sido incapaz de reconocer a esos tres: al torpe Rabensteiner, siempre agitando las manos, al rubio Kullych, con los ojos caídos, y a Kaminer, con su sonrisa insoportable, producto de una distrofia muscular crónica.

—¡Buenos días! —dijo K, pasado un rato, y ofreció su mano a los señores, que se inclinaron correctamente—. No les había reconocido. Bien, entonces nos vamos juntos al trabajo, ¿no?

Los tres jóvenes asintieron solícitos y sonriendo, como si hubieran estado esperando ese momento durante todo el tiempo, sólo cuando K echó de menos su sombrero, que se había quedado en su cuarto, se apresuraron, uno detrás del otro, a recogerlo, de lo que se podía deducir cierta perplejidad. K permaneció en silencio y vio cómo se alejaban a través de las dos puertas abiertas, el último, naturalmente, era el indiferente Rabensteiner, que se había limitado a adoptar un elegante trote corto. Kaminer le entregó el sombrero, y K tuvo que decirse expresamente, lo que, por lo demás, era necesario con frecuencia en el banco, que la sonrisa de Kaminer no era intencionada, que en realidad era incapaz de sonreír intencionadamente. En el recibidor, la señora Grubach, que no aparentaba ninguna conciencia culpable, abrió la puerta de la calle a todo el grupo, y K, como muchas veces, se quedó mirando la cinta de su delantal, que ceñía innecesariamente su poderoso cuerpo. Una vez fuera, K, con el reloj en la mano, y para no aumentar el retraso de media hora, decidió llamar a un taxi. Kaminer se acercó corriendo a una esquina para llamar a uno, pero mientras los otros dos aparentemente intentaban distraer a K, Kullych señaló repentinamente la puerta de enfrente, en la que acababa de aparecer el hombre con la perilla pelirroja, quien quedó algo confuso, ya que ahora se mostraba en toda su estatura, por lo que retrocedió hasta la pared y se apoyó en ella. Los ancianos aún estaban en las escaleras. K se enfadó con Kullych por haber llamado la atención sobre el hombre al que ya había visto antes y al que incluso había esperado.

—No mire hacia allí —balbuceó, sin darse cuenta de lo llamativa que resultaba esa forma de expresarse cuando se dirigía a personas maduras. Pero tampoco era necesaria ninguna explicación, pues acababa de llegar el coche, así que se sentaron y partieron. En ese instante, K se acordó de que no se había percatado de la partida del supervisor y de los vigilantes, el supervisor le había ocultado a los tres funcionarios y ahora los funcionarios habían ocultado, a su vez, al supervisor. Eso no denotaba mucha serenidad, así que K se propuso observarse mejor. No obstante, se dio la vuelta y se inclinó por si todavía existía la posibilidad de ver al supervisor y a los vigilantes. Pero recuperó en seguida su posición original sin ni siquiera haber intentado buscar a alguien, reclinándose cómodamente en uno de los extremos del asiento del coche[12]. Aunque no lo aparentaba, habría necesitado ahora algo de conversación, pero los señores parecían cansados. Rabensteiner miraba hacia la derecha, Kullych hacia la izquierda y sólo Kaminer estaba a su disposición con sus muecas, y hacer una broma sobre ellas, por desgracia, lo prohibía la humanidad.

CONVERSACIÓN CON LA SEÑORA GRUBACH LA SEÑORITA BÜRSTNER[13]

En esa primavera, K, después del trabajo, cuando era posible —normalmente permanecía hasta las nueve en la oficina—, solía dar un paseo por la noche solo o con algún conocido y luego se iba a una cervecería, donde se sentaba hasta las once en una tertulia compuesta en su mayor parte por hombres ya mayores. Pero había excepciones en esta rutina, por ejemplo cuando el director del banco, que apreciaba su capacidad de trabajo y su formalidad, le invitaba a una excursión con el coche o a cenar en su villa. Además, una vez a la semana iba a casa de una muchacha llamada Elsa, que trabajaba de camarera en una taberna

---

[12] Tachado en el manuscrito: "se reclinó en el asiento del coche, dijo "¡Dios mío!", y elevó las cejas al sonreír".

[13] Max Brod fundió los dos primeros capítulos en uno. Del manuscrito, sin embargo, se puede deducir que Kafka los concibió como dos capítulos independientes.

hasta altas horas de la madrugada y durante el día sólo recibía en la cama a sus visitas.

Aquella noche, sin embargo —el día había transcurrido con rapidez por el trabajo agotador y las numerosas felicitaciones de cumpleaños—, K quería regresar directamente a casa. En todas las pequeñas pausas del trabajo había pensado en ello. Sin saber con certeza por qué, le parecía que los incidentes de aquella mañana habían causado un gran desorden en la vivienda de la señora Grubach y que su presencia era necesaria para restaurar de nuevo el orden. Una vez restaurado, quedaría suprimida cualquier huella del incidente y todo volvería a los cauces normales. De los tres funcionarios no había nada que temer, se habían vuelto a sumir en el gran cuerpo de funcionarios del banco, tampoco se podía notar ningún cambio en ellos. K les había llamado con frecuencia, por separado o en grupo, a su despacho, sólo para observarlos y siempre los había podido despedir satisfecho.

Cuando llegó a las nueve y media de la noche a la casa en que vivía, K se encontró en la puerta con un muchacho que permanecía con las piernas abiertas y fumando en pipa.

—¿Quién es usted? —preguntó K en seguida y acercó su rostro al del muchacho, pues no se veía mucho en el oscuro pasillo de entrada.

—Soy el hijo del portero, señor—respondió el muchacho, se sacó la pipa de la boca y se apartó.

—¿El hijo del portero? —preguntó K, y golpeó impaciente con el bastón en el suelo.

—¿Desea algo el señor? ¿Debo traer a mi padre?

—No, no —dijo K. En su voz había un tono de disculpa, como si el muchacho hubiera hecho algo malo y él le perdonara—. Está bien —dijo, y siguió, pero antes de subir las escaleras, se volvió una vez más.

Habría podido ir directamente a su habitación, pero como quería hablar con la señora Grubach, llamó a su puerta. Estaba sentada a una mesa cosiendo una media. Sobre la mesa aún quedaba un montón de medias viejas. K se disculpó algo confuso por haber llegado tan tarde, pero la señora Grubach era muy amable y no quiso oír ninguna disculpa: siempre tenía tiempo para hablar con él, sabía muy bien que era su mejor y más querido inquilino. K miró la habitación, había recobrado su antiguo aspecto, la vajilla del desayuno, que había estado por la mañana en la mesita junto a la ventana, ya había sido retirada. "Las manos femeninas hacen milagros en silencio —pensó—, él probablemente habría roto toda la vajilla, en realidad ni siquiera habría sido capaz de llevársela". Contempló a la señora Grubach con cierto agradecimiento.

—¿Por qué trabaja hasta tan tarde? —preguntó.

Ambos estaban sentados a la mesa, y K hundía de vez en cuando una de sus manos en las medias.

—Hay mucho trabajo —dijo ella—. Durante el día me debo a los inquilinos, pero si quiero mantener el orden en mis cosas sólo me quedan las noches.

—Hoy le he causado un trabajo extraordinario.

—¿Por qué? —preguntó con cierta vehemencia; el trabajo descansaba en su regazo.

—Me refiero a los hombres que estuvieron aquí esta mañana.

—¡Ah, ya! —dijo, y se volvió a tranquilizar—. Eso no me ha causado mucho trabajo.

K miró en silencio cómo emprendía de nuevo su labor. "Parece asombrarse de que le hable del asunto —pensó—, no considera correcto que hable de ello. Más importante es, pues, que lo haga. Sólo puedo hablar de ello con una mujer mayor".

—Algo de trabajo sí ha causado —dijo—, pero no se volverá a repetir.

—No, no se puede repetir —dijo ella confirmándolo y sonrió a K casi con tristeza.

—¿Lo cree de verdad? —preguntó K.

—Sí —dijo ella en voz baja—, pero ante todo no se lo debe tomar muy en serio. ¡Las cosas que ocurren en el mundo! Como habla conmigo con tanta confianza, señor K, le confesaré que escuché algo detrás de la puerta y que los vigilantes también me contaron algunas cosas. Se trata de su felicidad, y eso me importa mucho, más, quizá, de lo que me incumbe, pues no soy más que la casera. Bien, algo he oído, pero no puedo decir que sea especialmente malo. No. Usted, es cierto, ha sido detenido, pero no como un ladrón. Cuando se detiene a alguien como si fuera un ladrón, entonces es malo, pero esta detención…, me parece algo peculiar y complejo, perdóneme si digo alguna tontería, hay algo complejo en esto que no entiendo, pero que tampoco se debe entender.

—No ha dicho ninguna tontería, señora Grubach, yo mismo comparto algo su opinión, pero juzgo todo con más rigor que usted, y no lo tomo por algo complejo, sino por una nadería. Me han asaltado de un modo imprevisto, eso es todo. Si nada más despertarme no me hubiera dejado confundir por la ausencia de Anna, me hubiera levantado en seguida y, sin tener ninguna consideración con nadie que me saliera al paso, hubiera desayunado, por una vez, en la cocina y me hubiera traído usted el traje de mi habitación, entonces habría negociado todo breve y razonablemente, no habría pasado a mayores y no hubiera ocurrido nada de lo que pasó. Pero uno siempre está tan desprevenido. En el banco, por ejemplo, siempre estoy preparado, allí no me podría ocurrir algo similar, allí tengo a un ordenanza personal; el teléfono interno y el de mi despacho están frente a mí, en la mesa; no cesa de llegar gente, particulares o funcionarios; además, y ante todo, allí estoy siempre sumido en el trabajo, lo que me mantiene alerta, allí sería un placer para mí enfrentarme a una situación como ésa. Bien, pero ya ha pasado y tampoco quiero hablar más sobre ello, sólo quería oír su opinión, la opinión de una mujer razonable, y estoy contento de que coincidamos. Pero ahora me debe dar la mano, una coincidencia así se tiene que sellar con un apretón de manos.

"¿Me dará la mano? El vigilante no me la dio" —pensó, y miró a la mujer de un modo diferente, con cierto aire inquisitivo. Ella se levantó, porque él también se había levantado, y se mostró algo turbada, ya que no había entendido todo lo que K había dicho. A causa de esa turbación dijo algo que no quería haber dicho y que estaba completamente fuera de lugar:

—No se lo tome muy en serio, señor K —dijo con voz temblorosa y, naturalmente, olvidó darle la mano.

—No sabía que se lo tomaba tan en serio —dijo K, repentinamente agotado al comprobar la inutilidad de todos los beneplácitos de aquella mujer.

Ya desde la puerta preguntó:

—¿Está en casa la señorita Bürstner?

—No —dijo la señora Grubach, y sonrió con simpatía al dar esa breve y seca información—. Está en el teatro. ¿Desea algo de ella? ¿Quiere que le dé algún recado?

—Sólo quería conversar un poco con ella.

—Lamentablemente no sé cuándo regresará; cuando va al teatro suele llegar tarde.

—Da igual —dijo K, e inclinó la cabeza hacia la puerta para irse—, sólo quería disculparme por haber sido el causante de que ocuparan su habitación esta mañana.

—Eso no es necesario, señor K, usted es demasiado considerado, la señorita no sabe nada de nada, había abandonado la casa muy temprano, ya está todo ordenado, usted mismo lo puede comprobar.

Abrió la puerta de la habitación de la señorita Bürstner.

—Gracias, lo creo —dijo K, pero fue hacia la puerta abierta. La luna iluminaba la oscura habitación. Lo que pudo ver parecía en orden, ni siquiera la blusa colgaba en el picaporte de la ventana. Los almohadones de la cama alcanzaban una altura llamativa: sobre ellos caía la luz de la luna.

—La señorita viene con frecuencia muy tarde por la noche —dijo K, y contempló a la señora Grubach como si fuera responsable de esa costumbre.

—¡Ah, la gente joven! —dijo la señora Grubach con un tono de disculpa.

—Cierto, cierto —dijo K—, pero no se deben extremar las cosas. —No, claro que no — dijo la señora Grubach—. Tiene mucha razón, señor K. Tal vez también en este caso. No quiero criticar a la señorita Bürstner, ella es una muchacha buena y amable, ordenada, puntual, trabajadora, yo aprecio todo eso, pero algo es verdad: debería ser más prudente y discreta. Este mes ya la he visto dos veces con un hombre diferente en calles apartadas. Para mí resulta muy desagradable; esto, pongo a Dios por testigo, sólo se lo cuento a usted, pero es inevitable, tendré que hablar sobre ello con la señorita. Y no es lo único en ella que considero sospechoso.

—Está equivocada —dijo K furioso e incapaz de ocultarlo—, usted ha interpretado mal el comentario que he hecho sobre la señorita, no quería decir eso. Es más, le advierto sinceramente que no le diga nada, usted está completamente equivocada, conozco muy bien a la señorita, nada de lo que usted ha dicho es verdad. Por lo demás, tal vez he ido demasiado lejos, no le quiero impedir que haga nada, dígale lo que quiera. Buenas noches.

—Señor K… —dijo la señora Grubach suplicante, y se apresuró a ir detrás de K hasta la puerta, que él ya había abierto—, por el momento no quiero hablar con la señorita, naturalmente que antes quiero observarla, sólo a usted le he confiado lo que sabía. Al fin y al cabo intento mantener decente la pensión en beneficio de todos los inquilinos, ése es mi único afán.

—¡Decencia! —gritó K a través de la rendija de la puerta—, si quiere que la pensión continúe siendo decente, debería echarme a mí primero.

A continuación, cerró la puerta de golpe e ignoró un suave golpeteo posterior.

Puesto que no tenía ganas de dormir, decidió permanecer despierto y comprobar a qué hora regresaba la señorita Bürstner. Tal vez fuera aún posible, por muy improcedente que resultara, intercambiar con ella algunas palabras. Cuando estaba en la ventana y se frotaba los ojos cansados llegó a pensar en castigar a la señora Grubach y en convencer a la señorita Bürstner para que ambos rescindieran el contrato de alquiler. Pero poco después todo le pareció terriblemente exagerado e, incluso, alimentó la sospecha contra él mismo de que quería irse de la vivienda por el incidente de la mañana. Nada podría haber sido más absurdo y, ante todo, más inútil y más despreciable[14].

---

[14] Tachado en el manuscrito: "Ante la casa paseaba un soldado con el paso regular y fuerte de un centinela. K se tuvo que inclinar mucho para poder verlo, ya que se encontraba muy cerca de la pared. "¡Hola!" —le gritó, pero no tan alto como

Cuando se cansó de mirar por la ventana, y después de haber abierto un poco la puerta que daba al recibidor para poder ver a todo el que entraba, se echó en el canapé. Permaneció tranquilo, fumando un cigarrillo, hasta las once. Pero a partir de esa hora ya no lo resistió más, así que se fue al recibidor, como si al hacerlo pudiese acelerar la llegada de la señorita Bürstner. No es que deseara especialmente verla, en realidad ni siquiera se acordaba de su aspecto, pero ahora quería hablar con ella y le irritaba que su tardanza le procurase intranquilidad y desconcierto al final del día. También la hacía responsable de no haber ido a cenar y de haber suprimido la visita prevista a Elsa. No obstante, aún se podía arreglar, pues podía ir a la taberna en la que Elsa trabajaba. Decidió hacerlo después de la conversación con la señorita Bürstner[15].

Habían pasado de las once y media cuando oyó pasos en la escalera. K, que se había quedado ensimismado en sus pensamientos y paseaba haciendo ruido por el recibidor, como si estuviera en su propia habitación, se escondió detrás de la puerta. Era la señorita Bürstner, que acababa de llegar. Después de cerrar la puerta de entrada se echó, temblorosa, un chal de seda sobre sus esbeltos hombros. A continuación, se dirigió a su habitación, en la que K, como era medianoche, ya no podría entrar. Por consiguiente, tenía que dirigirle la palabra ahora; por desgracia, había olvidado encender la luz de su habitación, por lo que su aparición desde la oscuridad tomaría la apariencia de un asalto y se vería obligado a asustarla. En esa situación comprometida, y como no podía perder más tiempo, susurró a través de la rendija de la puerta:

---

para que pudiera oírle. Por lo demás, resultó que sólo estaba esperando a una criada que había ido a la cervecería de enfrente para traerle una cerveza y que ahora aparecía en la puerta iluminada. K se planteó la pregunta de si realmente había creído por un momento que el soldado estaba allí por él. Pero no pudo responderla".

[15] Tachado en el manuscrito: "Pasaban de las once y media cuando escuchó a alguien en la escalera. K, que se encontraba en el vestíbulo sumido en sus pensamientos, dando fuertes caladas al cigarro según su costumbre, se vio obligado a reflexionar un poco antes de huir hacia su habitación. A través del agujero de la cerradura comprobó que no se trataba de la señorita B, sino del capitán…"

—Señorita Bürstner.

Sonó como una súplica, no como una llamada.

—¿Hay alguien ahí? —preguntó la señorita Bürstner, y miró a su alrededor con los ojos muy abiertos.

—Soy yo —dijo K abriendo la puerta.

—¡Ah, señor K! —dijo la señorita Bürstner sonriendo—. Buenas noches —y le tendió la mano.

—Quisiera hablar con usted un momento, ¿me lo permite?

—¿Ahora? —preguntó la señorita Bürstner—. ¿Tiene que ser ahora? Es un poco extraño, ¿no?

—La estoy esperando desde las nueve.

—¡Ah!, bueno[16], he estado en el teatro, usted no me había dicho nada.

—El motivo por el que quiero hablar con usted es algo que ha sucedido esta mañana.

—Bien, no tengo nada en contra, excepto que estoy agotada. Venga un par de minutos a mi habitación, aquí no podemos conversar, despertaremos a todos y eso sería muy desagradable para mí, y no por las molestias causadas a los demás, sino por nosotros. Espere aquí hasta que haya encendido la luz en mi habitación y entonces apague la suya.

Así lo hizo K, luego esperó hasta que la señorita Bürstner le invitó en voz baja a entrar en su habitación.

—Siéntese —dijo, y señaló una otomana; ella permaneció de pie al lado de la cama a pesar del cansancio del que había hablado. Ni siquiera se quitó su pequeño sombrero, adornado con un ramillete de flores.

—Bueno, ¿qué desea usted? Tengo curiosidad por saberlo —dijo, y cruzó ligeramente las piernas.

—Tal vez le parezca —comenzó K— que el asunto no era tan urgente como para tener que hablarlo ahora, pero…

—Siempre ignoro las introducciones —dijo la señorita Bürstner.

—Bien, eso me facilita las cosas —dijo K—. Su habitación ha sido esta mañana, en cierto modo por mi culpa, un poco desordenada. Lo

---

[16] Tachado en el manuscrito: "Si quería hablar conmigo —aunque no me puedo imaginar de qué— ha tenido muchas oportunidades para hacerlo".

hicieron unos extraños contra mi voluntad y, como he dicho, también por mi culpa. Por eso quisiera pedirle perdón.

—¿Mi habitación? —preguntó la señorita Bürstner, y en vez de mirar la habitación dirigió a K una mirada inquisitiva.

Así ha sido —dijo K, y por primera vez se miraron a los ojos—. La manera en que ha ocurrido no merece la pena contarla.

—Pero es precisamente lo interesante —dijo la señorita Bürstner.

—No —dijo K.

—Bueno, tampoco quiero inmiscuirme en los asuntos de los demás, si usted insiste en que no es interesante, no objetaré nada. Acepto sus disculpas, sobre todo porque no encuentro ninguna huella de desorden.

Dio un paseo por la habitación con las manos en las caderas. Se paró frente a las fotografías.

—Mire —exclamó—, han movido mis fotografías. Eso es algo de mal gusto. Así que alguien ha entrado en mi habitación sin mi permiso.

K asintió y maldijo en silencio al funcionario Kaminer, que no podía dominar su absurda e inculta vivacidad.

—Es extraño —dijo la señorita Bürstner—, me veo obligada a prohibirle algo que usted mismo se debería prohibir: entrar en mi habitación cuando me hallo ausente.

—Yo le aseguro, señorita Bürstner —dijo K, acercándose a las fotografías—, que yo no he sido el que las ha tocado. Pero como no me cree, debo reconocer que la comisión investigadora ha traído a tres funcionarios del banco, de los cuales uno, al que cuando se me presente la primera oportunidad despediré del banco, probablemente tomó las fotografías en la mano. Sí —añadió K, ya que la señorita le había lanzado una mirada interrogativa—, esta mañana hubo aquí una comisión investigadora.

—¿Por usted? —preguntó la señorita.

—Sí —respondió K.

—No —exclamó ella, y rió.

—Sí, sí —dijo K—, ¿cree que soy inocente?

—Bueno, inocente… —dijo la señorita—. No quiero emitir ahora un juicio trascendente, tampoco le conozco, en todo caso debe de ser un delito grave para mandar inmediatamente a una comisión investigadora. Pero como está en libertad —deduzco por su tranquilidad que no se ha escapado de la cárcel—, no ha podido cometer un delito semejante.

—Sí —dijo K—, pero la comisión investigadora puede haber comprobado que soy inocente o no tan culpable como habían supuesto.

—Cierto, puede ser —dijo ella muy atenta.

—Ve usted —dijo K—, no tiene mucha experiencia en asuntos judiciales.

—No, no la tengo —dijo la señorita Bürstner—, y lo he lamentado con frecuencia, pues quisiera saberlo todo y los asuntos judiciales me interesan mucho. Los tribunales ejercen una poderosa fascinación, ¿verdad? Pero es muy probable que perfeccione mis conocimientos en este terreno, pues el mes próximo entro a trabajar en un bufete de abogados como secretaria.

—Eso está muy bien —dijo K—, así podrá ayudarme un poco en mi proceso.

—Podría ser—dijo ella—, ¿por qué no? Me gusta aplicar mis conocimientos.

—Se lo digo en serio —dijo K—, o al menos en el tono medio en broma medio en serio que usted ha empleado. El asunto es demasiado pequeño como para contratar a un abogado, pero podría necesitar a un consejero.

—Sí, pero si yo tuviera que ser el consejero, debería saber de qué se trata—dijo la señorita Bürstner.

Ahí está el quid, que ni yo mismo lo sé.

—Entonces ha estado bromeando conmigo —dijo ella muy decepcionada—, ha sido algo completamente innecesario elegir una hora tan intempestiva —y se alejó de las fotografías, donde hacía rato que permanecían juntos.

—Pero no, señorita—dijo K—, no bromeo en absoluto. ¡Que no me quiera creer! Le he contado todo lo que sé, incluso más de lo que sé, pues no era ninguna comisión investigadora, le he dado ese nombre porque no sabía cómo denominarla. No se ha investigado nada, sólo fui detenido, pero por una comisión.

La señorita Bürstner se sentó en la otomana y rió de nuevo:

—¿Cómo fue entonces? —preguntó.

—Horrible —dijo K, pero ya no pensaba en ello, se había quedado absorto en la contemplación de la señorita Bürstner, que, con la mano apoyada en el rostro, descansaba el codo en el cojín de la otomana y acariciaba lentamente su cadera con la otra mano.

—Eso es demasiado general —dijo ella.

—¿Qué es demasiado general? —preguntó K. Entonces se acordó y preguntó:

—¿Le puedo mostrar cómo ha ocurrido? —quería animar algo el ambiente para no tener que irse.

—Estoy muy cansada —dijo la señorita Bürstner.

—Vino muy tarde —dijo K.

—Y para colmo termina haciéndome reproches: me lo merezco, pues no debería haberle dejado entrar. Tampoco era necesario, como se ha comprobado después.

—Era necesario, ahora lo comprenderá —dijo K—. ¿Puedo desplazar de su cama la mesilla de noche?

—Pero, ¿qué se le ha ocurrido? —dijo la señorita Bürstner—. ¡Por supuesto que no!

—Entonces no se lo podré mostrar —dijo K excitado, como si le causaran un daño enorme.

—Bueno, si lo necesita para su representación, desplace la mesilla ——dijo la señorita Bürstner, y añadió poco después con voz débil:

—Estoy tan cansada que permito más de lo debido.

K colocó la mesilla en el centro de la habitación y se sentó detrás.

—Debe imaginarse correctamente la posición de las personas, es muy interesante. Yo soy el supervisor, allí, en el baúl, se sientan los dos vigilantes, al lado de las fotografías permanecen tres jóvenes, en el picaporte de la ventana cuelga, lo que menciono sólo de pasada, una blusa blanca. Y ahora comienza la función. Ah, se me olvidaba la persona más importante, yo estaba aquí, ante la mesilla. El supervisor estaba sentado con toda comodidad, las piernas cruzadas, el brazo colgando sobre el respaldo, tamaña grosería. Y ahora comienza todo de verdad. El supervisor me llama como si quisiera despertarme del sueño rnás profundo, es decir grita, por desgracia tengo que gritar para que lo comprenda, aunque sólo gritó mi nombre.

La señorita Bürstner, que escuchaba sonriente, se llevó el dedo índice a los labios para evitar que K gritase, pero era demasiado tarde, K estaba tan identificado con su papel que gritó:

—¡Josef K!

Aunque no lo hizo con la fuerza con que había amenazado, sí con la suficiente como para que el grito, una vez emitido, se expandiera lentamente por la habitación.

En ese instante golpearon la puerta de la habitación contigua; fueron golpes fuertes, cortos y regulares. La señorita Bürstner palideció y se puso la mano en el corazón. K se llevó un susto enorme, pues llevaba un rato en el que sólo había sido capaz de pensar en el incidente de la mañana y en la muchacha ante la que lo estaba representando. Apenas se había recuperado, saltó hacia la señorita Bürstner y tomó su mano.

—No tema usted nada —le susurró—, yo lo arreglaré todo. Pero, ¿quién puede ser? Aquí al lado sólo está el salón y nadie duerme en él.

—¡Oh, sí! —susurró la señorita Bürstner al oído de K—, desde ayer duerme un sobrino de la señora Grubach, un capitán. Ahora mismo no queda ninguna habitación libre. También yo lo había olvidado. ¡Cómo se le ocurre gritar así! Soy muy infeliz por su culpa.

—No hay ningún motivo —dijo K, y besó su frente cuando ella se reclinó en el cojín.

—Fuera, márchese —dijo ella, y se incorporó rápidamente—, márchese. Qué quiere, él escucha detrás de la puerta, lo escucha todo. ¡No me atormente más!

—No me iré —dijo K— hasta que se haya calmado. Venga a la esquina opuesta de la habitación, allí no nos puede escuchar.

Ella se dejó llevar.

—Piense que se trata sólo de una contrariedad, pero que no entraña ningún peligro. Ya sabe cómo me admira la señora Grubach, que es la que decide en este asunto, sobre todo considerando que el capitán es sobrino suyo. Se cree todo lo que le digo. Además, depende de mí, pues me ha pedido prestada una gran cantidad de dinero. Aceptaré todas sus propuestas para una aclaración de nuestro encuentro, siempre que sea oportuno, y le garantizo que la señora Grubach las creerá sinceramente y así lo manifestará en público. No tenga conmigo ningún tipo de miramientos. Si quiere que se difunda que la he sorprendido, así será instruida la señora Grubach y lo creerá sin perder la confianza en mí, tanto apego me tiene.

La señorita Bürstner contemplaba el suelo en silencio y un poco hundida.

—¿Por qué no va a creerse la señora Grubach que la he sorprendido? —añadió K. Ante él veía su pelo rojizo, separado por una raya, holgado en las puntas y recogido en la parte superior [17]. Creyó que le iba a mirar, pero ella, sin cambiar de postura, dijo:

—Discúlpeme, me he asustado tanto por los golpes repentinos, no por las consecuencias que podría traer consigo la presencia del capitán. Después de su grito estaba todo tan silencioso y de repente esos golpes, por eso estoy tan asustada. Yo estaba sentada al lado de la puerta, los golpes se produjeron casi a mi lado. Le agradezco sus proposiciones, pero no las acepto. Puedo asumir la responsabilidad por todo lo que ocurre en mi habitación y, además, frente a cualquiera. Me sorprende que no note la ofensa que suponen para mí sus sugerencias, por más que reconozca sus buenas intenciones. Pero ahora márchese, déjeme sola, ahora lo necesito mucho más que antes. Los pocos minutos que usted había pedido se han convertido en media hora o más.

K tomó su mano y luego su muñeca.

—¿No se habrá enfadado conmigo? —dijo él. Ella retiró su mano y respondió:

—No, no, soy incapaz de enfadarme.

K volvió a tomar su muñeca y ella, esta vez, lo aceptó, pero le condujo así hasta la puerta. Él estaba firmemente decidido a irse, pero al llegar a la puerta, como si no hubiera esperado encontrarse allí con

---

[17] Tachado en el manuscrito: "La felicidad de estar en su habitación, en su proximidad, podía terminar en cualquier momento".

semejante obstáculo, se detuvo, lo que la señorita Bürstner aprovechó para desasirse, abrir la puerta, deslizarse hasta el recibidor y, desde allí, decirle a K en voz baja:

Ahora váyase, se lo pido por favor. Mire —ella señaló la puerta del capitán, por debajo de la cual asomaba un poco de luz—, ha encendido la luz y nos está espiando.

Ya voy —dijo K, salió, la estrechó en sus brazos y la besó en la boca, luego ávidamente por todo el rostro, como un animal sediento que introduce la lengua en el anhelado manantial. Finalmente la besó en el cuello, a la altura de la garganta: allí dejó reposar sus labios un rato. Un ruido procedente de la habitación del capitán le obligó a mirar. —Ya me voy —dijo él, quiso llamarla por su nombre de pila, pero no lo sabía. Ella asintió cansada, le dejó la mano, mientras se volvía, para que la besara, como si no quisiera saber nada más y se retiró, encogida, a su habitación. Poco después K yacía en su cama. Se durmió rápidamente, aunque antes de dormirse pensó un poco en su comportamiento. Estaba satisfecho, pero se maravilló de no estar aún más satisfecho. Se preocupó seriamente por la señorita Bürstner a causa del capitán.

PRIMERA CITACIÓN JUDICIAL

A K le habían comunicado por teléfono que el domingo próximo tendría lugar una corta vista para la instrucción procesal de su causa. Sé le advertía que esas vistas se celebraban periódicamente, aunque no todas las semanas. También le comunicaron que todos tenían interés €n concluir el proceso lo más rápidamente posible; sin embargo, las investigaciones tenían que ser minuciosas en todos los aspectos, aunque, al mismo tiempo, el esfuerzo unido a ellas jamás debía durar demasiado. Precisamente por este motivo se había elegido realizar ese tipo de citaciones cortas y continuadas. Se había optado por el domingo como día de la vista sumarial para no perturbar las obligaciones profesionales de K. Se presumía que él estaría de acuerdo, pero si prefería otra fecha se intentaría satisfacer su deseo. Las citaciones podían tener lugar también por la noche, pero K no estaría lo suficientemente fresco. Así pues, y mientras K no objetase nada, la instrucción se llevaría a cabo los domingos. Era evidente que debía comparecer, ni siquiera era necesario advertírselo. Le dijeron el número de la casa: estaba situada en una calle apartada de los suburbios en la que K jamás había estado.

Una vez oído el mensaje, K colgó el auricular sin contestar; estaba decidido a ir el domingo: con toda seguridad era necesario; el proceso se había puesto en marcha y tenía que dejar claro que esa citación debía ser la última. Aún permanecía pensativo junto al aparato, cuando escuchó detrás de él la voz del subdirector, que quería llamar por teléfono. K le obstruía el paso.

—¿Malas noticias? —preguntó el subdirector sin pensar, no para saber algo, sino simplemente para apartar a K del teléfono.

—No, no —dijo K, que se apartó pero no se alejó.

El subdirector cogió el auricular y, mientras esperaba la conexión telefónica, se dirigió a K:

—Una pregunta, señor K, ¿le apetecería venir a una fiesta que doy el domingo en mi velero? Nos reuniremos un buen grupo y encontrará conocidos suyos, entre otros al fiscal Hasterer. ¿Quiere venir? ¡Venga, anímese!

K intentó prestar atención a lo que decía el subdirector. No carecía de importancia para él, pues esa invitación del subdirector, con el que nunca se había llevado bien, suponía un intento de reconciliación de su parte y, al mismo tiempo, mostraba la importancia que K había adquirido en el banco, así como lo valiosa que le parecía al segundo funcionario más importante del banco su amistad o, al menos, su imparcialidad. Esa invitación suponía, además, una humillación del subdirector, por más que la hubiera formulado por encima del auricular mientras esperaba la conexión telefónica. Pero K se vio obligado a ocasionarle una segunda humillación, dijo:

—¡Muchas gracias! Pero por desgracia el domingo no tengo tiempo, tengo un compromiso.

—Es una pena—dijo el subdirector, que se concentró en su conversación telefónica. No fue una conversación corta y K permaneció todo el tiempo pensativo al lado del teléfono. Cuando el subdirector colgó, K se asustó y dijo para disculpar su pasiva permanencia allí:

—Me acaban de llamar por teléfono, tendría que ir a algún sitio, pero se les ha olvidado decirme la hora.

—Pregunte usted—dijo el subdirector.

—No es tan importante —dijo K, aunque así dejaba sin fundamento su ya débil disculpa anterior. El subdirector habló todavía sobre algunas cosas mientras se iba, K hizo un esfuerzo para responderle, pero sólo pensaba en que lo mejor sería ir el domingo a las nueve de la mañana, pues ésa era la hora en que todos los juzgados comenzaban a trabajar los días laborables.

El domingo amaneció nublado. K se levantó muy cansado, ya que se había quedado hasta muy tarde por la noche en una reunión de su tertulia. Casi se había quedado dormido. Deprisa, sin apenas tiempo para pensar en nada ni para recordar los distintos planes que había hecho durante la semana, se vistió y salió corriendo, sin desayunar, hacia el suburbio indicado. Curiosamente, y aunque apenas tenía tiempo para mirar a su alrededor, se encontró con los tres funcionarios relacionados con su causa: Rabensteiner, Kullych y Kaminer. Los dos primeros pasaron por delante de K en un tranvía, Kaminer, sin embargo, estaba sentado en la terraza de un café y se inclinó con curiosidad sobre la barandilla cuando K pasó a su lado. Todos miraron cómo se alejaba y se sorprendieron por la prisa que llevaba. Era una suerte de despecho lo que había inducido a K a no coger ningún vehículo para llegar a su destino, pues quería evitar cualquier ayuda extraña en su asunto, por pequeña que fuera; tampoco quería recurrir a nadie ni ponerle al corriente de ningún detalle; finalmente tampoco tenía ganas de humillarse ante la comisión investigadora con una excesiva puntualidad. No obstante, corría, pero sólo para llegar alrededor de las nueve, aunque tampoco le habían citado a una hora concreta.

Había pensado que podría reconocer la casa desde lejos por algún signo, que, sin embargo, no se había podido imaginar, o por cierto movimiento ante la puerta. Pero en la calle Julius, que era en la que debía estar, y en cuyo inicio permaneció K un rato, sólo se alineaban a ambos lados casas grises de alquiler, altas y uniformes, habitadas por gente pobre. En aquella mañana de domingo estaban todas las ventanas ocupadas, hombres en camiseta se apoyaban en los antepechos y firmaban o sostenían cuidadosamente entre sus brazos a niños. En otras ventanas colgaba la ropa de cama, sobre la que de vez en cuando aparecía por un instante la cabeza desgreñada de alguna mujer. Se llamaban unos a otros a través de la calle: una de esas llamadas provocó risas sobre K. Repartidas con regularidad, a lo largo de la calle se encontraban, algo por debajo del nivel de la acera, algunas tiendas a las que se descendía por unas escaleras y en las que se vendían distintos alimentos. Se veía cómo entraban y salían mujeres de ellas: otras permanecían charlando ante la puerta. Un mercader de fruta, que pregonaba su mercancía y circulaba sin prestar atención, casi atropella a K, también distraído, con su carro. En ese momento comenzó a sonar un gramófono de un modo criminal: era un viejo aparato que sin duda había conocido tiempos mejores en un barrio más elegante.

K avanzó lentamente por la calle, como si tuviera tiempo o como si el juez de instrucción le estuviera viendo desde una ventana y supiera que K iba a comparecer. Pasaban pocos minutos de las nueve. La casa quedaba bastante lejos, era extraordinariamente ancha, sobre todo la puerta de entrada era muy elevada y amplia. Aparentemente estaba destinada a la carga y descarga de mercancías de los distintos almacenes que rodeaban el patio y que ahora permanecían cerrados. En las puertas de los almacenes se podían ver los letreros de las empresas. K conocía a alguna de ellas por su trabajo en el banco. Aunque no era su costumbre, permaneció un rato en la entrada del patio dedicándose a observar detenidamente todos los pormenores. Cerca de él estaba sentado un hombre descalzo que leía el periódico. Dos muchachos se columpiaban en un carro. Una niña débil, con la camisa del pijama, estaba al lado de una bomba de agua y miraba hacia K mientras el agua caía en su jarra. En una de las esquinas del patio estaban tendiendo un cordel entre dos ventanas, del que colgaba la ropa para secarse. Un hombre permanecía debajo y dirigía la operación con algunos gritos.

K se volvió hacia la escalera para dirigirse al juzgado de instrucción, pero se quedó parado, ya que aparte de esa escalera veía en el patio otras tres entradas con sus respectivas escaleras y, además, un pequeño corredor al final del patio parecía conducir a un segundo patio. Se enojó porque nadie le había indicado con precisión la situación de la sala del juzgado. Le habían tratado con una extraña desidia o indiferencia, era su intención dejarlo muy claro. Finalmente decidió subir por la primera escalera y, mientras lo hacía, jugó en su pensamiento con el recuerdo de la máxima pronunciada por el vigilante Willem, que el tribunal se ve atraído por la culpa, de lo que se podía deducir que la sala del juzgado tenía que encontrarse en la escalera que K había elegido casualmente.

Al subir le molestaron los numerosos niños que jugaban en la escalera y que, cuando pasaba entre ellos, le dirigían miradas malignas. "Si tengo que venir otra vez —se dijo—, tendré que traer caramelos para ganármelos o el bastón para golpearlos". Cuando le quedaba poco para llegar al primer piso, se vio obligado a esperar un rato, hasta que una pelota llegase, finalmente, a su destino; dos niños, con rostros espabilados de granujas adultos, le sujetaron por las perneras de los pantalones. Si hubiera querido desasirse de ellos, les tendría que haber hecho daño y él temía el griterío que podían formar.

La verdadera búsqueda comenzó en el primer piso. Como no podía preguntar sobre la comisión investigadora, se inventó a un carpintero apellidado Lanz —el nombre se le ocurrió porque el capitán, sobrino de la señora Grubach, se apellidaba así—, y quería preguntar en todas las viviendas si allí vivía el carpintero Lanz, así tendría la oportunidad de ver las distintas habitaciones. Pero resultó que la mayoría de las veces era superfluo, pues casi todas las puertas estaban abiertas y los niños salían y entraban. Por regla general eran habitaciones con una sola ventana, en las que también se cocinaba. Algunas mujeres sostenían niños de pecho en uno de sus brazos y trabajaban en el fogón con el brazo libre. Muchachas adolescentes, aparentemente vestidas sólo con un delantal, iban de un lado a otro con gran diligencia. En todas las habitaciones las camas permanecían ocupadas, yacían enfermos, personas durmiendo o estirándose. K llamó a las puertas que estaban cerradas y preguntó si allí vivía un carpintero apellidado Lanz. La mayoría de las veces abrían mujeres, escuchaban la pregunta y luego se dirigían a alguien en el interior de la habitación que se incorporaba en la cama.

—El señor pregunta si aquí vive un carpintero, un tal Lanz.

—¿Carpintero Lanz? —preguntaban desde la cama.

—Sí —decía K, a pesar de que allí indudablemente no se encontraba la comisión investigadora y que, por consiguiente, su misión había terminado.

Muchos creyeron que K tenía mucho interés en encontrar al carpintero Lanz, intentaron recordar, nombraron a un carpintero que no se llamaba Lanz u otro apellido que remotamente poseía cierta similitud, o preguntaron al vecino, incluso acompañaron a K hasta una puerta alejada, donde, según su opinión, posiblemente vivía un hombre con ese apellido como subinquilino, o donde había alguien que podía dar una mejor información. Finalmente, ya no fue necesario que siguiese preguntando, fue conducido de esa manera por todos los pisos. Lamentó su plan, que al principio le había parecido tan práctico. Antes de llegar al quinto piso, decidió renunciar a la búsqueda, se despidió de un joven y amable trabajador que quería conducirle hacia arriba, y bajó las escaleras. Entonces se enojó otra vez por la inutilidad de toda la empresa. Así que volvió a subir y tocó a la primera puerta del quinto piso. Lo primero que vio en la pequeña habitación fue un gran reloj de pared, que ya señalaba las diez.

—¿Vive aquí el carpintero Lanz? —preguntó.

—Pase, por favor—dijo una mujer joven con ojos negros y luminosos, que lavaba en ese preciso momento ropa de niño en un cubo, señalando hacia la puerta abierta que daba a una habitación contigua.

K creyó entrar en una asamblea. Una aglomeración de la gente más dispar —nadie prestó atención al que entraba— llenaba una habitación de mediano tamaño con dos ventanas, que estaba rodeada, casi a la altura del techo, por una galería que también estaba completamente ocupada y donde las personas sólo podían permanecer inclinadas, con la cabeza y la espalda tocando el techo. K, para quien el aire resultaba demasiado sofocante, volvió a salir y dijo a la mujer, que probablemente le había entendido mal:

—He preguntado por un carpintero, por un tal Lanz.

—Sí —dijo la mujer—, pase usted, por favor.

La mujer se adelantó y cogió el picaporte: sólo por eso la siguió; a continuación dijo:

—Después de que entre usted tengo que cerrar, nadie más puede entrar.

—Muy razonable —dijo K—, pero ya está demasiado lleno. No obstante, volvió a entrar.

Acababa de pasar entre dos hombres, que conversaban junto a la puerta —uno de ellos hacía un ademán con las manos extendidas hacia adelante como si estuviera contando dinero, el otro le miraba fijamente a los ojos—, cuando una mano agarró a K por el codo. Era un joven pequeño y de mejillas coloradas.

—Venga, venga usted —le dijo.

K se dejó guiar. Entre la multitud había un estrecho pasillo libre que la dividía en dos partes, probablemente en dos facciones distintas. asta impresión se veía fortalecida por el hecho de que K, en las primeras hileras, apenas veía algún rostro, ni a la derecha ni a la izquierda, que se volviera hacia él, sólo veía las espaldas de personas que dirigían exclusivamente sus gestos y palabras a los de su propio partido. La mayoría de los presentes vestía de negro, con viejas y largas chaquetas sueltas, de las que se usaban en días de fiesta. Esa forma de vestir confundió a K, que, si no, hubiera tomado todo por una asamblea política[18] del distrito.

En el extremo de la sala al que K fue conducido, había una pequeña mesa, en sentido transversal, sobre una tarima muy baja, también llena de gente, y, detrás de ella, cerca del borde de la tarima, estaba sentado un hombre pequeño, gordo y jadeante, que, en ese preciso momento, conversaba entre grandes risas con otro —que había apoyado el codo en

---

[18] Tachado en el manuscrito: "socialista".

el respaldo de la silla y cruzado las piernas—, situado a sus espaldas. A veces hacía un ademán con la mano en el aire, como si estuviera imitando a alguien. Al joven que condujo a K le costó transmitir su mensaje. Dos veces se había puesto de puntillas y había intentado llamar la atención, pero ninguno de los de arriba se fijó en él. Sólo cuando uno de los de la tarima reparó en el joven y anunció su presencia, el hombre gordo se volvió hacia él y escuchó inclinado su informe, transmitido en voz baja. A continuación, sacó su reloj y miró rápidamente a K.

—Tendría que haber comparecido hace una hora y cinco minutos —dijo.

K quiso responder algo, pero no tuvo tiempo, pues apenas había terminado de hablar el hombre, cuando se elevó un murmullo general en la parte derecha de la sala.

—Tendría que haber comparecido hace una hora y cinco minutos —repitió el hombre en voz más alta y paseó rápidamente su mirada por la sala. El rumor se hizo más fuerte y, como el hombre no volvió a decir nada, se apagó paulatinamente. En la sala había ahora menos ruido que cuando K había entrado. Sólo los de la galería no cesaban en sus observaciones. Por lo que se podía distinguir entre la oscuridad y el polvo, parecían vestir peor que los de abajo. Algunos habían traído cojines, que habían colocado entre la cabeza y el techo para no herirse.

K había decidido no hablar mucho y observar, por eso renunció a defenderse de los reproches de impuntualidad y se limitó a decir:

—Es posible que haya llegado tarde, pero ya estoy aquí.

A sus palabras siguió una ovación en la parte derecha de la sala.

"Gente fácil de ganar" —pensó K, al que sólo le inquietó el silencio en la parte izquierda, precisamente a sus espaldas, y de la que sólo había surgido algún aplauso aislado. Pensó qué podría decir para ganárselos a todos de una vez o, si eso no fuera posible, para ganarse a los otros al menos temporalmente.

—Sí —dijo el hombre—, pero yo ya no estoy obligado a interrogarle —el rumor se elevó, pero esta vez era equívoco, pues el hombre continuó después de hacer un ademán negativo con la mano—, aunque hoy lo haré como una excepción. No obstante, un retraso como éste no debe volver a repetirse. Y ahora, ¡adelántese!

Alguien bajó de la tarima, por lo que quedó un sitio libre que K ocupó. Estaba presionado contra la mesa, la multitud detrás de él era tan grande que tenía que ofrecer resistencia para no tirar de la tarima la mesa del juez instructor o, incluso, al mismo juez.

El juez instructor, sin embargo, no se preocupaba por eso, estaba sentado muy cómodo en su silla y, después de haberle dicho una última palabra al hombre que permanecía detrás de él, cogió un libro de notas, el único objeto que había sobre la mesa. Parecía un cuaderno colegial, era viejo y estaba deformado por el uso.

—Bien —dijo el juez instructor, hojeó el libro y se dirigió a K con un tono verificativo:

—¿Usted es pintor de brocha gorda?

—No —dijo K—, soy el primer gerente de un gran banco.

Esta respuesta despertó risas tan sinceras en la parte derecha de la sala que K también tuvo que reír. La gente apoyaba las manos en las rodillas y se agitaba tanto que parecía presa de un grave ataque de tos. También rieron algunos de la galería. El juez instructor, profundamente enojado, como probablemente era impotente frente a los de abajo, intentó resarcirse con los de la galería. Se levantó de un salto, amenazó a la galería, y sus cejas se elevaron espesas y negras sobre sus ojos.

La parte de la izquierda aún permanecía en silencio, los espectadores estaban en hileras, con los rostros dirigidos a la tarima y, mientras los del partido contrario formaban gran estruendo, escuchaban con tranquilidad las palabras que se intercambiaban arriba, incluso toleraban que en un momento u otro algunos de su facción se sumaran a la otra. La gente del partido de la izquierda, que, por lo demás, era menos numeroso, en el fondo quería ser tan insignificante como el partido de la derecha, pero la tranquilidad de su comportamiento les hacía parecer más importantes. Cuando K comenzó a hablar, estaba convencido de que hablaba en su sentido.

—Su pregunta, señor juez instructor, de si soy pintor de brocha gorda —aunque en realidad no se trataba de una pregunta, sino de una apera afirmación—, es significativa para todo el procedimiento que se ha abierto contra mí. Puede objetar que no se trata de ningún procedimiento, tiene razón, pues sólo se trata de un procedimiento si yo lo reconozco como tal. Por el momento así lo hago, en cierto modo por compasión. Aquí no se puede comparecer sino con esa actitud compasiva, si uno quiere ser tomado en consideración. No digo que sea un procedimiento caótico, pero le ofrezco esta designación para que tome conciencia de su situación.

K interrumpió su discurso y miró hacia la sala. Lo que acababa de decir era duro, más de lo que había previsto, pero era la verdad. Se había ganado alguna ovación, pero todo permaneció en silencio, probablemente se esperaba con tensión la continuación, tal vez en el silencio se preparaba una irrupción que pondría fin a todo. Resultó molesto que en ese momento se abriera la puerta. La joven lavandera, que probablemente había concluido su trabajo, entró en la sala y a pesar de toda su precaución, atrajo algunas miradas. Sólo el juez de instrucción le procuró a K una alegría inmediata, pues parecía haber quedado afectado por sus palabras. Hasta ese momento había escuchado de pie, pues el discurso de K le había sorprendido mientras se dirigía a la galería. Ahora que había una pausa, se volvió a sentar, aunque lentamente, como si no quisiera que nadie lo advirtiera. Probablemente para calmarse volvió a tomar el libro de notas.

—No le ayudará nada —continuó K—, también su cuadernillo confirma lo que le he dicho.

Satisfecho al oír sólo sus sosegadas palabras en la asamblea, K osó arrebatar, sin consideración alguna, el cuaderno al juez de instrucción. Lo cogió con las puntas de los dedos por una de las hojas del medio, como si le diera asco, de tal modo que las hojas laterales, llenas de manchas amarillentas, escritas apretadamente por ambas caras, colgaban hacia abajo.

—Éstas son las actas del juez instructor —dijo, y dejó caer el cuaderno sobre la mesa—. Siga leyendo en él, señor juez instructor, de ese libro de cuentas no temo nada, aunque no esté a mi alcance, ya que sólo puedo tocarlo con la punta de dos dedos.

Sólo pudo ser un signo de profunda humillación, o así se podía interpretar, que el juez instructor cogiera el cuaderno tal y como había caído sobre la mesa, lo intentara poner en orden y se propusiera leer en él de nuevo.

Los rostros de las personas en la primera hilera estaban dirigidos a K con tal tensión que él los contempló un rato desde arriba. Eran hombres mayores, algunos con barba blanca. Es posible que ésos fueran los más influyentes en la asamblea, la cual, a pesar de la humillación del juez instructor, no salió de la pasividad en la que había quedado sumida desde que K había comenzado a hablar.

—Lo que me ha ocurrido —continuó K con voz algo más baja que antes, buscando los rostros de la primera fila, lo que dio a su discurso un aire de inquietud—, lo que me ha ocurrido es un asunto particular y, como tal, no muy importante, pues no lo considero grave, pero es significativo de un procedimiento que se incoa contra otros muchos. Aquí estoy en representación de ellos y no sólo de mí mismo.

Había elevado la voz involuntariamente. En algún lugar alguien aplaudió con las manos alzadas y gritó:

—¡Bravo! ¿Por qué no? ¡Otra vez bravo!

Los ancianos de las primeras filas se acariciaron las barbas, pero ninguno se volvió a causa de la exclamación. Tampoco K le atribuyó ninguna importancia, seguía animado. Ya no creía necesario que todos aplaudieran, le bastaba con que la mayoría comenzase a reflexionar sobre el asunto y que alguno, de vez en cuando, se dejara convencer.

—No quiero alcanzar ningún triunfo retórico —dijo K, sacando conclusiones de su reflexión—, tampoco podría. Es muy probable que él señor juez instructor hable mucho mejor que yo, es algo que forma parte de su profesión. Lo único que deseo es la discusión pública de una irregularidad pública. Escuchen: fui detenido hace diez días, me río de lo que motivó mi detención, pero eso no es algo para tratarlo aquí. Me asaltaron por la mañana temprano, cuando aún estaba en la cama. Es muy posible —no se puede excluir por lo que ha dicho el juez instructor— que tuvieran la orden de detener a un pintor, tan inocente como yo, pero me eligieron a mí. La habitación contigua estaba ocupada por dos rudos vigilantes. Si yo hubiera sido un ladrón peligroso, no se hubieran podido tomar mejores medidas. Esos vigilantes eran, por añadidura, una chusma indecente, su cháchara era insufrible, se querían dejar sobornar, se querían apropiar con trucos de mi ropa interior y de mis trajes, querían dinero para, según dijeron, traerme un desayuno, después de haberse comido con desvergüenza inusitada el mío ante mis propios ojos. Y eso no fue todo. Me llevaron a otra habitación, ante el supervisor. Era la habitación de una dama, a la que aprecio mucho, y tuve que ver cómo esa habitación, por mi causa aunque no por mi culpa, fue ensuciada en cierto modo por la presencia de los vigilantes y del supervisor. No fue fácil guardar la calma. No obstante, lo conseguí, y pregunté al supervisor con toda tranquilidad — si estuviera aquí presente lo tendría que confirmar— por qué estaba detenido. ¿Y qué respondió ese supervisor, al que aún puedo ver sentado en el sillón de la mencionada dama, como la personificación de la arrogancia más estúpida? Señores, en el fondo no respondió nada, tal vez ni siquiera sabía nada, me había detenido y con eso quedaba satisfecho. Pero había hecho algo más, había introducido a tres empleados inferiores de mi banco en la habitación de esa dama, que se entretuvieron en tocar y desordenar unas fotografías, propiedad de la dama en cuestión. La presencia de esos empleados tenía, sin embargo, otra finalidad, su misión, como la de mi casera y la de la criada, consistía en difundir la noticia de mi detención para dañar mi reputación y, sobre todo, para poner en peligro mi posición en el banco. Pero no han conseguido nada. Hasta mi casera, una persona muy simple —quisiera mencionar aquí su nombre como timbre de honor, la señora Grubach—, hasta la señora Grubach tuvo la suficiente capacidad de juicio para comprender que semejante detención no tenía más importancia que un plan ejecutado por algunos jóvenes mal vigilados en una callejuela. Lo repito, lo único que me ha proporcionado todo esto han sido contrariedades y un enojo pasajero, pero ¿no hubiera podido tener acaso peores consecuencias?

Cuando K dejó de hablar y miró hacia el silencioso juez de instrucción, creyó notar que éste le hacía un signo con la mirada a alguien de la multitud. K se rió y prosiguió:

—El juez instructor acaba de hacer a alguien de ustedes una señal secreta. Parece que entre ustedes hay personas que se dejan dirigir desde aquí arriba. No sé si esa señal debe despertar ovaciones o silbidos, pero, al descubrir a tiempo el truco, renuncio a averiguar el significado del signo. Me es completamente indiferente y autorizo públicamente al señor juez instructor para que imparta sus órdenes a sus empleados asalariados de ahí abajo de viva voz y no con signos secretos, que diga algo como: "ahora silben" o "ahora aplaudan".

A causa de su confusión o de su impaciencia, el juez instructor no cesaba de removerse en su silla. El hombre que estaba detrás, y con el que había conversado anteriormente, se inclinó de nuevo hacia él, ya fuese para insuflarle valor o para darle un consejo. Abajo, la gente conversaba en voz baja, pero animadamente. Los dos partidos, que en un principio parecían tener opiniones contrarias, se mezclaron. Algunas personas señalaban a K con el dedo, otras al juez instructor. La neblina que había en la estancia era muy molesta, incluso impedía que el público más alejado pudiera ver con claridad. Tenía que ser especialmente molesto para los de la galería, quienes, no sin antes lanzar miradas temerosas de soslayo hacia el juez instructor, se veían obligados a preguntar a los participantes en la asamblea para enterarse mejor. Las respuestas también se daban en voz baja, disimulando con la mano en la boca.

—Ya termino —dijo K, y como no había ninguna campanilla, dio un golpe con el puño en la mesa; debido al susto, las cabezas del juez instructor y del consejero se separaron por un instante—. Todo este asunto apenas me afecta, así que puedo juzgarlo con tranquilidad. Ustedes podrán sacar, suponiendo que tengan algún interés en este supuesto tribunal, alguna ventaja si me escuchan. Les suplico, por consiguiente, que aplacen sus comentarios para más tarde, pues apenas tengo tiempo y me iré pronto.

Nada más terminar de decir estas palabras, se hizo el silencio, tal era el dominio que K ejercía sobre la asamblea. Ya no se lanzaron gritos amo al principio, ya no se aplaudió más, parecían convencidos o estaban en vías de serlo.

—No hay ninguna duda—dijo K en voz muy baja, pues sentía cierto placer al percibir la tensa escucha de toda la asamblea; de ese silencio surgía un zumbido más excitante que la ovación más halagadora—, no hay ninguna duda de que detrás de las manifestaciones de este tribunal, en mi caso, pues, detrás de la detención y del interrogatorio de hoy, se encuentra una gran organización. Una organización que, no sólo da empleo a vigilantes corruptos, a necios supervisores y a jueces de instrucción, quienes, en el mejor de los casos, sólo muestran una modesta capacidad, sino a una judicatura de rango supremo con su numeroso séquito de ordenanzas, escribientes, gendarmes y otros ayudantes, sí, es posible que incluso emplee a verdugos, no tengo miedo de pronunciar la palabra. Y, ¿cuál es el sentido de esta organización, señores? Se dedica a detener a personas inocentes y a incoar procedimientos absurdos sin alcanzar en la mayoría de los casos, como el mío, ten resultado. ¿Cómo se puede evitar, dado lo absurdo de todo el procedimiento, la corrupción general del cuerpo de funcionarios? Es imposible, ni siquiera el juez del más elevado escalafón lo podría evitar con su propia persona. Por eso mismo, los vigilantes tratan de robar la ropa de los detenidos, por eso irrumpen los supervisores en las viviendas ajenas, por eso en vez de interrogar a los inocentes se prefiere deshonrarlos ante una asamblea. Los vigilantes me hablaron de almacenes o depósitos a los que se llevan las posesiones de los detenidos; quisiera visitar alguna vez esos almacenes, en los que se pudren los bienes adquiridos con esfuerzo de los detenidos, o al menos la parte que no haya sido robada por los empleados de esos almacenes.

K fue interrumpido por un griterío al final de la sala; se puso la mano sobre los ojos para poder ver mejor, pues la turbia luz diurna intensificaba el blanco de la neblina que impedía la visión. Se trataba de la lavandera, a la que K había considerado desde su entrada como un factor perturbador. Si era culpable o no, era algo que no se podía advertir. K sólo podía ver que un hombre se la había llevado a una esquina cercana a la puerta y allí se apretaba contra ella[19]. Pero no era la lavandera la que gritaba, sino el hombre, que abría la boca y miraba hacia el techo. Alrededor de ambos se había formado un pequeño círculo, los de la galería parecían entusiasmados, pues se había interrumpido la seriedad que K había impuesto en la asambleas[20]. K quiso en un primer momento correr hacia allí, también pensó que todos estarían interesados en restablecer el orden y, al menos, expulsar a la pareja de la sala, pero las personas de las primeras filas permanecieron inmóviles en sus sitios, ninguna hizo el menor ademán ni tampoco dejaron pasar a K. Todo lo contrario, se lo impidieron violentamente. Los ancianos rechazaban a K con los brazos, y una mano —K no tuvo tiempo para volverse— le sujetó por el cuello. K dejó de pensar en la pareja; le parecía como si su libertad se viera constreñida, como si lo de detenerle fuera en serio. Su reacción fue saltar sin miramientos de la tarima. Ahora estaba frente a la multitud. ¿Acaso no había juzgado correctamente a aquella gente? ¿Había confiado demasiado en el efecto de su discurso? ¿Habían disimulado mientras él hablaba y ahora que había llegado a las conclusiones ya estaban hartos de tanto disimulo? ¡Qué rostros los que le rodeaban! Pequeños ojos negros se movían inquietos, las mejillas colgaban como las de los borrachos, las largas barbas eran ralas y estaban tiesas, si se las cogía era como si se cogiesen garras y no barbas. Bajo las barbas, sin embargo —y éste fue el verdadero hallazgo de K—, en los cuellos de las chaquetas, brillaban distintivos de distinto tamaño y color. Todos tenían esos distintivos. Todos pertenecían a la misma organización, tanto el supuesto partido de la izquierda como el de la derecha, y cuando se volvió súbitamente, descubrió los mismos distintivos en el cuello del

---

[19] Tachado en el manuscrito con varias correcciones: "…cuya blusa abierta le colgaba de la cintura y contra la que se apretaba un hombre en camisa".

[20] Tachado en el manuscrito: "K quiso ir hacia allí en seguida para restablecer el orden y poner fin a aquel comportamiento desvergonzado. El juez instructor se mostraba incapaz de hacerlo, ni siquiera miraba hacia allí, se limitaba a esperar para ver la reacción de K. Pero éste no pudo bajar de la tarima, había demasiada gente que se lo impedía".

juez instructor, que, con las manos sobre el vientre, lo contemplaba todo con tranquilidad.

—¡Ah! —gritó K, y elevó los brazos hacia arriba, como si su repentino descubrimiento necesitase espacio—. Todos vosotros sois funcionarios, como ya veo, vosotros sois la banda corrupta contra la que he hablado, hoy os habéis apretado aquí como oyentes y fisgones, habéis formado partidos ilusorios y uno ha aplaudido para ponerme a prueba. Queríais poner en práctica vuestras mañas para embaucar a inocentes. Bien, no habéis venido en balde. Al menos os habréis divertido con alguien que esperaba una defensa de su inocencia por vuestra parte. ¡Déjame o te doy! —gritó K a un anciano tembloroso que se había acercado demasiado a él—. Realmente espero que hayáis aprendido algo. Y con esto os deseo mucha suerte en vuestra empresa.

Tomó con rapidez el sombrero, que estaba en el borde de la mesa, y se abrió paso entre el silencio general, un silencio fruto de la más completa sorpresa, hacia la salida. No obstante, el juez instructor parecía haber sido mucho más rápido que K, pues ya le esperaba ante la puerta.

—Un instante—dijo.

K se detuvo, pero no miró al juez instructor, sino a la puerta, cuyo picaporte ya había cogido.

—Sólo quería llamarle la atención, pues no parece consciente de algo importante —dijo el juez instructor—, de que hoy se ha privado a sí mismo de la ventaja que supone el interrogatorio para todo detenido.

K rió ante la puerta.

—¡Pordioseros! —gritó—. Os regalo todos los interrogatorios.

Abrió la puerta y se apresuró a bajar las escaleras. Detrás de él se elevó un gran rumor en la asamblea, otra vez animada, que probablemente comenzó a discutir lo acaecido como lo harían unos estudiantes.

EN LA SALA DE SESIONES EL ESTUDIANTE LAS OFICINAS DEL JUZGADO

Durante la semana siguiente K esperó día tras día una notificación: no podía creer que hubieran tomado literalmente su renuncia a ser interrogado y, al llegar el sábado por la noche y no recibir nada, su puso que había sido citado tácitamente en la misma casa y a la misma hora. Así pues, el domingo se puso en camino, pero esta vez fue directamente, sin perderse por las escaleras y pasillos; algunas personas que se acordaban de él le saludaron, pero ya no tuvo que preguntarle a nadie y encontró pronto la puerta correcta. Le abrieron inmediatamente después de llamar y, sin ni siquiera mirar a la mujer de la otra vez, que permaneció al lado de la puerta, quiso entrar en seguida a la habitación contigua.

—Hoy no hay sesión —dijo la mujer.

—¿Por qué no? —preguntó K sin creérselo. Pero la mujer le convenció al abrir la puerta de la sala. Realmente estaba vacía y en ese estado se mostraba aún más deplorable que el último domingo. Sobre la mesa, que seguía situada sobre la tarima, había algunos libros.

—¿Puedo mirar los libros? —preguntó K, no por mera curiosidad, sino sólo para aprovechar su estancia allí.

—No —dijo la mujer, y cerró la puerta—. No está permitido. Los libros pertenecen al juez instructor.

—¡Ah, ya! —dijo K, y asintió—, los libros son códigos y es propio de este tipo de justicia que uno sea condenado no sólo inocente, sino también ignorante.

Así será—dijo la mujer, que no le había comprendido bien.

—Bueno, entonces me iré—dijo K.

—¿Debo comunicarle algo al juez instructor? —preguntó la mujer.

—¿Le conoce? —preguntó K.

—Naturalmente —dijo la mujer—. Mi marido es ujier del tribunal.

K advirtió que la habitación, en la que la primera vez sólo vio un barreño, ahora estaba amueblada como el salón de una vivienda normal. La mujer notó su asombro y dijo:

—Sí, aquí disponemos de vivienda gratuita, pero tenemos que limpiar la sala de sesiones. La posición de mi marido tiene algunas desventajas.

—No me sorprende tanto la habitación —dijo K, que miró a la mujer con cara de pocos amigos—, como el hecho de que usted esté casada.

—¿Hace referencia al incidente en la última sesión, cuando le molesté durante su discurso? —preguntó la mujer.

—Naturalmente —dijo K—. Hoy ya pertenece al pasado y casi lo he olvidado, pero entonces me puso furioso. Y ahora me dice que es una mujer casada.

—Mi interrupción no le perjudicó mucho. Después se le juzgó de una manera muy desfavorable.

—Puede ser —dijo K, desviando la conversación—, pero eso no la disculpa.

—Los que me conocen sí me disculpan —dijo la mujer—, el que me abrazó me persigue ya desde hace tiempo. Puede que no sea muy atractiva, pero para él sí lo soy. Aquí no tengo protección alguna y mi marido ya se ha hecho a la idea; si quiere mantener su puesto, tiene que tolerar ese comportamiento, pues ese hombre es estudiante y es posible que se vuelva muy poderoso. Siempre está detrás de mí, precisamente poco antes de que usted llegara, salía él.

—Armoniza con todo lo demás —dijo K—, no me sorprende en absoluto.

—¿Usted quiere mejorar algo aquí? —dijo la mujer lentamente y con un tono inquisitivo, como si lo que acababa de decir fuese peligroso tanto para ella como para K—. Lo he deducido de su discurso, que a mí personalmente me gustó mucho. Por desgracia, me perdí el comienzo y al final estaba en el suelo con el estudiante. Esto es tan repugnante —dijo después de una pausa y tomó la mano de K—. ¿Cree usted que podrá lograr alguna mejora?

K sonrió y acarició ligeramente su mano.

—En realidad —dijo—, no pretendo realizar ninguna mejora, como usted se ha expresado, y si usted se lo dijera al juez instructor, se reiría de usted o la castigaría. Jamás me hubiera injerido voluntariamente en este asunto y las necesidades de mejora de esta justicia no me habrían quitado el sueño. Pero me he visto obligado a intervenir al ser detenido — pues ahora estoy realmente detenido—, y sólo en mi defensa. Pero si al mismo tiempo puedo serle útil de alguna manera, estaré encantando, y no sólo por altruismo, sino porque usted también me puede ayudar a mí.

—¿Cómo podría? —preguntó la mujer.

—Por ejemplo, mostrándome los libros que hay sobre la mesa.

—Pues claro —exclamó la mujer, y lo acompañó hasta donde se encontraban.

Se trataba de libros viejos y usados; la cubierta de uno de ellos estaba rota por la mitad, sólo se mantenía gracias a unas tiras de papel celo.

—Qué sucio está todo esto —dijo K moviendo la cabeza, y la mujer limpió el polvo con su delantal antes de que K cogiera los libros.

K abrió el primero y apareció una imagen indecorosa: un hombre y una mujer sentados desnudos en un canapé; la intención obscena del dibujante era clara, no obstante, su falta de habilidad había sido tan notoria que sólo se veía a un hombre y a una mujer, cuyos cuerpos destacaban demasiado, sentados con excesiva rigidez y, debido a una perspectiva errónea, apenas distinguibles en su actitud. K no siguió hojeando, sino que abrió la tapa del segundo volumen: era una novela Con el título: Las vejaciones que Grete tuvo que sufrir de su marido Hans.

—Éstos son los códigos que aquí se estudian—dijo K—. Los hombres que leen estos libros son los que me van a juzgar.

—Le ayudaré —dijo la mujer—. ¿Quiere?

—¿Puede realmente hacerlo sin ponerse en peligro? Usted ha dicho que su esposo depende mucho de sus superiores.

—A pesar de todo quiero ayudarle —dijo ella—. Venga, hablaremos del asunto. Sobre el peligro que podría correr, no diga una palabra más. Sólo temo al peligro donde quiero temerlo. Venga conmigo —y señaló la tarima, haciendo un gesto para que se sentara allí con ella.

—Tiene unos ojos negros muy bonitos —dijo ella después de sentarse y contemplar el rostro de K—. Me han dicho que yo también tengo ojos bonitos, pero los suyos lo son mucho más. Me llamaron la atención la primera vez que le vi. Fueron el motivo por el que entré en la asamblea, lo que no hago nunca, ya que, en cierta medida, me está prohibido.

"Así que es eso —pensó K—, se está ofreciendo, está corrupta como todo a mi alrededor; está harta de los funcionarios judiciales, lo que es comprensible, y saluda a cualquier extraño con un cumplido sobre sus ojos".

K se levantó en silencio, como si hubiera pensado en voz alta y le hubiese aclarado así a la mujer su comportamiento.

—No creo que pueda ayudarme —dijo él—. Para poder hacerlo realmente, debería tener relaciones con funcionarios superiores. Pero usted sólo conoce con seguridad a los empleados inferiores que pululan aquí entre la multitud. A éstos los conoce muy bien, y podrían hacer algo por usted, eso no lo dudo, pero lo máximo que podrían conseguir carecería de importancia para el definitivo desenlace del proceso y usted habría perdido el favor de varios amigos. No quiero que ocurra eso. Mantenga la relación con esa gente, me parece, además, que le resulta algo indispensable. No lo digo sin lamentarlo, pues, para corresponder a su cumplido, le diré que usted también me gusta, especialmente cuando me mira con esa tristeza, para la que, por lo demás, no tiene ningún motivo. Usted pertenece a la sociedad que yo combato, pero se siente bien en ella, incluso ama al estudiante o, si no lo ama, al menos lo prefiere a su esposo. Eso se podría deducir fácilmente de sus palabras.

—¡No! —exclamó ella, permaneciendo sentada y cogiendo la mano de K, quien no pudo retirarla a tiempo—. No puede irse ahora, no puede irse con una opinión tan falsa sobre mí.

¿Sería capaz de irse ahora? ¿Soy tan poco valiosa para usted que no me quiere hacer el favor de permanecer aquí un rato?

—No me interprete mal —dijo K, y se volvió a sentar—, si es tan importante para usted que me quede, lo haré encantado, tengo tiempo, pues vine con la esperanza de que hoy se celebrase una reunión. Con lo que le he dicho anteriormente, sólo quería pedirle que no emprendiese nada en mi proceso. Pero eso no la debe enojar, sobre todo si piensa que a mí no me importa nada el desenlace del proceso y que, en caso de que me condenaran, sólo podría reírme. Eso suponiendo que realmente se llegue al final del proceso, lo que dudo mucho. Más bien creo que el procedimiento, ya sea por pura desidia u olvido, o tal vez por miedo de los funcionarios, ya se ha interrumpido o se interrumpirá en poco tiempo. No obstante, también es posible que hagan continuar un proceso aparente con la esperanza de lograr un buen soborno, pero será en vano, como muy bien puedo afirmar hoy, ya que no sobornaré a nadie. Siempre sería una amabilidad de su parte comunicarle al juez instructor, o a cualquier otro que le guste propagar buenas noticias, que nunca lograrán, ni siquiera empleando trucos, en lo que son muy duchos, que los soborne. No tendrán la menor perspectiva de éxito, se lo puede decir abiertamente. Por lo demás, es muy posible que ya lo hayan advertido, pero en el caso contrario, tampoco me importa mucho que se enteren ahora. Así los señores podrían ahorrarse el trabajo, y yo algunas incomodidades, las cuales, sin embargo, soportaré encantado, si al mismo tiempo suponen una molestia para los demás.

¿Conoce usted al juez instructor?

—Claro —dijo la mujer—, en él pensé al principio, cuando ofrecí mi ayuda. No sabía que era un funcionario inferior, pero como usted lo dice, será cierto. Sin embargo, pienso que el informe que él proporciona a los escalafones superiores posee alguna influencia. Y él escribe tantos informes. Usted dice que los funcionarios son vagos, no todos, especialmente este juez instructor no lo es, él escribe mucho. El domingo pasado, por ejemplo, la sesión duró hasta la noche. Todos se fueron, pero el juez instructor permaneció en la sala; tuve que llevarle una lámpara, una pequeña lámpara de cocina, pues no tenía otra, no obstante, se conformó y comenzó a escribir en seguida. Mientras, mi esposo, que precisamente había tenido libre ese domingo, ya había llegado, así que volvimos a traer los muebles, arreglamos nuestra habitación, vinieron algunos vecinos, conversamos a la luz de una vela, en suma, nos olvidamos del juez instructor y nos fuimos a dormir. De repente me desperté, debía de ser muy tarde, al lado de la cama estaba el juez instructor, tapando la lámpara para que no deslumbrase a mi esposo. Era una precaución innecesaria, mi esposo duerme tan profundamente que no le despierta ninguna luz. Casi grité del susto, pero el juez instructor fue muy amable, me hizo una señal para que me calmase y me susurró que había estado escribiendo hasta ese momento, que me traía la lámpara y que jamás olvidaría cómo me había encontrado dormida. Con esto sólo quiero decirle que el juez instructor escribe muchos informes, especialmente sobre usted, pues su declaración fue, con toda seguridad, el asunto principal de la sesión dominical. Esos informes tan largos no pueden carecer completamente de valor. Además, por el incidente que le he contado, puede deducir que el juez instructor se interesa por mí y que, precisamente ahora, cuando se ha fijado en mí, podría tener mucha influencia sobre él. Además, tengo aún más pruebas de que se interesa por mí. Ayer, a través del estudiante, que es su colaborador y con el que tiene mucha confianza, me regaló unas medias de seda, al parecer como motivación para que limpie y arregle la sala de sesiones, pero eso es un pretexto, pues ese trabajo es mi deber y por eso le pagan a mi esposo. Son medias muy bonitas, mire —ella extendió las piernas, se levantó la falda hasta las rodillas y también miró las medias—. Son muy bonitas, pero demasiado finas, no son apropiadas para mí.

De repente paró de hablar, puso su mano sobre la de K, como si quisiera tranquilizarle y musitó:

—¡Silencio, Bertold nos está mirando!

K levantó lentamente la mirada. En la puerta de la sala de sesiones había un hombre joven: era pequeño, tenía las piernas algo arqueadas y llevaba una barba rojiza y rala. K lo observó con curiosidad, era el primer estudiante de esa extraña ciencia del Derecho desconocida con el que se encontraba, un hombre que, probablemente, llegaría a ser un funcionario superior. El estudiante, sin embargo, no se preocupaba en absoluto de K, se limitó a hacer una seña a la mujer llevándose un dedo a la barba y, a continuación, se fue hacia la ventana. La mujer se inclinó hacia K y susurró:

—No se enoje conmigo, se lo suplico, tampoco piense mal de mí, ahora tengo que irme con él, con ese hombre horrible, sólo tiene que mirar esas piernas torcidas. Pero volveré en seguida y, si quiere, entonces me iré con usted, a donde usted quiera. Puede hacer conmigo lo que desee, estaré feliz si puedo abandonar este sitio el mayor tiempo posible, aunque lo mejor sería para siempre.

Acarició la mano de K, se levantó y corrió hacia la ventana. Involuntariamente, K trató de coger su mano en el vacío. La mujer le había seducido y, después de reflexionar un rato, no encontró ningún motivo sólido para no ceder a la seducción. La efímera objeción de que la mujer lo podía estar capturando para el tribunal, la rechazó sin esfuerzo. ¿Cómo podría hacerlo? ¿Acaso no permanecía él tan libre que podía destruir, al menos en lo que a él concernía, todo el tribunal? ¿No podía mostrar algo de confianza? Y su solicitud de ayuda parecía sincera y posiblemente valiosa. Además, no podía haber una venganza mejor contra el juez instructor y su séquito que quitarle esa mujer y hacerla suya. Podría ocurrir que un día el juez instructor, después de haber trabajado con esfuerzo en los informes mendaces sobre K, encontrase por la noche la cama vacía de la mujer. Y vacía porque ella pertenecía a K, porque esa mujer de la ventana, ese cuerpo voluptuoso, flexible y cálido, cubierto con un vestido oscuro de tela basta, sólo le pertenecía a él.

Después de haber ahuyentado de esa manera las dudas contra la mujer, la conversación en voz baja que sostenían en la ventana le pareció demasiado larga, así que golpeó con un nudillo la tarima y, luego, con el puño. El estudiante miró un instante hacia K sobre el hombro de la mujer, pero no se dejó interrumpir, incluso se apretó más contra ella y la rodeó con los brazos. Ella inclinó la cabeza, como si le escuchara atentamente, el estudiante la besó ruidosamente en el cuello, sin detener, aparentemente, la conversación. K vio confirmada la tiranía que el estudiante, según las palabras de la mujer, ejercía sobre ella, se levantó y anduvo de un lado a otro de la habitación. Pensó, sin dejar de lanzar miradas de soslayo al estudiante, cómo podría arrebatársela lo más rápido posible, y por eso no le vino nada mal cuando el estudiante, irritado por los paseos de K, que a ratos derivaban en un pataleo, se dirigió a él:

—Si está tan impaciente, puede irse. Se podría haber ido mucho antes, nadie le hubiera echado de menos. Sí, tal vez debiera haberse ido cuando yo entré y, además, a toda prisa.

En esa advertencia se ponía de manifiesto la cólera que dominaba al estudiante, pero sobre todo salía a la luz la arrogancia del futuro funcionario judicial que hablaba con un acusado por el que no sentía ninguna simpatía. K se detuvo muy cerca de él y dijo sonriendo:

—Estoy impaciente, eso es cierto, pero esa impaciencia desaparecerá en cuanto nos deje en paz. No obstante, si usted ha venido a estudiar—he oído que es estudiante—, estaré encantado de dejarle el espacio suficiente y me iré con la mujer. Por lo demás, tendrá que estudiar mucho para llegar a juez. No conozco muy bien este tipo de justicia, pero creo que con esos malos discursos que usted pronuncia con tanto descaro aún no alcanza el nivel exigido.

—No deberían haber dejado que se moviese con tanta libertad —dijo como si quisiera dar una explicación a la mujer sobre las palabras insultantes de K—. Ha sido un error. Se lo he dicho al juez instructor. Al menos se le debería haber confinado en su habitación durante el interrogatorio. El juez instructor es, a veces, incomprensible[21].

—Palabras inútiles —dijo K, y extendió su mano hacia la mujer—. Venga usted.

—¡Ah, ya! —dijo el estudiante—, no, no, usted no se la queda —y con una fuerza insospechada levantó a la mujer con un brazo y corrió inclinado, mirándola tiernamente, hacia la puerta.

No se podía ignorar que en esa acción había intervenido cierto miedo hacia K, no obstante osó irritar más a K al acariciar y estrechar con su

---

[21] Tachado en el manuscrito: "K quiso coger la mano de la mujer. Ella intentaba, temerosa aunque visiblemente, acercarse a él, pero K comenzó a prestar atención a las palabras del estudiante. Era un hombre hablador y petulante. Tal vez podría obtener de él alguna información acerca de su acusación. En cuanto tuviera en sus manos esa información estaría en disposición de terminar el proceso, así, de un manotazo, para sorpresa de todos".

mano libre el brazo de la mujer. K corrió unos metros a su lado, presto a echarse sobre él y, si fuera necesario, a estrangularlo, pero la mujer dijo:

—Déjelo, no logrará nada, el juez instructor hará que me recojan, no puedo ir con usted, este pequeño espantajo —y pasó la mano por el rostro del estudiante—, este pequeño espantajo no me deja.

—¡Y usted no quiere que la liberen! —gritó K, y puso la mano sobre el hombro del estudiante, que intentó morderla.

—No —gritó la mujer, y rechazó a K con ambas manos—, no, den qué piensa usted? Eso sería mi perdición. ¡Déjele! ¡Por favor, déjele! Lo único que hace es cumplir las órdenes del juez instructor, me lleva con él.

—Entonces que corra todo lo que quiera. A usted no la quiero volver a ver más —dijo K furioso ante la decepción y le dio al estudiante un golpe en la espalda; el estudiante tropezó, pero, contento por no haberse caído, corrió aún más ligero con su carga. K le siguió cada vez con mayor lentitud, era la primera derrota que sufría ante esa gente. Era evidente que no suponía ningún motivo para asustarse, sufrió la derrota simplemente porque él fue quien buscó la lucha. Si permaneciera en casa y llevara su vida habitual, sería mil veces superior a esa gente y podría apartar de su camino con una patada a cualquiera de ellos. Y se imaginó la escena tan ridícula que se produciría, si ese patético estudiante, ese niño engreído, ese barbudo de piernas torcidas, se arrodillara ante la cama de Elsa y le suplicara gracia con las manos entrelazadas. A K le gustó tanto esta idea que decidió, si se presentaba la oportunidad, llevar al estudiante a casa de Elsa.

K llegó hasta la puerta sólo por curiosidad, quería ver adónde se llevaba a la mujer; no creía que el estudiante se la llevara así, en vilo, por la calle. Comprobó que el camino era mucho más corto. Justo frente a la puerta de la vivienda había una estrecha escalera de madera que probablemente conducía al desván, pero como hacía un giro no se podía ver dónde terminaba. El estudiante se llevó a la mujer por esa escalera; ya estaba muy cansado y jadeaba, pues había quedado debilitado por la carrera. La mujer se despidió de K con la mano y alzó los hombros para mostrarle que el secuestro no era culpa suya, pero el gesto no resultaba muy convincente. K la miró inexpresivo, como a una extraña, no quería traicionar ni que estaba decepcionado ni que podía superar fácilmente la decepción.

Los dos habían desaparecido por la escalera; K, sin embargo, aún permaneció en la puerta. Se vio obligado a aceptar que la mujer no sólo le había traicionado, sino que le había mentido al contarle que el estudiante la llevaba con el juez instructor. Éste no podía esperar sentado en el desván. La escalera de madera tampoco aclaraba nada, al menos a primera vista. Entonces K advirtió una pequeña nota al lado de la escalera, fue hacia allí y leyó las siguientes palabras escritas con letra infantil y tosca: "Subida a las oficinas del juzgado".

¿Aquí, en el desván de una casa de alquiler se encontraban las oficinas del juzgado? No era un lugar que infundiera mucho respeto; por lo demás, era tranquilizante para un acusado imaginarse la falta de medios que estaban a disposición de un juzgado que albergaba sus oficinas donde los inquilinos, pertenecientes a las clases más pobres, arrojaban todos sus trastos inútiles. No obstante, tampoco se podía excluir que dispusiera del dinero suficiente, pero que el cuerpo de funcionarios se arrojase sobre él antes de que lo destinasen a los fines judiciales. Eso era, según las últimas experiencias de K, incluso muy probable; para el acusado, sin embargo, semejante robo a la justicia, si bien resultaba algo indigno, era más tranquilizador que la pobreza real del juzgado. También le parecía comprensible que se avergonzaran de citar al encausado en el desván para el primer interrogatorio y que se prefiriera molestarle en su propia vivienda. La posición en la que K se encontraba frente al juez, sentado en el desván, se podía caracterizar del siguiente modo: K disfrutaba en el banco de un gran despacho con su antedespacho y un enorme ventanal que daba a la animada plaza. No obstante, él carecía de ingresos extraordinarios procedentes de sobornos o malversaciones y no podía hacer que el ordenanza le trajera una mujer al despacho sobre el hombro. Pero a eso K podía renunciar, al menos en esta vida.

K aún permanecía frente a la nota, cuando un hombre bajó por la escalera, miró a través de la puerta en el salón de la vivienda, desde donde también se podía ver la sala de sesiones, y finalmente preguntó a K si no había visto hacía poco a una mujer.

—Usted es el ujier del tribunal, ¿verdad? —preguntó K.

—Sí —dijo el hombre—, ah, ya, usted es el acusado K, ahora le reconozco, sea bienvenido —y extendió la mano a K, que no lo había esperado.

—Hoy no hay prevista ninguna sesión —dijo el ujier al ver que K permanecía en silencio.

—Ya sé —dijo K, y contempló la chaqueta del ujier, cuyos únicos distintivos oficiales eran, junto a un botón normal, dos botones dorados que parecían haber sido arrancados de un viejo abrigo de oficial—. Hace un rato he hablado con su esposa, pero ya no está aquí. El estudiante se la ha llevado al juez instructor.

—¿Se da cuenta? —dijo el ujier—, una y otra vez se la llevan de mi lado. Hoy es domingo y no estoy obligado a trabajar, pero sólo para alejarme de aquí me mandan realizar los recados más inútiles. Por añadidura, no me mandan muy lejos, de tal modo que siempre conservo la esperanza de que, si me doy prisa, tal vez pueda regresar a tiempo. Así que corro, tanto como puedo, grito sin aliento mi mensaje a través del resquicio de la puerta en el organismo al que me han mandado, tan rápido que apenas me entienden, y regreso también corriendo, pero el estudiante se ha dado más prisa que yo, además él tiene que recorrer un camino más corto, sólo tiene que bajar las escaleras. Si no fuese tan dependiente hace tiempo que habría estampado al estudiante contra la pared. Aquí, junto a la nota. Sueño con hacerlo algún día. Le veo ahí, aplastado en el suelo, los brazos extendidos, las piernas retorcidas y todo alrededor lleno de sangre. Pero hasta ahora sólo ha sido un sueño.

—¿No hay otra posibilidad? —dijo K sonriendo.

—No la conozco —dijo el ujier—. Y ahora es aún peor, antes se la llevaba a su casa, pero ahora, como yo ya presagiaba, se la lleva al juez instructor.

—¿No tiene su mujer ninguna culpa? —preguntó K. Se vio obligado a realizar esa pregunta, tanto le espoleaban los celos.

—Pues claro —dijo el ujier—, ella es incluso la que tiene más culpa. Ella se lo ha buscado. En lo que a él respecta, corre detrás de todas las mujeres. Sólo en esta casa ya le han echado de cinco viviendas en las que se había deslizado. Por lo demás, mi mujer es la más bella de toda la casa, y yo no puedo defenderme.

—Si todo es como usted lo cuenta, entonces no hay otra posibilidad— —dijo K.

—¿Por qué no? —preguntó el ujier—. Cada vez que el estudiante, que, por cierto, es un cobarde, tocase a mi mujer habría que pegarle tal paliza que no se atreviera a hacerlo más. Pero no puedo, y otros tampoco me hacen el favor, pues todos temen su poder. Sólo un hombre como usted podría hacerlo.

—¿Por qué yo? —preguntó K asombrado.

—A usted le han acusado, ¿no?

—Sí —dijo K—, pero entonces debería temer con más razón que una acción así pudiera influir en el desarrollo del proceso o, al menos, en la preinstrucción.

—Sí, es verdad —dijo el ujier, como si la opinión de K fuese tan cierta como la suya—, pero aquí, por regla general, no se conducen procesos sin ninguna perspectiva de éxito.

—No soy de su opinión —dijo K—, pero eso no me impedirá que ajuste las cuentas de vez en cuando al estudiante.

—Le quedaría muy agradecido —dijo el ujier con cierta formalidad, pero no parecía creer mucho en la realización de su mayor deseo.

—Tal vez —prosiguió K— haya otros funcionarios que merezcan lo mismo.

—Sí, sí —dijo el ujier como si fuera algo evidente. Entonces miró a K con confianza, como hasta ese momento, a pesar de la amabilidad, aún no había hecho, y añadió—: Uno se rebela siempre.

Pero la conversación parecía serle ahora un poco desagradable, pues la interrumpió al decir:

—Ahora tengo que presentarme en las oficinas. ¿Quiere venir conmigo?

—No tengo nada que hacer allí —dijo K.

—Podría ver las oficinas del juzgado. Nadie se fijará en usted.

—¿Hay algo que merezca la pena? —preguntó K algo indeciso, aunque tenía ganas de ir.

—Bueno —dijo el ujier—, pensé que podría interesarle.

—Bien —dijo K—, iré —y subió las escaleras más deprisa que el ujier.

Estuvo a punto de caerse nada más entrar, pues había un escalón Detrás de la puerta.

—No tienen mucha consideración con el público —dijo él.

—No tienen consideración alguna—dijo el ujier—, si no mire aquí sala de espera.

Era un largo corredor en el que había puertas toscamente labradas que conducían a los distintos departamentos del desván. Aunque no había ninguna entrada directa de luz, no estaba completamente oscuro, pues algunos departamentos no estaban separados del corredor por una pared, sino por unas rejas de madera que llegaban hasta el techo, a través de las cuales penetraba algo de luz y se podía ver cómo algunos funcionarios escribían o simplemente permanecían en las rejas observando a la gente que esperaba en el corredor. Había poca gente esperando, probablemente porque era domingo. Daban una pobre impresión. Todos vestían con cierto descuido, aunque la mayoría, ya fuese por la expresión de sus rostros, por su actitud, por la barba cuidada o por otros detalles, parecían pertenecer a las clases altas. Como no había perchas, habían colocado los sombreros debajo del banco, probablemente siguiendo uno el ejemplo de otro. Cuando los que estaban sentados más cerca de la puerta vieron a K y al ujier, se levantaron para saludar. Como el resto vio que se levantaban, se creyeron obligados a hacer lo mismo, así que se fueron levantando conforme pasaban los dos. Nunca permanecieron completamente rectos, las espaldas estaban encorvadas, las rodillas ligeramente flexionadas, parecían mendigos. K esperó al ujier, que venía algo retrasado, y le dijo:

—Qué humillados parecen.

—Sí —dijo el ujier—, son acusados, todos los que usted ve aquí son acusados.

—¿Sí? —dijo K—. Entonces son mis colegas.

Se dirigió al más próximo, un hombre alto y delgado, con el pelo canoso.

—¿Qué está esperando aquí? —preguntó K con cortesía.

La inesperada pregunta le dejó confuso, y su actitud se volvió más penosa por el hecho de parecer un hombre de mundo, que en otro lugar, sin duda, hubiera sabido dominarse y al que le costaba renunciar a la superioridad que había adquirido sobre los demás. Allí, sin embargo, no sabía responder a una pregunta tan simple, y se limitaba a mirar a los demás como si estuvieran obligados a ayudarle o como si nadie pudiese reclamar una respuesta sin dicha ayuda. Entonces intervino el ujier para tranquilizar y animar al hombre:

—Este señor sólo le pregunta a qué está esperando. Responda. La voz familiar del ujier tuvo mejor efecto.

—Espero… —comenzó, pero no pudo seguir. Era probable que hubiese elegido ese inicio para responder con toda exactitud a la pregunta, pero ahora no sabía continuar.

Algunos de los que esperaban se habían aproximado y rodeaban al grupo. El ujier se dirigió a ellos:

—Vamos, vamos, dejen el corredor libre.

Retrocedieron un poco, pero no hasta sus sitios. Mientras tanto, el hombre al que le habían preguntado se había serenado y respondió incluso con una sonrisa:

—Hace un mes que presenté unas solicitudes de prueba para mi causa y espero a que se concluya su tramitación.

—Parece tomarse muchas molestias —dijo K.

—Sí —dijo el hombre—, se trata de mi causa.

—No todos piensan como usted —dijo K—. Yo, por ejemplo, también soy un acusado, pero, por más que desee una absolución, no he presentado una solicitud de prueba ni he emprendido nada similar. ¿Cree usted que eso es necesario?

—No lo sé con seguridad—dijo el hombre completamente indeciso. Probablemente creía que K le estaba gastando una broma, por eso le hubiera gustado repetir, por miedo a cometer un nuevo error, su primera respuesta, pero ante la mirada impaciente de K se limitó a decir:

—En lo que a mí concierne, he presentado solicitudes de prueba.

—Usted no se cree que yo sea un acusado —dijo K.

—Oh, por favor, claro que sí —dijo el hombre, y se echó a un lado, pero en la respuesta no había convicción, sino miedo.

—¿Entonces no me cree? —preguntó K, y le cogió del brazo, impulsado inconscientemente por la actitud humillada del hombre, como si quisiera obligarle a que le creyese. Aunque no quería causarle daño alguno, en cuanto le tocó ligeramente, el hombre gritó como si K en vez de con dos dedos le hubiese agarrado con unas tenazas ardiendo. Ese grito ridículo terminó por hartar a K. Si no se creía que era un acusado, mucho mejor. Quizá le tomaba por un juez. Y para despedirse lo cogió con más fuerza, lo empujó hacia el banco y siguió adelante.

—La mayoría de los acusados son muy sensibles —dijo el ujier.

Detrás de ellos, todos los que habían estado esperando se arremolinaron alrededor del hombre, que ya había dejado de gritar, y parecían preguntarle detalladamente sobre el incidente. Al encuentro de K vino ahora un vigilante; al que identificó por el sable, cuya vaina, al menos por el color, parecía hecha de aluminio. K se quedó asombrado y quiso tocarla con la mano. El vigilante, que había venido por el ruido, preguntó acerca de lo ocurrido. El ujier trató de tranquilizarlo con algunas palabras, pero el vigilante declaró que prefería comprobarlo personalmente, así que saludó y siguió adelante con pasos rápidos pero cortos, posiblemente por culpa de la gota.

K ya no se preocupó de él, ni de la gente, sobre todo porque una vez que había llegado a la mitad del corredor, vio la posibilidad de doblar a la derecha, a través de un umbral sin puerta. Habló con el ujier para comprobar si ése era el camino correcto y éste asintió, por lo que torció. Le resultaba molesto tener que ir dos pasos por delante del ujier, podía despertar la impresión de que era conducido como un detenido. Por esta razón, esperaba con frecuencia al ujier, pero éste siempre se quedaba atrás. Finalmente, K, para terminar con esa sensación desagradable, le dijo:

—Bien, ya he visto cómo es esto; ahora quisiera irme.

—Pero aún no lo ha visto todo —dijo el ujier con naturalidad.

—Tampoco lo quiero ver todo —dijo K, que realmente se sentía cansado—. Quiero irme, ¿cómo se llega a la salida?

—¿No se habrá perdido? —dijo el ujier asombrado—. Vaya hasta la esquina, luego tuerza a la derecha, atraviese el corredor y encontrará la puerta.

—Venga conmigo —dijo K—. Muéstreme el camino, si no me perderé, aquí hay tantos pasillos…

—Sólo hay un camino —dijo el ujier ahora lleno de reproches—. No puedo regresar con usted; tengo que llevar un recado y ya he perdido mucho tiempo por su culpa.

—¡Acompáñeme! —repitió K, esta vez con un tono más cortante, como si hubiera descubierto al ujier en una mentira.

—No grite así —susurró el ujier—, todo esto está lleno de despachos. Si no quiere regresar solo, acompáñeme un trecho o espéreme aquí hasta que haya cumplido mi encargo, entonces le acompañaré encantado.

—No, no —dijo K—, no esperaré aquí, y usted vendrá ahora conmigo.

K no había mirado en torno suyo para comprobar dónde se hallaba, sólo ahora, cuando una de las muchas puertas que le rodeaban se abrió, miró a su alrededor. Una muchacha, que había salido al oír el tono elevado de K, le preguntó:

—¿Qué desea el señor?

Detrás, en la lejanía, se podía ver en la semioscuridad a un hombre que se aproximaba. K miró al ujier. Éste había dicho que nadie se fijaría en K y ahora venían dos personas, poco más se necesitaba para que todos los funcionarios se fijasen en él y pidieran una explicación de su presencia. La única explicación comprensible y aceptable era hacer valer su condición de acusado: podía aducir que quería conocer la fecha de su próximo interrogatorio, pero ésa era precisamente la explicación que no quería dar, sobre todo porque no era toda la verdad, pues sólo había venido por pura curiosidad o, lo que era imposible de aducir como explicación, para comprobar que el interior de esa justicia era tan repugnante como el exterior. Y parecía que con esa suposición tenía razón, no quería adentrarse más, ya se había deprimido lo suficientemente con lo que había visto. Ahora no estaba en condiciones de encontrarse con un funcionario superior, como el que podía surgir detrás cada puerta; quería irse y, además, con el ujier, o solo si no había gira manera.

Pero quedarse allí mudo sería llamativo y, en realidad, la muchacha y el ujier ya le miraban cómo si se estuviera produciendo en él una extraña metamorfosis que no querían perderse de ningún modo. Y en la puerta estaba el hombre que K había visto en la lejanía: se mantenía aferrado a la parte de arriba del umbral y se balanceaba ligeramente sobre las puntas de los pies, como un espectador impaciente. La muchacha, sin embargo, fue la primera en reconocer que el comportamiento de K tenía como causa un ligero malestar, así que trajo una silla y le preguntó:

—¿No quiere usted sentarse?

K se sentó en seguida y apoyó los codos en los brazos de la silla para mantener mejor el equilibrio.

—Está un poco mareado, ¿verdad? —le preguntó.

Su rostro estaba ahora cerca del suyo, mostraba la expresión severa que tienen algunas mujeres en lo mejor de su juventud.

—No se preocupe—dijo ella—, aquí no es nada extraordinario, casi todos padecen un ataque semejante cuando vienen por primera vez. ¿Usted viene por primera vez? Bien, no es nada extraordinario, ya le digo. El sol cae sobre el tejado y la madera caliente provoca este aire tan enrarecido. El lugar no es el más adecuado para instalar despachos, por más ventajas que ofrezca en otros sentidos. Pero en lo que concierne al aire, los días en que hay mucha gente, y eso ocurre prácticamente todos los días, se torna casi irrespirable. Si considera, además, que aquí se cuelga ropa para que se seque —es algo que no se puede prohibir a los inquilinos—, entonces no se sorprenderá de haber sufrido un ligero mateo. Pero uno llega a acostumbrarse muy bien a este aire. Si viene por segunda o tercera vez, apenas notará este ambiente opresivo. ¿Se siente Ya mejor?

K no respondió, le parecía algo lamentable depender de aquellas personas a causa de esa debilidad repentina; por añadidura, al conocer los motivos de su mareo, no se sintió mejor, sino un poco peor. La muchacha lo notó en seguida y, para refrescar a K, asió un gancho que colgaba de la pared y abrió un pequeño tragaluz, situado precisamente encima de K. Pero cayó tanto hollín que la joven tuvo que cerrarlo de inmediato y limpiar la mano de K con un pañuelo, pues K estaba demasiado cansado como para ocuparse de sí mismo. Le habría gustado permanecer allí sentado hasta que hubiera recuperado las fuerzas suficientes para irse, y eso ocurriría antes si no se preocupaban de él. Pero en ese momento añadió la muchacha:

—Aquí no puede quedarse, interrumpimos el paso.

K preguntó con la mirada a quién interrumpían el paso.

—Le llevaré, si lo desea, al botiquín.

—Ayúdeme, por favor—le dijo ella al hombre de la puerta, que ya se había acercado. Pero K no quería que lo llevaran al botiquín, precisamente eso era lo que quería evitar, que lo siguieran adentrando en las oficinas; cuanto más avanzase, peor.

—Ya puedo irme —dijo por esta razón, y se levantó temblando, acostumbrado a la cómoda silla. Pero no pudo mantenerse de pie.

—No, no puedo —dijo moviendo la cabeza y volvió a sentarse con un suspiro. Se acordó del ujier, que a pesar de todo le podría conducir fácilmente hacia la salida, pero parecía haberse ido hacía tiempo. K atisbó entre la joven y el hombre, que permanecían de pie ante él, pero no pudo encontrar al ujier.

—Creo —dijo el hombre, que vestía elegantemente: sobre todo llamaba la atención un chaleco gris que terminaba en dos largas puntas—, creo que la indisposición del señor se debe a la atmósfera de estas estancias; sería lo mejor, y probablemente lo que él preferiría, que no se le llevase al botiquín, sino fuera de las oficinas.

—Así es —exclamó K, que de la alegría había interrumpido al hombre—, me sentiré mucho mejor, tampoco estoy tan débil, sólo necesito un poco de apoyo, no les causaré muchas molestias, el camino no es largo, condúzcanme hasta la puerta, me sentaré un rato en los escalones y me recuperaré, nunca he padecido este tipo de mareos, yo mismo estoy sorprendido. También soy funcionario y estoy acostumbrado al aire de las oficinas, pero aquí es muy malo, usted mismo lo ha dicho. ¿Tendrían la amabilidad de acompañarme un trecho? Estoy algo mareado y me pondré peor si me levanto sin ayuda.

Levantó los hombros para facilitarles que le cogieran bajo los brazos. Pero el hombre no siguió sus indicaciones, sino que se mantuvo tranquilo, con las manos en los bolsillos y rió en voz alta.

—Ve —le dijo a la muchacha—, he acertado. Al señor no le sienta den estar aquí.

La muchacha rió también y dio un golpecito con la punta del dedo en el brazo del hombre, como si se hubiese permitido una broma pesada con K.

—Pero, ¿qué piensa? —dijo el hombre entre risas—. Yo mismo conduciré al señor hasta la salida.

—Entonces está bien —dijo la muchacha inclinando un instante su bonita cabeza—. No le dé mucha importancia a la risa—dijo la joven a K, que se había vuelto a entristecer, miraba fijamente ante sí y no parecía necesitar ninguna explicación—; este señor, ¿puedo presentarle? —el hombre dio su permiso con un gesto—, este señor es el informante. Él da a las partes que esperan toda la información que necesitan y, como nuestra justicia no es muy conocida entre la población, se reclama mucha información. Conoce la respuesta a todas las preguntas. Si alguna tiene ganas, puede probar. Pero no sólo posee ese mérito, otra de sus virtudes es su elegante forma de vestir. Nosotros, es decir los funcionarios, opinamos que el informante, como es el primero en tratar con las partes, debe vestir con elegancia para dar una impresión digna. Los demás, como puede comprobar conmigo, nos vestimos muy mal y pasados de moda. No tiene sentido gastar mucho en vestir, ya que estamos casi todo el tiempo en las oficinas, incluso dormimos aquí. Pero como he dicho, creemos que el informante tiene que vestir bien. Como no había dinero disponible para ropa elegante en nuestra administración, que en este sentido es algo peculiar, hicimos una colecta —en la que también participaron los acusados— y le compramos ese bonito traje y otros.

Ahora está preparado para dar una buena impresión, pero lo estropea todo con su risa y asusta a la gente.

—Así es —dijo el hombre con tono burlón—, pero no entiendo, señorita, por qué le cuenta a este señor todas nuestras intimidades, o mejor, le obliga a oírlas, pues no creo que tenga ganas de conocerlas. Mire si no cómo permanece ahí sentado ocupado en sus propios asuntos.

K no tenía ganas de contradecirle. La intención de la muchacha podía ser buena, tal vez pretendía distraerle para darle la posibilidad de recuperarse, pero el medio elegido era inadecuado.

—Quería aclararle el motivo de su risa—dijo la muchacha—, era insultante.

—Creo que me perdonaría peores ofensas a cambio de que le condujera a la salida.

K no dijo nada, ni siquiera miró, dejó que ambos hablaran sobre él como si fuese un objeto, incluso lo prefería así. Pero de repente sintió la mano del informante en uno de sus brazos y la de la joven en el otro.

Arriba, hombre débil —dijo el informante.

—Se lo agradezco mucho a los dos —dijo alegremente sorprendido, se levantó lentamente y llevó él mismo las manos ajenas a las zonas en que más necesitaba su apoyo.

—Parece —musitó la joven al oído de K, mientras se acercaban al corredor— como si fuera muy importante para mí hablar bien del informante, pero sólo quiero decir la verdad. No tiene un corazón duro. No está obligado a conducir hasta la salida a las partes que se ponen enfermas y, sin embargo, lo hace, como puede ver. Ninguno de nosotros es duro de corazón, sólo queremos ayudar, pero como funcionarios judiciales damos la impresión de ser duros de corazón y de no querer ayudar a nadie. Yo sufro por eso.

—¿Quiere sentarse aquí un poco? —preguntó el informante: ya se encontraban en el corredor, precisamente ante el acusado con el que K había hablado anteriormente. K se avergonzó ante él, se había mantenido tan recto en su presencia y ahora se tenía que apoyar en dos personas, con la cabeza descubierta, pues el informante balanceaba su sombrero con los dedos, despeinado y con la frente bañada de sudor. Pero el acusado no pareció notar nada, permanecía humillado ante el informante, que ni siquiera lo miró, como si quisiera pedir perdón por su mera presencia.

—Ya sé —se atrevió a decir el acusado—, que hoy no puedo recibir los resultados de mis solicitudes. No obstante, aquí estoy, he pensado que podía esperar, es domingo, tengo tiempo y no estorbo.

—No debe disculparse —dijo el informante—, su esmero es digno de elogio; aunque está ocupando inútilmente un sitio, no le impediré seguir el transcurso de su proceso mientras no moleste. Cuando se ha visto gente que ha descuidado vergonzosamente su deber, se aprende a tener paciencia con personas como usted. Siéntese.

—Cómo sabe hablar con los acusados —susurró la muchacha a K. Éste asintió, pero se sobresaltó cuando el informante le preguntó de nuevo:

—¿No quiere sentarse aquí?

—No —dijo K—, no quiero descansar.

Lo dijo con decisión, pero en realidad le habría venido muy bien sentarse. Se sentía mareado, como si estuviera en un barco en plena tormenta. Le parecía oír cómo el agua del mar golpeaba las paredes de madera, como si del fondo del corredor llegase el bramido de una catarata, y luego sintió que el corredor se balanceaba y le dio la impresión de que los acusados subían y bajaban. La tranquilidad de la muchacha y del hombre que le acompañaban le parecía, en esa situación, completamente incomprensible. Dependía de ellos: si le dejaban, caería al suelo como una tabla. Lanzaban miradas penetrantes a un lado y a otro, K sentía sus pasos regulares, pero no los podía imitar, pues prácticamente le llevaban en vilo. Finalmente, notó que le hablaban, pero no entendía lo que decían, sólo escuchaba un ruido que lo abarcaba todo, a través del cual se podía distinguir lo que podría ser el sonido de una sirena.

—Hablen más alto —musitó con la cabeza inclinada, aunque sabía que habían hablado con voz lo suficientemente alta. De repente, como si se hubiese derrumbado la pared ante él, sintió una corriente de aire fresco y oyó que decían a su lado:

Al principio quería salir, luego se le repite mil veces que ésta es la í salida y no se mueve.

K notó que se hallaba en la puerta de salida, que la muchacha acababa de abrir. Le pareció como si le regresaran todas las fuerzas de una vez. Para sentir un anticipo de la libertad, bajó uno de los escalones y se despidió desde allí de sus acompañantes, que en ese instante se inclinaban sobre él.

—Muchas gracias —repitió, estrechó las manos de ambos y las dejó cuando creyó ver que ellos, acostumbrados al aire de las oficinas, difícilmente soportaban el aire fresco que subía por la escalera. Apenas pudieron responder, y la muchacha tal vez se hubiera caído si K no hubiese cerrado la puerta a toda prisa. K permaneció un momento en silencio, se atusó el pelo con ayuda de un espejo de bolsillo, se puso el sombrero, que habían dejado en el siguiente escalón —el informante lo había arrojado al suelo— y bajó las escaleras tan fresco y con pasos tan largos que casi tuvo miedo del cambio repentino que acababa de experimentar. Su estado de salud, por otro lado siempre bastante bueno, jamás le había procurado una sorpresa semejante. ¿Acaso pretendía su cuerpo hacer una revolución e incoarle un nuevo proceso, ya que soportaba el otro con tanto esfuerzo? No descartó del todo la idea de ver a un médico, pero lo que sí se afianzó en su mente fue el firme propósito —en esto él mismo se podía aconsejar— de emplear mejor las mañanas de los domingos.

EL AZOTADOR[22]

Cuando K, una de las noches siguientes, pasó por el pasillo que separaba su despacho de las escaleras —esta vez se iba a casa uno de los últimos, sólo en el departamento de expedición quedaban dos empleados

---

[22] Max Brod, en el epílogo a la tercera edición de El proceso, especulaba con la posibilidad de que este capítulo fuese, en realidad, el segundo. Aquí, sin embargo, seguimos la opinión de Pasley por considerarla más fundada y acorde con la acción. No obstante, la posición del capítulo sigue siendo objeto de polémica.

en el pequeño radio luminoso de una bombilla—, oyó detrás de una puerta, que siempre había creído que daba a un trastero, aunque nunca lo había constatado con sus propios ojos, una serie de quejidos. Se detuvo asombrado y escuchó detenidamente para comprobar si se había equivocado. Durante un rato todo quedó en silencio, pero los suspiros comenzaron de nuevo. Al principio pensó en traer a uno de los empleados —tal vez necesitara un testigo—, pero le invadió una curiosidad tan indomable que él mismo abrió la puerta. Se trataba, como había supuesto, de un trastero. Detrás del umbral se acumulaban formularios inservibles y frascos de tinta vacíos. Pero también había tres hombres inclinados en un espacio de escasa altura. Una vela situada en un estante les iluminaba.

—¿Qué hacen aquí? —preguntó K, precipitándose por la excitación, pero no en voz alta. Uno de los hombres, que parecía dominar a los otros y que fue el primero que atrajo su atención, estaba embutido en una suerte de traje oscuro, que dejaba al aire el cuello hasta el pecho y todo el brazo. No respondió. Pero los otros dos gritaron:

—¡Señor! Nos tienen que azotar porque te has quejado de nosotros ante el juez instructor.

Y ahora comprobó K que, en efecto, se trataba de los vigilantes Franz y Willem. El tercero sostenía un látigo para azotarlos.

—Bueno —dijo K, y los miró fijamente—, no me he quejado, sólo he dicho lo que ocurrió en mi habitación. Y desde luego no os comportasteis de una manera irreprochable.

—Señor —dijo Willem, mientras Franz intentaba protegerse del tercero detrás de él—, si usted supiera lo mal que nos pagan, nos juzgaría mejor. Yo tengo que alimentar a una familia y Franz quiere casarse; uno intenta ganar dinero como puede, sólo con el trabajo no es posible, ni siquiera con el más fatigoso: a mí me tentó su fina ropa blanca. Por supuesto que está prohibido que los vigilantes actúen así, es injusto, pero es tradición que la ropa blanca pertenezca a los vigilantes, así ha sido siempre, créame. Además, es muy comprensible, pues ¿qué significan esas cosas para una persona tan desgraciada como para ser detenida? No obstante, si el detenido habla de ello públicamente, la consecuencia es el castigo.

—No sabía lo que me estáis diciendo. Tampoco he reclamado ningún castigo para vosotros; para mí es una cuestión de principios.

—Franz —se dirigió Willem al otro vigilante—, ¿no te dije que el señor no había reclamado que nos castigasen? Ya has oído que ni siquiera sabía que nos tenían que castigar.

—No te dejes conmover por esos discursos —dijo el tercero a K—, el castigo es tan justo como inevitable.

—No le escuches —dijo Willem, y se calló sólo para llevar rápidamente la mano, que acababa de recibir un azote, a la boca—, nos castigan sólo porque tú nos has denunciado, en otro caso no nos hubiera pasado nada, incluso si se hubiera sabido lo que habíamos hecho.

¿Se puede llamar a esto justicia? Nosotros dos, y sobre todo yo, somos vigilantes desde hace mucho tiempo. Tú mismo reconocerás que, mirado desde la perspectiva del organismo que representamos, hemos vigilado bien. Habríamos tenido posibilidades de ascender, con toda seguridad en poco tiempo habríamos llegado a ser azotadores, como éste, que tuvo la suerte de no ser denunciado por nadie, pues una denuncia semejante es muy rara. Y ahora, señor, todo está perdido, tendremos que trabajar en puestos aún más subordinados que el del servicio de vigilancia y, además, recibiremos unos espantosos y dolorosos azotes.

—¿Puede causar ese látigo tanto dolor? —preguntó K, y examinó el látigo que el azotador sostenía ante él.

—Nos tendremos que desnudar—dijo Willem.

—¡Ah, ya! —dijo K, y contempló más detenidamente al azotador. Estaba bronceado como un marinero y tenía un rostro lozano y feroz.

—¿Hay alguna posibilidad de ahorrarles los azotes? —le preguntó K.

—No —dijo el azotador, sacudiendo la cabeza sonriente—. Quitaos la ropa —ordenó a los vigilantes y, a continuación, le dijo a K:

—No tienes que creerte todo lo que te dicen. Su mente se ha debilitado por el miedo a los azotes. Lo que éste —y señaló a Willem—

te ha contado sobre su posible carrera es completamente ridículo. Mira lo gordo que está, los primeros azotes se perderán en la grasa.

¿Sabes por qué se ha puesto tan gordo? Tiene la costumbre de comerse el desayuno de todos los detenidos. ¿Acaso no se ha comido también el tuyo? Ya lo dije. Pero un hombre con semejante estómago jamás podrá llegar a ser azotador, eso es imposible.

—Hay azotadores así —afirmó Willem, que acababa de soltarse el cinturón.

—¡No! —dijo el azotador, que le rozó el cuello con el látigo causándole un sobresalto—. No tienes que escuchar lo que decimos, sino desnudarte.

—Te recompensaría bien, si los dejaras marchar —dijo K, sin mirar al azotador— esos negocios se cierran mejor con los ojos cerrados —y sacó la cartera.

—Tú quieres denunciarme también a mí —dijo el azotador—, y procurarme también unos azotes.

—No, sé razonable —dijo K—, si hubiese querido que azotasen a estos hombres, no trataría ahora de liberarlos del castigo. Simplemente cerraría la puerta, no querría ver ni oír nada y me iría a mi casa. Sin embargo, no lo hago, sino que pretendo seriamente liberarlos. Si hubiera sospechado que los iban a castigar, no hubiera mencionado sus nombres. No los considero culpables, culpable es la organización, culpables son los funcionarios superiores.

—Así es —dijeron los vigilantes y recibieron de inmediato un latigazo en sus desnudas espaldas.

—Si tuvieras a un juez a merced de tu látigo —dijo K, y bajó el látigo que ya se elevaba otra vez—, no te impediría que lo azotases, todo lo contrario, te daría dinero para motivarte.

—Lo que dices suena creíble —dijo el azotador—, pero yo no me dejo sobornar. Mi puesto es el de azotador, así que azoto.

El vigilante Franz, que se había mantenido reservado hasta ese momento, tal vez con la esperanza de que la intercesión de K tuviera éxito, se acercó ahora a K, sólo vestido con los pantalones, y se arrodilló ante él cogiéndole la mano. A continuación, musitó:

—Si no puedes lograr que nos remitan a los dos el castigo, al menos intenta liberarme a mí. Willem es mayor que yo, menos sensible en todos los sentidos, incluso recibió hace un par de años una pena de azotes, yo, sin embargo, aún no he perdido el honor, fue Willem, ni¡ maestro tanto en lo bueno como en lo malo, quien me indujo a actuar así. Abajo, en la puerta del banco, espera mi prometida, siento tanta vergüenza —y secó su rostro lleno de lágrimas en la chaqueta de K.

—Ya no espero más —dijo el azotador, tomó el látigo con ambas manos y azotó a Franz, mientras Willem rumiaba en una esquina y miraba a hurtadillas, sin atreverse a girar la cabeza. Entonces se elevó un grito procedente de Franz, ininterrumpido e intenso; no parecía humano, más bien parecía generado por un instrumento de tortura, resonó por todo el pasillo, se tuvo que escuchar en todo el edificio.

—¡No grites! —exclamó K. No se pudo contener y mientras miraba tenso en la dirección en la que deberían venir los empleados, empujó a Franz, no muy fuerte pero lo suficiente como para que cayera al suelo y allí se arrastrara, convulso, con ayuda de las manos. Pero ni aun así pudo evitar los azotes, el látigo supo encontrarle también en el suelo; mientras él se agitaba bajo los golpes, la punta del látigo bajaba y subía con perfecta regularidad. Y entonces apareció en la lejanía uno de los empleados, y dos pasos detrás, el segundo. K salió y cerró la puerta a toda prisa, se acercó a una pequeña ventana que daba al patio y la abrió. El vigilante dejó de gritar. Para no dejar que los empleados se acercaran, gritó:

—¡Soy yo!

—Buenas noches, señor gerente —le respondieron—, ¿ha ocurrido algo?

—No, no —respondió K—, es sólo un perro en el patio.

Como los empleados no se movían añadió: —Pueden seguir con su trabajo.

Para no continuar con la conversación, se inclinó por la ventana. Cuando, transcurrido un rato, miró por el pasillo, ya se habían ido. K, sin embargo, permaneció en la ventana, no se atrevía a volver al trastero y tampoco quería regresar a casa. Se limitó a contemplar el patio cuadrado que tenía ante él; alrededor había oficinas, todas las ventanas estaban oscuras, sólo las más altas recibían el reflejo de la luna. K se esforzó por discernir una de las oscuras esquinas del patio, en el que había dos carretas de mano. Le atormentaba no haber podido detener los azotes, pero no era culpa suya no haberlo logrado. Si Franz no hubiese gritado — —cierto, tuvo que hacerle mucho daño, pero en determinados momentos decisivos hay que saber dominarse—, si no hubiera gritado, K habría encontrado con toda seguridad un medio para convencer al azotador. Si todos los empleados inferiores eran canalla, ¿por qué iba a constituir una excepción el azotador, que, además, ejercía el cargo más inhumano? K había observado muy bien cómo le habían brillado los ojos al ver los billetes. Posiblemente se había tomado en serio lo de los azotes para subir un poco la suma del soborno. Y K no habría ahorrado medios, realmente hubiera querido liberar a los vigilantes. Si había comenzado a combatir la corrupción de esa judicatura, era evidente que también tenía que intervenir en ese ámbito. Pero en el momento en el que Franz había comenzado a gritar, todo había acabado. K no podía permitir que los empleados, y quién sabe qué otras personas, vinieran y le sorprendieran tratando con los tipos del trastero. Nadie podía reclamar de K semejante sacrificio. Si se hubiera propuesto hacerlo, hubiera sido muy fácil, K se habría desnudado y se habría ofrecido al azotador como sustituto. Ciertamente, el azotador no hubiera admitido semejante cambio, pues sin obtener beneficio alguno habría tenido que incumplir seriamente su deber y, muy probablemente, por partida doble, pues K, mientras permaneciera sujeto al procedimiento, debía ser inviolable para todos los empleados del tribunal. Es posible, no obstante, que en ese terreno hubiera disposiciones especiales. Pero, en todo caso, K no podía haber hecho otra cosa que cerrar la puerta, aunque ni siquiera así había alejado del todo el peligro. Que al final hubiera tenido que empujar a Franz era algo lamentable y sólo se podía disculpar por su estado de excitación.

Oyó en la lejanía los pasos de los empleados. Para no llamar la atención cerró la ventana y avanzó en dirección a la escalera principal. Permaneció un rato escuchando al lado de la puerta del trastero. Silencio. El hombre podía haber matado a azotes a los vigilantes, estaban sometidos a su poder. K ya había extendido la mano para coger el picaporte, pero se arrepintió. Era tarde para ayudar a nadie y los empleados tenían que estar al llegar. No obstante, se propuso hablar del asunto e intentar que castigasen convenientemente a los culpables reales, es decir, a los funcionarios superiores, que aún no habían tenido el valor de presentarse ante él. Mientras bajaba la escalinata del banco, observó cuidadosamente a los paseantes, pero no había ninguna muchacha en las cercanías que pudiera estar esperando a alguien. La indicación de Franz, de que su prometida le estaba esperando, no era más que una mentira, si bien disculpable, cuyo único objetivo había sido despertar una mayor compasión.

El día siguiente K siguió pensando en los vigilantes. Como no se podía concentrar en el trabajo, decidió obligarse a permanecer más tiempo en el banco que el día anterior. Cuando pasó por el trastero para irse a casa, abrió la puerta como si fuera una costumbre. Quedó desconcertado ante la inesperada escena que se mostró ante sus ojos. Todo estaba exactamente igual que la noche anterior, cuando abrió la puerta. Los formularios y los frascos de tinta se acumulaban detrás del umbral; el azotador con el látigo; los vigilantes, completamente vestidos; la vela sobre el estante. Los vigilantes comenzaron a quejarse y gritaron:

—¡Señor!

K cerró la puerta de inmediato y la golpeó con los puños, como si sólo así pudiera quedar cerrada del todo. Al borde de las lágrimas se fue a ver a los empleados, que trabajaban tranquilamente con una multicopista y permanecían absortos en su actividad.

—¡Ordenad de una vez el trastero! —gritó—. La inmundicia nos va a llegar al cuello.

Los empleados se mostraron dispuestos a hacerlo al día siguiente. K asintió con la cabeza. No podía obligarles a realizar el trabajo tan tarde, como había previsto antes. Se sentó un rato, para tener a los empleados cerca, desordenó algunas copias, queriendo dar la impresión de que estaba examinando algo, pero comprobó que los empleados no se atreverían a salir con él, así que se fue a casa cansado y con la mente en blanco.

EL TÍO LENI

Una tarde, cuando K estaba ocupado abriendo la correspondencia, el tío de K, Karl, un pequeño terrateniente de la provincia, se abrió paso entre dos empleados que llevaban algunos escritos y entró en el despacho. K se asustó menos de la llegada del tío de lo que le había asustado la simple idea de su posible visita. El tío iba a venir, de eso estaba seguro desde hacía un mes. Ya al principio había creído verlo, cómo le alcanzaba la mano derecha sobre el escritorio, algo inclinado, con su sombrero de jipijapa en la mano izquierda, mostrando una prisa desconsiderada y arrollando todo lo que se le ponía en su camino. El tío siempre tenía prisa, pues le perseguía el infeliz pensamiento de que en su estancia de un día en la ciudad tenía que tener tiempo para realizar todo lo que se había propuesto, sin perderse tampoco cualquier conversación, negocio o placer que ocasionalmente pudiera surgirle. En todo ello tenía que ayudarle K, pues había sido su tutor y estaba obligado; además le tenía que dejar dormir en su casa. K le solía llamar "el fantasma rural".

Inmediatamente después de saludarse —no tenía tiempo para seguir la invitación de K y sentarse en el sillón—, le pidió a K si podían conversar a solas.

—Es necesario —dijo, tragando con esfuerzo—, es necesario para mi tranquilidad.

K hizo salir a los empleados del despacho con instrucciones de que no dejaran pasar a nadie.

—¿Qué ha llegado a mis oídos, Josef? —exclamó el tío en cuanto se quedaron solos. A continuación, se sentó sobre la mesa y, sin verlos, puso varios papeles debajo para sentarse con más comodidad.

K no respondió: sabía lo que vendría a continuación, pero, repentinamente relajado al dejar el fatigoso trabajo, se apoderó de él una agradable lasitud, por lo que se limitó a mirar por la ventana hacia la calle de enfrente, de la que desde su sitio sólo se podía ver una pequeña esquina, la pared desnuda de una casa entre dos escaparates de tiendas.

—¡Y te dedicas a mirar por la ventana! —exclamó el tío alzando los brazos—. ¡Por amor al Cielo, Josef ¡Respóndeme! ¿Es verdad? ¿Puede ser verdad?

—Querido tío —dijo K, y salió de su ensimismamiento—, no sé qué quieres de mí.

—Josef —dijo el tío advirtiéndole—, siempre has dicho la verdad, por lo que sé. ¿Acaso tengo que tomar tus últimas palabras como un mal signo?

—Supongo lo que quieres —dijo K sumiso—. Probablemente has oído hablar de mi proceso.

Así es —respondió el tío, asintiendo con la cabeza lentamente—, he tenido noticia de tu proceso.

—¿Quién te lo ha dicho? —preguntó K.

—Ema[23] me lo ha escrito —dijo el tío—. No tiene ningún trato contigo, por desgracia no te preocupas mucho de ella, sin embargo se ha enterado. Hoy he recibido la carta y he venido de inmediato. Por ningún otro motivo, pues me parece motivo suficiente. Te puedo leer la parte de la carta que se refiere a ti.

Sacó la carta del bolsillo.

—Aquí está. Escribe: "Hace tiempo que no veo a Josef, hace una semana estuve en el banco, pero Josef estaba tan ocupado que no me dejaron verle. Estuve esperando casi una hora, pero tuve que irme a casa porque tenía la lección de piano. Me hubiera gustado hablar con él, es posible que se presente otra oportunidad. Para mi cumpleaños me envió una gran caja de bombones de chocolate, fue muy atento y cariñoso. Se me olvidó escribíroslo, pero ahora que me preguntáis, lo recuerdo. Los bombones no duran mucho en la pensión, apenas tiene uno conciencia de que le han regalado bombones, cuando ya se han acabado. En lo que

---

[23] En el manuscrito, en un principio, "Laura". Ema se llamaba la hermana de Felice Bauer, con la que Kafka permaneció en contacto aun después de la ruptura de relaciones con Felice.

concierne a Josef os quería decir algo más. Como os he mencionado, en el banco no me dejaron entrar a verle porque en ese momento estaba tratando algo importante con un hombre. Después de esperar tranquilamente durante un buen rato, pregunté a un empleado si la reunión duraría mucho más. Él contestó que podría ser, pires probablemente tenía que ver con el proceso que se había incoado contra el gerente. Pregunté qué proceso y si no se equivocaba y me respondió que no se equivocaba, que era un proceso y, además, grave, pero que no sabía más. A él mismo le gustaría ayudar al gerente, pues le consideraba un hombre bueno y justo, pero que no sabría cómo empezar, sólo deseaba que personas influyentes lo apoyaran. Era muy probable que esto ocurriera, y todo terminaría bien, pero por ahora, como se, desprendía del mal humor del señor gerente, las cosas no iban nada bien. Por supuesto, no di mucha importancia a esta información, intenté tranquilizar al sencillo empleado, le aconsejé que no hablase de ello con otros y lo tuve todo por rumores infundados. Sin embargo, tal vez fuera conveniente que tú, querido padre, le visitaras la próxima vez que vinieras, a ti te será fácil averiguar algo y, si realmente fuera necesario, podrías intervenir con algunos de tus influyentes amigos. Y si no resulta necesario, que será lo más probable, al menos le darás a tu hija la oportunidad de abrazarte, lo que le alegrará mucho".

—Una niña encantadora—dijo el tío al terminar de leer la carta y se secó algunas lágrimas que brotaban de sus ojos.

K asintió. A causa de todos los problemas que había tenido en los últimos tiempos, había olvidado por completo a Ema, incluso se había olvidado de su cumpleaños y la historia de los bombones había sido sólo una fábula para protegerle frente a sus tíos. Era algo enternecedor, Y ni siquiera se lo podría pagar con las entradas para el teatro que, a partir de ahora, pensaba enviarle con regularidad, pero no se sentía con berzas para visitarla en la pensión, ni tampoco para sostener una conversación con una niña de diecisiete años que aún acudía al instituto.

—Y ¿qué dices tú ahora? —preguntó el tío, que daba la impresión de haberlo olvidado todo debido a su excitación y parecía leer la carta de nuevo.

—Sí, tío —dijo K—, es verdad.

—¿Es verdad? —exclamó el tío—. ¿Qué es verdad? ¿Cómo puede ser verdad? ¿Qué tipo de proceso? ¿No será un proceso penal?

—Un proceso penal —respondió K.

—¿Y estás aquí sentado tan tranquilo mientras tienes un proceso penal al cuello? —gritó el tío, que iba elevando cada vez más el tono de voz.

—Cuanto más tranquilo esté, mejor para el desenlace—dijo K cansado—. No temas nada.

—¡Eso no me puede tranquilizar! —gritó el tío—. Josef, querido Josef, piensa en ti, en tus parientes, en nuestro buen nombre. Hasta ahora has sido nuestro orgullo, no puedes convertirte en nuestra vergüenza. Tu actitud —y miró a K con la cabeza ligeramente inclinada—, tu actitud no me gusta, así no se comporta ningún acusado inocente que aún posee fuerzas. Dime en seguida de qué se trata para que pueda ayudarte. ¿Acaso se trata del banco?

—No —dijo K, y se levantó—. Hablas demasiado alto, querido tío, el empleado está seguramente detrás de la puerta y oye todo lo que decimos. Esto es muy desagradable para mí. Es mejor que nos vayamos. Contestaré a todas tus preguntas lo mejor que pueda. Sé muy bien que soy responsable ante la familia.

—Exacto —exclamó el tío—, exacto, date prisa, Josef, date prisa. —Aún tengo que dar unos encargos —dijo K, y llamó por teléfono a su sustituto, que entró poco después. El tío, en su excitación, señaló con la mano a K para indicar que éste era el que le había llamado, de lo que naturalmente no había ninguna duda. K, que permanecía detrás del escritorio, aclaró en voz baja a su sustituto, un hombre joven, que, sin embargo, escuchaba con seriedad, todo lo que tenía que hacer en su ausencia, mostrándole distintos escritos. El tío molestaba al permanecer allí de pie, con los ojos muy abiertos y mordiéndose los labios; aunque en realidad no escuchaba, la impresión de que lo hacía era muy incómoda. Luego comenzó a pasear de un lado a otro de la habitación, deteniéndose un rato ante la ventana o ante un cuadro y pronunciando expresiones como: "Me es completamente incomprensible" o "ahora dime adónde va a ir a parar todo esto". El hombre joven hacía como si no notase nada, escuchó tranquilamente las instrucciones de K, anotó algunas cosas y salió, después de haber realizado una ligera inclinación ante K, así como ante el tío, que, sin embargo, le volvió la espalda, miró por la ventana y cerró los visillos. Apenas se había cerrado la puerta, el tío exclamó:

—Al fin se ha ido ese pelele, ahora podemos irnos. ¡Ya era hora!

Por desgracia, no hubo ningún medio para que el tío dejase las preguntas sobre el proceso cuando pasaban por el vestíbulo del banco, donde se encontraban algunos funcionarios, entre ellos el subdirector.

—Bien, Josef —comenzó el tío, mientras saludaba con inclinaciones de cabeza a los presentes—, dime ahora abiertamente qué tipo de proceso es.

K hizo algunos gestos para que no dijera nada, sonrió un poco y sólo cuando llegaron a la escalinata explicó al tío que no había querido hablar ante la gente.

—Has hecho bien —dijo el tío—, pero ahora habla.

Escuchó con la cabeza inclinada, fumando un cigarrillo con nerviosismo. Ante todo, tío, no se trata de un proceso ante un tribunal ordinario[24].

—Malo —dijo el tío.

—¿Qué? —dijo K, y miró al tío.

—Eso es malo, según creo —repitió el tío.

Estaban al comienzo de la escalinata que conducía a la calle. Como el portero parecía escuchar, K se llevó al tío hacia abajo. El animado tráfico de la calle los acogió. El tío, que se había asido del brazo de K, ya no quiso hablar con tanta urgencia sobre el proceso, incluso anduvieron un rato en silencio.

---

[24] 24 En el manuscrito, después de "ordinario" aparece tachado "estatal". Kafka se decantó así por mantener cierta ambigüedad respecto a la calificación del tribunal, aunque todas las referencias refuerzan la impresión de que se trataba de una organización al margen del Estado.

—Pero, ¿cómo ha podido ocurrir? —preguntó finalmente el tío, y se detuvo tan súbitamente que los que venían detrás le tuvieron que esquivar asustados—. Esas cosas no surgen así, de repente, se van preparando con mucho tiempo de antelación, ha tenido que haber signos. ¿Por qué no me has escrito? Ya sabes que hago todo lo que puedo por ti, en cierta medida sigo siendo tu tutor, y hasta hoy he estado orgulloso de serlo. Por supuesto que seguiré ayudándote, aunque ahora que el proceso está en marcha, será muy difícil. Lo mejor sería que te tomaras unas pequeñas vacaciones y te vinieras con nosotros al campo. Estás un poco delgado, ahora lo noto. En el campo recuperarás las fuerzas, eso será bueno, pues te esperan grandes esfuerzos. Además, así eludirás al tribunal. Aquí disponen de todos los medios coercitivos y los pueden aplicar automáticamente. En el campo tienen que delegar en un órgano o intentar influir sobre ti por correspondencia, telégrafo o teléfono. Eso debilita, naturalmente, los efectos. Aunque no te libera, al menos te da un respiro.

—Me pueden prohibir salir de la ciudad —dijo K, que parecía entrar algo en el proceso mental del tío.

—No creo que lo hagan —dijo el tío pensativo—, con tu partida no sufren una pérdida excesiva de poder.

—Yo pensaba —dijo K, y tomó a su tío del brazo para impedirle que se detuviera— que le darías menos importancia que yo, y ahora compruebo que tú mismo lo tomas como algo muy serio.

Josef—exclamó el tío, e intentó desasirse para detenerse, pero K no le dejó—, estás cambiado, siempre has tenido una gran inteligencia, ¿y precisamente ahora no la empleas?

¿Acaso quieres perder el proceso? ¿Sabes lo que eso significa? Eso significa que te suprimirán, y a todos tus parientes contigo o, al menos, quedarán humillados, a la altura del suelo. Josef, concéntrate. Tu indiferencia me desespera. Al verte así se puede creer el refrán:

"Proceso incoado, proceso perdido".

—Querido tío —dijo K—, es inútil excitarse. Excitándose no se ganan los procesos. Deja que me guíe también por mis experiencias, del mismo modo en que respeto las tuyas, por más que algunas veces me asombren. Como dices que también la familia quedará afectada — lo que no puedo entender, pero es un asunto secundario—, seguiré tus consejos. Pero no considero una estancia en el campo como algo ventajoso, pues significaría reconocer mi culpa y podría entenderse como una huida. Además, aquí, es cierto, me pueden perseguir mejor pero también puedo actuar e influir en el asunto.

—Cierto —dijo el tío en un tono reconciliador—, sólo te hice esa proposición porque veía que peligraba todo el asunto con tu indiferencia y me parecía que la única salida viable era tomarlo todo en mis manos. Pero si quieres llevar tú mismo el asunto y con todas tus fuerzas, será desde luego mucho mejor.

—Entonces estamos de acuerdo —dijo K—. ¿Tienes algún consejo sobre lo que podría hacer?

—Aún tengo que meditar algo sobre el asunto —dijo el tío—. Como sabes, vivo ininterrumpidamente en el campo desde hace veinte años y así se pierde el instinto para estas cosas. Mis contactos con gente importante, que tal vez conozcan mejor estos asuntos, se han debilitado con el tiempo. En el campo estoy algo solo. Precisamente uno lo nota cuando se producen este tipo de incidentes. Además, todo esto ha sido inesperado, por más que después de la carta de Ema sospechase algo, que se convirtió en certeza nada más verte. Pero eso no tiene importancia, lo más importante es no perder el tiempo.

Mientras hablaba había hecho señas a un taxi, poniéndose de puntillas, y cuando éste paró, subió, le dijo una dirección al conductor e introdujo a K en el interior.

—Vamos a hacer una visita al abogado Huld[25] —dijo el tío—, fuimos compañeros de colegio. ¿Conoces el nombre? ¿No? Es muy extraño. Tiene gran fama como defensor y abogado de los pobres. Yo tengo mucha confianza en él como persona.

---

[25] En el manuscrito, en un principio, "abogado Massal". En "yiddisch" "massel" significa "suerte". "Huid" significa "favor" o "benevolencia".

—Me parece bien todo lo que emprendas —dijo K, aunque la manera precipitada de actuar del tío le causara cierto malestar. No era muy agradable visitar a un abogado para pobres siendo un acusado.

—No sabía —dijo— que en un asunto así se podía consultar a un abogado.

—Pues claro, naturalmente, ¿por qué no? Y ahora cuéntamelo todo para que esté bien informado de lo que ha ocurrido.

K se lo comenzó a contar, sin silenciar nada. Su completa sinceridad fue la única protesta que se pudo permitir contra la opinión del tío de que el proceso era una gran vergüenza. El nombre de la señorita Bürstner lo mencionó sólo una vez y de pasada, pero eso no influyó en la sinceridad de su exposición, pues ella no tenía ninguna relación con el proceso. Mientras hablaba, miraba por la ventanilla y observaba cómo se acercaban a los suburbios en los que se hallaban las oficinas del juzgado. Se lo dijo a su tío, pero éste no creyó que la coincidencia fuese digna de ser tenida en cuenta. El coche se detuvo ante una casa oscura. El tío llamó a la primera puerta de la planta baja. Mientras esperaban, sonrió, hizo rechinar sus grandes dientes y musitó:

—Las ocho, una hora inusual para recibir a los clientes. Huld no me lo tomará a mal.

En la mirilla de la puerta aparecieron dos grandes ojos negros, que contemplaron durante un rato a los huéspedes y desaparecieron. La puerta permaneció cerrada. El tío y K se confirmaron mutuamente haber visto los dos ojos.

—Una criada nueva que tiene miedo a los extraños —dijo el tío y llamó otra vez. Volvieron a aparecer los ojos, parecían tristes, pero podía ser una ilusión producida por la llama de gas que ardía por encima de sus cabezas y que apenas alumbraba.

—¡Abra! —gritó el tío golpeando la puerta con el puño—, somos amigos del señor abogado.

—El señor abogado está enfermo —susurró alguien a sus espaldas. En una puerta al otro lado del pasillo había un hombre en bata que era el que se había dirigido a ellos con voz tan baja. El tío, que ya estaba enfurecido por la espera, se dio la vuelta bruscamente y gritó:

—¿Enfermo? —y se fue hacia él con actitud amenazadora, como si el otro fuese la misma enfermedad.

—Ya les han abierto —dijo el hombre, señaló la puerta del abogado, se ajustó la bata y desapareció.

Era cierto, habían abierto la puerta, una muchacha —K reconoció en seguida los ojos oscuros, un poco saltones— permanecía con un delantal blanco en el vestíbulo y mantenía una vela en la mano.

—La próxima vez abra antes —dijo el tío en vez de saludar, mientras la muchacha hacía una ligera inclinación de cabeza.

—Vamos, Josef—dijo a K, que pasó lentamente al lado de la muchacha.

—El señor abogado está enfermo —dijo la joven, ya que el tío se dirigió directamente hacia una puerta sin detenerse. K aún contemplaba asombrado a la muchacha, cuando ella se volvió para impedir la entrada. Tenía un rostro redondo como el de una muñeca, pero no sólo las pálidas mejillas y la barbilla poseían una forma redondeada, sino también las sienes y la frente.

—Josef —volvió a llamar el tío y, a continuación, le preguntó a la joven:

—¿Es el corazón?

—Creo que sí —dijo ella, había tenido tiempo para avanzar con la vela y abrir la puerta de la habitación. En una de las esquinas, aún no iluminada, se elevó de la cama un rostro con una larga barba.

—Leni, ¿quién viene? —preguntó el abogado, que, deslumbrado por la luz de la vela, aún no había podido reconocer a los visitantes.

—Soy Albert, tu viejo amigo —dijo el tío.

—¡Ah!, Albert —dijo el abogado, y se dejó caer sobre la almohada, como si esa visita no necesitase ninguna atención especial.

—¿Tan mal estás? —preguntó el tío, y se sentó al borde de la cama —. No lo creo. Es una de tus recaídas, pero pasará como las anteriores.

—Es posible —dijo el abogado en voz baja—, pero es peor que otras veces. Respiro con dificultad, no duermo y voy perdiendo fuerzas día a día.

—Vaya —dijo el tío, y presionó su sombrero de jipijapa contra la rodilla—, son malas noticias. ¿Te están cuidando bien? Esto está tan triste, tan oscuro. Ha pasado ya mucho tiempo desde la última vez que estuve aquí, pero antes esto era más agradable. Tampoco tu pequeña señorita parece muy alegre, o tal vez disimula.

La muchacha permanecía con la vela cerca de la puerta. Parecía fijarse más en K que en el tío, aun cuando éste se refirió a ella. K se apoyó en una silla que él mismo había desplazado hasta las proximidades de la joven.

—Cuando se está tan enfermo como yo —dijo el abogado—, hay que tener tranquilidad, a mí no me parece triste.

Después de una pequeña pausa añadió:

—Y Leni me cuida muy bien, es muy buena[26].

El tío, sin embargo, no se dejó convencer. Tenía un prejuicio contra la enfermera y aunque no replicó nada al enfermo, persiguió con mirada severa a la muchacha cuando ésta se acercó a la cama, dejó la vela en la me silla de noche, se inclinó sobre el enfermo y le susurró algo mientras le arreglaba la almohada. El tío prácticamente abandonó toda consideración hacia el enfermo, se levantó, estuvo paseando de un lado a otro detrás de la enfermera y a K no le hubiera asombrado que la hubiera cogido por la falda para apartarla de la cama. K, sin embargo, lo contemplaba todo con tranquilidad. Incluso la enfermedad del abogado era algo que no le venía mal, no había podido oponer nada a la actividad que el tío había desarrollado por su causa, pero el freno que experimentaba ahora ese celo, sin intervención alguna de K, lo tomó

---

[26] A continuación, tachado en el manuscrito: "Esa alabanza no hizo efecto alguno en la muchacha, ni siquiera le impresionó lo que el tío dijo a continuación: "Puede ser. No obstante, te enviaré lo más pronto posible, incluso hoy mismo, una enfermera. Si no cumple con sus obligaciones, la despides, pero hazme el favor e inténtalo. En este ambiente y con este silencio no se puede vivir". "No siempre es tan silencioso —dijo el abogado—. Sólo tomaré a tu enfermera si es algo obligatorio". "Lo es" —dijo el tío.

como algo positivo. Entonces el tío, tal vez sólo con la intención de ofender a la enfermera, dijo:

—Señorita, por favor, déjenos un momento a solas, tengo que tratar con mi amigo un asunto personal.

La enfermera, que se había inclinado aún más sobre el enfermo y precisamente en ese momento alisaba la sábana, volvió la cabeza y dijo con toda tranquilidad, que contrastaba con el silencio furioso y la verborrea del tío:

—Ya ve, el señor está muy enfermo, no puede hablar de ningún asunto personal.

Probablemente había repetido las palabras del tío sólo por comodidad, pero por alguna persona ajena se podría haber tomado como una burla. El tío, naturalmente, se comportó como si le hubieran acuchillado.

—Tú, condenada —logró decir con voz gutural y casi incomprensible por la excitación.

K se asustó, aunque había esperado una reacción semejante, así que corrió hacia él con la intención de taparle la boca con las manos. Felizmente, el enfermo se incorporó detrás de la muchacha. El rostro del tío se tornó sombrío, como si se estuviera tragando algo repugnante, y dijo algo más tranquilo:

—Por supuesto que aún no hemos perdido la razón; si lo que reclamo no fuera posible, no lo habría dicho. Por favor, váyase.

La enfermera estaba de pie al lado de la cama, mirando al tío, y con una de sus manos, como creyó advertir K, acariciaba la mano del ahogado.

—Puedes decir lo que quieras en presencia de Leni —dijo el enfermo con un tono de súplica.

—No me concierne a mí —dijo el tío—, no es mi secreto.

Y se dio la vuelta, como si no pensara participar en más negociaciones, pero concediera un periodo de reflexión.

—Entonces, ¿a quién concierne? —preguntó el abogado con voz apagada, y volvió a echarse.

—A mi sobrino —dijo el tío—, lo he traído conmigo.

Se lo presentó:

—Gerente Josef K.

—¡Oh! —dijo el enfermo con súbita vivacidad, y le extendió la mano—, disculpe, no había advertido su presencia.

—Retírate, Leni —dijo a la enfermera, que ya no se opuso, y le dio la mano como si se despidiera por largo tiempo.

—Así que no has venido a hacer una visita a un enfermo —dijo finalmente al tío, que se había acercado ya reconciliado—, vienes por motivos profesionales.

Era como si la idea de una visita de enfermo hubiese paralizado hasta ese momento al abogado, tan fortalecido aparecía ahora. Permaneció apoyado en el codo, lo que tenía que ser bastante fatigoso, y tiró una y otra vez de un pelo de su barba.

—Parece —dijo el tío— que te has recuperado algo desde la salida de esa bruja. Se interrumpió y musitó:

—Apuesto a que está escuchando —y saltó hacia la puerta. Pero detrás de la puerta no había nadie. El tío regresó, pero no decepcionado, sino amargado, pues creía ver en el comportamiento recto de la muchacha una mayor maldad.

—No la conoces —dijo el abogado, sin proteger más a la enfermera. Tal vez sólo quería expresar con ello que no necesitaba protección. Pero prosiguió en un tono más interesado:

—En lo que se refiere al asunto de tu señor sobrino, me consideraría feliz si mis fuerzas bastasen para una tarea tan extremadamente difícil; me temo, sin embargo, que no bastarán, pero tampoco quiero dejar de intentarlo; si no puedo, siempre será posible solicitar la ayuda de otro. Para ser sincero, el asunto me interesa demasiado como para dejarlo pasar y renunciar a toda participación. Si mi corazón no lo soporta, al menos encontrará aquí una buena ocasión para fallar del todo.

K no creyó comprender ni una sola palabra de lo que había dicho. Miró al tío para encontrar una explicación, pero éste estaba sentado en la mesilla de noche, de la que se acababa de caer sobre la alfombra un frasco de medicinas. Con la vela en la mano, el tío asentía a lo que decía el abogado, se mostraba de acuerdo en todo y miraba de vez en cuando

a K como si requiriera un asenso similar. ¿Acaso había hablado ya el tío
con el abogado acerca del proceso? Pero eso era imposible, todo lo
acaecido hablaba en contra. Por esta causa, dijo:

—No entiendo.

—¿Acaso le he interpretado mal? —preguntó el abogado tan
asombrado y confuso como K—. Tal vez me he precipitado. ¿Sobre qué
quería hablar conmigo? Creía que se trataba de su proceso.

—Naturalmente —dijo el tío, que entonces preguntó a K—: Pero
¿qué te pasa?

—Sí, pero, ¿de qué me conoce y cómo sabe de mi proceso? —
inquirió K.

—¡Ah, ya! —dijo el abogado sonriendo—, soy abogado, trato con
miembros de los tribunales, se habla de distintos procesos, sobre todo de
los más llamativos, y cuando afectan al sobrino de un amigo se quedan
en la memoria. No es nada extraño.

—Pero ¿qué te pasa? —volvió a preguntarle el tío—. Estás muy
nervioso.

—¿Usted tiene trato con los miembros de los tribunales? —preguntó
K.

—Sí —dijo el abogado.

—Haces preguntas de niño —dijo el tío.

—¿Con quién voy a tratar si no es con gente de mi gremio? —añadió
el abogado.

Sonó tan irrebatible que K fue incapaz de contestar. "Usted trabaja
en las estancias del Palacio de justicia pero no en las del desván", hubiera
querido decir, pero no se atrevió.

—Tiene que tener en cuenta —continuó el abogado, como si le
estuviera explicando algo evidente y superfluo— que de ese trato saco
muchas ventajas para mis clientes y, además, en múltiples sentidos, pero
de eso no se puede hablar. Naturalmente estoy algo impedido a causa de
mi enfermedad; no obstante sigo recibiendo visitas de buenos amigos de
los tribunales y me entero de algunas cosas. Es posible que me entere de
mucho más de lo que se pueden enterar algunos que gozan de la mejor

salud y se pasan todo el día en los tribunales. Precisamente ahora tengo una visita entrañable —y señaló hacia una de las esquinas.

—¿Dónde? —preguntó K de un modo algo grosero por la sorpresa. Miró a su alrededor con inseguridad, la luz de la vela no llegaba hasta la pared opuesta. Y realmente algo comenzó a moverse en la esquina. A la luz de la vela, que ahora el tío sostenía en alto, se podía ver a un señor bastante mayor sentado frente a una mesita. Era como si todo ese tiempo hubiera aguantado la respiración para permanecer inadvertido. Ahora se levantó algo molesto, insatisfecho por haber acaparado la atención. Era como si quisiera evitar, moviendo las manos como pequeñas alas, cualquier presentación o saludo, como si no quisiera molestar a los demás con su presencia y como si suplicase que le dejaran de nuevo en la oscuridad y en el olvido. Pero ya no se lo podían consentir.

—Nos habéis sorprendido —dijo el abogado como explicación e hizo una seña al señor para animarle a que se aproximara, lo que éste hizo lentamente, dudando, mirando alrededor y con cierta dignidad.

—El señor jefe de departamento judicial…, ¡ah!, perdón, no les he presentado. Aquí mi amigo Albert K, aquí su sobrino, el gerente Josef K, y aquí el señor jefe de departamento. Bien, pues el señor jefe de departamento ha sido tan amable de hacerme una visita. El valor de una visita así sólo puede ser apreciado por alguien que sepa lo cargado de trabajo que está el señor jefe de departamento. No obstante ha venido, y conversábamos tranquilamente, tanto como lo permitía mi debilidad. No habíamos prohibido a Leni que dejara entrar a visitantes, pues no esperábamos a ninguno, pero opinábamos que debíamos permanecer solos; entonces se oyeron tus golpes, Albert, y el señor jefe de departamento se retiró con su sillón a una esquina, pero ahora parece que tenemos un asunto para discutir en común y puede volver con nosotros. Señor jefe de departamento —dijo con una inclinación y una sonrisa sumisa, señalando una silla en la cercanía de la cama.

—Por desgracia sólo podré permanecer unos minutos —dijo amablemente el jefe de departamento, se sentó cómodamente en la silla y miró el reloj—, pues el trabajo me llama. Pero tampoco quiero perder la oportunidad de conocer a un amigo de mi amigo.

Inclinó ligeramente la cabeza hacia el tío, quien parecía muy satisfecho por su nuevo conocido, satisfacción que, sin embargo, no supo manifestar, ya que, por su naturaleza, era incapaz de mostrar ningún sentimiento de sumisión, limitándose a acompañar las palabras del jefe de departamento con una risa confusa. ¡Una visión horrible! K podía contemplarlo todo tranquilamente, pues nadie se preocupaba de él. El jefe de departamento, como parecía que era su costumbre, tomó la palabra. El abogado, por su parte, cuya debilidad inicial parecía que sólo había servido para expulsar a la nueva visita, escuchaba con atención, con la mano en el oído; el tío, que mantenía la vela —la balanceaba sobre su muslo y el abogado le miraba frecuentemente con preocupación— había superado su confusión previa y seguía encantado la manera de hablar del jefe de departamento y los movimientos ondulados de manos con que éste acompañaba a sus palabras. K, que se apoyaba en la pata de la cama, era completamente ignorado por el jefe de departamento, probablemente con toda intención, y permaneció como mero oyente. Además, no sabía de qué estaban hablando y se dedicó a pensar en la enfermera, en el trato tan malo que había recibido del tío y llegó a considerar si no había visto ya al jefe de departamento, tal vez en la asamblea durante su primera comparecencia. Si se equivocaba, el jefe de departamento habría armonizado perfectamente con los participantes de las primeras filas, aquellos ancianos con sus barbas ralas.

En ese preciso momento todos se quedaron escuchando pues se había producido un ruido como el que hace la porcelana al romperse.

—Voy a ver qué ha podido ocurrir —dijo K, y salió lentamente, como si quisiera dar la oportunidad de que le detuvieran. Apenas había entrado en el vestíbulo e intentaba orientarse en la oscuridad, cuando una mano pequeña, mucho más pequeña que la de K, se posó sobre la suya, aún en el picaporte, y cerró suavemente la puerta. Era la enfermera, que había estado esperando allí.

—No ha ocurrido nada —susurró ella—, he arrojado un plato contra la pared para sacarle de la habitación.

K dijo algo confuso:

—También yo he pensado en usted.

—Mucho mejor—dijo la enfermera—. Venga.

Llegaron a una puerta con un cristal opaco. La enfermera la abrió.

—Entre —dijo ella.

Era el despacho del señor abogado. Por lo que se podía apreciar a la luz de la luna, que sólo alumbraba con intensidad un espacio rectangular del suelo bajo dos grandes ventanas, los muebles eran antiguos y pesados.

—Venga aquí —dijo la enfermera, y señaló un oscuro arcón con forma de asiento provisto de un respaldo de madera labrada.

Cuando K se sentó, miró a su alrededor: era una habitación amplia y elevada, la clientela del abogado de los pobres se debía de sentir perdida[27]. K creyó apreciar los pequeños pasos con los que los visitantes se acercaban al poderoso escritorio. Pero poco después lo olvidó y sólo tuvo ojos para la enfermera, que estaba sentada junto a él y casi le presionaba contra uno de los brazos del arcón.

—Pensé —dijo ella— que vendría conmigo sin necesidad de llamarle. Ha sido muy extraño. Primero me estuvo mirando al entrar casi ininterrumpidamente y luego me dejó esperando. Por lo demás, llámeme Leni —añadió rápida e inesperadamente, como si no quisiera desperdiciar ni un segundo de esa conversación.

—Encantado —dijo K—. Pero en lo que concierne a su extrañeza, Leni, se puede explicar fácilmente. En primer lugar, tenía que escuchar la cháchara de los dos ancianos y no podía salir sin motivo alguno; en segundo lugar, soy más bien tímido, y usted, Leni, no tenía el aspecto de poder ser conquistada en un instante.

—No ha sido eso —dijo Leni, que apoyó el brazo en el respaldo y contempló a K—, lo que pasa es que no le gusté al principio y probablemente tampoco le gusto ahora.

---

[27] Tachado en el manuscrito: "El escritorio, que casi ocupaba la habitación en toda su longitud, se hallaba cerca de la ventana. Estaba de tal manera dispuesto que el abogado daba la espalda a la puerta. Así, el visitante tenía que atravesar toda la habitación como un intruso antes de poder ver el rostro del abogado, si éste no tenía la amabilidad de volverse hacia el visitante".

—"Gustar" no expresaría bien lo que siento —dijo K, eludiendo una respuesta directa.

—¡Oh! —exclamó ella sonriendo, y ganó gracias a las últimas palabras de K cierta superioridad. Por esta causa, K permaneció un rato en silencio. Como ya se había acostumbrado a la oscuridad de la habitación, pudo distinguir algunos objetos. En concreto, le llamó la atención un gran cuadro que colgaba a la derecha de la puerta. Se inclinó para verlo mejor. En él estaba retratado un hombre con la toga de juez, sentado en un sitial, cuyos adornos dorados destacaban intensamente. Lo insólito era que ese juez no estaba sentado en una actitud digna y reposada, sino que presionaba con fuerza el brazo izquierdo contra el respaldo y contra el brazo del sitial, mientras mantenía libre el brazo derecho, cuya mano se aferraba al otro brazo del asiento como si en el instante siguiente fuera a saltar con un giro violento para decir algo decisivo o pronunciar una sentencia[28]. Se suponía que el acusado estaba al inicio de una escalera, de la cual sólo se podían ver los peldaños superiores, cubiertos con una alfombra amarilla.

—Tal vez sea éste mi juez —dijo K, y señaló el cuadro con el dedo.

—Yo le conozco —dijo Leni, que también miró el cuadro—, viene a menudo de visita. El retrato lo pintaron cuando era joven, pero jamás ha podido parecerse al del cuadro, pues es muy bajito. Sin embargo, se hizo retratar con esa estatura porque es muy vanidoso, como todos los de aquí. Pero yo también soy vanidosa y estoy muy insatisfecha por no gustarle a usted.

K sólo respondió a este último comentario atrayendo a Leni hacia él y abrazándola: ella reclinó en silencio la cabeza en su hombro. A continuación, K le preguntó:

—¿Qué rango tiene?

—Es juez de instrucción —dijo ella, tomó la mano de K, con la que él la abrazaba y jugó con sus dedos.

---

[28] Tachado en el manuscrito "para terror del acusado". Según M. Pasley, Kafka se inspiró en la obra de Freud El Moisés de Miguel Ángel para la descripción de la actitud del juez retratado.

—Otra vez sólo un juez instructor —dijo K decepcionado—, los funcionarios superiores se esconden, pero él está sentado en un sitial.

—Eso es todo un invento —dijo Leni, poniendo el rostro en la Mano de K—, en realidad está sentado en una silla de cocina, cubierta una vieja manta para caballerías. Pero ¿tiene que pensar siempre en proceso? —añadió lentamente.

—No, no, en absoluto —dijo K—, incluso creo que pienso demasiado poco en él.

—Ése no es el error que está cometiendo —dijo Leni—. Usted es demasiado inflexible, al menos eso es lo que he oído.

—¿Quién ha dicho eso? —preguntó K. Sintió su cuerpo en su pecho y contempló su mata de pelo oscuro.

—Revelaría demasiado si se lo dijera —respondió Leni—. Por favor, no pregunte nombres, pero rectifique su error, no sea tan inflexible. No hay defensa posible contra esta judicatura, hay que confesar. Haga la confesión en la próxima oportunidad que se le presente. Sólo así tendrá la posibilidad de escapar, sólo así. No obstante, le será imposible sin ayuda. No tema por esa ayuda, yo se la prestaré.

—Usted sabe mucho de esta justicia y de todas las trampas necesarias para moverse en ella —dijo K, y, como se apretaba mucho a él, decidió sentarla sobre sus rodillas.

—Así estoy bien —dijo ella, y se acomodó un poco la falda y la camisa. Luego puso las manos en torno a su cuello, se inclinó un poco hacia atrás y lo contempló durante un rato.

Y si no confieso, ¿no me podrá ayudar? —preguntó K de prueba. Reúno ayudantes femeninos —pensó con asombro—, primero la señorita Bürstner, luego la esposa del ujier y por último esta pequeña enfermera, que parece sentir una incomprensible atracción hacia mí.

¡Se sienta en mis rodillas como si fuese su lugar preferido!"

—No —respondió Leni y sacudió lentamente la cabeza—. En ese caso no podría ayudarle. Pero está claro que usted no quiere mi ayuda usted es obstinado y no se deja convencer.

¿Tiene una amante? —preguntó después de un rato de silencio.

—No —dijo K.

—¡Oh, sí! —dijo ella.

—Sí, claro que sí —dijo K—. La he negado y, no obstante, llevo una fotografía suya.

Siguiendo su petición, le mostró la fotografía, que ella estudió hecha un ovillo sobre sus rodillas. Era una fotografía al natural: la tomaron mientras Elsa bailaba una danza trepidante, como las que le gustaba bailar en el local donde trabajaba; su falda volaba a su alrededor agitada por sus giros y apoyaba las manos en las caderas, al mismo tiempo miraba sonriendo hacia un lado con el cuello estirado. No se podía reconocer en la foto a quién dirigía esa sonrisa.

—Se ha ceñido demasiado el corpiño —dijo Leni, y señaló el lugar donde se podía apreciar—. No me gusta, es torpe y vulgar. Tal vez sea con usted dulce y amable, eso se podría deducir de la fotografía. Mujeres tan altas y fuertes no saben a menudo otra cosa que ser dulces y amables; pero, ¿sería capaz de sacrificarse por usted?

—No —dijo K—, ni es dulce ni amable, ni tampoco se sacrificaría por mí. Aunque hasta ahora no he reclamado de ella ni lo uno ni lo otro. Y no he contemplado la fotografía con tanto detenimiento como usted.

—Entonces no tiene mucha importancia para usted —dijo Leni—, no es su amante.

—Sí lo es —dijo K—, no voy a desmentirlo ahora.

—Bueno, por mucho que sea su amante —dijo Leni—, no la echaría de menos si la perdiera o la sustituyera por otra, por ejemplo por mí.

—Cierto —dijo K sonriendo—, eso sería posible, pero ella tiene una ventaja frente a usted, no sabe nada del proceso y si supiera algo, no pensaría en convencerme para que condescendiera.

—Eso no es ninguna ventaja —dijo Leni—. Si no tiene más ventajas, no perderé la esperanza. ¿Tiene algún defecto corporal?

—¿Un defecto corporal? —preguntó K.

—Sí —dijo Leni—, yo tengo un pequeño defecto, mire.

Estiró los dedos corazón e índice de su mano derecha y una membrana llegaba prácticamente hasta la mitad del dedo más corto. La oscuridad impidió ver a K lo que quería mostrarle, así que ella llevó su mano hasta el sitio indicado para que él lo tocara.

—Qué capricho de la naturaleza—dijo K, y añadió mientras miraba toda la mano—: Qué garra tan hermosa.

Leni contempló con orgullo cómo K abría y cerraba asombrado los dos dedos hasta que, finalmente, los besó ligeramente y los soltó.

—¡Oh! —exclamó ella en seguida—. ¡Me ha besado!

Ayudándose con las rodillas, trepó por el cuerpo de K con la boca abierta; K la miró consternado, ahora que estaba tan cerca notó que s pedía un olor amargo y excitante, como a pimienta; atrajo su cabeza, se inclinó sobre ella y la mordió y besó en el cuello, luego mordió su pelo.

—La ha sustituido por mí —exclamaba ella—, ve, ¡la ha sustituido por mí!

Sus rodillas resbalaron y cayó hasta casi tocar la alfombra lanzando un pequeño grito. K la abrazó para sujetarla, pero ella lo atrajo.

—Ahora me perteneces[29] —dijo ella.

—Aquí tienes la llave de la casa, ven cuando quieras —fueron sus últimas palabras y un beso al azar le alcanzó en la espalda mientras se legar Cuando salió de la casa comprobó que caía una fina lluvia, quería llegar a la mitad de la calle para poder ver a Leni en la ventana, pero de un automóvil, que esperaba cerca de la casa, y que K no había advertido, salió el tío, le cogió del brazo y le empujó contra la puerta de la rasa, como si quisiera apuntalarle contra ella.

—¡Pero cómo has podido hacerlo! —gritó—. Has dañado gravemente tu causa cuando ya iba por el buen camino. Te ocultas con esa cosa sucia que, además, es la amante del abogado y permaneces ausente durante horas. Ni siquiera buscas una excusa, no, ni disimulas, sino que abiertamente corres hacia ella y te quedas con ella. Y mientras tanto nosotros permanecemos allí sentados, tu tío, que se esfuerza por ti, el abogado, al que hay que ganarse para que te defienda y, sobre todo, el jefe de departamento, ese gran señor, que domina tu caso en su estado actual. Queríamos hablar sobre cómo se te podía ayudar, yo tenía que hablar cuidadosamente con el abogado y luego éste con el jefe de

---

[29] En un principio Kafka planeó terminar el capítulo con esta frase. En el manuscrito aparece la palabra "Fin". No obstante, más tarde se decidió por continuar el capítulo para dar una mayor consistencia al argumento.

departamento y al menos tendrías que haberme apoyado. En vez de eso permaneces ausente. Al final ya no se puede ocultar, son hombres educados, no hablan de ello, me guardan consideración, pero llega un momento en que ya no lo pueden tolerar, y como no pueden hablar del caso, enmudecen. Hemos permanecido allí sentados minutos y minutos sin decir una palabra, escuchando si venías o no. Todo en vano. Finalmente, el jefe de departamento, que ha permanecido más tiempo del que quería, se ha levantado y se ha despedido de mí, compadeciéndome y sin poder ayudarme. Luego esperó amablemente un tiempo en la puerta y se fue. Naturalmente, yo estaba feliz de que se hubiera ido, ya no podía ni respirar. Al abogado le ha sentado mucho peor, el pobre hombre no podía hablar cuando me despedí de él. Probablemente has contribuido a que sufriese una recaída y así aceleras la muerte del hombre del que dependes. Y me dejas a mí, a tu tío, aquí, bajo la lluvia, mira, estoy empapado, he esperado horas[30].

EL ABOGADO EL FABRICANTE EL PINTOR

---

[30] Kafka tuvo problemas para terminar este capítulo y no quedó satisfecho. Se ha conservado otra continuación, publicada por Max Brod: "Cuando salieron del teatro lloviznaba ligeramente. K estaba cansado por la mala representación. El pensamiento de que tenía que albergar a su tío le deprimía, precisamente ese día necesitaba hablar con F. B., podría haber encontrado una oportunidad para verla. La compañía del tío, sin embargo, se lo impedía. Salía un tren nocturno que el tío podía coger, pero convencerle para que se fuera ese día, en que habían estado tan ocupados con el proceso, era completamente imposible. No obstante, K hizo el intento, aunque sin esperanzas: "Temo, tío —dijo—, que necesitaré tu ayuda en el futuro. Aún no sé en qué, pero la necesitaré con toda seguridad". "Puedes contar conmigo —dijo el tío—, no paro de pensar en cómo te puedo ayudar". "Eres el mismo de siempre —dijo K—, sólo temo que la tía se enoje conmigo si te pido que vuelvas a la ciudad". "Tu asunto es mucho más importante que esas molestias". "En eso no coincido —dijo K—, no quiero separarte inútilmente de la tía. Te necesitaré muy pronto, así que podrías irte a casa mientras tanto". "¿Mañana?" —dijo el tío. "Sí, mañana—respondió K—, o, tal vez, lo más cómodo sería que viajases esta misma noche en el tren nocturno".

Una mañana de invierno —afuera caía suavemente la nieve y la luz era mortecina—, K estaba sentado en su despacho, exhausto a pesar de encontrarse in las primeras horas de la mañana. Para protegerse de los funcionarios inferiores, había encargado a su ordenanza que no dejase pasar a nadie; puso como excusa que estaba muy ocupado. Pero en vez de trabajar, giraba en su sillón, desplazaba lentamente distintos objetos sobre el escritorio y, sin ser muy consciente de lo que hacía, terminó por extender el brazo sobre la mesa y permanecer inmóvil con la cabeza inclinada.

El proceso ya no abandonaba sus pensamientos. Con frecuencia había considerado la posibilidad de redactar un escrito de defensa y Presentarlo al tribunal. En él incluiría una corta descripción de su vida y aclararía, respecto a cada acontecimiento importante, por qué motivos había actuado así, si esa forma de actuar, según su juicio actual, era reprochable o no, y las justificaciones que se podían aducir en uno u otro caso. Las ventajas de un escrito de defensa con un contenido similar, en comparación con la simple defensa a través del abogado, por lo demás tampoco libre de objeciones, eran indudables. K no sabía lo que el abogado emprendía; en todo caso no era mucho, hacía un mes que no le llamaba y en ninguna de las visitas previas tuvo la impresión de fue ese hombre pudiera alcanzar algo. Ni siquiera le había preguntado apenas nada. Y, sin embargo, había tanto que preguntar. Preguntar era, sin duda, lo principal. K tenía la sensación de que él mismo podía plantear todas las preguntas necesarias del caso. El abogado, por el contrario, en vez de preguntarle, contaba cosas él mismo o permanecía en silencio, inclinándose sobre el escritorio —tal vez por su dureza de oído—, tirándose de un pelo de la barba y mirando fijamente la alfombra, es posible que hacia el lugar en el que habían yacido K y Leni. De vez en cuando le hacía alguna vacía advertencia, como se hace con los niños[31]. Palabras tan inútiles como aburridas, que K no pensaba pagar ni con un

---

[31] Tachado en el manuscrito: "algunas advertencias, como que debería irse temprano a la cama, no debería llevar trajes tan caros, debería redactar en su casa su última voluntad, debería utilizar velas en vez de luz eléctrica".

céntimo cuando le enviara la cuenta final. Una vez que el abogado creía haberle humillado lo suficiente, comenzaba, como de costumbre, a infundirle un poco de ánimo. Según le contaba, él había ganado ya total o parcialmente muchos procesos similares, procesos que, si bien no habían sido tan difíciles como el suyo, al menos se habían presentado igual de desesperanzados. Tenía una lista con esos procesos en su cajón —al decirlo golpeteaba en uno de los laterales de la mesa—, pero por desgracia no podía mostrar el material, pues se trataba de un secreto oficial. Naturalmente, decía, toda su experiencia revertía en favor de K. Había comenzado a trabajar de inmediato y el primer escrito judicial ya casi estaba redactado. Su importancia consistía en que al ser la primera impresión que daba la defensa, a menudo determinaba esencialmente el posterior desarrollo del procedimiento. No obstante, por desgracia, se veía obligado a advertirle que a veces ocurría que los primeros escritos presentados al tribunal no se leían. Simplemente se agregaban a las actas y se estimaba que provisionalmente era más importante el interrogatorio y la observación del acusado que todas las alegaciones realizadas por escrito. Si el solicitante mostraba apremio, se aducía que antes de la sentencia definitiva se reuniría todo el material, incluidas las actas respectivas, y se examinarían también los primeros escritos. Lamentablemente, esto no ocurría siempre así, el primer escrito se solía traspapelar o simplemente se extraviaba y, aunque se conservase hasta el final —esto lo había sabido el abogado sólo por rumores—, apenas se leía. Todo eso era lamentable, pero no carecía de justificación. K no debía sacar la falsa conclusión de que el procedimiento no era público, podía ser público, si el tribunal lo consideraba necesario, pero la ley no prescribía su publicidad. Como consecuencia de esto, los escritos judiciales, ante todo el escrito de acusación, eran inaccesibles para el acusado y la defensa, por consiguiente no se sabía con exactitud a qué se debía referir, en concreto, el primer escrito, así que éste sólo podía contener por casualidad algo que fuera importante para la causa. Datos exactos y aptos para servir de prueba se podían elaborar con posterioridad, cuando los interrogatorios del acusado hicieran aparecer con más claridad los cargos que se le imputaban o permitieran deducirlos con mayor precisión. Naturalmente, bajo estas condiciones, la defensa se encontraba en una situación muy desfavorable y difícil. Pero también esto era deliberado. En realidad, la ley no permitía una defensa, sólo la toleraba, no obstante, incluso respecto al sexto legal del que se podía deducir una tolerancia, existía una fuerte disensión doctrinal. Por consiguiente, estrictamente hablando, no podía haber ningún abogado reconocido por los tribunales, todos los abogados que comparecían ante ese tribunal eran abogados intrusos. El gremio consideraba esta situación indignante y si K, en su próxima visita a los juzgados, se fijaba en el despacho de los abogados, lo comprobaría. Probablemente quedaría horrorizado al ver en qué condiciones se reunía allí la gente. Ya la estancia estrecha mostraba el desprecio que la justicia tenía por ese gremio. La luz sólo penetraba por una claraboya, situada a tal altura que si alguien quería mirar por ella tenía fue buscar a un colega para subirse a sus espaldas. Por añadidura, el humo de una chimenea cercana le entraría por la nariz y le dejaría la cara negra. En el suelo de esa estancia —sólo para añadir un ejemplo más del estado en que se encontraba aquello—, había, desde hacía más ele un año, un agujero, no tan grande como para que un hombre pudiese caer por él, pero sí lo suficiente como para poder meter una pierna. El despacho de los abogados estaba en el segundo piso, si alguien se hundía, la pierna aparecía en el primer piso, precisamente en el corredor donde esperan los acusados. No exageraba al decir que en los círculos de abogados esa situación se consideraba vergonzosa. Las quejas a la Administración de Justicia no habían tenido el más mínimo éxito, lo único que se había conseguido era que se prohibiera severamente que los abogados cambiasen algo en la habitación asumiendo ellos mismos los costes. Pero también esta forma de tratar a los abogados tenía un fundamento. Se quería impedir la defensa y se pretendía que todo recayese sobre el acusado. No era un mal criterio, pero sería un error deducir que en esa justicia los abogados no servían para nada. Todo lo contrario, en ningún lugar eran tan necesarios. El procedimiento no sólo no era público, sino que también permanecía secreto para el acusado. Naturalmente, todo lo secreto que era posible, pero era posible en su mayor parte. El acusado tampoco tenía acceso a los escritos judiciales y deducir de los interrogatorios el contenido de ellos era muy difícil, sobre todo para el acusado, confuso y lleno de preocupaciones. Aquí es cuando debía actuar la defensa. Por regla general, la defensa no podía estar presente durante los interrogatorios, así que se veía obligada a preguntar al acusado, si era posible en la misma puerta del despacho del juez instructor, acerca del interrogatorio e intentar deducir de esos informes, la mayoría de las veces muy vagos, la información conveniente. Pero esto no era lo más importante, pues así no se podía averiguar mucho, aunque, si bien era cierto, una persona competente averiguaría más que otra que no lo era. Lo más importante eran las relaciones personales del abogado, en ellas consistía la calidad de la defensa. K ya había sabido por propia experiencia que los rangos inferiores de esa organización judicial no eran del todo perfectos, que en ellos abundaban los empleados corruptos y aquellos que olvidaban fácilmente el cumplimiento del deber, por lo que la severa configuración judicial mostraba algunas lagunas. Aquí es donde la gran masa de abogados encontraba su campo de actuación, aquí se sobornaba y se espiaba, no hacía mucho tiempo, incluso, se produjeron robos de actas. No se podía dudar que de esa manera se podían conseguir resultados sorprendentemente favorables para el acusado, aunque sólo momentáneos. Los pequeños abogados los aprovechaban para hacerse publicidad y vanagloriarse, pero para el posterior transcurso del proceso no significaba nada o nada bueno. Lo que a fin de cuentas poseía más valor eran las buenas y sinceras relaciones personales y, además, con los funcionarios superiores, con lo que sólo se hacía referencia a los funcionarios superiores de los grados inferiores. Gracias a estas relaciol se podía influir en el desarrollo del proceso, al principio de una vera inapreciable, más tarde con mayor claridad. Esto lo conseguían muy pocos abogados, y aquí la elección de K se mostraba muy acertada. Tal vez sólo uno o dos abogados podían poseer unas relaciones similares a las suyas. Estos abogados, sin embargo, no se ocupaban de los clientes presentes en el despacho de abogados y no tenían nada que ver con ellos. Y precisamente esa circunstancia era la que fortalecía —vínculo con los funcionarios judiciales. Ni siquiera era necesario que el Dr. Huld acudiera a los tribunales, que esperase allí a la casual aparición del juez instructor y que consiguiese algún éxito, dependiendo del humor del magistrado, o ni siquiera eso. No, K ya lo había podido ver, los funcionarios, y, entre ellos, algunos superiores, se presentaban por su propia voluntad, ofrecían espontáneamente alguna información, clara o fácilmente interpretable, hablaban sobre el posterior desarrollo del proceso, sí, incluso había casos en que se dejaban convencer y adoptaban encantados los puntos de vista ajenos. No obstante, tampoco se podía confiar mucho en ellos en este último aspecto. Por muy positiva que fuese su opinión para la defensa, nada impedía que regresasen a su despacho y al día siguiente emitiesen una sentencia completamente contraria y mucho más severa para el acusado que la pensada en un primer momento, de la que, sin embargo, afirmaban estar convencidos del todo. Contra esto no hay defensa posible, pues lo que han dicho en confianza sólo se ha dicho en confianza y no admite ninguna consecuencia pública, ni siquiera en el caso de que la defensa no se esforzara en mantener el favor de los señores. Por otra parte, resultaba cierto que estos señores no se ponían en contacto con la defensa, naturalmente con una defensa especializada, por amor al género humano o por sentimientos de amistad, también ellos, en cierta manera, dependían de ella.

Aquí salía a la luz uno de los defectos de una organización judicial que establecía la confidencialidad del tribunal. A los funcionarios les faltaba el contacto con la población, para los procesos habituales estaban bien dotados, un proceso así prácticamente avanzaba por sí mismo y sólo necesitaba un pequeño empujón de vez en cuando, pero en los casos más simples o en los más difíciles se mostraban con frecuencia perplejos. Como estaban sumidos noche y día en la ley, carecían del sentido para las relaciones humanas y en algunos casos lo echaban de menos. Entonces acudían a los abogados para tomar consejo y detrás de ellos venía un empleado con esas actas que, en realidad, se supone, son tan secretas. En esa ventana había visto a algunos señores, de los que jamás se hubiera podido esperar una actitud así, mirando hacia la calle desconsolados, mientras el abogado estudiaba las actas para darle un buen consejo. Por lo demás, en esas situaciones se podía comprobar la enorme seriedad con que esos señores se tomaban su trabajo y cómo se desesperaban cuando topaban con impedimentos que, por su naturaleza, no podían superar. Su posición tampoco era fácil, se les haría una injusticia si se pensase que su posición era fácil. La estructura jerárquica de la organización judicial era infinita y ni siquiera era abarcable para el especialista. El procedimiento en los distintos juzgados era, por regla general, también secreto para los funcionarios inferiores, por consiguiente jamás podrían seguir los asuntos que trataban en las fases subsiguientes; las causas judiciales entraban en su ámbito de competencias sin que supieran de dónde venían y luego seguían su camino sin que supieran adónde iban. Así pues, estos funcionarios no podían sacar ninguna enseñanza del estudio de las distintas fases procesales, de las decisiones y fundamentos de las mismas. Sólo podían ocuparse de aquella parte del proceso que la ley les atribuía y del resultado de su trabajo sabían con frecuencia menos que la defensa, que, por regla general, permanecía en contacto con el acusado hasta el final del proceso. También a este respecto podían conocer a través de la defensa alguna información valiosa. Si K todavía se asombraba, teniendo en cuenta todo lo dicho, de la irascibilidad de los funcionarios —todos tenían la misma experiencia—, que con frecuencia se dirigían a las partes de un modo insultante, debía considerar que todos los funcionarios estaban irritados, incluso cuando parecían tranquilos. Era natural que los abogados sufrieran mucho por esa circunstancia. Se contaba, por ejemplo, una historia, que, según todos los indicios, podía ser verdadera: Un viejo funcionario, un señor bueno y silencioso, había estudiado una noche y un día, sin interrupción —estos funcionarios eran más diligentes que nadie—, un asunto judicial bastante difícil, especialmente complicado debido a los datos confusos aportados por el abogado. Por la mañana, después de un trabajo de veinticuatro horas, probablemente no muy fecundo, se fue hacia la puerta de entrada, permaneció allí emboscado y arrojó por las escaleras Modos los abogados que pretendían entrar. Los abogados se reunieron al pie de las escaleras y discutieron qué podían hacer. Por una parte, no tenían ningún derecho a entrar, así que no podían emprender acción judicial alguna contra el funcionario y, además, tenían que cuidarse mucho de poner al cuerpo de funcionarios en su contra. Por otra parte, terno no hay día perdido en el juzgado, tenían la necesidad de entrar realmente, se pusieron de acuerdo en intentar cansar al funcionario.

Una y otra vez mandaron a un abogado que volvía a ser arrojado escaleras abajo al ofrecer una resistencia meramente pasiva. Todo esto duró alrededor de una hora; entonces el hombre, ya viejo, debilitado por el abajo nocturno, realmente fatigado, regresó a su despacho. Los de abajo no se lo querían creer, así que enviaron a uno para que mirase detrás de la puerta y comprobara que ya no estaba. Sólo entonces entraron, pero no se atrevieron ni a rechistar. Pues los abogados —y hasta el más ínfimo de ellos podía abarcar, al menos en parte, las circunstancias que allí prevalecían— no pretendían introducir ni imponer ninguna Mejora en el funcionamiento de los tribunales, mientras que casi todos los acusados —y esto era lo significativo—, incluso gente muy simple, empezaban a pensar nada más entrar en proposiciones de mejora y así desperdiciaban el tiempo y las energías, que podrían emplear mucho mejor de otra manera. Lo correcto era adaptarse a las circunstancias. Aun en el supuesto de que a alguien le fuera posible mejorar algunos detalles —aunque sólo se trataba de una superstición absurda—, lo único que habría conseguido, en el mejor de los casos, sería mejorar algo para asuntos futuros, pero se habría dañado extraordinariamente a sí mismo, pues habría llamado la atención del cuerpo de funcionarios, siempre vengativo. ¡Jamás había que llamar la atención! Había que esforzarse por comprender que ese gran organismo judicial en cierta manera estaba suspendido, como si flotara, y si alguien cambiaba algo en su esfera particular podía perder el suelo bajo los pies y precipitarse, mientras que el gran organismo, para paliar esa pequeña distorsión, encontrar fácilmente un repuesto en otro lugar —todo está conectado— y permanecería así invariable o, lo que era aún más probable, todavía más cerrado, más atento, más severo, más perverso.

Así que lo mejor era ceder el trabajo a los abogados en vez de molestarlos. Los reproches no servían de nada, sobre todo cuando no se podían comprender los motivos que los generaban, y no se podía negar que K, con su actitud frente al jefe de departamento, había dañado mucho su causa. A ese hombre tan influyente, que pertenecía a aquellos que pueden hacer algo por él, ya había que tacharlo de la lista. Desoía incluso las menciones más fugaces del proceso y, además, intencionadamente. En algunas cosas los funcionarios se comportaban como niños. Con frecuencia se podían ofender por pequeñeces —y la actitud de K, por desgracia, no quedaba encuadrada en esta categoría—, y entonces dejaban de hablar incluso con buenos amigos, los evitaban y los perjudicaban en todo lo que podían. Pero de pronto, sorprendentemente, sin un motivo que lo explicase, se les hacía reír con una broma, fruto de la desesperación, y se reconciliaban. El trato con ellos era al mismo tiempo difícil y fácil, no había reglas. A veces resultaba asombroso que una vida normal alcanzase para poder abarcar tanto y obtener aquí algún éxito laboral. Había, por supuesto, horas sombrías, como las que tiene cualquiera, en las que se creía no haber conseguido nada, en las que a uno le parecía que un proceso, con buenas perspectivas desde el principio hasta el final y con un buen resultado, podría haber llegado a la misma conclusión sin trabajo alguno, mientras otros muchos se habían perdido a pesar de todo el esfuerzo, de las muchas idas y venidas, de los pequeños éxitos aparentes, sobre los que uno tanto se alegraba. Entonces todo parecía inseguro y uno no osaría negar, incluso, que procesos con buenas expectativas se habían descarrilado precisamente por la ayuda prestada. También eso era una cuestión de confianza en uno mismo, y esa confianza era lo único que quedaba. A estos ataques —sólo eran pequeños ataques, caídas de ánimo, nada más— estaban expuestos los abogados cuando, de repente, se les quitaba un proceso que habían llevado durante mucho tiempo y satisfactoriamente. Esto era lo más enojoso que le podía ocurrir a un abogado.

No era el acusado el que le quitaba el proceso, eso no sucedía nunca, un acusado que había nombrado a un abogado tenía que quedarse con él ocurriera lo que ocurriese. ¿Cómo podría defenderse solo si ya había pedido ayuda? Eso no sucedía, aunque podía ocurrir alguna vez que el proceso tomase un curso que el abogado ya no pudiese seguir. Entonces al abogado se le privaba del proceso, del acusado y de todo lo demás. En esta situación ya no podía ayudar las mejores relaciones con los funcionarios, pues ni siquiera ellos sabían algo. El proceso había entrado en una fase en la que ya se podía prestar ayuda alguna. De él se ocupaban ahora juzgados accesibles, donde el acusado no podía ser localizado por su defensor. Un día el abogado llegaba a casa y encontraba sobre la mesa todas las anotaciones y datos reunidos con tanto esfuerzo y con tantas esperanzas. —Se los habían devuelto, pues no poseían valor alguno en la nueva fase procesal, eran desperdicios. Pero tampoco había que dar por perdido el proceso, en absoluto, al menos no había ningún motivo decir que avalase esa suposición, lo único que ocurría es que ya no se sabría nada del proceso. Afortunadamente, estos casos eran excepcionales y, aun en el supuesto de que el proceso de K pudiera convertirse en uno de ellos, por ahora estaría muy lejos de una fase semejante. Todavía quedaban muchas oportunidades para el trabajo del abogado y de que él las aprovecharía, de eso K podía estar seguro. El escrito, como le había mencionado, aún no había sido entregado, tampoco había prisa, mucho más importantes eran las entrevistas introductorias con los funcionarios decisivos y éstas ya se habían producido. Con distinto éxito, había que reconocerlo. Por ahora era mejor no revelar detalles, pues K podría ser influido desfavorablemente por ellos, ya fuera despertando en él demasiadas esperanzas o provocándole angustia; sí se Podía decir, sin embargo, que algunos se mostraron muy favorables y dispuestos, mientras que otros se mostraron menos favorables, pero tampoco se habían negado a ayudar. El resultado, por consiguiente, muy satisfactorio, aunque tampoco se podían sacar conclusiones, pues todas las vistas preliminares comenzaban así y sólo el posterior transcurso del proceso podía mostrar el valor de esas vistas. En todo caso, aún no había nada perdido y si fuera posible ganarse al jefe de departamento —ya había emprendido algo en ese sentido—, entonces todo era, como dirían los cirujanos, una herida limpia y se podía esperas confiado el desarrollo posterior del proceso.

En discursos como éste el abogado era incansable. Se repetían en cada visita. Siempre había progresos, pero nunca podía comunicar de qué progresos se trataba. Se trabajaba sin cesar en el primer escrito, pero nunca se terminaba, lo que en la siguiente visita resultaba una gran ventaja, pues precisamente los últimos tiempos, lo que no se podía haber previsto, habían sido desfavorables para entregarlo. Si K algunas veces, agotado por el discurso, añadía que, teniendo en cuenta todas las dificultades, parecía que el asunto iba muy lento, se le replicaba que no iba nada lento, pero que ya habrían avanzado mucho más si K se hubiera dirigido al abogado en el momento oportuno. Por desgracia, había descuidado esa medida y un descuido así traería más desventajas, y no sólo temporales.

La única interrupción bienhechora en esas visitas era la aparición de Leni, que siempre sabía arreglárselas para traer el té al abogado en presencia de K. Luego permanecía detrás de K, aparentaba contemplar cómo el abogado se servía y sorbía inclinado el té, con una suerte de avaricia, y dejaba que K cogiese su mano en secreto. Reinaba un completo silencio. El abogado bebía, K estrechaba la mano de Leni y Leni se atrevía a veces a acariciar suavemente el cabello de K.

—¿Aún estás aquí? —preguntaba el abogado, después de haber terminado de beber.

—Quería llevarme el servicio —decía Leni, se producía un último apretón de manos, el abogado se secaba la boca y comenzaba a hablar a K con nuevas energías.

¿Era consuelo o desesperación lo que quería conseguir el abogado? K no lo sabía, no obstante pronto tuvo por seguro que su defensa no estaba en buenas manos. Es posible que todo lo que el abogado contaba fuese verdad, aunque estaba claro que siempre quería permanecer en un primer plano y que muy probablemente jamás había llevado un proceso tan grande como, según su opinión, era el de K. Lo más sospechoso, sin embargo, eran las supuestas relaciones con los funcionarios, de las que no dejaba de vanagloriarse. ¿Acaso debían ser empleados sólo en beneficio de K? El abogado jamás se olvidaba de indicar que siempre se trataba funcionarios inferiores, es decir de funcionarios en puestos muy dependientes, y cuyo ascenso podría verse influido por ciertos cambios en el proceso. ¿No podrían estar utilizando al abogado para conseguir cambios que, por supuesto, siempre serían contrarios al acusado? Probablemente no lo hicieran en todos los procesos, cierto, pero seguro que habían procesos en los que podían conseguir ventajas a través del abogado, pues les interesaba mantener incólume su buen nombre. Si era así, ¿de qué modo podrían intervenir en el proceso de K, el cual, como aclaraba el abogado, era un proceso muy difícil e importante y había llamado la atención en los tribunales desde el principio? No era muy difícil sospechar lo que harían. Se podían descubrir algunas señales de esto en el mero hecho de que ni siquiera se había entregado el primer escrito, a pesar de que el proceso ya duraba meses y según las indicaciones del abogado se encontraba en los inicios, lo que, naturalmente, era muy adecuado para adormecer al acusado y mantenerlo desamparado, hasta que, de repente, se abalanzaban sobre él con la sentencia o, al menos, con la comunicación de que la investigación, concluida en su perjuicio, se había trasladado a estancias superiores.

Era absolutamente necesario que K actuara por su propia cuenta. Precisamente en momentos de gran cansancio, como en esa mañana invernal, cuando todo pasaba inerte por su cabeza, ese convencimiento le parecía irrefutable. El desprecio que había sentido en un principio hacia el proceso había desaparecido. Si hubiera estado solo en el mundo, habría podido desdeñar fácilmente el proceso, aunque estaba seguro que en ese caso no habría habido proceso. Pero el tío le había llevado al abogado, había intereses familiares que contaban. Su posición no era por completo independiente del curso del proceso, él mismo había mencionado imprudentemente el asunto, con una inexplicable satisfacción, a conocidos, otros se habían enterado a través de fuentes desconocidas, la relación con la señorita Bürstner parecía vacilar conforme al curso que tomaba el proceso, en resumen, ya no tenía la elección de aceptar o rechazar el proceso, estaba metido en él de lleno y tenía que defenderse. Si estaba cansado, peor para él.

Pero por ahora no había motivo para una preocupación exagerada. Había sabido ascender en el banco, en relativamente poco tiempo, a una posición elevada, y mantenerse en ella reconocido por todos. Sólo tenía que emplear estas capacidades, que le habían posibilitado su éxito, en el proceso y no había duda de que todo saldría bien. Ante todo, si quería lograr algo, era necesario rechazar de antemano cualquier pensamiento sobre una posible culpabilidad. No había culpa alguna. El proceso no era otra cosa que un gran negocio, como él mismo los había cerrado anteriormente con ventaja para el banco, un negocio en el cual, como era la regla, amenazaban distintos peligros, que, sin embargo, se podían evitar. Para alcanzar este objetivo, no podía perder el tiempo pensando en una posible culpa, sino aferrarse al pensamiento del beneficio propio. Considerado desde esta perspectiva, también era inevitable privar al abogado de su defensa, aquella misma noche si fuera posible. Según lo que le había contado, sería algo inusitado e, incluso, insultante, pero K no podía tolerar que sus esfuerzos en el proceso tropezasen con impedimentos que podían provenir de su propio abogado. Una vez que hubiera prescindido del abogado, tendría que presentar el escrito de inmediato e insistir todos los días para que lo tuvieran en cuenta. Para alcanzar este objetivo no sería suficiente que K se quedara sentado como los demás en el corredor y colocara su sombrero bajo el banco. Él mismo, las mujeres o algún mensajero tendrían que perseguir a los funcionarios para obligarlos a sentarse en la mesa, en vez de mirar a través de las rejas hacia el corredor, y así presionarlos para estudiar el escrito de K. No había que cejar en estos esfuerzos, todo tenía que ser organizado y vigilado, la justicia tenía que toparse, por fin, con un acusado que sabía hacer valer sus derechos.

Aunque K tenía la esperanza de aplicar este método, la dificultad de redactar el escrito le resultaba insuperable. Hacía una semana había pensado con un sentimiento de vergüenza que en algún momento se vería obligado a redactar él mismo ese escrito, pero jamás hubiera creído que pudiera ser tan difícil. Recordó cómo una mañana, cuando estaba desbordado por el trabajo, lo dejó repentinamente todo a un lado y tomó un cuaderno e intentó bosquejar un escrito judicial para ponerlo a disposición del abogado, y cómo precisamente en ese instante se abrió la puerta del despacho contiguo y entró el subdirector riendo. Fue muy desagradable para K, aunque, naturalmente, el subdirector no se había reído de su escrito, del que no sabía nada, sino sobre un chiste bursátil que acababa de oír, un chiste que necesitaba, para comprenderse, de un dibujo, que el subdirector, inclinado sobre la mesa de K y con su lápiz, trazó en el cuaderno destinado a la redacción del escrito.

Pero K ya no conocía la vergüenza, el escrito se tenía que redactar. Si no encontraba tiempo para escribirlo en la oficina, lo tendría que hacer en su casa por las noches. Si las noches no bastaban, tendría que tomar unas vacaciones. Lo que no podía hacer era quedarse a medio camino, eso era lo más absurdo y no sólo en el mundo de los negocios, sino en todos los ámbitos. El escrito judicial significaba un trabajo interminable. No era necesario tener un carácter miedoso para llegar a creer que era imposible terminar un escrito semejante. Y no por pereza o astucia, lo que sin duda impedía a los abogados concluir su redacción, sino porque tenía que recordar y examinar concienzudamente, toda su vida, sin tener conocimiento de la acusación y de sus posibles ampliaciones. Y, por añadidura, qué trabajo tan triste. Tal vez fuera adecuado para ocupar a un anciano senil en los días vacíos de su jubilación. Pero, ahora que K necesitaba invertir toda su capacidad mental; en su trabajo, ahora que cada minuto pasaba raudo —ya que se encontraba en plena promoción y representaba un serio peligro para el subdirector—, y ahora que, como un hombre joven, deseaba disfrutar las cortas tardes y las noches, precisamente ahora tenía que comenzar a redactar ese escrito. Otra vez sus pensamientos se tornaron en quejas. Casi sin advertirlo, sólo para ponerles fin, apretó el botón del timbre que se oía en el antedespacho. Mientras lo presionaba miró la hora. Eran las once, habían transcurrido dos horas; con sus reflexiones había perdido un tiempo precioso y estaba más cansado que antes. De todos modos, tampoco había perdido el tiempo del todo. Había tomado decisiones que podían ser muy valiosas. El empleado trajo además del correo dos tarjetas de visita pertenecientes a dos señores que ya esperaban a K desde hacía un tiempo. Precisamente se trataba de importantes clientes del banco a los que no se les debería haber hecho esperar en ningún caso. ¿Por qué habían venido en un momento tan poco propicio y por qué, parecían preguntarse aquellos señores detrás de la puerta cerrada, por qué empleaba el laborioso K el mejor momento para hacer negocios en asuntos particulares? Cansado por el tiempo transcurrido y cansado por lo que se le avecinaba, K se levantó para recibir al primero.

Era un señor pequeño y alegre. Lamentó haber molestado a K en un trabajo importante y K lamentó por su parte haber hecho esperar al fabricante tanto tiempo. Pero esa disculpa la expresó de un modo tan maquinal, con una acentuación tan falsa, que el fabricante, si no hubiera estado tan sumido en sus asuntos de negocios, lo habría advertido. En vez de eso, sacó a toda prisa, de todos sus bolsillos, cuartillas llenas de cifras y tablas, las extendió ante K, le aclaró algunos detalles y corrigió un pequeño error de cálculo que le había llamado la atención al supervisarlo superficialmente, luego recordó a K que hacía un año había cerrado con él un negocio similar y añadió de pasada que esta vez había otro banco que se interesaba en el proyecto. Finalmente, se calló para oír la opinión de K. Éste había seguido al principio la explicación del fabricante, también él había reconocido la importancia del negocio, pero, por desgracia, no por mucho tiempo, pronto perdió el hilo, se limitó a asentir con la cabeza a las aclaraciones del fabricante y, poco después, omitió hasta eso, dedicándose simplemente a contemplar la cabeza calva inclinada sobre el papel y a preguntarse cuándo se daría cuenta el fabricante de que todos sus esfuerzos eran inútiles. Cuando se calló, K creyó en un principio que eso sólo ocurría para darle la oportunidad de reconocer que era incapaz de escuchar nada. Por desgracia, notó en la mirada tensa del fabricante, quien parecía estar preparado para cualquier eventualidad, que la entrevista de negocios tenía que continuar. Así que inclinó la cabeza, como si se le hubiera impartido a orden y comenzó a desplazar el lápiz por los papeles, deteniéndose un lugar u otro y contemplando fugazmente alguna cifra. El fabricante supuso que tenía objeciones, era posible que las cifras no cuadraran, tal vez no fueran lo decisivo, en todo caso el fabricante tapó los papeles con la mano y, aproximándose más a K, comenzó a dar una idea general del negocio.

—Es difícil —dijo K frunciendo los labios y reclinándose contra el brazo de su sillón, ya que los papeles, lo único inteligible, estaban tapados. Incluso miró débilmente hacia arriba cuando se abrió la puerta del despacho contiguo y apareció, algo borroso, como si estuviera detrás de un velo, el subdirector. K ya no pudo reflexionar más, simplemente auspició el resultado, que sería satisfactorio para él. Pues el fabricante se levantó de un salto y se apresuró a saludar al subdirector, K, sin embargo, hubiese querido que se hubiera levantado diez veces más mido, ya que temía que el subdirector pudiera desaparecer. Era un temor inútil, los señores se saludaron y se acercaron juntos a la mesa de Y, El fabricante se quejó de que había encontrado poco interés por fiarte del gerente hacia el negocio y señaló a K, que, bajo la mirada del subdirector, se inclinó de nuevo sobre los papeles. Cuando ambos se apoyaron en la mesa y el fabricante intentó ganarse al subdirector, a K le pareció como si dos hombres, cuya estatura él se imaginó exagerada, estuvieran discutiendo sobre él. Lentamente, elevando los ojos con precaución, intentó enterarse de lo que ocurría arriba, tomó al azar un papel de la mesa, lo puso en la palma de la mano y lo elevó poco a foco, mientras se levantaba, hacia los señores. Al hacerlo no pensó en hada concreto, sólo tenía la impresión de que así era como tendría que comportarse si hubiera terminado su gran escrito judicial que finalmente le aliviaría de toda carga. El subdirector, que prestaba gran atención al fabricante, miró fugazmente el papel, pero no lo leyó, pues lo que era importante para el gerente no lo era para él, se limitó a cogerlo de la mano de K y dijo:

—Gracias, ya lo sé —y lo volvió a colocar tranquilamente en la mesa.

K lo miró de soslayo con amargura. El subdirector, sin embargo, no lo notó o, en el caso de haberlo notado, le produjo un efecto positivo, pues rió con frecuencia, confundió al fabricante con una réplica aguda, le sacó de la confusión haciéndose a sí mismo un reproche y, finalmente, le invitó a ir a su despacho para terminar allí el asunto.

—Es un negocio muy importante —le dijo al fabricante—, ya lo veo. Y al señor gerente — y al hacer esta indicación siguió hablando sólo con el fabricante— le gustará con toda certeza que le privemos de él. El asunto reclama una reflexión cuidadosa. El gerente parece hoy, sin embargo, sobrecargado de trabajo, aún espera gente desde hace horas en y el antedespacho.

K tuvo la suficiente serenidad para apartar la mirada del subdirector y dirigirle una sonrisa amable pero rígida al fabricante, aparte de eso no emprendió nada, se apoyó con las dos manos en el escritorio, como un dependiente de comercio detrás del mostrador, y contempló cómo ambos señores recogían, mientras conversaban, todos los papeles de la mesa y desaparecían en el despacho del subdirector. Antes de salir, el fabricante se volvió y le dijo que no se despedía, que informaría naturalmente al gerente sobre el éxito de la entrevista y que aún tenía que comunicarle algo.

Al fin estaba solo. No pensó en recibir al resto de los clientes. Era agradable pensar que la gente del antedespacho creería que aún estaba hablando con el fabricante, así no entraría nadie, ni siquiera el ordenanza. Fue hacia la ventana, se sentó en el antepecho, asió el picaporte con la mano y contempló la plaza. Aún caía la nieve, no había aclarado.

Así permaneció mucho tiempo sin saber lo que realmente le preocupaba, sólo de vez en cuando miraba asustado por encima del hombro hacia la puerta del antedespacho, donde creía haber oído erróneamente un ruido. Pero como nadie venía, se fue tranquilizando. A continuación, entró en el lavabo, se lavó con agua fría y volvió a la ventana con la cabeza más despejada. La decisión de asumir su propia defensa le parecía ahora más ardua de lo previsto. Desde que había traspasado la defensa al abogado, el proceso le había afectado poco, lo había observado desde la lejanía y, aunque apenas se había logrado nada, había podido comprobar, siempre que había querido, cómo esa el asunto, retirándose cuando lo creía oportuno. No obstante, si gumía su propia defensa, tendría que dedicarse plenamente al proceso, el éxito supondría una completa y definitiva liberación, pero para alcanzarla tendría que exponerse a peligros mayores. Si quedaba alguna duda, la visita del subdirector y del fabricante se la había aclarado. ¡Cómo se había quedado sentado completamente sumido en su decisión de defenderse a sí mismo! ¿Hasta dónde podría llegar? ¡Qué días le esperaban! ¿Lograría encontrar el camino que lleva a un buen fin? Acaso no significaba una defensa cuidadosa —y cualquier otra cosa era absurda— la necesidad de aislarse al mismo tiempo de todo lo demás? podría superarlo con éxito? ¿Y cómo podría llevarlo a cabo en el banco? No se trataba sólo del escrito, para lo que quizá hubieran bastado pinas cortas vacaciones, aunque solicitar ahora unas vacaciones supondría una empresa arriesgada, se trataba de todo el proceso, cuya duración era imposible de prever. ¡Qué impedimento había sido arrojado repentinamente en la carrera de K!

¿Y ahora tenía que trabajar para el banco? Miró hacia el escritorio. ¿Ahora tendría que dejar pasar a los clientes para entrevistarse con dios? ¿Tenía que preocuparse por los negocios del banco mientras su Proceso seguía su curso, mientras arriba, en la buhardilla, los funcionarios judiciales se sentaban ante los escritos de su proceso? ¿No parecía todo una tortura, reconocida por la justicia, y que acompañaba al proceso? ¿Y se tendría en cuenta en el banco a la hora de juzgar su trabajo la situación delicada en la que se encontraba? Nunca jamás. Su proceso tampoco era tan desconocido, aunque no estuviera muy claro quién sabía de él y cuánto. Aparentemente el rumor no había llegado hasta el subdirector, si no ya se habría visto claramente cómo éste lo utilizaba contra K, sin espíritu de solidaridad y sin la más mínima humanidad. ¿Y el director? Cierto, mostraba simpatía hacia K, y si hubiese sabido algo del proceso habría querido ayudarle aligerándole el trabajo, pero no hubiera intervenido, pues ahora que se había perdido el equilibrio formado por K quedaba sometido a la influencia del subdirector, quien se aprovechaba del estado de debilidad del director para fortalecer su propio poder. ¿Qué podía esperar entonces K?[32] Era posible que con tanta reflexión estuviera debilitando su capacidad de resistencia, pero también resultaba necesario no hacerse ilusiones y verlo todo con la mayor claridad posible.

Sin un motivo especial, sólo para no tener que volver al escritorio, abrió la ventana. Se abría con dificultad, tenía que girar el picaporte con ambas manos. Al abrirse penetró una bocanada de niebla mezclada con

---

[32] Tachado en el manuscrito: "No, K no podía esperar nada de la publicidad del proceso. El que no se elevara ante él como un juez y le sentenciara ciegamente y antes de tiempo al menos intentaría humillarle, ya que resultaba tan fácil".

humo que se extendió por toda la habitación, acompañada de un ligero olor a quemado. También penetraron algunos copos de nieve.

—Un otoño horrible —dijo el fabricante detrás de K, que había entrado desde el despacho del subdirector sin que K lo hubiese advertido. K asintió y miró, inquieto, la cartera del fabricante, de la que parecía querer sacar los papeles para comunicarle los resultados de su entrevista con el subdirector. Pero el fabricante siguió la mirada de K, golpeó su cartera y dijo sin abrirla:

—Quiere oír qué tal ha ido. No ha ido mal. Casi llevo el negocio cerrado en la cartera. Un hombre encantador, el subdirector, pero nada inocente —y rió estrechando la mano de K, intentando que también él riera. Pero a K le pareció sospechoso que el fabricante no quisiera mostrarle los papeles y no encontró nada divertida la insinuación del fabricante.

—Señor gerente—dijo el fabricante—, le sienta mal este tiempo. Parece deprimido.

—Sí —dijo K y se llevó una mano a la sien—, dolores de cabeza, preocupaciones familiares.

—Ya lo conozco —dijo el fabricante, que era un hombre siempre con prisas y no podía escuchar tranquilamente a nadie—, cada uno tiene que llevar su cruz.

K había dado un paso involuntario hacia la puerta, como si quisiera acompañar al fabricante, pero éste dijo:

Aún tengo algo que decirle al señor gerente. Temo importunarle precisamente hoy con esto, pero ya he estado dos veces aquí y siempre lo he olvidado. Si sigo aplazándolo, al final ya no tendrá ningún sentido. Y sería una pena, porque es muy probable que mi información sea valiosa.

Antes de que K hubiese tenido tiempo para responder, el fabricante se le acercó, le golpeó ligeramente con el dedo en el pecho y dijo voz baja:

—Usted está procesado, ¿verdad? K retrocedió y exclamó:

—¿Se lo ha dicho el subdirector?

—No, no —dijo el fabricante—, ¿de dónde podría saberlo el subdirector?

—¿Y usted? —dijo K recuperando algo el sosiego.

—Yo me entero aquí y allá de alguna cosa relativa a los tribunales —dijo el fabricante—, precisamente de eso quería hablarle.

—¡Tanta gente está en contacto con los tribunales! —dijo K con la cabeza inclinada y llevó al fabricante hasta la mesa. Se sentaron como antes y el fabricante continuó:

—Por desgracia no es mucho lo que le puedo decir. Pero en estas cosas no se debe despreciar nada por mínimo que sea. Por lo demás, siento cierta inclinación a ayudarle, aunque mi ayuda sea tan modesta. Hasta ahora hemos sido buenos compañeros de negocios, ¿verdad? K quiso disculparse por su comportamiento en la entrevista de ese día, pero el fabricante no toleró ninguna interrupción. Puso la cartera bajo el brazo para mostrar que tenía prisa y dijo:

—He sabido algo de su proceso a través de un tal Titorelli. Es un pintor, Titorelli es sólo su nombre artístico, desconozco su nombre verdadero. Viene desde hace mucho tiempo a mi despacho y trae algunos cuadros por los que le doy —es casi un mendigo— alguna limosna. Además, son cuadros bonitos, paisajes y cosas parecidas. Estas compras —ya nos habíamos acostumbrado ambos a ellas— se producían con cierta regularidad y sin perder el tiempo. Pero durante un periodo sus visitas se hicieron tan frecuentes que le hice alguna objeción, entonces conversamos, me interesé por cómo podía subsistir sólo pintando y me enteré, para mi sorpresa, de que sus principales ingresos procedían de los retratos. Me dijo que trabajaba para los tribunales. Le pregunté Para qué tribunal en concreto y entonces me contó acerca de esa justicia. Se puede figurar mi sorpresa al oír lo que me contaba. Desde ese día cada vez que me visita me entero de alguna novedad concerniente al tribunal y así me hago una idea del asunto. Titorelli es, sin embargo, bastante hablador y a veces tengo que pararle los pies, y no sólo porque miente, sino también porque un hombre de negocios como yo, abrumado de trabajo, tampoco puede ocuparse en cosas ajenas. Pero esto sea dicho sólo de paso. He pensado que Titorelli, tal vez, podría serle de alguna ayuda, conoce a muchos jueces y aunque no tenga mucha influencia, al menos podría darle algún consejo sobre cómo se puede encontrar a gente influyente. Y aunque estos consejos, considerados en sí mismos, no sean decisivos, creo que, en su posesión, pueden adquirir alguna importancia. Usted es casi un abogado. Yo suelo decir siempre: el gerente K es casi un abogado. Oh, no me preocupo en absoluto por su proceso. ¿Quiere ir a ver a Titorelli? Con mi recomendación hará todo lo que sea posible. Creo que debería visitarlo. No tiene que ser hoy, en alguna ocasión. Por supuesto, tengo que añadir, no está usted obligado por mi consejo a visitarle. No, si cree que puede prescindir de Titorelli, es mejor dejarlo de lado. Tal vez ya tenga un plan y Titorelli pueda estropearlo. No, entonces no vaya. También cuesta algo de superación aceptar consejos de un tipo así. Como usted quiera. Aquí tiene mi carta de recomendación y aquí la dirección.

K tomó decepcionado la carta y se la guardó en el bolsillo. En el caso más favorable, la ventaja que podría obtener de la recomendación sería mucho menor que los daños ocasionados por el hecho de que el fabricante se hubiera enterado del proceso y de que el pintor siguiera extendiendo la noticia. Apenas se sentía capaz de agradecerle el consejo al fabricante, que ya se dirigía a la puerta.

—Iré —dijo él, al despedirse del fabricante en la puerta—, o, como estoy muy ocupado, le escribiré para que venga a mi despacho.

—Ya sabía —dijo el fabricante— que encontraría la mejor solución. No obstante, pensé que evitaría invitar al banco a tipos como este Titorelli para hablar del proceso. Tampoco resulta muy ventajoso poner cartas en manos de esa gente. Pero estoy seguro de que usted lo ha pensado muy bien y sabe lo que tiene que hacer.

K asintió y acompañó al fabricante hasta el antedespacho. Pero a pesar de su tranquilidad aparente, estaba horrorizado. Que escribiría a Titorelli sólo lo había dicho para mostrar de alguna manera al fabricante que apreciaba su recomendación y que reflexionaría sobre las posibilidades de entrevistarse con él, pero si realmente hubiese considerado valiosa su ayuda no hubiera dudado en escribirle. No obstante, había reconocido los peligros que encerraba hacerlo gracias a la mención del fabricante. ¿Podía confiar tan poco en su inteligencia? Si era posible que invitara con una carta explícita a un hombre de dudosa reputación para visitarle en el banco, y allí, sólo separados por una puerta del despacho del subdirector, pedirle consejos acerca de su proceso, ¿no sería posible, incluso muy probable, que hubiera ignorado otros peligros o se estuviera metiendo de cabeza en ellos? No siempre iba a estar alguien a su lado para advertirle. Y precisamente ahora, cuando tenía que hacer acopio de todas sus fuerzas, tenían que asaltarle esas dudas sobre su capacidad para prestar atención.

¿Comenzarían a producirse en el proceso las mismas dificultades que ya tenía en la realización de su trabajo? No podía comprender cómo había sido capaz de pensar en escribir a Titorelli e invitarle a venir al banco para hablar del proceso.

Aún sacudía la cabeza ante semejante disparate, cuando el empleado se acercó hasta él y le indicó a tres señores que esperaban sentados en el antedespacho. Ya esperaban desde hacía mucho tiempo. Ahora, aprovechando la ocasión, se levantaron para intentar hablar con K. Como recibían un tratamiento tan desconsiderado por parte del banco, tampoco ellos quisieron tener ninguna consideración.

—Señor gerente —dijo uno de los que esperaban. Pero K le había pedido al empleado que le trajera el abrigo. Mientras le ayudaba a ponérselo, dijo a las tres personas presentes:

—Discúlpenme, señores, por desgracia no tengo tiempo de recibirles. Les pido perdón, pero tengo que terminar un negocio urgente y debo salir de inmediato. Ya han visto todo el tiempo que me han tenido ocupado. ¿Serían tan amables de venir mañana o cuando puedan?

¿O quizá prefieren que tratemos el asunto por teléfono? Tal vez prefieran informarme ahora brevemente y yo les daré una respuesta detallada por escrito. Lo mejor sería, sin embargo, que vinieran otro día.

Estas proposiciones de K dejaron a aquellos hombres, que habían esperado inútilmente tanto tiempo, tan asombrados que se miraron mutuamente sin decir palabra.

—Entonces, ¿estamos de acuerdo? —preguntó K, y se volvió hacia el empleado, que traía su sombrero. A través de la puerta abierta del despacho de K se podía ver que nevaba con fuerza. K se subió el cuello del abrigo y se abrochó el último botón.

En ese instante, el subdirector salió de su despacho, miró sonriendo cómo K, con el abrigo puesto, trataba con los señores, y preguntó:

—¿Se va ya, señor gerente?

—Sí —dijo K enderezándose—. Tengo que terminar un negocio. Pero el subdirector ya se había vuelto hacia los señores.

—¿Y los señores? —preguntó—. Ya esperan desde hace tiempo.

—Ya nos hemos puesto de acuerdo —dijo K. Pero los señores ya no se callaron, rodearon a K y explicaron que no habrían esperado tantas horas si sus asuntos no fueran importantes y no fuera necesario tratar los confidencial y detalladamente. El subdirector les prestó atención, contempló a K, que sostenía el sombrero en la mano y le quitaba el polvo, y dijo:

—Señores, hay una solución muy fácil. Si no tienen nada en contra, asumiré encantado las gestiones del señor gerente. Sus asuntos, naturalmente, deben ser tratados en seguida. Somos hombres de negocios y sabemos valorar en su justa medida el tiempo de los hombres de negocios. ¿Quieren entrar a este despacho? —y abrió la puerta que conducía a su antedespacho.

¡Cómo se las arreglaba el subdirector para apropiarse de todo a lo que K se veía obligado a renunciar! ¿Acaso no renunciaba K a más de lo que era necesario? Mientras se apresuraba a visitar con pocas e inciertas esperanzas a un pintor desconocido, su prestigio allí sufría un daño irreparable. Habría sido mucho mejor quitarse el abrigo y ganarse a los dos señores que aún esperaban. K lo habría intentado si en ese instante no hubiese visto al subdirector en su despacho, buscando en los anaqueles de libros, como si todo fuera suyo. Cuando K, irritado por la intrusión, se aproximó a la puerta, el subdirector exclamó:

—Ah, aún no se ha ido —y volvió el rostro, cuyas arrugas no parecían ser huellas de la edad sino un signo de fuerza, y comenzó de nuevo a buscar.

—Busco la copia de un contrato —dijo—, que, según el representante de la empresa, tendría que estar en su despacho. ¿No quiere ayudarme a buscar?

K dio un paso, pero el subdirector dijo:

—Gracias, ya lo he encontrado —y regresó a su despacho con un paquete de escritos, que no sólo contenía la copia del contrato, sino ducho más.

"Ahora no le puedo hacer sombra—se dijo K—, pero cuando logre arreglar mis dificultades personales, él será el primero en enterarse y además con amargura".

Tranquilizado con estos pensamientos, encargó al empleado, que mantenía abierta para él la puerta del pasillo, que le dijera al director, si se presentaba la ocasión, que había salido a realizar una gestión. Luego abandonó el banco casi feliz de poder dedicarse con exclusividad a su asunto.

Fue directamente a ver al pintor, que vivía en los arrabales, precisamente en la dirección opuesta a donde se encontraba el juzgado en el que había estado. Era un barrio aún más pobre, las casas eran más oscuras, las calles estaban llenas de suciedad, que se acumulaba alrededor de la nieve. En la casa en que vivía el pintor sólo estaba abierta una hoja de la puerta, en la otra habían abierto un agujero, a través del cual, cuando K se aproximó, fluía una repugnante sustancia amarilla y humeante, de la que huyó una rata metiéndose en un canal cercano. A los pies de la escalera había un niño boca abajo que lloraba, pero sus sollozos apenas se oían por el ruido ensordecedor reinante, procedente de un taller de hojalatería, situado en la parte opuesta. La puerta del taller estaba abierta, tres empleados rodeaban una pieza y la golpeaban con martillos. Una gran plancha de hojalata colgaba de la pared y arrojaba una luz pálida que penetraba entre dos de los empleados e iluminaba los rostros y los mandiles. K sólo dedicó una mirada fugaz a ese cuadro, quería salir de allí lo más pronto posible, hacer un par de preguntas al pintor y regresar al banco en seguida. Si alcanzaba el más pequeño éxito, ejercería un buen efecto en su trabajo en el banco. Al llegar al tercer piso tuvo que ir más lento, le faltaba la respiración; los peldaños, así como las escaleras, eran excesivamente altos y el pintor debía de vivir en el ático. El aire también era muy opresivo, no había hueco en la escalera, sino que ésta, muy estrecha, estaba cerrada a ambos lados por muros, en los que sólo de vez en cuando había una pequeña ventana. Precisamente en el momento en el que K se detuvo para descansar, salieron varias niñas de una vivienda y, riéndose, adelantaron a K. Las siguió lentamente, alcanzó a una de las niñas que había tropezado y se había quedado rezagada y le preguntó, mientras las demás seguían subiendo:

—¿Vive aquí un pintor llamado Titorelli?

La niña, de apenas trece años y algo jorobada, le golpeó con el codo y le miró de soslayo. Ni su juventud ni su defecto corporal habían impedido que se corrompiese. Ni siquiera le sonreía, sino que lanzaba a K miradas provocativas. K hizo como si no hubiera notado su actitud y preguntó:

—¿Conoces al pintor Titorelli? Ella asintió y preguntó a su vez:

—¿Qué quiere usted de él?

A K le pareció ventajoso obtener algo de información sobre Titorelli.

—Quiero que me haga un retrato —dijo él.

—¿Un retrato? —preguntó ella, abrió desmesuradamente la boca, golpeó ligeramente a K con la mano, como si hubiera dicho algo sorprendente o desacertado, se levantó sin más su faldita y corrió todo lo rápido que pudo detrás de las otras niñas, cuyo griterío se fue perdiendo conforme subían. K volvió a encontrarse con las niñas en el siguiente rellano. Aparentemente habían sido informadas por la jorobada y le esperaban. Estaban colocadas a ambos lados de la escalera y se apretaron contra la pared para que K pudiera pasar cómodamente entre ellas. Se limpiaban las manos en sus delantales. Sus rostros, así como su formación en fila, indicaban una mezcla de infantilismo y perdición. Arriba, al final de la hilera de niñas, que se juntaron por detrás de K y rieron, estaba la jorobada, que había tomado el liderato. K tenía que agradecerle haber encontrado con rapidez el camino correcto. Quería seguir subiendo, pero ella le mostró un desvío que conducía a la vivienda de Titorelli. La escalera que tuvo que tomar era aún más estrecha, muy larga, sin giros y finalizaba directamente ante la puerta cerrada de

Titorelli. Esa puerta, provista de una pequeña claraboya y, por esta causa, mejor iluminada que la escalera, estaba hecha de tablas ensambladas sin blanquear, en las que estaba pintado con un pincel grueso con pintura roja el nombre de Titorelli. Cuando K, acompañado de su séquito, llegó a la mitad de la escalera, la puerta se abrió, probablemente debido al ruido de los numerosos pasos, y apareció un hombre en pijama.

—¡Oh! —gritó, al ver cómo se acercaba tal cantidad de gente y desapareció. La jorobada aplaudió de alegría y el resto de las niñas empujaron a K para que subiese con mayor rapidez.

Aún no habían llegado, cuando el pintor abrió la puerta del todo invitó a entrar a K con una profunda inclinación. A las niñas, sin embargo, las rechazó. No las quiso dejar pasar por más que se lo suplicaron. Sólo la jorobada logró deslizarse hasta el interior pasando por dejo de su brazo, pero el pintor la persiguió, la cogió por la falda, la sacudió a un lado y a otro y la puso en la puerta con las otras niñas, que, mientras el pintor había estado ausente, no se habían atrevido a cruzar el umbral. K no sabía qué pensar, parecía como si todo fuese una broma. Las niñas estiraron los cuellos y dirigieron al pintor algunas burlas, que K no entendió y de las que también se rió el pintor. Mientras, la jorobada estuvo a punto de escaparse de sus manos. Luego el pintor cerró la puerta, se inclinó una vez más ante K, le estrechó la imano y dijo:

—Pintor Titorelli.

K señaló la puerta, detrás de la cual se oía a las niñas susurrar, y dijo:

—Parece que le quieren mucho en la casa.

—¡Ah, esas pordioseras! —dijo el pintor, que intentó en vano abrocharse el último botón de la camisa del pijama. Estaba descalzo y llevaba puestos unos pantalones de lino amplios y amarillentos, que estaban ajustados a la cintura con un cordel, cuyos largos cabos se balanceaban de un lado a otro.

—Esas pordioseras son una verdadera carga—continuó, dejó de intentar abrocharse el botón, pues había terminado por arrancarlo, acercó una silla para K y casi le obligó a sentarse.

—Hace tiempo pinté a una de ellas, aunque no estaba entre las que usted ha visto, y desde esa vez me persiguen todas. Cuando estoy solo entran si se lo permito, pero cuando me voy siempre entra alguna. Se han hecho una llave de la cerradura y se la prestan unas a otras. No se puede imaginar lo pesadas que son. Una vez vine con una dama para pintarla, abrí la puerta con mi llave y encontré a la jorobada pintándose los labios de rojo con el pincel, mientras sus hermanas pequeñas, a las que tenía que vigilar, andaban por toda la habitación ensuciándolo y revolviéndolo todo. O regreso, como me ocurrió ayer, tarde por la noche — le suplico que, en consideración a ello, perdone mi estado y el desorden de la habitación—, quiero irme a la cama y de repente noto un pellizco en la pierna, miro debajo de la cama y saco a una de esas pordioseras. No entiendo por qué la han tomado conmigo, pues intento rechazarlas, ya lo ha visto usted. Naturalmente que estorban mi trabajo. Si no hubieran puesto gratuitamente a mi disposición este estudio ya me habría mudado hace tiempo.

Precisamente en ese momento se oyó a través de la puerta una vocecita suave y temerosa:

—Titorelli, ¿podemos pasar ya? El pintor no respondió.

—¿Yo tampoco? —preguntó otra de las niñas.

—Tampoco —dijo el pintor, se acercó a la puerta y la cerró con llave.

K, mientras tanto, se había dedicado a examinar la habitación, jamás podría haberse imaginado que aquel cuartucho pudiera recibir el nombre de estudio. Apenas se podían dar dos pasos a lo largo y a lo ancho. Todo, suelo, paredes y techo, era de madera, entre las tablas había resquicios. Frente a K estaba situada la cama, cubierta con mantas de distinto color. En medio de la habitación, sobre un caballete, había un cuadro cubierto con una camisa, cuyas mangas llegaban hasta el suelo. Detrás de K estaba la ventana, pero la niebla no permitía ver más que la nieve acumulada en el tejado de la casa de enfrente.

El ruido de la llave al girar recordó a K que quería irse lo más pronto posible. Así que sacó del bolsillo la carta del fabricante, se la dio al pintor y dijo:

—Me la ha dado un conocido suyo y, siguiendo su consejo, he venido a visitarle.

El pintor leyó la carta fugazmente y la arrojó sobre la cama. Si el fabricante no hubiera hablado del pintor como de un conocido suyo, como un pobre hombre dependiente de sus limosnas, se hubiera podido creer que Titorelli no conocía al fabricante o no se acordaba de él. flor añadidura, el pintor preguntó:

—¿Desea comprar algún cuadro o quiere que le haga un retrato?

K miró con asombro al pintor. ¿Qué es lo que había escrito el fabricante en la carta? K había considerado evidente que el fabricante informaría al pintor en la carta de que K sólo tenía interés en preguntar acerca de su proceso. ¿Se había precipitado al venir de un modo tan rápido e irreflexivo? Pero ahora tenía que responder al pintor. Mientras miraba hacia el caballete, dijo:

—¿Está trabajando en un cuadro?

—Sí —dijo el pintor, y arrojó la camisa, que colgaba sobre el caballete, en la cama, sobre la carta—. Es un retrato. Un buen trabajo, pero aún no está terminado.

La ocasión era propicia para que K hablase sobre el tribunal, pues, según todas las apariencias, se trataba del retrato de un juez. Además, era muy similar al que había en el despacho del abogado. No obstante, era otro juez, un hombre gordo con barba poblada y negra que le cubría por completo las mejillas, pero el del despacho del abogado era un retrato al óleo, mientras que éste era al pastel, por lo que la figura aparecía imprecisa y difuminada. Todo lo demás era similar, pues también aquí el juez quería que lo pintaran en el momento de incorporarse con actitud amenazadora, aferrando con fuerza los brazos del sitial.

"Es un juez", hubiera querido decir K de inmediato, pero se contuvo y se aproximó al cuadro como si quisiera estudiar algunos detalles. No pudo aclararse la presencia de una gran figura detrás del sitial, así que le preguntó al pintor sobre su significado.

—Tengo que trabajar más en ella —respondió el pintor, cogió un lápiz para pintar al pastel y realzó un poco el contorno de la figura, pero sin que apareciese más precisa para K.

—Es la justicia —dijo finalmente el pintor.

—Ahora la reconozco —dijo K—. Ahí está la venda y aquí la balanza. Pero posee alas en los talones y está en movimiento.

—Sí —dijo el pintor—, pero la tengo que pintar así por encargo, en realidad representa al mismo tiempo a la justicia y a la diosa de la victoria.

—No es una buena combinación —dijo K sonriendo—. La justicia debería estar quieta, si no oscilaría la balanza y entonces no sería posible una sentencia justa.

—Me tengo que adaptar a los gustos de mi cliente —dijo el pintor.

—Sí, claro —dijo K, que no había querido molestar al pintor con su indicación—. Ha pintado la figura tal y como aparece detrás del sitial.

—No —dijo el pintor—, no he visto ni la figura ni el sitial, todo es pura invención, pero me indicaron qué es lo que tenía que pintar.

—¿Cómo? —preguntó K, y fingió que no comprendía del todo lo que decía el pintor—. Pero se trata de un juez sentado en un sitial de juez.

—Sí —dijo el pintor—, pero no es ningún juez supremo y jamás se ha sentado en un sitial así.

—¿Y, no obstante, se hace pintar en una actitud tan solemne? Parece el presidente de un tribunal supremo.

—Sí, los señores son vanidosos —dijo el pintor—. Pero tienen permiso de sus superiores para pintarse así. A cada uno de ellos se le prescribe con exactitud cómo se le tiene que retratar. Por desgracia, en el cuadro no se pueden apreciar los detalles del traje y del sitial, la pintura al pastel no es adecuada para este tipo de retratos.

—Sí —dijo K—, es extraño que lo haya tenido que pintar al pastel.

—Así lo ha querido el juez —dijo el pintor—, es para una dama.

La contemplación del cuadro parecía haber infundido ganas de trabajar en el pintor. Se subió las mangas de la camisa, cogió unos lápices K observó cómo bajo la punta temblorosa del lápiz iba surgiendo alrededor de la cabeza del juez una sombra rojiza que, adoptando una forma estrellada, llegaba hasta los bordes del cuadro. Paulatinamente, juego de sombras que rodeaba la cabeza se convirtió en una suerte de adorno honorífico. La figura que representaba a la justicia quedó de una tonalidad clara, y esa claridad la hacía resaltar, pero apenas recordaba a la diosa de la justicia, aunque tampoco a la de la victoria, más bien se parecía a la diosa de la caza. K se sintió atraído por el trabajo del pintor más de lo que hubiese querido. Al final, sin embargo, se hizo reproches por haber permanecido allí tanto tiempo y no haber emprendido nada en lo referente a su asunto.

—¿Cómo se llama ese juez? —preguntó de repente.

—No se lo puedo decir —respondió el pintor. Se había inclinado hacia el cuadro y descuidaba claramente a su huésped, al que, sin embargo, había recibido con tanta consideración. K lo atribuyó a un cambio de humor y se enojó porque debido a esa causa estaba perdiendo el tiempo.

—¿Es usted un hombre de confianza del tribunal? —preguntó.

El pintor dejó el lápiz a un lado, se irguió, se frotó las manos y miró a K sonriente.

—Bueno, vayamos al grano —dijo él—. Usted quiere saber algo del tribunal, como consta en su carta de recomendación, y ha comenzado a hablar sobre mis cuadros para halagarme. Pero no lo tomo a mal, usted no puede saber que para mí eso es una impertinencia. ¡Oh, por favor! —dijo en actitud defensiva, cuando K quiso objetar algo, y continuó:

—Por lo demás, usted tiene razón con su indicación, soy un hombre de confianza del tribunal.

Hizo una pausa, como si quisiera dejarle tiempo a K para adaptarse a las circunstancias. Se oyó otra vez a las niñas detrás de la puerta. Era probable que se estuvieran peleando por mirar a través del ojo de la cerradura, aunque también era probable que pudieran ver a través de los resquicios. K decidió no disculparse, pues no quería que el pintor cambiase de tema, pero tampoco quería que el pintor se ufanase y se creyera inalcanzable, así que preguntó:

—¿Es un puesto reconocido oficialmente?

—No —dijo el pintor brevemente, como si con esa pregunta le impidiese continuar hablando. Pero K no quería que se callase y dijo:

—Bueno, con frecuencia ese tipo de puestos no reconocidos son más influyentes que los otros.

—Ése es mi caso —dijo el pintor, y asintió con la frente arrugada— Ayer hablé con el fabricante sobre su problema, me preguntó si no quería ayudarle, yo respondí: "Puede venir a mi casa si quiere", y ahora estoy encantado de poder recibirle tan pronto. Parece que el asunto le afecta bastante y no me extraña. ¿No desea quitarse antes el abrigo?

Aunque K tenía previsto quedarse muy poco tiempo, aceptó de buen grado la proposición del pintor. El aire de la habitación le resultaba opresivo, con frecuencia había dirigido su mirada asombrada hacia una estufa de hierro, situada en una esquina, y que con toda seguridad estaba apagada. El bochorno en la habitación era inexplicable. Mientras se quitaba el abrigo y se desabrochaba la chaqueta, el pintor le dijo con un tono de disculpa:

—Tengo que tener la habitación templada. Se está muy confortable, ¿verdad? La habitación está muy bien situada.

K no dijo nada, no era el calor lo que le molestaba, sino el aire, tan enrarecido que dificultaba la respiración; era ostensible que hacía mucho tiempo que no ventilaban la habitación. Esta sensación desagradable se intensificó, ya que el pintor le invitó a sentarse en la cama, mientras él se sentaba en la única silla de la habitación, frente al caballete. Además, el pintor interpretó mal por qué K quería permanecer al borde de la cama, ya que le pidió que se pusiera cómodo y, como K dudase, se acercó él mismo y le puso en medio de la cama con los almohadones. A continuación, regresó a su silla y le hizo la primera pregunta, cuyo efecto fue que K olvidase todo lo demás:

—¿Es usted inocente? —preguntó.

—Sí —dijo K—. La respuesta a esta pregunta le causó alegría, especialmente porque la respondió ante un particular, es decir sin asumir responsabilidad alguna. Nadie hasta ese momento le había preguntado de un modo tan directo. Para disfrutar de esa alegría, añadió:

—Soy completamente inocente.

—Bien —dijo el pintor, bajó la cabeza y pareció reflexionar. De repente subió la cabeza y dijo:

—Si usted es inocente, entonces el caso es muy fácil.

La mirada de K se nubló, ese supuesto hombre de confianza del tribunal hablaba como un niño ignorante.

—Mi inocencia no simplifica el caso —dijo K, que, a pesar de todo, tuvo que reír, sacudiendo lentamente la cabeza—. Todo depende de muchos detalles, en los que el tribunal se pierde. Al final, sin embargo, descubre un comportamiento culpable donde originariamente no había nada.

—Sí, cierto, cierto —dijo el pintor, como si K estorbase innecesariamente el curso de sus pensamientos—. Pero usted es inocente.

—Bueno, sí—dijo K

—Eso es lo principal—dijo el pintor.

No había manera de influir en él con argumentos en contra; a pesar de su resolución, K no sabía si hablaba así por convicción o por indiferencia. K quiso comprobarlo, así que dijo:

—Usted conoce este mundo judicial mucho mejor que yo, yo no sé más que lo que he oído aquí y allá, aunque lo oído procedía de personas muy distintas. Todos coinciden en que no se acusa a nadie a la ligera y que el tribunal, cuando acusa a alguien, está convencido de la culpa del acusado y que es muy difícil hacer que abandone ese convencimiento.

—¿Difícil? —preguntó el pintor, y elevó una mano—. Nunca se le puede disuadir. Si pintase a todos los jueces aquí en la pared, uno al lado del otro, y usted se defendiese ante ellos, tendría más éxito que ante un tribunal real.

—Sí —dijo K para sí mismo y olvidó que sólo había querido sondear un poco al pintor. Una de las niñas volvió a preguntar a través de la puerta:

—Titorelli, ¿se irá pronto?

—¡Callaos! —gritó el pintor hacia la puerta—, ¿acaso no veis que estoy hablando con este señor?

Pero la muchacha no quedó satisfecha con esa respuesta, así que preguntó:

—¿Le vas a pintar?

Y cuando no recibió respuesta del pintor, añadió:

—Por favor, no pintes a un hombre tan feo.

A estas palabras siguió una confusión de exclamaciones incomprensibles aunque aprobatorias. El pintor dio un salto hacia la puerta, la abrió un resquicio —se podían ver las manos extendidas de las niñas en actitud de súplica—, y dijo:

—Si no os calláis, os arrojo a todas por la escalera. Sentaos aquí, en el escalón, y comportaos bien.

No debieron de seguir sus instrucciones, así que tuvo que impartirles órdenes.

—¡Aquí, en el escalón! Sólo entonces se callaron.

—Disculpe —dijo el pintor cuando regresó.

K apenas se había vuelto hacia la puerta, había dejado a su discreción si quería protegerle y cómo. Tampoco se movió cuando el pintor se acercó hasta él y se inclinó para decirle algo al oído:

—También las niñas pertenecen al tribunal.

—¿Cómo? —preguntó K, que inclinó el rostro y miró al pintor. Éste, sin embargo, se sentó de nuevo y añadió medio en serio medio en broma:

—Todo pertenece al tribunal.

—No lo había notado —dijo K brevemente.

La indicación general del pintor al señalar a las niñas quitaba a la información toda su carga inquietante. No obstante, K contempló un rato la puerta, detrás de la cual permanecían las niñas, ya calladas y sentadas en el escalón. Una de ellas había introducido una pajita por una de las ranuras entre las tablas y la metía y sacaba lentamente.

—Por lo que parece aún no se ha hecho una idea del tribunal —dijo el pintor, que había estirado las piernas y golpeaba el suelo con las puntas de los pies—. No necesitará ser inocente. Yo mismo le sacaré el problema.

—¿Y como pretende conseguirlo? —preguntó K—. Hace poco usted me ha dicho que el tribunal es inaccesible a cualquier tipo de argumentación.

—Inaccesible a cualquier argumentación que se plantee ante él —dijo el pintor, y elevó el dedo índice como si K no hubiese percibido la sutil diferencia—. Pero esa regla pierde su validez cuando se argumenta a espaldas del tribunal oficial, es decir en los despachos de los asesores, en los pasillos o, por ejemplo, aquí, en mi estudio.

Lo que el pintor acababa de decir no le pareció a K tan descabellado, todo lo contrario, coincidía con lo que le habían contado otras personas. Incluso parecía otorgar muchas esperanzas. Si los jueces se dejaban influir tan fácilmente por sus relaciones personales, como el abogado había manifestado, entonces las relaciones del pintor con los vanidosos jueces eran muy importantes y de ninguna manera se podían menospreciar. En ese caso el pintor se adaptaba perfectamente al círculo de ayudantes que K paulatinamente iba reuniendo a su alrededor. Una vez habían elogiado en el banco su talento organizador, aquí, en una situación en la que dependía exclusivamente de sí mismo, había una buena oportunidad para ponerlo a prueba. El pintor observó el efecto que su aclaración había ejercido en K y dijo, no sin cierto temor:

—¿No le llama la atención que hablo casi como un jurista? Es por el trato ininterrumpido con los señores del tribunal, que tanto me ha influido. Por supuesto, saco muchos beneficios de ello, pero el impulso artístico se pierde en parte.

—¿Cómo entró en contacto con los jueces? —preguntó K. Quería ganarse primero la confianza del pintor, antes de tomarlo a su servicio.

—Muy fácil —dijo el pintor—, he heredado mi posición. Ya mi padre fue pintor judicial. Es un puesto hereditario. No se necesitan nuevas personas que ejerzan el oficio. Para pintar a los distintos grados de funcionarios se han promulgado tantas reglas secretas y, además, tan complejas, que no se pueden dominar fuera de determinadas familias. Por ejemplo, ahí, en el cajón, tengo los apuntes de mi padre, que no enseño a nadie. Sólo el que los conoce está capacitado para pintar a los jueces. Aun en el caso de que los perdiera, guardo en la memoria tal cúmulo de reglas que nadie podría aspirar a ocupar mi puesto. Los jueces quieren que se les pinte como se pintó a los jueces en el pasado, y eso sólo lo puedo hacer yo.

—Eso es digno de envidia —dijo K, que pensó en su puesto en el banco—. Su posición, por consiguiente, es inalterable.

—Sí, inalterable —dijo el pintor, y alzó los hombros con orgullo—. Por eso mismo me puedo atrever de vez en cuando a ayudar a algún pobre hombre que tiene un proceso.

—Y, ¿cómo lo hace? —preguntó K, como si no fuera él a quien el pintor había llamado pobre hombre. El pintor, sin embargo, no se dejó interrumpir, sino que dijo:

—En su caso, por ejemplo, ya que usted es completamente inocente, emprenderé lo siguiente.

A K le comenzaba a resultar molesta la repetida mención de su inocencia. Le parecía que el pintor, con esas indicaciones, hacía depender su ayuda de un resultado positivo del proceso, en cuyo caso la ayuda carecería de cualquier valor. A pesar de esta duda, K se dominó y no interrumpió al pintor. No quería renunciar a su ayuda, estaba decidido, además le parecía que esa ayuda no era más cuestionable que la del abogado. K incluso la prefirió, pues era más inofensiva y sincera que esta última.

El pintor había acercado la silla a la cama y continuó con voz apagada:

—He olvidado preguntarle al principio qué tipo de absolución prefiere. Hay tres posibilidades, la absolución real, la absolución aparente y la prórroga indefinida. La absolución real es, naturalmente, la mejor, pero no tengo ninguna influencia para lograr esa solución. Aquí decide, con toda probabilidad, la inocencia del acusado. Como usted es inocente, podría confiar en alcanzarla, pero entonces no necesitaría ni mi ayuda ni la de cualquier otro.

Esta gama de posibilidades desconcertó al principio a K, luego dijo también en voz baja, como había hablado el pintor:

—Creo que se contradice.

—Por qué? —preguntó el pintor con actitud paciente, y se reclinó sonriente.

Esa sonrisa despertó en K la impresión de que no se proponía cubrir contradicciones en las palabras del pintor, sino en el mismo procedimiento judicial. No obstante, continuó:

—Hace poco comentó que el tribunal es inaccesible para todo tipo de argumentación, después ha limitado la validez de ese principio al tribunal oficial y ahora dice, incluso, que el inocente no necesita ayuda alguna ante el tribunal. Ahí se produce una contradicción. Además, antes ha dicho que se puede influir personalmente en los jueces, pero ahora pone en duda que se pueda llegar a la absolución real, como usted la llama, mediante una influencia personal. Ahí se incurre en una segunda contradicción.

—Esas contradicciones son fáciles de aclarar—dijo el pintor—. Aquí está hablando de dos cosas distintas, de lo que la ley establece y de lo que yo he experimentado personalmente; no debe confundir ambas cosas. En la ley, aunque yo no lo he leído, se establece por una parte que el inocente tiene que ser absuelto, pero por otra parte no se establece que los jueces puedan ser influidos. No obstante, yo he experimentado lo contrario. No he sabido de ninguna absolución real, pero he conocido muchas influencias. Es posible que en los casos que he conocido no se diera la inocencia del acusado. Pero, ¿no es acaso improbable que en tantos casos no haya ni uno solo en el que el acusado haya sido inocente? Ya cuando era niño escuchaba a mi padre cuando contaba algo de los procesos, también los jueces hablaban sobre procesos cuando le visitaban en su estudio, en nuestro círculo no se hablaba de otra cosa, siempre que tuve la oportunidad de ir a los juicios, siempre la aproveché, he presenciado innumerables procesos y he seguido pus distintas fases, tanto como era posible y, lo debo reconocer, no he conocido ninguna absolución real.

—Así pues, ninguna absolución —dijo K como si hablase consigo mismo y con sus esperanzas—. Eso confirma la opinión que tengo del tribunal. Tampoco por esa parte tiene sentido. Un único verdugo podría sustituir a todo el tribunal.

—No debe generalizar—dijo el pintor insatisfecho—, sólo he hablado de mis experiencias.

—Eso basta —dijo K—, ¿o acaso ha oído de absoluciones en otros tiempos?

—Ha debido de haber ese tipo de absoluciones —respondió el pintor—. Pero es difícil constatarlo. Las sentencias definitivas del tribunal no se hacen públicas, ni siquiera son accesibles para los jueces, por eso sólo se han conservado leyendas sobre casos judiciales antiguos. Estas leyendas, en su mayoría, contienen absoluciones reales, se puede creer en ellas, pero no se pueden demostrar. No obstante, no se deben descuidar, contienen una cierta verdad, y son muy bellas, yo mismo he pintado varios cuadros que tienen como tema esas leyendas.

—Simples leyendas no pueden hacerme cambiar de opinión —dijo K—, ¿acaso se pueden invocar esas leyendas en juicio?

El pintor rió.

—No, no se puede —dijo.

—Entonces es inútil hablar de ellas —dijo K. Quería aceptar provisionalmente todas las opiniones del pintor, aun en el caso de considerarlas improbables o que contradijeran otros informes. Ahora no disponía del tiempo preciso para analizar todo lo que el pintor había dicho y constatarlo o refutarlo de acuerdo con la verdad. Se daría por satisfecho si lograse que el pintor le ayudase incluso de una manera no decisiva. Así que dijo:

—Dejemos entonces la absolución real. Usted mencionó otras dos posibilidades.

—La absolución aparente y la prórroga indefinida. Sólo hay estas dos posibilidades —dijo el pintor—. Pero, ¿no quiere quitarse la chaqueta antes de que continuemos? Parece que tiene calor.

—Sí —dijo K, que hasta ese momento sólo había prestado atención a las explicaciones del pintor, pero que ahora, al recordársele el calor, sintió cómo el sudor bañaba su frente—. El calor es casi insoportable.

El pintor asintió como si entendiese perfectamente el malestar de K.

—¿No se puede abrir la ventana? —preguntó K.

—No —dijo el pintor—. No es más que un vidrio fijo, no se puede abrir.

Ahora se daba cuenta K de que todo el tiempo había alimentado la esperanza de que el pintor, o él mismo, se levantaría y abriría la ventana. Estaba incluso preparado para respirar la niebla a todo pulmón. La sensación de estar allí encerrado le produjo un mareo. Golpeó ligeramente la cama con la mano y dijo con voz débil:

—Es un ambiente opresivo e insano.

—¡Oh, no! —dijo el pintor en defensa de su ventana—. Precisamente porque no se puede abrir mantiene mejor el calor que una ventana doble. Si quiero airear, lo que no es muy necesario, pues penetra aire suficiente por los resquicios de las tablas, puedo abrir una de las puertas o ambas.

K, consolado un poco por esa explicación, miró en torno para descubrir esa segunda puerta. El pintor lo notó y dijo:

—Está detrás de usted. La tuve que tapar con la cama. Ahora vio K la pequeña puerta en la pared.

—Esto es muy pequeño para ser un estudio —dijo el pintor, como quisiera salir al paso de una crítica de K—. Tuve que instalarme como pude. La cama, justo delante de la puerta, está, naturalmente, en un mal lugar. El juez al que estoy retratando, por ejemplo, entra siempre por la puerta de la cama y le he dado una llave para que cuando no esté Yo en casa pueda esperarme. Pero suele venir por la mañana temprano, cuando aún duermo. Naturalmente me despierta siempre del sueño más profundo cuando abre la puerta. Le perdería el respeto a todos los jueces si oyera las maldiciones con las que le recibo cuando se sube a mi rama tan temprano. Le podría quitar la llave, pero con eso sólo conseguiría enojarle. Todas las puertas de esta casa se podrían sacar de sus quicios sin hacer muchos esfuerzos.

Mientras hablaba el pintor, K pensaba si se debía quitar la chaqueta, finalmente reconoció que si no lo hacía sería incapaz de permanecer allí por más tiempo, así que se la quitó y la puso sobre sus rodillas para podérsela poner en cuanto terminara la conversación. Apenas se había quitado la chaqueta, una de las niñas gritó:

—¡Ya se ha quitado la chaqueta! —y se oyó cómo todas se apresuraban a mirar por las rendijas para contemplar el espectáculo.

—Las niñas —dijo el pintor— creen que le voy a pintar y que por eso se desnuda.

—¡Ah, ya! —dijo K poco animado, pues no se sentía mucho mejor que antes aunque estuviera sentado en mangas de camisa. Casi de mal humor preguntó:

—¿Cómo denominó las otras dos posibilidades?

Ya había olvidado las expresiones que el pintor había empleado.

—La absolución aparente y la prórroga indefinida —dijo el pintor—. Usted elige. Ambas se pueden lograr con mi ayuda, naturalmente no sin esfuerzo, la diferencia en este sentido radica en que la absolución aparente requiere un esfuerzo intermitente y concentrado, mientras que la prórroga, uno más débil, pero continuado. Bien, comencemos por la absolución aparente. Si eligiese ésta, escribiré en un papel una confirmación de su inocencia. El texto para una confirmación así lo he heredado de mi padre y resulta irrefutable. Con esa confirmación hago una ronda con los jueces que conozco. Por ejemplo, comienzo hoy por la noche con el juez al que estoy pintando, cuando venga a la sesión. Le presento la confirmación, le aclaro que usted es inocente y me hago garante de su inocencia. Pero no se trata de una garantía superficial o ficticia, sino real y vinculante.

En la mirada del pintor había un aire de reproche por el hecho de que K le cargase con esa responsabilidad.

—Sería muy amable de su parte —dijo K—. ¿Y el juez, en el caso de que le creyera, tampoco me absolvería realmente?

—Como ya le dije —respondió el pintor—. Pero tampoco es seguro que todos me crean, algún juez reclamará, por ejemplo, que le conduzca hasta él. Entonces no le quedará otro remedio que venir. En un su puesto así, se puede decir que la causa está casi ganada, especialmente porque antes le informaré de cómo tiene que comportarse ante el juez. Peor resulta con aquellos jueces que no me atienden desde el principio, esto también puede ocurrir. Nos veremos obligados a renunciar a ellos, aunque no falten algunos intentos, pero podemos permitirnos ese lujo, que unos cuantos jueces aislados no son decisivos. Si consigo un número suficiente de firmas de jueces en esta confirmación de inocencia, entonces voy a ver al juez que lleva su caso. Es posible que tenga ya su firma, en ese supuesto, todo va un poco más rápido. En general ya no hay muchos más impedimentos, ha llegado el momento para que el acusado tenga una gran confianza. Es extraño, pero cierto, la gente se encuentra en esa fase más confiada que después de la absolución. Ya no necesario esforzarse más. El juez posee en la confirmación de inocencia la garantía de un número de jueces y puede absolver sin preocuparse. Así lo hará, sin duda, para hacerme un favor a mí y a otros conocidos, después de realizar algunas formalidades. Usted sale del ámbito tribunal y es libre.

—Entonces soy libre —dijo K indeciso.

—Sí —dijo el pintor—, pero sólo libre en apariencia o, mejor dicho, libre provisionalmente. La judicatura inferior, a la que pertenecen mis conocidos, no posee el derecho a otorgar una absolución definitiva, este derecho sólo lo posee el tribunal supremo, inalcanzable para usted, para mí y para todos nosotros. No sabemos lo que allí pasa y, dicho sea de paso, tampoco lo queremos saber. Nuestros jueces carecen del gran derecho a liberar de la acusación, pero entre sus competencias está la de poder desprenderle de ella. Eso quiere decir que si obtiene Viste tipo de absolución, queda liberado momentáneamente de la acusación, pero pende aún sobre usted y puede suceder, si llega la orden desde arriba, que entre en vigor de inmediato. Como tengo tan buenos contactos con el tribunal, puedo decirle también cómo se refleja exteriormente en los reglamentos de la Administración de Justicia la diferencia entre una absolución real y otra aparente. En caso de una absolución real, se deben reunir todas las actas procesales, desaparecen por completo del procedimiento, todo se destruye, no sólo la acusación, .sino también todos los escritos procesales, incluida la absolución. En la absolución aparente ocurre de un modo algo diferente. No se produce ninguna modificación más de las actas, a ellas se añaden la confirmación de inocencia, la absolución y el fundamento de la absolución. Por lo demás, las actas continúan en el proceso, se trasladan, como exige el continuo trámite administrativo, a los tribunales supremos, vuelve a los inferiores, y oscila entre unos y otros con mayor o menor fluidez Esos caminos son impredecibles. Considerado desde el exterior, se podría llegar a la conclusión de que todo se ha olvidado hace tiempo, que las actas se han perdido y que la absolución es completa. Un especialista no lo creerá jamás. No se pierden las actas, el tribunal no olvida. Un día —nadie lo espera—, un juez cualquiera toma el acta, le presta poco de atención, comprueba que la acusación aún está en vigor y ordena la detención inmediata. He dado a entender que entre la absolución aparente y la nueva detención transcurre un largo periodo d tiempo, es posible y conozco algunos casos, pero también es posible? que el absuelto llegue a su casa de los tribunales y ya allí le esperen unos emisarios para detenerle de nuevo. Entonces, por supuesto, se ha terminado la vida en libertad.

—¿Y el proceso comienza otra vez? —preguntó K incrédulo.

—Así es —dijo el pintor—, el proceso comienza de nuevo, y también existe la posibilidad, como al principio, de obtener una absolución aparente. Hay que concentrar otra vez todas las fuerzas y no rendirse.

Lo último lo dijo el pintor probablemente guiado por la impresión de que el ánimo de K se había hundido.

—Pero, ¿no resulta más difícil obtener la segunda absolución que la primera? —preguntó K, como si quisiera anticiparse a alguna de las revelaciones del pintor.

—No se puede decir nada seguro al respecto —dijo el pintor—. ¿Quiere decir si el juez se puede ver influido desfavorablemente en su sentencia por la primera detención? No, ése no es el caso. Los jueces ya han previsto la detención en el momento de dictar la absolución. Esa circunstancia apenas tiene efecto. Pero otros muchos motivos pueden influir ahora en el humor del juez y en su enjuiciamiento jurídico del caso, y los esfuerzos se tendrán que adaptar a las nuevas circunstancias, siendo necesario, por supuesto, actuar con la misma fuerza y decisión que antes de la primera absolución.

—Pero esa segunda absolución tampoco es definitiva —dijo K, y giró la cabeza con actitud de rechazo.

—Por supuesto que no —dijo el pintor—, a la segunda absolución sigue la tercera detención; a la tercera absolución, la cuarta detención, Esto está implícito en el mismo concepto de absolución aparente.

K permaneció en silencio.

—La absolución aparente no le resulta muy ventajosa, ¿verdad? —dijo el pintor—. Tal vez prefiera la prórroga indefinida. ¿Desea que le are en qué consiste la prórroga indefinida?

K asintió con la cabeza.

El pintor se había reclinado cómodamente en la silla, su camisa 4elpijama estaba abierta y se rascaba el pecho con la mano.

—La prórroga —dijo el pintor, y miró un momento ante sí como si tascara las palabras adecuadas—, la prórroga consiste en que el proceso se mantiene de un modo duradero en una fase preliminar. Para lograrlo es necesario que el acusado y el ayudante, sobre todo el ayudante, permanezca continuamente en contacto personal con el tribunal. Repito, aquí no es necesario gastar tantas energías como para lograr una absolución aparente y, sin embargo, sí es necesario prestar una mayor atención. No se puede perder de vista el proceso, hay que ir a ver al juez competente en periodos de tiempo regulares y, además, en ocasiones especiales, y hay que intentar mantenerlo contento. Si no se conoce personalmente al juez, se puede intentar influir en él a través de otros jueces, sin por ello renunciar a las entrevistas personales. Si no se descuida nada a este respecto, se puede decir con bastante certeza que el proceso no pasará de su primera fase. El proceso, sin embargo, no se detiene, pero el acusado queda casi tan a salvo de una condena como si estuviera libre. Frente a la absolución aparente, la prórroga indefinida tiene la ventaja de que el futuro del acusado es menos incierto, evita los sustos de las detenciones repentinas y no tiene que temer, precisamente en aquellos periodos en que sus circunstancias son inapropiadas, los esfuerzos y las irritaciones que cuestan el logro de la absolución aparente. No obstante, la prórroga también posee ciertas desventajas para el acusado que no se deben subestimar. Y no pienso en que aquí el acusado nunca es libre, pues tampoco lo es, en un sentido estricto, en la absolución aparente. Se trata de otra desventaja. El proceso no se puede detener sin que, al menos, haya motivos aparentes para ello. Por lo tanto, y de cara al exterior, tiene que suceder algo en el proceso. Así pues, de vez en cuando se tomarán algunas disposiciones, se interrogará al acusado, se realizarán algunas investigaciones, etc. El proceso debe girar dentro de los estrechos límites a los que se le ha reducido artificialmente. Eso produce algunas molestias al acusado, que, sin embargo tampoco debe imaginarse que son tan malas. Todo es de cara al exterior; los interrogatorios, por ejemplo, son muy cortos, cuando se tiene poco tiempo o, simplemente, no se tienen ganas de comparecer, sé puede faltar presentando una disculpa, incluso con algunos jueces se pueden fijar de antemano las fechas de determinadas formalidades, se trata, en definitiva, ya que uno es un acusado, de presentarse ante el juez competente de vez en cuando.

Ya durante las últimas palabras K se había colocado la chaqueta en el brazo y se había levantado.

—¡Se ha levantado! —gritaron en seguida al otro lado de la puerta.

—¿Ya se quiere ir? —preguntó el pintor también levantándose—. Seguro que es el aire viciado por lo que se va. Me resulta muy desagradable. Me quedaban más cosas por decirle, tenía que haber abreviado. Espero que me haya comprendido.

—¡Oh, sí! —dijo K, al que le dolía la cabeza por el esfuerzo realizado para escuchar. No obstante esta confirmación, el pintor se lo resumió otra vez, como si quisiera que K se llevase consigo algún consuelo.

Ambos métodos tienen en común que impiden una condena del acusado.

—Pero también impiden la absolución real —dijo K en voz baja, como si se avergonzase de haberlo descubierto.

—Ha comprendido el meollo del asunto —dijo el pintor con rapidez.

K puso la mano en el abrigo, pero no podía decidirse a ponérselo. Le hubiera gustado recogerlo todo y salir a respirar el aire fresco. Tampoco las niñas le motivaban a vestirse, por más que desde el principió se gritaran entre ellas que se estaba vistiendo. El pintor intentó conocer el estado de ánimo de K, así que dijo:

—No se ha decidido respecto a mis proposiciones. Lo apruebo. o mismo le hubiera desaconsejado que se decidiera en seguida. Las ventajas y las desventajas son nimias. Hay que valorarlo todo con exactitud.

—Le volveré a visitar pronto —dijo K, que con decisión repentina puso la chaqueta, se echó el abrigo sobre los hombros y se apresuró hacia la puerta. Las niñas, al advertirlo, comenzaron a gritar.

—Pero debe mantener su palabra —dijo el pintor, que le había seguido—, si no, me presentaré en su banco y preguntaré por usted.

—Abra la puerta—dijo K, al notar cómo las niñas hacían fuerza en picaporte.

—¿Acaso quiere que las niñas le molesten? Salga mejor por la otra puerta —y señaló la puerta situada detrás de la cama.

K estuvo de acuerdo y retrocedió hasta la cama. Pero el pintor, en vez de abrir la puerta, se metió debajo de la cama y preguntó desde allí:

—¿No quiere ver un cuadro que le podría vender?

K no quería ser descortés, el pintor se había portado bien y le había prometido seguir ayudándole, además K se había olvidado de hablar sobre la recompensa por la ayuda, por este motivo no pudo zafarse y dejó que le mostrara el cuadro, aunque temblase de impaciencia por salir del estudio. El pintor sacó de debajo de la cama un montón de cuadros sin enmarcar tan llenos de polvo que, cuando el pintor sopló sobre el primero, K estuvo un tiempo sin poder respirar ni ver bien.

—Un paisaje de landa—dijo el pintor, y alcanzó el cuadro a K. Representaba unos árboles débiles, muy alejados entre sí, rodeados de hierba oscura. En segundo plano se veía un policromo crepúsculo.

—Muy bonito —dijo K—, lo compro.

K se había expresado con tal brevedad de una forma impensada. Por eso se alegró cuando el pintor en vez de tomarlo a mal, levantó otro cuadro del suelo.

—Aquí tiene un contraste con el anterior—dijo el pintor.

Se habría concebido como un contraste, pero no había la más mínima diferencia con el anterior, ahí estaban los árboles, la hierba y en el fondo el crepúsculo. Pero a K no le importaba.

—Son paisajes muy bonitos —dijo—. Se los compro. Los colgaré en mi despacho.

—Parece que el motivo le gusta. Casualmente tengo un tercer cuadro similar.

No era similar, más bien se trataba de un paisaje idéntico. El pintor aprovechaba la oportunidad para vender cuadros viejos.

—También lo compro —dijo K—. ¿Cuánto cuestan los tres cuadros?

—Ya hablaremos de eso —dijo el pintor—. Ahora tiene prisa, pero vamos a permanecer en contacto. Por lo demás, me alegra que le hayan gustado los cuadros. Le daré todos los que tengo debajo de la cama. Todos son paisajes de landa, ya he pintado muchos. Hay personas que les tienen cierta aversión porque son melancólicos, otros, sin embargo, entre los que usted se cuenta, aman precisamente esa melancolía. Pero K ya no tenía ganas de oír las experiencias profesionales del pintor pedigüeño.

—Empaquete los cuadros —exclamó, interrumpiendo al pintor—, mañana vendrá mi ordenanza y los recogerá.

—No es necesario —dijo el pintor—. Creo que podré conseguir que alguien se los lleve ahora.

Finalmente, salió de debajo de la cama y abrió la puerta.

—Súbase a la cama —dijo el pintor—, lo hacen todos los que entran.

K tampoco habría tenido ninguna consideración si el pintor no hubiese dicho nada. En realidad ya tenía puesto un pie encima de la cama, pero entonces se quedó mirando hacia la puerta abierta y volvió a retirar el pie.

—¿Qué es eso? —preguntó al pintor.

—¿De qué se asombra? —preguntó éste, asombrado a su vez—. Son dependencias del tribunal. ¿No sabía que aquí había dependencias judiciales? Este tipo de dependencias las hay en prácticamente todas las buhardillas, ¿por qué habrían de faltar aquí? También mi estudio pertenece a las dependencias del tribunal, éste es el que lo ha puesto a mi disposición.

K no se horrorizó tanto por haber encontrado allí unas dependencias judiciales, sino por su ignorancia en asuntos relacionados con tribunal. Según su opinión, una de las reglas fundamentales que debía regir la conducta de todo acusado era la de estar siempre preparado, no dejarse sorprender, no mirar desprevenido hacia la derecha, cuando el juez se encontraba a su izquierda, y precisamente infringía esta regla continuamente. Ante él se extendía un largo pasillo, por el que corría un aire fresco en comparación con el del estudio. A ambos lados del pasillo había bancos, como en la sala de espera de las oficinas judiciales competentes para el caso de K. Parecían existir reglas concretas para la construcción de las dependencias. En ese momento no había mucho tráfico de personas. Un hombre permanecía casi tendido: había apoyado la cabeza en el banco y se había cubierto el rostro con las manos. Parecía dormir. Otro estaba al final del pasillo, en una zona oscura. K se subió a la cama, el pintor le siguió con los cuadros. Al poco tiempo encontraron a un empleado de los tribunales. K reconocía a todos estos empleados por el botón dorado que llevaban en sus gajes normales, junto a los otros botones usuales. El pintor le encargó que acompañase a K con los cuadros. K vacilaba al caminar y avanzaba con el pañuelo en la boca. Ya se encontraban cerca de la salida, cuando las niñas irrumpieron frente a ellos, así que K ni siquiera se pudo ahorrar esa situación. Habrían visto cómo abrían la otra puerta y habían corrido para sorprenderlos.

—Ya no puedo acompañarle más —exclamó el pintor sonriendo y resistiendo el embate de las niñas—. ¡Adiós! ¡Y no tarde mucho en decidirse!

K ni siquiera le miró. Al salir a la calle tomó el primer taxi que pasó. Deseaba deshacerse del empleado, ese botón dorado se le clavaba continuamente en el ojo, aunque a cualquier otro ni siquiera le llamara la atención. El empleado, servicial, quiso sentarse con K, pero éste lo echó abajo. K llegó al banco por la tarde. Habría querido dejarse los cuadros en el coche, pero temió necesitarlos en algún momento para justificarse ante el pintor. Así que pidió que los subieran a su despacho Y los guardó en el último cajón de su mesa. Allí estarían a salvo de la curiosidad del subdirector, al menos durante los primeros días.

EL COMERCIANTE BLOCK K RENUNCIA AL ABOGADO

Por fin se había decidido K a renunciar a la representación del abogado. Las dudas acerca de lo acertado de dicha medida no se podían eliminar, pero el convencimiento de la necesidad de ese paso terminó por prevalecer. La decisión, en el día que K tenía que visitar al abogado, le había costado tiempo y esfuerzo, trabajó con excesiva lentitud y tuvo que permanecer muchas horas en su despacho. Pasaban de las diez de la noche cuando K se presentó ante la puerta del abogado. Antes de llamar pensó si no sería mejor romper con el abogado por teléfono o por escrito, pues la entrevista tendría que ser por fuerza desagradable. Pero K decidió mantenerla, de otro modo el abogado aceptaría la decisión de K con algunas palabras formales o con silencio, y K, salvo lo que Leni le pudiera decir, desconocería su reacción ante la medida y las consecuencias que, según la opinión nada despreciable del abogado, ese paso tendría para K. No obstante, si K estaba sentado frente al abogado, aunque éste no quisiera decir mucho, al menos podría deducir bastante de sus gestos y de su actitud. Tampoco se podía excluir que le conveciese para que el abogado continuase con la defensa y que él renunciase a su decisión.

Como siempre, la primera llamada a la puerta quedó sin respuesta. "Leni podría ser más rápida" —pensó K. Pero resultaba una ventaja que no se inmiscuyeran los vecinos, como habitualmente, ya fuese el hombre en bata o cualquier otro. Mientras K tocaba el timbre por segunda vez, miró hacia la puerta vecina, pero permaneció cerrada. Finalmente aparecieron dos ojos en la mirilla de la puerta, pero no eran los de Leni. Alguien abrió la puerta, pero siguió apoyándose en ella, y gritó hacia el interior:

—¡Es él! —y abrió del todo.

K había empujado también la puerta, pues ya había escuchado la llave de la cerradura en la puerta de al lado. Cuando la puerta se abrió, se precipitó hacia dentro y le dio tiempo a ver cómo Leni, a la que habían dirigido antes el grito de advertencia, corría por el pasillo vestida con una simple camisa. Se quedó mirándola un rato y luego se volvió hacia el que había abierto la puerta. Era un hombre pequeño y delgado, con barba, y sostenía una vela en la mano.

—¿Está empleado aquí? —preguntó K.

—No —respondió el hombre—, el abogado me defiende, estoy aquí por un asunto judicial.

—¿Sin chaqueta? —preguntó K, y señaló con un movimiento de la mano su forma inapropiada de vestir.

—¡Oh, disculpe! —dijo el hombre, y se iluminó a sí mismo con la vela, como si advirtiese por primera vez su estado.

—¿Leni es su amante? —preguntó K brevemente. Había abierto algo las piernas, las manos, que sostenían el sombrero, permanecían en la espalda. Sólo por poseer un buen abrigo de invierno se sintió superior a aquella figura esmirriada.

—¡Oh, Dios! —dijo, y alzó la mano ante el rostro en una actitud defensiva—, no, no,

¿cómo puede pensar—eso?

—Parece que dice la verdad —dijo K sonriendo—, no obstante, venga —le hizo una seña con el sombrero y dejó que fuera por delante.

—¿Cómo se llama? —preguntó K mientras caminaban.

—Block, soy el comerciante Block —dijo, y al hacer su presentación se volvió, pero K no dejó que se detuviera.

—¿Es su apellido de verdad? —preguntó K.

—Claro —fue la respuesta—, ¿por qué?

—Pensé que tenía razones para silenciar su apellido —dijo K. Se sentía libre, tan libre como el que habla en el extranjero con gente de baja condición, guarda para sí todo lo que le afecta y sólo habla indiferente de los intereses de los demás, elevándolos o dejándolos caer según su gusto. K se paró ante la puerta del despacho del abogado, la abrió y gritó al comerciante, que había continuado:

—¡No tan deprisa! Ilumine aquí.

K pensó que Leni podía haberse escondido allí, por lo que obligó al comerciante a buscar por todas las esquinas, pero la habitación estaba vacía. K detuvo al comerciante ante el cuadro del juez cogiéndole por los tirantes.

—¿Le conoce? —preguntó, y señaló con el dedo hacia arriba. El comerciante elevó la vela, miró guiñando los ojos y dijo:

—Es un juez.

—¿Un juez supremo? —preguntó K, y se puso al lado del comerciante para observar la impresión que le causaba el cuadro. El comerciante miraba con admiración.

—Es un juez supremo —dijo.

—Usted no tiene mucha capacidad de observación —dijo K—. Entre todos los jueces de instrucción inferiores, él es el inferior.

—Ahora me acuerdo —dijo el comerciante, y bajó la vela—, yo también lo he oído.

—Naturalmente —exclamó K—, lo olvidé, claro que lo habrá oído.

—Pero, ¿por qué?, ¿por qué? —preguntó el comerciante, mientras se dirigía hacia la puerta empujado por K. Ya en el pasillo, dijo K:

—¿Sabe dónde se ha escondido Leni?

—¿Escondido? —dijo el comerciante—. No, pero puede estar en la cocina preparando una sopa para el abogado.

—¿Por qué no lo ha dicho en seguida? —preguntó K.

—Yo quería conducirle hasta allí, pero usted mismo es el que me ha llamado —respondió el comerciante, algo confuso por las órdenes contradictorias.

—Usted se cree muy astuto —dijo K—. ¡Lléveme entonces hasta ella! K no había estado nunca en la cocina, era sorprendentemente grande y estaba muy bien amueblada. El horno era tres veces más grande que los normales; del resto podía ver muy poco, pues la cocina sólo estaba iluminada por una pequeña lámpara situada a la entrada. Frente al fogón se encontraba Leni con un delantal blanco, como siempre, y cascaba huevos en una olla puesta al fuego.

—Buenas noches, Josef—dijo mirándole de soslayo.

—Buenas noches —dijo K, y señaló una silla en la que el comerciante se debía sentar, lo que éste hizo sin vacilar. K, sin embargo, se aproximó a Leni por detrás, se inclinó sobre su hombro y preguntó:

—¿Quién es ese hombre?

Leni rodeó la cabeza de K con una mano mientras con la otra daba vueltas a la sopa, luego le atrajo hacia sí y dijo:

—Es un hombre digno de lástima, un pobre comerciante, un tal Block. Míralo.

Ambos le miraron. El comerciante estaba sentado en la silla que K le había asignado. Había apagado la vela, ya innecesaria, e intentaba presionar el pabilo con los dedos para evitar que humease.

—Estabas en camisa—dijo K, girando la cabeza hacia el fogón. Ella calló.

—¿Es tu amante? —preguntó K.

Ella quiso coger la olla, pero K tomó sus manos y dijo:

—¡Responde! Ella musitó:

—Ven al despacho, te lo explicaré todo.

—No —dijo K—, quiero que lo aclares aquí.

Ella le abrazó y quiso besarle, pero K se resistió y dijo:

—No quiero que me beses ahora.

—Josef—dijo Leni, y miró a los ojos de K suplicante pero con sinceridad—, ¿no estarás celoso del señor Block? Rudi —dijo ahora volviéndose hacia el comerciante—, ayúdame y deja la vela, mira cómo sospecha de mí.

Se podría haber pensado que no prestaba atención, pero seguía perfectamente la conversación.

—No sé por qué tiene que estar celoso —dijo sin saber qué responder.

—Yo tampoco lo sé —dijo K, y contempló al comerciante sonriendo. Leni rió en voz alta, se aprovechó del descuido de K para rodearse con su brazo y susurró:

—Déjalo, ya ves la clase de hombre que es. Lo he tomado un poco bajo mi protección porque es un buen cliente del abogado, por ningún otro motivo. ¿Y tú? ¿Quieres hablar con el abogado? Hoy está muy enfermo, pero si quieres te anuncio ahora mismo. Por la noche te quedas conmigo, ¿verdad? Hace tiempo que no vienes, el abogado ha preguntado por ti. ¡No descuides el proceso! También yo tengo que comunicarte algo que he sabido hace poco. Pero ahora quítate el abrigo.

Ella le ayudó a quitárselo, también le cogió el sombrero, luego regresó y comprobó cómo iba la sopa.

—¿Quieres que te anuncie ahora o prefieres que le lleve primero la sopa?

—Anúnciame primero —dijo K.

Estaba enojado. En un principio tenía planeado hablar con Leni sobre la posibilidad de renunciar al abogado, pero la presencia del comerciante le había quitado las ganas. Ahora, sin embargo, consideraba el asunto demasiado importante como para que ese comerciante bajito pudiera interferir en él de una manera decisiva, así que llamó a Leni, que ya estaba en el pasillo, y le dijo que regresara.

—Llévale primero la sopa —dijo—, tiene que fortalecerse para nuestra entrevista, lo va a necesitar.

—¿Usted también es un cliente del abogado? —dijo el comerciante en voz baja desde su esquina sólo para confirmar.

—¿Qué le importa a usted eso? —dijo K. Pero Leni intervino:

—Quieres callarte. Bueno, entonces le llevo primero la sopa—dijo Leni a K y sirvió la sopa en un plato—. Pero temo que se duerma; en cuanto come, se duerme.

—Lo que voy a decirle le mantendrá despierto —dijo K.

—Quería dar a entender que pretendía decirle algo muy importante, quería que Leni le preguntara qué era para luego pedirle consejo. Pero ella se limitó a cumplir las órdenes. Cuando pasó a su lado con el plato, le dio un golpe cariñoso y musitó:

—En cuanto se haya tomado la sopa, te anuncio, así te tendré conmigo antes.

—Ve —dijo K—, ve.

—Sé más amable —dijo ella, y se volvió al llegar a la puerta.

K miró cómo se iba. Su decisión de despedir al abogado era definitiva. Era mejor no haber hablado antes con Leni. Ella apenas tenía una visión general del caso, le habría desaconsejado ese paso, probable mente hubiera convencido a K para no darlo, habría seguido dudando, permanecería inquieto y, finalmente, habría tenido que tomar la misma decisión, pues era inevitable. Pero cuanto antes la tomara, más daños se ahorraría. Tal vez el comerciante pudiera decir algo al respecto.

K se volvió; apenas lo notó el comerciante, quiso levantarse.

—Permanezca sentado —dijo K, y puso una silla a su lado—. ¿Es un viejo cliente del abogado? —preguntó K.

—Sí —dijo el comerciante—, desde hace muchos años.

—¿Cuántos años hace que le representa? —preguntó K.

—No sé qué quiere decir—dijo el comerciante—, en asuntos jurídicos y de negocios — tengo un negocio de granos—, me asesora desde que asumí el negocio, hace casi veinte años, pero en mi proceso, a lo que usted probablemente se refiere, desde su inicio hace más de cinco años. Sí, hace más de cinco años —añadió, y sacó una cartera—. Lo tengo apuntado aquí, si quiere le doy las fechas precisas. Es difícil mantenerlo todo en la memoria. Mi proceso es posible que dure más, comenzó poco después de la muerte de mi mujer, y de eso ya hace más de cinco años.

K se acercó aún más a él.

—Así que el abogado también se hace cargo de asuntos jurídicos ordinarios —dijo K. Esa conexión entre ciencias jurídicas y tribunal le pareció muy tranquilizadora.

—Cierto —dijo el comerciante, y susurró a K—: Se dice incluso que es más habilidoso en las cuestiones jurídicas que en las otras.

Pero inmediatamente pareció lamentar lo dicho, puso una mano en el hombro de K y dijo:

—Le suplico que no me traicione.

K le dio unos golpecitos amistosos en el muslo y dijo:

—No se preocupe, no soy ningún traidor.

—Él es muy vengativo —dijo el comerciante.

—No hará nada contra un cliente tan fiel —dijo K.

—¡Oh, sí! —dijo el comerciante—, cuando se excita no conoce diferencias. Además, no le soy tan fiel.

—¿Por qué no? —preguntó K.

—¿Puedo confiarle algo? —preguntó el comerciante indeciso.

—Creo que puede—dijo K.

—Bien, le confiaré una parte, pero usted debe decirme a su vez un secreto, así estaremos en las mismas condiciones ante el abogado.

—Es usted muy precavido —dijo K—, le diré un secreto que le tranquilizará por completo. Así que, ¿en que consiste su infidelidad con el abogado?

—Yo tengo… —dijo el comerciante indeciso, en un tono como si estuviera confesando algo deshonroso—, además de él tengo otros abogados.

—Eso no es tan malo —dijo K un poco decepcionado.

—Aquí sí —dijo el comerciante respirando con dificultad, aunque después de las palabras de K tuvo más confianza—. No está permitido. Y lo que no se tolera bajo ninguna circunstancia es tener otros aboga dos intrusos junto al abogado propiamente dicho. Y eso es precisamente lo que yo he hecho, además de él tengo cinco abogados.

—¡Cinco! —exclamó K, el número le dejó asombrado—. ¿Cinco abogados además de éste?

El comerciante asintió:

—Ahora mismo estoy en tratos con el sexto.

—Pero, ¿para qué necesita tantos abogados? —preguntó K.

—Los necesito a todos —dijo el comerciante.

—¿Me lo puede explicar?

—Encantado —dijo el comerciante—. Ante todo no quiero perder el proceso, eso es evidente. Así, no puedo omitir nada que me sea útil. Aun cuando en un caso concreto las esperanzas de utilidad sean muy pequeñas, no las puedo rechazar. Por consiguiente, he invertido todo lo que poseo en el proceso. Por ejemplo, he sacado todo el dinero de mi negocio; antes las oficinas de mi negocio ocupaban toda una planta, ahora basta una pequeña estancia en la parte trasera de la casa, en la que trabajo con un aprendiz. Este repliegue no se ha debido exclusivamente a la carencia de dinero, sino también a la drástica reducción de la jornada laboral. Quien quiere hacer algo por su proceso, puede ocuparse muy poco de todo lo demás.

—Entonces, ¿usted mismo trabaja en los juzgados? —preguntó K—. Precisamente sobre eso quisiera saber algo más.

—Precisamente sobre eso le puedo informar muy poco —dijo el comerciante—. Al principio lo intenté, pero lo tuve que dejar. Es demasiado agotador y no es una actividad que procure muchos éxitos. Trabajar y negociar allí al mismo tiempo me resultó imposible.

Simplemente estar sentado y esperar supone un esfuerzo agotador. Ya conoce usted ese aire opresivo de las oficinas.

—¿Cómo sabe que he estado allí? —preguntó K.

—Yo estaba precisamente en la sala de espera cuando usted pasó.

—¡Qué casualidad! —exclamó K, tan absorbido por la conversación que había olvidado lo ridículo que le había parecido al principio el comerciante—. ¡Entonces me vio! Estaba en la sala de espera cuando pasé. Sí, yo pasé por allí una vez.

—No es tanta casualidad —dijo el comerciante—, estoy allí casi todos los días.

—Tendré que ir más —dijo K—, pero no seré recibido con tanto decoro como aquella vez. Todos se levantaron. Pensaron que yo era un juez.

—No —dijo el comerciante—, en realidad saludábamos al ujier. Nosotros ya sabíamos que usted era un acusado. Esas noticias se difunden con rapidez.

—Así que ya lo sabía —dijo K—, entonces mi comportamiento le debió de parecer, tal vez, arrogante. ¿No hablaron sobre ello?

—No —dijo el comerciante—. Todo lo contrario. No son más que tonterías.

—¿Que son tonterías? —preguntó K.

—¿Por qué pregunta eso? —dijo el comerciante enojado—. Parece no conocer a la gente de allí y tal vez lo interpretase mal. Debe tener en cuenta que en este tipo de procedimientos se habla de muchas cosas para las que ya no basta el sentido común, uno está demasiado cansado y confuso, así que se cae en las supersticiones. Hablo de los demás, pero yo no soy mejor. Una de esas supersticiones es, por ejemplo, que muchos pueden presagiar el resultado del proceso mirando el rostro del acusado, especialmente por la forma de los labios. Esas personas afirman que por sus labios deducen que usted será condenado en breve. Repito, es una superstición ridícula y en la mayoría de los casos refutada por los hechos, pero cuando se vive en esa compañía es difícil deshacerse de esas opiniones. Piense sólo la fuerza con que puede obrar esa superstición. Usted se dirigió a uno de los acusados ¿verdad? Él apenas le pudo responder. Hay muchas causas para quedar confuso en una situación así, pero una de ellas era sus labios. Luego contó que creía haber visto en sus labios el signo de su propia condena.

—¿En mis labios? —preguntó K, sacó un espejo y se contempló—. No noto nada especial en mis labios, ¿y usted?

—Yo tampoco —dijo el comerciante—. Nada en absoluto.

—Qué supersticiosa es la gente —exclamó K.

—¿Acaso no lo dije? —preguntó el comerciante.

—¿Hablan mucho entre ustedes? ¿Intercambian sus opiniones? —preguntó K—. Hasta ahora me he mantenido apartado.

—Por regla general no conversan entre ellos —dijo el comerciante—, no sería posible, son demasiados. Tampoco hay intereses comunes. Cuando alguna vez surge en un grupo la creencia en un interés común, resulta al poco tiempo un error. No se puede emprender nada en común contra el tribunal. Cada caso se investiga por separado, es el tribunal más concienzudo. Así pues, en común no se puede imponer nada. Sólo un individuo logra algo en secreto. Sólo cuando lo ha logrado, se enteran los demás. Nadie sabe cómo ha ocurrido. Así que no hay nada en común, uno se encuentra de vez en cuando con otro en la sala de espera, pero allí se habla poco. Las supersticiones vienen ya de muy antiguo y se difunden por sí mismas.

—Yo vi a los señores en la sala de espera —dijo K—, y su espera me pareció inútil.

—Esperar no es inútil —dijo el comerciante—, inútil es actuar por sí mismo. Ya le he dicho que yo, además de éste, tengo a cinco abogados. Se podría creer —yo mismo lo creí al principio—, que podría delegar en ellos todo el asunto. Eso sería falso. Les podría delegar lo mismo que si tuviera a un solo abogado. ¿No lo entiende?

—No —dijo K, y puso su mano en la del comerciante para apaciguarle e impedir que siguiese hablando con tanta rapidez—, pero quisiera pedirle que hable un poco más despacio, son cosas muy interesantes para mí y no le puedo seguir muy bien.

—Está bien que me lo recuerde —dijo el comerciante—, usted es nuevo, un novato por así decirlo. Su proceso lleva en marcha medio año,

¿verdad? He oído de ello. ¡Un proceso tan joven! Yo, sin embargo, he reflexionado sobre todas estas cosas mil veces, para mí son lo más evidente del mundo.

—¿Está contento de que su proceso ya esté tan avanzado? —preguntó K, aunque no quería preguntar directamente cómo le iban los asuntos al comerciante. Pero tampoco recibió una respuesta clara.

—Sí, llevo arrastrando mi proceso desde hace cinco años —dijo el comerciante hundiendo la cabeza—, no es un logro pequeño —y se calló un rato.

K escuchó un momento para saber si Leni venía. Por una parte no quería que viniese, pues aún le quedaba mucho por preguntar y no quería encontrarse con ella en medio de una conversación tan confidencial; por otra parte, sin embargo, le enojaba que permaneciera tanto tiempo con el abogado a pesar de su presencia, mucho más del tiempo necesario para servir una sopa.

—Recuerdo muy bien —comenzó de nuevo el comerciante, y K prestó toda su atención— cuando mi proceso tenía la misma edad que el suyo ahora. En aquel tiempo sólo tenía a este abogado, pero no estaba muy satisfecho con él.

"Aquí me voy a enterar de todo" —pensó K, y asintió insistentemente con la cabeza, como para animar así al comerciante a que revelase todo lo que tuviera importancia.

—Mi proceso —continuó el comerciante— no progresaba, se llevaban a cabo pesquisas, yo estuve presente en todas, reunía material, presenté todos mis libros de contabilidad ante el tribunal, lo que, como me enteré después, no había sido necesario, visité una y otra vez al abogado, presentó varios escritos judiciales…

—¿Varios escritos judiciales?

—Sí, cierto —dijo el comerciante.

—Eso es importante para mí —dijo K—, en mi causa aún trabaja en el primer escrito. Todavía no ha hecho nada. Ahora veo que me descuida vergonzosamente.

—Que el escrito judicial no esté terminado se puede deber a múltiples causas justificadas —dijo el comerciante—. Por lo demás, en lo que respecta a mis escritos resultó que no habían tenido ningún valor. Yo mismo he leído uno de ellos gracias a un funcionario judicial. Era erudito pero sin contenido alguno. Ante todo mucho latín, que yo no entiendo, también interminables apelaciones generales al tribunal; adulaciones a determinados funcionarios, que, aunque no eran nombrados, cualquier especialista podía deducir fácilmente de quién se trataba; un elogio de sí mismo del abogado, humillándose como un perro ante el tribunal y, finalmente, algo de jurisprudencia. Las diligencias, por lo que pude comprobar, parecían haber sido hechas con todo cuidado. Tampoco quiero juzgar en base a ellas el trabajo del abogado; además, el escrito que leí no era más que uno entre muchos, aunque, en todo caso, y de eso quiero hablar ahora, no percibí el más pequeño progreso en mi causa.

—¿Qué progreso quería usted ver? —preguntó K.

—Sus preguntas son muy razonables —dijo el comerciante sonriendo—, raras veces se pueden ver progresos en este procedimiento. Pero eso no lo sabía al principio. Soy comerciante, y antaño lo era más que ahora; yo quería ver progresos tangibles, todo tenía que aproximarse al final o, al menos, tomar el camino adecuado. En vez de eso sólo había interrogatorios, casi siempre con el mismo contenido. Las respuestas ya las tenía preparadas, como una letanía. Varias veces a la semana venían ujieres a mi negocio, a mi casa o a donde pudieran encontrarme, eso era una molestia—hoy, con el teléfono, es mucho mejor—, además, se empezaron a difundir rumores sobre mi proceso entre amigos de negocios y, especialmente, entre mis parientes, sufría perjuicios por todas partes, pero no había el más mínimo signo de que se fuera a producir en un tiempo prudencial la primera vista. Así que fui a ver al abogado y me quejé. Él me dio largas explicaciones, pero rechazó con decisión hacer algo en mi favor, nadie tenía poder, según él, para influir en la fijación de la fecha de la vista. Insistir sobre ello en un escrito, como yo pedía, era algo inaudito y nos llevaría a los dos a la ruina. Yo pensé: "Lo que este abogado ni quiere ni puede, es posible que otro abogado lo quiera y pueda". Así que busqué otro abogado. Se lo voy a anticipar: nadie ha impuesto o solicitado la fijación de la vista principal, eso es imposible, con una excepción de la que le hablaré a continuación. Respecto a ese punto el abogado no me había engañado. Pero tampoco tuve que lamentar haberme dirigido a otro abogado. Ya habrá oído algo sobre los abogados intrusos a través del Dr. Huld, él se los habrá presentado como seres bastante despreciables y así son en la realidad. Pero cuando habla de ellos y se compara siempre omite un pequeño detalle. Denomina a los abogados de su círculo los "grandes abogados". Eso es falso, cada cual puede llamarse, naturalmente, si le place, "grande", pero en este caso sólo deciden los usos judiciales. Este abogado y sus colegas son, sin embargo, los pequeños abogados, los grandes, de los que sólo he oído hablar y a los que no he visto nunca, están en un rango comparablemente superior al que ocupan éstos respecto a los despreciables abogados intrusos.

—¿Los grandes abogados? —preguntó K—. ¿Quiénes son? ¿Cómo se puede establecer contacto con ellos?

—Así que usted aún no ha oído hablar de ellos —dijo el comerciante—. Apenas hay un acusado que después de haber conocido su existencia no sueñe largo tiempo con ellos. Pero no se deje seducir por la idea. Yo no sé quiénes son los grandes abogados y no tengo ningún acceso a ellos. No conozco ningún caso en el que se pueda decir con seguridad que han intervenido. Defienden a algunos, pero no se puede lograr su defensa por propia voluntad, sólo defienden a los que quieren defender. Sin embargo, los asuntos que aceptan ya tienen que haber pasado de las instancias inferiores. Por lo demás, es mejor no pensar en ellos, pues de otro modo todas las entrevistas con los otros abogados, todos sus consejos y ayudas, aparecerán como algo completamente inútil, yo o lo he experimentado, a uno le entran ganas de arrojarlo todo r la borda, irse a casa, meterse en la cama y no querer saber nada más asunto. Pero eso sería, una vez más, una gran necedad, tampoco en cama se podría gozar por mucho tiempo de tranquilidad.

—¿Usted no pensó entonces en los grandes abogados? —preguntó K.

—No por mucho tiempo —dijo el comerciante, y sonrió otra vez—, por supuesto no se les puede olvidar por completo, la noche es especialmente favorable para que surjan esos pensamientos. Pero en aquellos tiempos sólo pretendía éxitos inmediatos, así que fui a ver a los abogados intrusos.

—Qué bien estáis sentados los dos juntos —exclamó Leni, que había regresado con el plato de sopa.

Realmente estaban sentados muy cerca el uno del otro, al hacer el mínimo movimiento podrían golpearse mutuamente con la cabeza. El comerciante, que además de su pequeña estatura se mantenía encorvado obligó a que K se inclinara para poder oír lo que decía.

—Un momento todavía —gritó K, rechazando a Leni y agitando impaciente la mano que aún tenía sobre la del comerciante.

—Quería que le contase mi proceso —dijo el comerciante a Leni.

—Sigue, sigue contando —dijo ella. Hablaba al comerciante con cariño, pero también algo despectivamente. A K no le gustó. Como acababa de reconocer, ese hombre poseía un valor, al menos tenía experiencias que sabía comunicar. Era posible que Leni le juzgara injustamente. Miró a Leni enojado cuando ella le quitó la vela al comerciante, que había sostenido en alto todo ese tiempo, le limpió la mano con el delantal y se arrodilló a su lado para raspar algo de cera que le había caído en el pantalón.

—Quería hablarme de los abogados intrusos —dijo K y, sin más comentarios, dio una palmada en la mano de Leni.

—¿Qué quieres? —preguntó Leni, le devolvió la palmada y continuó su trabajo.

—Sí, de los abogados intrusos —dijo el comerciante y se pasó la mano sobre la frente, como si reflexionara.

K quiso ayudarle y dijo:

—Usted quería tener éxitos inmediatos y por eso buscó abogados intrusos.

—Ah, sí, cierto —dijo el comerciante, pero no continuó hablando

"Es posible que no quiera hablar delante de Leni" —pensó K. Dominó su impaciencia por oír el resto y no le presionó más.

—¿Me has anunciado? —preguntó a Leni.

—Naturalmente —dijo ella—, te está esperando. Deja a Block, con él puedes hablar más tarde, se quedará aquí.

K aún dudaba.

—¿Quiere quedarse aquí? —preguntó al comerciante. Quería oír su propia respuesta. No le gustaba que Leni hablase del comerciante como si estuviera ausente. Ese día estaba lleno de oscuros reproches contra Leni. Pero otra vez fue Leni la que respondió:

—Duerme aquí con frecuencia.

—¿Duerme aquí? —preguntó al comerciante. K había creído que esperaría allí hasta que él cumpliese rápidamente con el trámite de hablar con el abogado, luego podrían continuar juntos y hablarlo todo sin molestias.

—Sí —dijo Leni—, no todos son como tú, Josef, que te presentas a ver al abogado cuando quieres. Ni siquiera pareces asombrarte de que el abogado te reciba a las once de la noche y a pesar de su enfermedad. Aceptas todo lo que hacen tus amigos por ti como algo evidente. Bien, tus amigos o, al menos, yo, lo hacemos encantados. No quiero ningún otro agradecimiento, y tampoco lo necesito, salvo el de que me quieras.

"¿Que te quiera?" —pensó K en el primer momento, luego le pasó por la cabeza: "Bien, sí, la quiero". Sin embargo, al responder ignoró sus últimas palabras:

—Me recibe porque soy su cliente. Si fuese necesaria la ayuda de extraños, debería estar mendigando a casa paso.

—¿Qué mal está hoy, verdad? —preguntó Leni al comerciante.

"Ahora soy yo el ausente" —pensó K, y casi se enoja con el comerciante al asumir éste la descortesía de Leni y decir:

—El abogado también le recibe por otros motivos. Su caso es más interesante que el mío. Además, su proceso está en la primera fase, es decir, no ha avanzado mucho, por eso al abogado le gusta ocuparse de Más tarde será diferente.

—Sí, sí —dijo Leni, y contempló al comerciante sonriendo—. ¡Cómo bromea! No le creas nada—dijo Leni volviéndose a K—. Es tan cariñoso como hablador. A lo mejor es por eso que el abogado no le puede soportar. Sólo le recibe cuando está de buen humor. Me he esforzado mucho por cambiarlo, pero es imposible. Hay veces en que anuncio a Block y le recibe tres días después. Si cuando lo llama no está preparado para entrar, entonces está todo perdido y hay que anunciarle de nuevo. Por eso le he permitido dormir aquí, ya ha ocurrido que le ha llamado en plena noche. Ahora Block también está preparado de noche. Pero puede ocurrir que el abogado, si resulta que Block está aquí, cambie de opinión y cancele la visita.

K miró con gesto interrogativo al comerciante. Éste asintió y dijo abiertamente, como antes había hablado con K, quizá algo confuso por la vergüenza:

—Sí, uno termina volviéndose dependiente de su abogado.

—Sólo se queja para guardar las apariencias —dijo Leni—, le encanta dormir aquí, como ha reconocido ante mí muchas veces.

Ella se acercó a una pequeña puerta y la abrió de golpe.

—¿Quieres ver dónde duerme? —preguntó.

K fue hacia allí y vio desde el umbral un recinto bajo y sin ventanas, ocupado por completo por una cama estrecha. Sólo se podía subir a ella escalando por la pata de la cama. En la cabecera había un hundimiento en la pared, allí se podían ver, ordenados escrupulosamente, una vela, un tintero, una pluma y unos papeles, probablemente escritos del proceso.

—¿Duerme en la habitación de la criada? —preguntó K volviéndose hacia el comerciante.

—Leni la ha arreglado para mí —respondió el comerciante—. Dormir en ella es muy ventajoso.

K lo contempló un rato. La primera impresión que había recibido del comerciante era, probablemente, la correcta. Tenía experiencia, pues su proceso duraba ya mucho tiempo, pero la había pagado muy cara. De repente, K no soportó por más tiempo la visión del comerciante.

—¡Llévatelo a la cama! —le gritó a Leni, que pareció no entenderle. Él, sin embargo, quería ir a ver al abogado y, con su renuncia, liberarse no sólo de él, sino también de Leni y del comerciante. Pero antes de que llegase a la puerta, el comerciante se dirigió a él en voz baja:

—Señor gerente.

K se volvió enojado.

—Ha olvidado su promesa —dijo el comerciante, que se estiró en su sitio y miró a K suplicante—. Me tiene que decir un secreto.

—Es verdad —dijo K, y acarició ligeramente a Leni con una mirada. Ella prestó atención a lo que iba a decir—. Escuche, aunque ya no es ningún secreto. Voy a ver al abogado para despedirle.

—¡Le despide! —gritó el comerciante, saltó de la silla y corrió alrededor de la cocina con los brazos en alto.

Una y otra vez gritaba:

—¡Despide al abogado!

Leni quiso acercarse a K, pero el comerciante se interpuso en su camino, por lo que le dio un golpe con el puño. Aún con la mano cerrada, corrió detrás de K, pero éste le llevaba ventaja. Acababa de entrar en la habitación del abogado, cuando Leni logró alcanzarle. K cerró la puerta, pero Leni la mantuvo abierta con el pie, le cogió del brazo e intentó sacarle. K presionó tanto su muñeca que se vio obligada a soltarle lanzando un quejido. No se atrevió a entrar de inmediato en la habitación. K cerró la puerta con llave.

—Le espero desde hace tiempo —dijo el abogado desde la cama, dejó un escrito, que había estado leyendo a la luz de una vela, sobre la mesilla de noche y se puso las gafas, con las que miró a K con ojos penetrantes. En vez de disculparse, K dijo:

—Me iré en seguida.

El abogado ignoró las palabras de K, porque no suponían ninguna disculpa, y dijo:

—La próxima vez no le recibiré a una hora tan avanzada.

—No importa—dijo K.

El abogado le lanzó una mirada interrogativa.

—Siéntese —dijo.

—Como guste —dijo K, y trajo una silla hasta la mesilla de noche.

—Me parece que ha cerrado la puerta con llave —dijo el abogado.

—Sí —dijo K—, ha sido por Leni.

No tenía la menor intención de respetar a nadie. Pero el abogado preguntó:

—¿Ha vuelto a ser atrevida?

—¿Atrevida? —preguntó K.

—Sí —dijo el abogado, y al reír sufrió un ataque de tos, pero continuó riendo en cuanto se le pasó.

—Usted habrá notado ya su osadía—dijo, y dio unos ligeros golpecitos en la mano de K, que, confuso, la había apoyado en la mesilla de noche, retirándola ahora de inmediato.

—No le da importancia—dijo el abogado cuando K se quedó callado—, mucho mejor. Si no hubiera tenido que disculparme ante usted. Es una peculiaridad de Leni, que ya le he perdonado hace mucho tiempo y de la que no hablaría si usted no hubiera cerrado la puerta con llave. A usted sería a quien menos se le debería explicar esa peculiaridad, pero como me mira tan consternado, lo haré. Esa peculiaridad consiste en que Leni encuentra guapos a la mayoría de los acusados. Se encapricha de todos, los ama, al menos aparentemente todos le corresponden; para entretenerme, cuando le doy permiso, me cuenta algo. Para mí no es ninguna sorpresa, como para usted parece serlo. Cuando se tiene la perspectiva visual adecuada, se encuentra que, efectivamente, la mayoría de los acusados son guapos. Se trata, en cierta manera, de un fenómeno científico bastante extraño. A causa de la apertura del proceso no se produce, naturalmente, una alteración clara y apreciable del aspecto exterior de una persona. Pero tampoco es como en otros asuntos judiciales, aquí la mayoría mantiene su forma de vida habitual y, si tienen un buen abogado que cuide de ellos, el proceso apenas les afectará. Sin embargo, los que poseen una dilatada experiencia son capaces de reconocer a los acusados entre una multitud. ¿Por qué?, preguntará. Mi respuesta no le satisfará. Los acusados son los más guapos. No puede ser la culpa la que los embellece, pues —y aquí tengo que hablar como abogado— no todos son culpables; tampoco puede ser la pena futura la que les hace guapos, pues no todos serán castigados; por consiguiente, se tendría que deber al proceso, que, de algún modo, les marca. Aunque también hay que reconocer que entre todos ellos hay algunos que se distinguen por una belleza especial. Pero todos son guapos, incluso Block, ese gusano miserable.

Cuando el abogado terminó de hablar, K estaba tranquilo, incluso había asentido con la cabeza a sus últimas palabras, confirmando así su antigua opinión de que el abogado siempre intentaba confundirle con informaciones generales ajenas al caso y, así, evitaba dar respuesta a la cuestión de si había realizado algo en su favor. El abogado notó que K estaba dispuesto a ofrecerle más resistencia que de costumbre, pues se calló para dar a K la posibilidad de hablar. No obstante preguntó al ver que K mantenía su silencio:

—Pero usted ha venido a verme con una intención especial, ¿verdad?

—Sí —dijo K y tapó un poco la vela con la mano para poder ver mejor al abogado—, quería decirle que renuncio a partir del día de hoy a sus servicios.

—¿Le he entendido bien? —preguntó el abogado, se incorporó en la cama y se apoyó con una mano en la almohada.

—Creo que sí —dijo K, que estaba sentado muy recto, como si estuviera al acecho.

—Bien, podemos discutir ese plan —dijo el abogado transcurrido un rato.

—Ya no es ningún plan —dijo K.

—Puede ser —dijo el abogado—, pero tampoco nos vamos a precipitar.

Utilizó la primera persona del plural, como si no tuviera la intención de desprenderse de K y como si quisiera seguir siendo, si no su defensor, sí, al menos, su consejero.

—No es precipitado —dijo K, y se levantó lentamente, poniéndose detrás de la silla—, lo he pensado mucho y, quizá, demasiado tiempo. La decisión es definitiva.

—Al menos permítame decir algunas palabras —dijo el abogado, que se quitó la manta y se sentó en el borde de la cama. Sus piernas desnudas, cubiertas de pelo blanco, temblaban de frío. Le pidió a K que le diera una manta que había sobre el canapé. K le llevó la manta y dijo:

—Se expone inútilmente a un enfriamiento.

—El motivo es lo suficientemente importante —dijo el abogado, mientras cubría la parte superior del cuerpo con la manta de la cama y luego las piernas con la manta que le había llevado K—. Su tío es mi amigo y también le he cogido cariño a usted. Lo reconozco abiertamente. No necesito avergonzarme de ello.

Esos discursos enternecedores del viejo eran inoportunos para las intenciones de K, pues le obligaban a dar una aclaración detallada, que él hubiera querido evitar. Además, le confundían, aunque nunca lograban que cambiase de decisión.

—Le agradezco mucho la amable opinión que tiene de mí —dijo—, también reconozco que ha llevado mi asunto tan bien como le ha sido posible y con la mayor ventaja para mí. No obstante, en los últimos tiempos se ha afianzado en mí la convicción de que no es suficiente. Por supuesto que jamás intentaré convencerle, a usted, a un hombre mucho más experimentado y mayor que yo. Si lo he intentando alguna vez, le ruego que me perdone. El asunto, como usted dice, es lo suficientemente importante y estoy convencido de que es necesario actuar con más energías en el proceso de las que se han empleado hasta ahora.

—Le comprendo —dijo el abogado—. Usted es impaciente.

—No soy impaciente —dijo K algo irritado, y ya no cuidó tanto sus palabras—. Usted pudo notar, cuando vine la primera vez acompañado de mi tío, que el proceso no me importaba mucho. Si no me lo recordaban con insistencia, lo olvidaba por completo. Pero mi tío se empeñó en que le encargase mi defensa, así lo hice, pero sólo para ser amable con él. Y a partir de ese momento creí que soportar el proceso sería aún más fácil para mí, pues al encargar al abogado la defensa, la carga del proceso recaería sobre él. Pero ocurrió todo lo contrario. Nunca antes de que usted asumiera mi defensa tuve tantas preocupaciones a causa del proceso. Cuando estaba solo no emprendía nada a favor de mi causa, pero apenas lo sentía; luego, sin embargo, dispuse de un defensor, todo estaba dispuesto para que algo ocurriera, yo esperaba cada vez más tenso sus diligencias, pero no se produjeron. Eso sí, de usted recibí informaciones acerca del tribunal que no hubiera podido recibir de otros. Pero eso no me puede bastar cuando el proceso, aunque sea en secreto, me afecta cada vez más.

K había apartado la silla y permanecía de pie con las manos en los bolsillos de la chaqueta.

—Desde un punto de vista práctico —dijo el abogado en voz baja y con tranquilidad—, ya no se produce nada esencialmente nuevo. Usted está ahora ante mí del mismo modo en que estuvieron muchos otros acusados en la misma fase del proceso, y también dijeron lo mismo.

—Entonces todos esos acusados —dijo K— tenían la misma razón que yo tengo. Eso no refuta mis ideas.

—Yo no pretendía refutar su opinión —dijo el abogado—, sólo quería añadir que había esperado de usted una mayor capacidad de juicio, sobre todo porque le he permitido hacerse una mejor idea de la judicatura y de mi actividad que a otros. Y, sin embargo, ahora puedo comprobar que, a pesar de mis esfuerzos, no me tiene mucha confianza. No me lo pone muy fácil.

¡Cómo se humillaba el abogado ante K! Sin consideración alguna al honor de su gremio, que en este punto es de lo más sensible. Y, ¿por qué lo hacía? Según las apariencias era un abogado muy ocupado y, además, un hombre rico, en su caso no se trataba ni de ganancias ni de la pérdida de un cliente. Por añadidura, estaba enfermo y tenía que pensar en reducir su trabajo. No obstante, se aferraba a K. ¿Por qué? ¿Acaso era por el tío, o consideraba el proceso de K tan extraordinario que podría distinguirse ya fuese ante K o —la posibilidad no se podía excluir— ante sus amigos del tribunal? De su actitud no se podía deducir nada, por muy desconsiderada que fuese su mirada escrutadora. Se podría decir que esperaba con un gesto intencionadamente neutral el efecto de sus palabras. En todo caso pareció interpretar el silencio de K de un modo demasiado favorable, ya que continuó:

—Habrá notado que tengo un bufete grande pero que no empleo a pasantes. Antes era distinto, hubo un tiempo en que trabajaban para mí jóvenes juristas, hoy trabajo solo. En parte se debe a que me he ido restringiendo a asuntos como el suyo, en parte debido al profundo conocimiento que he ido acumulando acerca de esta judicatura. Pensé que un trabajo así no se puede delegar en nadie, que al hacerlo traicionaría al cliente y la tarea que había asumido. La decisión de realizar todo el trabajo por mí mismo tuvo consecuencias naturales: tuve que renunciar a casi todos los casos y sólo aceptar los que tenían un interés especial para mí. A fin de cuentas hay suficientes criaturas, y muy cerca de aquí, que se arrojan sobre cada mendrugo que yo rechazo. Aun así me puse enfermo por el exceso de trabajo. No obstante, no me arrepiento de mi decisión. Es posible que hubiera debido rechazar más casos de los que rechacé, pero que lo he dado todo en los procesos que he asumido es algo que ha resultado necesario y ha sido premiado con éxitos. Una vez encontré muy bien expresada en un escrito la diferencia entre la representación de mi cliente en asuntos judiciales normales y la representación en este tipo de asuntos. Decía: "Uno de los abogados lleva a su cliente de una hebra de hilo hasta la sentencia, el otro sube a su cliente sobre sus hombros y lo lleva así, sin bajarlo, hasta la sentencia e, incluso, más allá de ella". Así es. Pero no era del todo cierto cuando dije que jamás he lamentado asumir este trabajo tan pesado. Cuando usted, en su caso, se equivoca de manera tan garrafal, sólo entonces es cuando lo lamento.

K no sólo no se dejó convencer, sino que se fue poniendo cada vez más impaciente. Creyó percibir en el tono del abogado lo que le esperaría si cedía: comenzarían de nuevo los consuelos; se repetirían las menciones acerca de la redacción avanzada del escrito judicial, acerca del estado de ánimo de los funcionarios, pero también sobre las dificultades que se oponían al trabajo. En suma, todo eso, ya conocido, se tendría que repetir hasta la saciedad para embaucar a K con esperanzas inciertas y atormentarle con amenazas larvadas. Tenía que impedirlo definitivamente, así que dijo[33]:

---

[33] Tachado en el manuscrito: "No habla sinceramente conmigo y nunca lo ha hecho. Por esto no se puede quejar si no le comprendo. Yo, sin embargo, soy sincero. Se ha hecho cargo de mi proceso como si yo fuera libre, pero a mí me parece que no sólo lo ha llevado mal, sino que ha intentado ocultármelo, sin emprender en él nada serio, para impedir que actuara por mí mismo, y con el fin de que un día se pronuncie la sentencia en mi ausencia".

—¿Qué emprendería si mantuviese mi representación? El abogado aceptó esa pregunta humillante y contestó:

—Continuar con las diligencias ya iniciadas.

—Ya lo sabía —dijo K—. Cualquier palabra más resulta superflua.

—Haré todavía un intento —dijo el abogado, como si lo que irritaba a K le afectara en realidad a él—. Tengo la sospecha de que usted ha sido llevado a su falso enjuiciamiento de mi trabajo y a su comporta! miento por el hecho de que, a pesar de ser un acusado, se le ha tratado demasiado bien o, mejor expresado, con aparente indulgencia. También esto último tiene su motivo. A menudo es mejor estar encadenado que libre. Pero quiero mostrarle cómo se trata a otros acusados, tal vez sea capaz de aprender una lección. Voy a llamar a Block, abra la puerta y siéntese aquí, junto a la mesilla de noche.

—Encantado —dijo K, e hizo lo que el abogado le había pedido. Siempre estaba dispuesto a aprender algo. Pero para asegurarse, preguntó:

—Pero, ¿se ha enterado de que le he retirado definitivamente mi confianza?

—Sí —dijo el abogado—, pero hoy mismo puede rectificar.

Se acostó, se tapó con la manta hasta la barbilla y se volvió hacia la pared. Entonces llamó. Al poco rato apareció Leni, intentó apreciar con miradas fugaces qué había ocurrido. Que K permaneciera tranquilo al lado de la mesilla de noche del abogado, era un signo positivo. Hizo una ligera seña con la cabeza a K, que la contempló rígido, y sonrió.

—Trae a Block—dijo el abogado.

En vez de salir de la habitación para traerlo, se acercó a la puerta y gritó:

—¡Block! ¡El abogado te llama! —luego se puso detrás de K, ya que el abogado continuaba mirando hacia la pared y no se preocupaba de nada. A partir de ese momento estuvo molestando a K, pues se inclinó sobre el respaldo de su silla y acarició, con sumo cuidado y suavidad, su pelo y mejillas. Finalmente, K intentó impedírselo al coger una de sus manos, que ella, después de resistirse algo, dejó en su poder.

Block llegó en seguida, pero se quedó esperando en la puerta: parecía reflexionar si debía entrar o no. Elevó las cejas e inclinó la cabeza como si estuviera esperando a que se repitiese la orden del abogado. K habría podido animarle a entrar, pero había decidido romper definitivamente no sólo con el abogado, sino con todo lo que había en casa, así que permaneció imperturbable. Leni tampoco habló. Block notó que nadie, en principio, le echaba, por lo que entró de puntillas, con los músculos del rostro tensos y las manos a la espalda, en una posición artificial. Dejó la puerta abierta para posibilitar una retirada. No miró a K, sino que su vista siempre se dirigió a la manta bajo la que se encontraba el abogado, al que ni siquiera podía ver por la postura adoptada. Pero entonces se oyó su voz:

—¿Block aquí? —preguntó el abogado.

Esa pregunta, que le cogió por sorpresa cuando ya había avanzado un buen trecho, le causó el mismo efecto que un golpe en el pecho y otro en la espalda, se tambaleó, permaneció profundamente inclinado y dijo:

—A su servicio.

—¿Qué quieres? —preguntó el abogado—. Vienes en un momento inoportuno.

—¿No me ha llamado? —preguntó Block, más a sí mismo que al abogado, y puso las manos hacia adelante, como para protegerse, disponiéndose a salir corriendo.

—Te he llamado —dijo el abogado—, pero vienes en un momento inoportuno —y tras una pausa añadió—: Siempre vienes en un momento inoportuno.

Desde que el abogado comenzó a hablar, Block ya no miraba hacia la cama, más bien se quedó como petrificado en una esquina y se dedicaba exclusivamente a escuchar, como si la visión del que hablaba le deslumbrase tanto que no pudiese soportarlo. Pero escuchar al abogado era difícil, pues seguía de cara a la pared y hablaba despacio y rápido.

—¿Quiere que me vaya? —preguntó Block.

—Bueno, ya que estás aquí —dijo el abogado—, ¡quédate!

Se podía creer que el abogado no había satisfecho el deseo de Block, sino que le había amenazado con azotarle, pues Block comenzó temblar.

—Ayer estuve con el tercer juez, mi amigo, y la conversación terminó centrándose en ti.

¿Quieres saber lo que me dijo?

—¡Oh!, por favor—dijo Block.

Como el abogado no continuó hablando, Block repitió otra vez su súplica y se inclinó como si se propusiera arrodillarse. Entonces K se dirigió a él:

—¿Qué haces? —exclamó.

Leni intentó que no interviniera, por eso K cogió también su otra mano. No las apretaba precisamente con amor. Ella se quejaba e intentaba liberar las manos. Pero por culpa de la exclamación de K, el abogado castigó a Block:

—¿Quién es tu abogado? —preguntó el Dr. Huld.

—Usted —dijo Block.

—¿Quién más? —preguntó el abogado.

—Nadie más—dijo Block.

—Entonces no obedezcas a nadie más.

Block reconoció la situación, dirigió a K miradas malignas y sacudió la cabeza. Si se hubieran podido traducir esos gestos en palabras, habrían sido graves insultos. ¡Con ese hombre había querido hablar amigablemente K sobre su causa!

—Ya no te molestaré más —dijo K reclinado en la silla—. Arrodíllate o ponte a cuatro patas si quieres, haz lo que te dé la gana, a mí no me importa.

Pero Block tenía sentido del honor, al menos frente a K. Se lanzó hacia él con los puños en alto y gritó, tanto como era capaz de hacerlo en la cercanía del abogado:

—No me hable así, eso no está permitido. ¿Por qué me insulta? Y, además, aquí, en presencia del señor abogado, donde ambos, usted y yo, sólo somos tolerados por caridad. Usted no es mejor que yo, pues usted también es un acusado y tiene un proceso. Si a pesar de ello sigue siendo un señor, yo también, y aún más digno que usted. Y quiero que se dirija a mí como corresponde. Si se cree que es un privilegiado al estar sentado ahí y poder escuchar tranquilamente, mientras yo, como usted dice, me pongo a cuatro patas, le recuerdo la vieja máxima judicial: "Para el sospechoso es mejor moverse que sentarse, pues el que cansa puede hacerlo, sin saberlo, sobre una balanza y ser pesado según sus pecados".

K no dijo nada, se limitó a mirar asombrado, con ojos inmóviles, a ese hombre perturbado.

¡Qué cambios había experimentado en las últimas horas! ¿Sería acaso el proceso el que le confundía de esa manera, y el que no le dejaba reconocer dónde estaba el amigo y dónde el j enemigo? ¿No se daba cuenta de que el abogado le humillaba intencionadamente y que no pretendía otra cosa que ufanarse de su poder ante K y así, tal vez, someterlo? Si Block no era capaz de darse cuenta, o si tanto temía al abogado que ese conocimiento no le ayudaba en nada, ¿cómo era posible que repentinamente se tornase tan astuto u osado corno para intentar engañar al abogado y ocultarle que tenía a su servicio a otros abogados? ¿Y cómo osaba atacar a K, que en cualquier momento podía revelar su secreto? Pero se atrevió a más, se acercó a la mesa del abogado y comenzó a quejarse de K:

—Señor abogado —dijo—, ¿ha oído cómo me ha tratado ese hombre? Se pueden contar las horas de su proceso y quiere darme lecciones, a mí, que ya llevo cinco años de proceso. Incluso me insulta. No sabe ?nada y me insulta, a mí, que he estudiado, tanto como mis fuerzas lo han permitido, lo que es decencia, deber y lo que son usos judiciales.

—No te preocupes —dijo el abogado— y haz lo que te parezca correcto.

—Cierto —dijo Block, como si él mismo se animase y, después de a corta mirada de soslayo, se arrodilló junto a la cama—. Ya me arrodillo, mi abogado—dijo.

Pero el abogado calló. Block acarició cuidadosamente la manta con una mano. Leni, liberándose de las manos de K, rompió el silencio que ahora reinaba:

—Me haces daño. Déjame. Me voy con Block.

Se fue hacia él y se sentó al borde de la cama. Block se alegró. Inmediatamente le suplicó por medio de signos enérgicos que le ayudase ante el abogado. Parecía necesitar urgentemente la información del abogado, aunque tal vez sólo para dejarse explotar por el resto de los abogados. Leni sabía muy bien cómo ganarse a Huld, señaló la mano del anciano y frunció los labios como para dar un beso. Sin pensarlo, Block le dio un beso en la mano y repitió el beso a petición de Leni. Pero el abogado seguía callado. Leni, entonces, se acercó a él, su esbelta figura se hizo visible al estirarse sobre la cama, y acarició su rostro inclinada sobre su largo pelo blanco. Eso le obligó a contestar.

—Estoy dudando en decírselo —dijo el abogado y se pudo ver cómo sacudió ligeramente la cabeza, tal vez para sentir mejor las caricias de Leni. Block escuchaba con la cabeza humillada, como si al escuchar estuviese incumpliendo un mandamiento.

—¿Por qué dudas? —preguntó Leni.

K tenía la impresión de que escuchaba una conversación estudiada, que ya se había repetido con frecuencia y se seguiría repitiendo en el futuro. Block era el único para el que no perdería su novedad.

—¿Cómo se ha portado hoy? —preguntó el abogado en vez de responder.

Antes de que Leni le contestase, miró hacia Block y observó un rato cómo elevaba las manos entrelazadas en actitud de súplica. Finalmente, ella asintió, se volvió hacia el abogado y dijo:

—Ha estado tranquilo y ha sido diligente.

Un viejo comerciante, un hombre con toda una barba, suplicaba a una muchacha para que diera un buen testimonio de él. Por más que se reservase sus pensamientos reales, nada podía justificarle ante los ojos de sus congéneres. Casi degradaba al espectador. K no comprendía cómo el abogado podía pensar en ganárselo con semejante representación. Si no hubiese prescindido antes de él, lo habría hecho al contemplar esa escena. Ésos eran, pues, los resultados del método empleado por el abogado, al que K, por fortuna, no había estado expuesto mucho tiempo. El cliente terminaba por olvidarse del mundo y esperaba arrastrarse hasta el final del proceso por ese camino erróneo. Eso ya no era un cliente, eso era el perro del abogado. Si éste le hubiera ordenado meterse debajo de la cama como si fuera una caseta de perro, y ladrar desde allí dentro, lo hubiera hecho con placer. K escuchó todo actitud reflexiva e inquisidora, como si le hubieran encargado que retuviera todo lo dicho para presentar una denuncia y un informe en una instancia superior.

—¿Qué ha hecho durante todo el día? —preguntó el abogado.

—Le he encerrado en el cuarto de la criada —dijo Leni—, donde normalmente duerme, para que no me molestase mientras trabajaba. De vez en cuando le observé por la claraboya para ver qué hacía. Ha estado todo el tiempo arrodillado al pie de la cama, con los escritos que le has dejado abiertos, y no ha parado de leerlos. Eso me ha causado una buena impresión. Además, la ventana da a un pozo de ventilación, por lo que apenas tiene luz. Que Block, no obstante, leyera, me ha mostrado lo obediente que es.

—Me alegra oírlo —dijo el abogado—, pero, ¿se enteraba de lo que leía?

Block, durante esa conversación, movía continuamente los labios, aparentemente formulaba así las respuestas que esperaba de Leni.

—A eso no puedo responder con seguridad —dijo Leni—. Lo único que sé es que le he visto leer concentrado. Ha leído durante todo el día la misma página y al leer ha seguido las líneas con el dedo. Siempre que le he mirado, suspiraba como si la lectura le costase un gran esfuerzo. Los escritos que le has dejado son, con seguridad, difíciles de entender.

—Sí —dijo el abogado—, sí que lo son. No creo que los entienda. Sólo tienen que darle una idea de lo dura que es la lucha que yo dirijo en su defensa. Y ¿para quién dirijo esa dura lucha? Es ridículo decirlo, para Block. También tiene que aprender lo que eso significa. ¿Ha estudiado sin interrupción?

—Casi sin interrupción —respondió Leni—, una vez pidió agua. Le di un vaso a través de la claraboya. A las ocho le dejé salir y le di algo de comer.

Block miró a K de soslayo, como si se estuviera contando algo honorable de él y también tuviera que impresionar a K. Ahora parecía tener buenas esperanzas, se movía con más libertad y, de rodillas como estaba, se giraba a un lado y a otro. Pero sólo sirvió para que se notase más su confusión al oír las palabras siguientes del abogado.

—Le alabas —dijo el abogado—, pero precisamente eso es lo que me impide hablar. El juez no se ha manifestado de un modo favorable, ni á sobre Block ni sobre su proceso.

—¿No ha sido favorable? —preguntó Leni—. ¿Cómo es posible?.

Block le dirigió a Leni una mirada tensa, como si le atribuyese la capacidad de convertir en positivas las palabras pronunciadas por el juez.

—Nada favorables —dijo el abogado—. El juez, incluso, se mostró desagradablemente sorprendido cuando comencé a hablar de Block "No me hable de Block", dijo. "Pero es mi cliente", dije yo. "Deja que abusen de usted", dijo él. "No creo que su causa esté perdida", dije yo. "Deja que abusen de usted", repitió él. "No lo creo", dije yo, "Block sigue su proceso con diligencia. Prácticamente vive en mi casa para estar al corriente. No se encuentra a menudo un celo semejante. Cierto, no es una persona agradable, tiene malos modales y es sucio, pero desde una perspectiva meramente procesal, es irreprochable". Dije irreprochable y exageré intencionadamente. Él respondió: "Block es astuto. Ha acumulado mucha experiencia y sabe cómo retrasar el proceso. Pero su ignorancia es mucho más grande que su astucia. Qué diría si supiera que su proceso ni siquiera ha comenzado; que ni siquiera se ha dado la señal para el comienzo del proceso". Tranquilo, Block—dijo el abogado, pues Block había comenzado a levantarse sobre sus inseguras rodillas y parecía querer una explicación.

Era la primera vez que el abogado se dirigía directamente a Block. Le miró desde arriba con los ojos cansados, aunque no fijamente. Block volvió a arrodillarse lentamente.

—Esa opinión del juez no tiene para ti ninguna importancia —dijo el abogado—. No te asustes por cada palabra que oigas. Si se vuelve a repetir, no te diré nada más. No se puede comenzar ninguna frase sin que mires como si se fuera a pronunciar tu sentencia definitiva.

¡Avergüénzate ante mi cliente! También tú quebrantas su confianza en mí. ¿Qué quieres? Aún vives, aún estás bajo mi protección. ¡Es un miedo absurdo! Has leído en alguna parte que la sentencia definitiva, en algunos casos, pronuncia de improviso, emitida por una boca cualquiera en un momento arbitrario. Eso es verdad, con algunas reservas, pero también es verdad que tu miedo me repugna y que en él sólo veo una falta de confianza en mí. ¿Qué he dicho? Me he limitado a repetir la opinión de un juez. Ya sabes que las opiniones más distintas se acumulan en el proceso hasta lo inextricable. Ese juez, por ejemplo, acepta el inicio del proceso en una fecha diferente a la mía. Una diferencia de opiniones, nada más. En una determinada fase del proceso se da una señal con una campanilla según una vieja costumbre. Según la opinión de este juez a partir de ese preciso momento es cuando se inicia el proceso. Ahora no te puedo decir todo lo que se puede objetar a esa opinión. Tampoco lo entenderías, te basta con saber que hay mucho que habla en contra.

Confuso, Block pasaba la mano sobre la manta, el miedo a las declaraciones del juez le hizo olvidar provisionalmente su sumisión frente al abogado. Sólo pensaba en él mismo y no cesaba de dar vueltas a las palabras del juez.

—Block —dijo Leni con un tono admonitorio, y le tiró un poco hacia arriba del cuello de la chaqueta—, deja la manta y escucha al abogado.

EN LA CATEDRAL

K había recibido el cometido de enseñar algunos monumentos históricos a un buen cliente italiano del banco, que visitaba la ciudad por primera vez. Era una obligación que, en otro tiempo, hubiera considerado un honor, pero que ahora, cuando apenas lograba con esfuerzo mantener su prestigio en el banco, asumía con desagrado. Cada hora que no podía permanecer en el despacho le preocupaba. Por desgracia, tampoco podía aprovechar como antes sus horas laborales, pasaba mucho tiempo aparentando que trabajaba. Sin embargo, sus cuitas se hacían más grandes cuando permanecía ausente de su despacho. Imaginaba que el subdirector, siempre al acecho, entraba en su despacho, se sentaba a su mesa, registraba sus papeles, recibía a los clientes con los que K, desde hacía años, sostenía incluso una relación de amistad, les enemistaba con él, descubría fallos, que K, durante el trabajo, cometía sin darse cuenta y ya no podía evitar. Si se le encargaba realizar tina salida de negocios o irse de viaje, aunque fuese como una distinción —semejantes encargos se habían hecho, casualmente, muy frecuentes en los últimos tiempos—, siempre sospechaba que se le quería alejar del despacho para examinar su trabajo o, simplemente, porque creían que podían prescindir de él. Podría haber rechazado todos esos encargos sin mayores dificultades, pero no se atrevió, pues, aunque sus temores no estuvieran justificados, un rechazo significaba una confesión del miedo qué sentía. Por este motivo aceptaba los encargos con aparente indiferencia, incluso llegó a silenciar un serio enfriamiento antes de emprender un agotador viaje de negocios de dos días, para no correr el peligro de que suspendieran el viaje a causa del mal tiempo otoñal. Cuando regresó de ese viaje con furiosos dolores de cabeza, supo que le habían encomendado que acompañase al día siguiente al hombre de negocios italiano. La tentación de negarse por una sola vez fue muy grande, además no se trataba de un encargo vinculado a su trabajo, por más que el cumplimiento de ese deber social fuese lo suficientemente importante, aunque no para K, que sabía muy bien que sólo se podía mantener con éxitos laborales y que si no lo lograba, no poseería el menor valor, por mucho que llegara a embelesar, de forma inesperada, al italiano. No quería que le apartaran del trabajo ni siquiera un día, pues el miedo de que lo dejasen atrás era demasiado grande, un miedo que él, como reconocía, era exagerado, pero era un miedo que le asfixiaba. En este caso, sin embargo, era casi imposible encontrar una excusa aceptable. El conocimiento que K tenía de la lengua italiana no era bueno, pero bastaba para un caso así. Lo decisivo, sin embargo, era que él poseía ciertos conocimientos artísticos adquiridos hacía tiempo y conocidos en el banco, si bien se exageraban un poco por el hecho de que K, aunque sólo por motivos de negocios, había sido miembro de la Asociación para la Conservación de los Monumentos Urbanos. El italiano, como habían sabido a través de fuentes distintas, resultaba ser un amante del arte, así que la elección de K era algo evidente.

Era una mañana fría y tormentosa. K, enojado por el día que le esperaba, llegó a su despacho a las siete para, al menos, trabajar algo antes de que la visita se lo impidiese. Estaba muy cansado, puesto que había pasado parte de la noche estudiando algo de gramática italiana. La ventana, junto a la que, últimamente, permanecía sentado con demasiada frecuencia, le tentaba mucho más que la mesa, pero resistió y continuó el trabajo. Por desgracia, al poco tiempo entró el ordenanza y anunció que el director le había enviado para comprobar si el gerente ya se encontraba en su despacho. Le pidió que fuese tan amable de acudir a la sala de recepción, donde ya se encontraba el señor de Italia.

—Ya voy—dijo K, se metió un pequeño diccionario en el bolsillo, cogió un folleto turístico y, a través del despacho del subdirector, entró en el del director. Se alegró de haber venido tan temprano a la oficina y poder estar ya dispuesto, lo que nadie podía haber esperado. El despacho del subdirector permanecía, naturalmente, aún vacío, como en lo más profundo de la noche, tal vez el ordenanza también le había buscado, aunque en vano. Cuando K entró en la sala de recepción, se levantaron los dos señores de sus cómodos sillones. El director sonrió D amable, parecía muy contento de la llegada de K. Le presentó en seguida, el italiano estrechó con energía la mano de K y, sonriendo, dijo algo de madrugadores; K no entendió muy bien a quién se refería, además era una palabra extraña, que K sólo pudo comprender transcurrido rato. Respondió con algunas frases hechas, que el italiano escuchó sonriente, mientras, algo nervioso, acariciaba su poblado bigote gris azulado. El bigote parecía perfumado, uno casi se veía tentado a acercarse y olerlo. Cuando todos se sentaron y comenzaron a hablar, K notó con gran disgusto que apenas entendía al italiano. Cuando hablaba tranquilo, le entendía casi todo, pero ésos eran momentos excepcionales la mayoría de las veces las palabras manaban a borbotones de su boca y parecía sacudir la cabeza de placer cuando esto ocurría. Mientras hablaba lanzaba frases enteras en un dialecto extraño, que para K no tenía nada de italiano, pero que el director no sólo comprendía, sino que lo hablaba, lo que K tendría que haber previsto, ya que el italiano era originario del sur de Italia, en donde el director había residido algunos años. K reconoció que la posibilidad de comprenderse con el italiano sé había reducido drásticamente, pues su francés también era difícil de entender.

Por añadidura, el bigote ocultaba los labios, así que al siquiera se podía leer en ellos para averiguar qué era lo que estaba diciendo. K comenzó a prever situaciones incómodas, provisionalmente renunció a entender al italiano —en presencia del director, que le entendía tan fácilmente, hubiera sido un esfuerzo innecesario—, así que se limitó a observar malhumorado cómo éste descansaba tranquilo y semihundido en el sillón, cómo estiraba de vez en cuando su chaqueta bien cortada y cómo una vez, elevando el brazo y agitando las manos, Intentaba explicar algo que K no podía comprender, a pesar de que no perdía de vista sus manos. Al final, K, que permanecía ausente, siguiendo mecánicamente la conversación, empezó a sentir el cansancio previo y se sorprendió a sí mismo, para su horror, aunque felizmente a tiempo, cuando, guiado por su confusión, pretendía levantarse, darse la vuelta y marcharse. Pero transcurrido un rato el italiano miró el reloj y se levantó. Después de despedirse del director, se acercó a K y, además, tanto, que K tuvo que desplazar el sillón para poderse mover. El director, que por la mirada de K reconoció la situación apurada de éste frente al italiano, se inmiscuyó en la conversación de un modo tan inteligente que pareció como si simplemente añadiera algunos consejos, mientras en realidad lo que estaba haciendo era traducir a K todo lo que el incansable italiano decía con su fluidez proverbial. K se enteró así de que el italiano aún debía terminar algunos negocios, que sólo tenía poco tiempo y que no pretendía visitar todos los monumentos. Más bien había decidido visitar —si K daba su aprobación, en él recaía la decisión— sólo la catedral, pero detenidamente. Él se alegraba mucho de poder realizar esa visita en compañía de un hombre tan erudito y amable —con estas palabras estaba haciendo referencia a K, que prescindía de las palabras del italiano e intentaba oír las del director—, así que le pedía, si le parecía bien, que se encontraran transcurridas dos horas, alrededor de las diez, en la catedral. Creía poder estar allí a esa hora. K respondió algo adecuado, el italiano estrechó primero la mano del director, luego la de K, y se dirigió, volviéndose continuamente y sin parar de hablar, hacia la puerta seguido por ambos. K permaneció un rato con el director, que ese día parecía enfermo. Creyó tener que disculparse ante K —estaban juntos en un trato de confianza—, al principio había previsto acompañar él mismo al italiano, pero luego —no adujo ningún motivo— se decidió por enviar a K. Si no entendía al italiano, no tenía por qué asustarse, con un poco de práctica lo comprendería mejor, pero que en el caso de que no lo hiciera, tampoco pasaba nada malo, para el italiano no era importante que le entendieran. Por lo demás, el italiano de K era sorprendentemente bueno y él cumpliría su misión a la perfección. Con estas palabras se despidió de K. El tiempo que aún le quedaba lo empleó en aprender algunos términos complejos que necesitaba para su guía por la catedral, sacándolos del diccionario. Era un trabajo muy pesado, el empleado le trajo la correspondencia, algunos funcionarios vinieron con algunas preguntas y, al ver a K ocupado, se quedaron esperando en la puerta, pero no se movieron hasta que K les atendió. El subdirector tampoco perdió la ocasión de molestar, pasó varias veces por su despacho, le quitó el diccionario de las manos y lo hojeó sin intención alguna, incluso clientes emergían cuando las puertas se abrían en la semioscuridad del antedespacho y se inclinaban indecisos, ya que querían llamar la atención, pero no estaban seguros de que les veían. Todo eso giraba en torno a K como si él fuese el centro, mientras él pensaba en las palabras que iba a necesitar, las buscaba en el diccionario, las apuntaba y las pronunciaba para, a continuación, aprendérselas de memoria. No obstante, su buena memoria de los viejos tiempos parecía haberle abandonado, algunas veces se puso tan furioso con el italiano por haberle obligado a ese esfuerzo que enterró el diccionario entre papeles con la firme intención de no prepararse más, aunque luego comprendía que no podía permanecer mudo con el italiano ante las obras de arte en la catedral, así que, aún más furioso, volvía a coger el diccionario.

Precisamente a las nueve y media, cuando se disponía a salir, recibió una llamada por teléfono. Leni le deseó buenos días y le preguntó sobre su estado. K le dio las gracias a toda prisa y le advirtió que en ese momento no podía conversar, que tenía que ir a la catedral.

—¿A la catedral? —preguntó Leni.

—Pues sí, a la catedral.

—¿Por qué precisamente a la catedral? —preguntó Leni.

K intentó explicárselo brevemente, pero apenas había comenzado, cuando Leni le interrumpió bruscamente:

—Te están acosando.

K no toleró una compasión que él ni había requerido ni esperado. Se despidió con dos palabras y, mientras colgaba el auricular, en parte para sí, en parte dirigiéndose a la muchacha, que ya no le podía oír,

—Sí, me están acosando.

Miró el reloj, corría el peligro de llegar tarde. Decidió desplazarse en automóvil, en el último momento se había acordado del folleto turístico, pues no había tenido la oportunidad de entregárselo al italiano, así que pensó en llevárselo. Lo mantenía sobre las rodillas y tamborileaba en él con los dedos. La lluvia se había apaciguado, pero el día era húmedo, frío y oscuro, podrían ver poco en el interior de la catedral y, además, a causa de la humedad y de una larga permanencia do pie el resfriado de K empeoraría con toda seguridad.

La plaza de la catedral estaba solitaria. K recordó que ya en su infancia le había llamado la atención que todas las casas de esa pequeña plaza siempre tenían las cortinas cerradas. Con ese tiempo, sin embargo, era comprensible. Tampoco parecía haber nadie en el interior de la catedral[34]. A nadie se le podía ocurrir visitar su interior en un día así. K paseó por ambas naves laterales, sólo encontró a una anciana envuelta en un mantón y arrodillada ante una imagen de la Virgen María. Desde lejos, sin embargo, vio cómo un sacristán cojo desaparecía por una puerta. K había sido puntual, precisamente al entrar tocaron las once[35], el italiano, sin embargo, aún no había llegado. K regresó a la: puerta principal, permaneció allí un rato indeciso y, finalmente, dio una vuelta en torno a

---

[34] Para describir el interior de la catedral, Kafka se inspiró en la catedral de Praga y, según algunos estudiosos de su obra, en la catedral de Milán, que visitó en 1911 durante sus vacaciones.

[35] Aquí se produce una incoherencia temporal. K había quedado con el italiano a las diez y, sin embargo, dan las once. Max Brod lo consideró un error y lo corrigió. Algunos intérpretes, no obstante, opinan que puede tratarse de una divergencia consciente, mediante la cual Kafka intentaba mostrar la confusión interna de K.

la catedral bajo la lluvia para comprobar si el italiano no le estaba esperando en alguna puerta lateral. No lo encontró por ninguna parte.

¿Acaso el director había entendido mal la hora? ¿Cómo se podía comprender bien a ese hombre? Fuera lo que fuese, K tenía que esperar como mínimo media hora. Como estaba cansado, quiso sentarse, volvió a entrar en la catedral, encontró en uno de los escalones un trozo de tela, que parecía de una alfombra, lo llevó con la punta del pie hasta un banco cercano, se envolvió bien en su abrigo, se subió el cuello y se sentó. Para distraerse abrió el folleto, lo hojeó un poco, pero tuvo que dejarlo pues se hizo tan oscuro que, cuando miró hacia arriba, apenas pudo distinguir nada en la nave cercana.

En la lejanía brillaba un gran triángulo compuesto por velas. K no podía decir con certeza si lo había visto antes. Tal vez las acababan de encender. Los sacristanes son silenciosos, es un rasgo profesional, así que no se les nota. Cuando K se volvió casualmente, vio, no muy lejos de donde se encontraba, cómo ardía un cirio grande y grueso, adosado a una columna. Por muy bello que fuera, era insuficiente para iluminar las imágenes que colgaban en las tinieblas de las capillas laterales, en realidad contribuía a aumentar esas tinieblas.

Era al mismo tiempo razonable y descortés que el italiano no se hubiera presentado. No se podría haber visto nada, se tendrían que haber limitado a buscar algunas imágenes con la linterna de K. Para comprobar qué es lo que les esperaba, K se acercó a una capilla lateral, subió un par de escalones hasta llegar a un bajo antepecho de mármol e, inclinado sobre él, iluminó con la linterna el cuadro del altar. La luz continua osciló inquietante. Lo primero que K, más que ver, adivinó, fue un gran caballero con armadura, representado en uno de los extremos del cuadro. Se apoyaba en su espada, que mantenía firmemente sobre un suelo desnudo, a no ser por unas briznas de hierba aquí y allá. Parecía observar con atención un incidente que tenía lugar ante él. Era asombroso que se mantuviera en esa posición y no se aproximara. Tal vez su misión consistía en vigilar. K, que hacía tiempo que no contemplaba ningún cuadro, permaneció ante él un buen rato, aunque se veía obligado a guiñar continuamente los ojos, pues no soportaba la luz verde de la linterna. Cuando, a continuación, desplazó la luz hacia el resto del cuadro, pudo ver una versión usual del entierro de Cristo; por lo demás, se trataba de un cuadro moderno. Se guardó la linterna y volvió a su sitio.

Era inútil seguir esperando al italiano; fuera, sin embargo, debía de estar cayendo un chaparrón, y como en el interior no hacía tanto frío como había esperado, decidió permanecer dentro. Cerca de él estaba el púlpito, debajo del pequeño y redondo tornavoz había dos cruces doradas que se cruzaban en sus extremos. La parte exterior del pretil y el espacio que la unía a la columna sustentadora estaban adornados con hojas verdes esculpidas, que querubines mantenían en sus manos, unos con actitud vivaz, otros, reposada. K se acercó al púlpito y lo examinó por todas partes, el grabado de la piedra era extremadamente cuidadoso, la profunda oscuridad que reinaba entre los espacios vacíos del follaje pétreo y la que se extendía detrás de éste parecía atrapada, como si estuviera retenida; K introdujo su mano en uno de esos espacios vacíos y palpó la piedra, nunca había tenido conocimiento de la existencia de ese púlpito. En ese momento notó casualmente que un sacristán permanecía detrás de un banco cercano, vestido con una chaqueta negra colgante y arrugada, sosteniendo una cajita de rapé y observándole.

"¿Qué quiere ese hombre? —pensó K—. ¿Acaso le parezco sospechoso? ¿O querrá una limosna?" Cuando el sacristán vio que K le observaba, señaló con la mano derecha —entre dos dedos aún sostenía una pulgarada de rapé— hacia una dirección incierta. Su comportamiento era inexplicable. K esperó un rato, pero el sacristán no cesó de señalarle algo con la mano e incluso llegó a reforzar sus gestos con un movimiento de cabeza.

"¿Qué querrá?" —se preguntó K en voz baja. No se atrevía a gritar allí dentro. Su reacción fue sacar su cartera y acercarse al hombre. Pero éste hizo de inmediato un gesto de rechazo con la mano, alzó los hombros y se alejó cojeando. Con un paso semejante K había intentado imitar cuando era niño el trote de un caballo. "Un anciano senil —pensó K—. Su inteligencia apenas llega para ayudar en la Iglesia. Se para cuando yo me paro y acecha por si sigo andando". K siguió sonriendo al anciano por toda la nave lateral hasta llegar al Altar Mayor, el anciano no paraba de señalarle algo, pero K no se volvía. Esos gestos sólo tenían la intención de apartarle de sus huellas. Finalmente le dejó, no quería asustarlo, tampoco quería ahuyentarlo del todo, por si acaso venía el italiano.

Cuando entró en la nave principal para buscar el sitio en el que había dejado el folleto, descubrió muy cerca de una columna casi adosada a los bancos del coro del altar un sencillo y pequeño púlpito lateral, hecho de piedra desnuda y blanca. Era tan pequeño que desde lejos parecía una hornacina aún vacía, destinada a albergar una estatua. El sacerdote, con toda seguridad, apenas podría retroceder un paso desde el pretil. Además, el tornavoz, sin ningún adorno, estaba situado a una altura escasa y se inclinaba tanto que un hombre de mediana estatura no podía permanecer recto en el interior del púlpito, sino que debía agacharse y apoyarse en el pretil. Parecía diseñado específicamente para atormentar al sacerdote, era incomprensible para qué podía necesitarse ese púlpito, ya que se tenía el otro, más grande y decorado con tanto primor.

A K no le hubiera llamado la atención ese pequeño púlpito, si no hubiera descubierto una lámpara fijada en la parte superior, como las e se suelen colocar poco antes de un sermón.

¿Se pronunciaría ahora un sermón? ¿En la iglesia vacía? K miró hacia la escalera que, bordeando la columna, conducía al púlpito y que era tan estrecha que no pare para uso humano, sino simplemente de adorno para la columna. Pero al pie del púlpito, K sonrió de asombro, se encontraba, efectivamente, un sacerdote. Apoyaba la mano en la barandilla, preparado para subir, y miraba a K. Entonces asintió levemente con la cabeza, por que K se persignó e inclinó, lo que debería haber hecho antes. El sacerdote tomó un poco de impulso y subió al púlpito con pasos cortos y rápidos. ¿Realmente iba a pronunciar un sermón?

¿Acaso el sacristán carecía de tan poco sentido común que le había querido conducir hasta— el sacerdote, lo que, en vista de la iglesia vacía, era necesario? Además, por algún lado había una anciana ante la imagen de la Virgen María que también tendría que haber venido. Y, si se iba a pronunciar un sermón, ¿por qué no había sido precedido por el órgano?

Pero éste permanecía en silencio y brillaba débilmente envuelto en las tinieblas.

K pensó si no debería alejarse deprisa, o lo hacía ahora o ya no tendría otra oportunidad, debería permanecer allí durante todo el sermón; en la oficina había perdido tanto tiempo; ya no estaba obligado a esperar más al italiano. Miró su reloj, eran las once. Pero, ¿realmente se iba a pronunciar un sermón? ¿Podía K representar a toda la comunidad de fieles? ¿Y si fuese un extranjero que sólo pretendía visitar la iglesia? En el fondo así era. Era absurdo pensar que se podía pronunciar un sermón, ahora, a las once de la mañana, en un día laborable y con un tiempo tan horrible. El sacerdote —se trataba sin duda de un sacerdote, un hombre joven con el rostro liso y oscuro— parecía subir a apagar la lampara, que alguien había encendido por error.

Pero no fue así. El sacerdote, en realidad, examinó la luz, la ajustó y se dio la vuelta lentamente hacia el pretil, apoyándose en él con las dos manos. Así permaneció un rato y miró, sin mover la cabeza, a su alrededor. K había retrocedido un trecho y se apoyaba con el codo en el banco de delante. Con ojos inseguros, sin poder determinar exactamente el lugar, vio cómo el sacristán, algo encorvado, se ponía a descansar pacíficamente como si hubiera terminado su cometido. ¡Qué silencio reinaba ahora en la catedral! Pero K tenía que romperlo, no pretendía quedarse allí. Si era un deber del sacerdote predicar a una hora determinada sin consideración a las circunstancias, que lo hiciera, también podría cumplir su cometido en ausencia de K, su presencia tampoco contribuiría a aumentar el efecto. K se puso lentamente en camino y fue tanteando el banco de puntillas. Llegó a la nave central y prosiguió sin que nadie le detuviera, sólo sus pasos ligeros resonaban continuamente bajo las bóvedas con un ritmo regular y progresivo. K, consciente de que el sacerdote podía estar observándole, se sentía abandonado mientras avanzaba solo entre los bancos vacíos. Las dimensiones de la catedral le parecían ahora rayar en los límites de lo soportable para el ser humano. Cuando llegó al sitio que había ocupado anteriormente, cogió el folleto sin detenerse. Apenas había dejado atrás el banco y se acercaba al espacio vacío que le separaba de la salida, cuando escuchó por primera vez la voz del sacerdote. Era una voz poderosa y ejercitada. ¡Cómo se expandió por la catedral, preparada para recibirla! Pero no era a la comunidad de fieles a quien llamaba, su voz resonó clara, no había escapatoria alguna, exclamó:

—¡Josef K!

K se detuvo y miró al suelo. Aún era libre, podía seguir y escapar por una de las pequeñas y oscuras puertas de madera, que no estaban lejos. Pero eso significaría o que no había entendido o que había en tendido pero no quería hacer ningún caso. Si se daba la vuelta, se tendría que quedar, pues habría confesado tácitamente que había comprendido muy bien su nombre y que quería obedecer. Si el sacerdote hubiese gritado de nuevo, K habría proseguido su camino, pero como todo permaneció en silencio, volvió un poco la cabeza, pues quería ver qué hacía el sacerdote en ese momento. Se le veía tranquilo en el púlpito, se podía advertir que había notado el giro de cabeza de K. Hubiera sido un juego infantil si K no se hubiese dado la vuelta por completo. Así lo hizo, y el sacerdote le llamó con una señal de la mano. Como ya todo ocurría abiertamente, avanzó —lo hizo en parte por curiosidad y en parte para tener la oportunidad de acortar su estancia allí— con pasos largos y ligeros hasta el púlpito. Se paró ante los bancos, pero al sacerdote le parecía que la distancia era aún demasiado grande. Estiró la imano y señaló con el dedo índice un asiento al pie del púlpito. K siguió su indicación y, al sentarse, tuvo que mantener la cabeza inclinada hacia atrás para poder ver al sacerdote.

—Tú eres Josef K —dijo el sacerdote, y apoyó una mano en el pretil eón un movimiento incierto.

—Sí —dijo K. Pensó cómo en otros tiempos había pronunciado su nombre con entera libertad, pero ahora suponía una carga para él, también ahora conocía su nombre gente a la que veía por primera vez. Qué bello era que le presentaran y luego conocer a la gente.

—Estás acusado —dijo el sacerdote en voz baja.

—Sí —dijo K—, ya me lo han comunicado.

—Entonces tú eres al que busco —dijo el sacerdote—. Yo soy el capellán de la prisión.

—¡Ah, ya! —dijo K.

—He hecho que te trajeran aquí para hablar contigo —dijo el sacerdote.

—No lo sabía —dijo K—. He venido para mostrarle la catedral a un italiano.

—Deja lo accesorio —dijo el sacerdote—. ¿Qué sostienes en la mano? ¿Un libro de oraciones?

—No —respondió K—, es un folleto con los monumentos históricos de la ciudad.

—Déjalo a un lado —dijo el sacerdote.

K lo arrojó con tal fuerza que se rompió y un trozo con las páginas dobladas se deslizó por el suelo.

—¿Sabes que tu proceso va mal? —preguntó el sacerdote.

—También a mí me lo parece —dijo K—. Me he esforzado todo lo que he podido, pero hasta ahora sin éxito. Además, aún no he concluido mi primer escrito judicial.

—¿Cómo te imaginas el final? —preguntó el sacerdote.

Al principio pensé que terminaría bien —dijo K—, ahora hay veces que hasta yo mismo lo dudo. No sé cómo terminará. ¿Lo sabes tú?

—No —dijo el sacerdote—, pero temo que terminará mal. Te consideran culpable. Tu proceso probablemente no pasará de un tribunal inferior. Tu culpa, al menos provisionalmente, se considera probada.

—Pero yo no soy culpable —dijo K—. Es un error. ¿Cómo puede ser un hombre culpable, así, sin más? Todos somos seres humanos, tanto el uno como el otro.

—Eso es cierto —dijo el sacerdote—, pero así suelen hablar los culpables.

—¿Tienes algún prejuicio contra mí? —preguntó K.

—No tengo ningún prejuicio contra ti —dijo el sacerdote.

—Te lo agradezco —dijo K—. Todos los demás que participan en mi proceso tienen un prejuicio contra mí. Ellos se lo inspiran también a los que no participan en él. Mi posición es cada vez más difícil.

—Interpretas mal los hechos —dijo el sacerdote—, la sentencia no se pronuncia de una vez, el procedimiento se va convirtiendo lentamente en sentencia.

—Así es, entonces —dijo K, y agachó la cabeza.

—¿Qué es lo siguiente que vas a hacer en tu causa? —preguntó el sacerdote.

—Quiero buscar ayuda—dijo K, y elevó la cabeza para ver cómo el sacerdote juzgaba su intención—. Aún quedan posibilidades que no he utilizado.

—Buscas demasiado la ayuda de extraños —dijo el sacerdote con un tono de desaprobación—, especialmente de mujeres. ¿Acaso no te das cuenta de que no es la ayuda verdadera?

Algunas veces, incluso con frecuencia podría darte la razón —dijo K—, pero no siempre. Las mujeres tienen mucho poder. Si pudiera convencer a algunas mujeres de las que conozco para que trabajen en común para mí, podría abrirme paso. Especialmente en este tribunal, que parece constituido por mujeriegos. Muéstrale una mujer al juez instructor y arrollará la mesa y a los acusados para llegar hasta ella.

El sacerdote inclinó la cabeza hacia el pretil, ahora parecía como si el tornavoz le presionase hacia abajo. ¿Pero qué tiempo podía estar haciendo fuera? Ya no era sólo un día nublado y lluvioso, parecía noche profunda. Ninguna de las vidrieras era capaz de iluminar con un pobre resplandor los oscuros muros. Y precisamente en ese momento el sacristán comenzó a apagar todas las velas del Altar Mayor.

—¿Estás enfadado conmigo? —preguntó K al sacerdote—. Es posible que no conozcas el tipo de tribunal en el que prestas servicio.

No recibió ninguna respuesta.

—Son sólo mis experiencias —dijo K.

Arriba, en el púlpito, todo permaneció silencioso.

—No te he querido ofender—dijo K. Entonces gritó el sacerdote hacia K:

—¿Acaso eres ciego?

Gritó con ira, pero también como alguien que ve caer a otro y, debido al susto, grita sin voluntad de hacerlo.

Ambos se callaron un rato. El sacerdote no podía reconocer a K, abajo, en la oscuridad, mientras que K podía ver claramente al sacerdote gracias a la pequeña lámpara. ¿Por qué no bajaba? No había pro—nunciado ningún sermón, sino que se había limitado a darle algunas informaciones, que a él, si las consideraba con detenimiento, antes le podrían dañar que beneficiar. No obstante, a K le parecía indudable la buena intención del sacerdote, no sería imposible que pudieran llegar a un acuerdo si bajaba, tampoco era imposible que recibiera de él un consejo decisivo y aceptable, que le mostrara, por ejemplo, no cómo se podía influir en el proceso, sino cómo se podía salir del proceso, cómo se podía vivir al margen de éste. Esa posibilidad tenía que existir, K había pensado mucho en ella en los últimos tiempos. Si el sacerdote conocía esa posibilidad, a lo mejor se la decía si se lo pedía, aunque perteneciera al tribunal, y a pesar de que K, al atacar al tribunal, hubiese herido sus sentimientos y le hubiera obligado a gritar.

—¿No quieres bajar? —dijo K—. No vas a pronunciar ningún sermón. Baja conmigo.

—Ya puedo bajar —dijo el sacerdote, parecía lamentar su grito. Mientras descolgaba la lámpara, dijo—: Primero tenía que hablar contigo guardando las distancias, si no me dejo influir fácilmente y olvido mi misión.

K le esperó abajo, al pie de la escalera. El sacerdote le ofreció la mano mientras bajaba los últimos escalones.

—¿Me podrías dedicar un poco de tu tiempo?

—Tanto como necesites —dijo el sacerdote, y le dio la lámpara a K para que éste la llevase. Ni siquiera tan cerca perdió su actitud en solemnidad.

—Eres muy amable conmigo —dijo K.

Comenzaron a recorrer la nave lateral uno al lado del otro.

—Eres una excepción entre todos los que pertenecen al tribunal. En ti tengo más confianza que en cualquiera de los demás. Contigo puedo hablar abiertamente.

—No te engañes —dijo el sacerdote.

—¿En qué podría engañarme? —preguntó K.

—Te engañas en lo que respecta al tribunal —dijo el sacerdote—, en la introducción a la Ley se ha escrito sobre este engaño[36]:

Ante la Ley hay un guardián que protege la puerta de entrada. Un hombre procedente del campo se acerca a él y le pide permiso para acceder a la Ley. Pero el guardián dice que en ese momento no le puede permitir la entrada. El hombre reflexiona y pregunta si podrá entrar más tarde.

—Es posible —responde el guardián—, pero no ahora.

Como la puerta de acceso a la Ley permanece abierta, como siempre, y el guardián se sitúa a un lado, el hombre se inclina para mirar a través del umbral y ver así qué hay en el interior. Cuando el guardián advierte su propósito[37], ríe y dice:

"—Si tanto te incita, intenta entrar a pesar de mi prohibición. Ten en cuenta, sin embargo, que soy poderoso y que, además, soy el guardián más insignificante. Ante cada una de las salas permanece un guardián, el uno más poderoso que el otro. La mirada del tercero ya es para mí insoportable.

El hombre procedente del campo no había contado con tantas dificultades. La Ley, piensa, debe ser accesible a todos y en todo momento, pero al considerar ahora con más exactitud al guardián, cubierto con su abrigo de piel, al observar su enorme y prolongada nariz, la barba negra, fina, larga, tártara, decide que es mejor esperar hasta que reciba el permiso para entrar. El guardián le da un taburete y deja que tome asiento en uno de los lados de la puerta. Allí permanece sentado días y años. Hace muchos intentos para que le inviten a entrar y cansa al guardián con sus súplicas. El guardián le somete a menudo a cortos interrogatorios, le pregunta acerca de su hogar y de otras cosas, pero son preguntas indiferentes, como las que hacen grandes señores, y al final

---

[36] Kafka separó de la novela el pasaje que sigue y lo publicó en la revista semanal judía Selbstwehr (1915). También lo incluyó, ligeramente modificado, en su volumen de relatos Un médico rural (Leipzig, 1919).

[37] Tachado en el manuscrito: "le hace retroceder con su vara y dice: "Tampoco puedes mirar"".

siempre repetía que todavía no podía permitirle la entrada. El hombre, que se había provisto muy bien para el viaje, utiliza todo, por valioso que sea, para sobornar al guardián. Éste lo acepta todo, pero al mismo tiempo dice:

—Sólo lo acepto para que no creas que has omitido algo.

Durante los muchos años que estuvo allí, el hombre observó al guardián de forma casi ininterrumpida. Olvidó a los otros guardianes y éste le terminó pareciendo el único impedimento para tener acceso a la Ley. Los primeros años maldijo la desgraciada casualidad, más tarde, ya envejecido, sólo murmuraba para sí. Se vuelve senil, y como ha sometido durante tanto tiempo al guardián a un largo estudio ya es capaz de reconocer a la pulga en el cuello de su abrigo de piel, por lo que solicita a la pulga que le ayude para cambiar la opinión del guardián. Por último, su vista se torna débil y ya no sabe realmente si oscurece a su alrededor o son sólo los ojos los que le engañan. Pero ahora advierte en la oscuridad un brillo que irrumpe indeleble a través de la puerta de la Ley. Ya no vivirá mucho más. Antes de su muerte se concentran en su mente todas las experiencias pasadas, que toman forma en una sola pregunta que hasta ahora no había hecho al guardián. Entonces le guiña un ojo, ya que no puede incorporar su cuerpo entumecido. El guardián tiene que inclinarse hacia él profundamente porque la diferencia de tamaños ha variado en perjuicio del hombre de la provincia.

—¿Qué quieres saber ahora? —pregunta el guardián—. Eres insaciable.

—Todos aspiran a la Ley —dice el hombre—. ¿Cómo es posible que durante tantos años sólo yo haya solicitado la entrada?

El guardián comprueba que el hombre ha llegado a su fin y, para que su débil oído pueda percibirlo, le grita:

—Ningún otro podía haber recibido permiso para entrar por está puerta, pues esta entrada estaba reservada sólo para ti. Yo me voy ahora y cierro la puerta.

—El centinela, entonces, ha engañado al hombre —dijo K en seguida, fuertemente atraído por la historia[38].

—No te apresures —dijo el sacerdote—, no asumas la opinión ajena sin examinarla. Te he contado la historia tal y como está escrita. En ella no se habla en ningún momento de engaño.

—Pero está claro —dijo K—, y tu primera interpretación era correcta. El vigilante le ha comunicado el mensaje liberador sólo cuando ya no podía ayudar en nada al hombre.

—Pero él tampoco preguntó antes —dijo el sacerdote—, considera que sólo era un vigilante y como tal se ha limitado a cumplir su deber.

—¿Por qué piensas que ha cumplido con su deber? —preguntó K—. No lo ha cumplido. Su deber consistía en rechazar a los extraños, pero tenía que haber dejado pasar al hombre para quien estaba destinada la entrada.

—No tienes el suficiente respeto a la letra escrita y cambias la historia —dijo el sacerdote—. La historia contiene dos explicaciones importantes del vigilante respecto a la entrada a la Ley, una al principio y otra al final. Una dice: "que no podía permitirle la entrada", y la otra: "esta entrada estaba reservada sólo para ti". Si entre ambas explicaciones existiese una contradicción, tú tendrías razón y el vigilante habría engañado al hombre. Pero no existe ninguna contradicción. Todo lo contrario, la primera explicación, incluso, indica la segunda. Se podría decir que el vigilante se excede en el cumplimiento de su deber al plantear la posibilidad de una futura entrada. En ese momento su único deber parecía consistir en no admitir al hombre. Y, en efecto, muchos intérpretes se maravillan de que el vigilante haya pronunciado semejante indicación, pues parece amar la precisión y cumple escrupulosamente con su deber. No abandona su puesto en tantos años y sólo cierra la puerta en el último momento, siendo consciente de la importancia de su misión, pues dice: "soy poderoso". Además, tiene respeto frente a sus superiores,

---

[38] Tachado en el manuscrito: "dijo K en seguida. Estaba muy agradecido al sacerdote. Su buena opinión sobre él se había fortalecido. No se ufanaba, como los demás, de sus conocimientos acerca de la justicia, aunque, sin duda, los poseía".

pues dice: "soy el guardián más insignificante". Cuando se trata del cumplimiento del deber, no admite ruegos ni se deja ablandar, pues se dice: "cansa al guardián con sus súplicas". Tampoco es hablador, pues durante todos los años sólo plantea, como está escrito, preguntas "indiferentes". No se deja sobornar, pues dice sobre un regalo: "sólo lo acepto para que no creas que has emitido algo". Finalmente, su aspecto externo indica un carácter pedante, por ejemplo la gran nariz y la larga y fina barba tártara. ¿Puede haber un vigilante más fiel a su deber? Pero en el vigilante se mezclan otros caracteres esenciales que resultan muy favorables para quien solicita la entrada, y que, además, indican la posibilidad, manifestada en su anterior insinuación, de que en el futuro podría ir más allá de lo que le dicta el deber. No obstante, no se puede negar que es algo simple y, en relación con este atributo, presuntuoso. Si todas las menciones que hace referentes a su poder y sobre el poder de los demás vigilantes, cuya visión, como él reconoce, le es insoportable, son ciertas, entonces muestra, en la manera con que las emite, que sus ideas están afectadas por su simpleza y arrogancia. Los intérpretes aducen: "El correcto entendimiento de un asunto y una incomprensión de éste no se excluyen mutuamente". En todo caso, se debe reconocer que esa simpleza y arrogancia, por muy difuminadas que aparezcan, debilitan la vigilancia de la entrada, son lagunas en el carácter del vigilante. A esto se añade que el vigilante, según su talante natural, parece amable, no siempre actúa como si estuviera de servicio. Al principio dice en broma que, a pesar del mantenimiento de la prohibición, le invita a entrar, pero, a continuación, no le incita a entrar, sino que, como está escrito, le da un taburete y le deja sentarse al lado de la puerta. La paciencia con la que, durante tantos años, soporta las peticiones del hombre, los pequeños interrogatorios, la aceptación de los regalos, la nobleza con la que permite que el hombre a su lado maldiga en voz alta su desgraciado destino, del que hace culpable al vigilante, todo eso indica el talante compasivo del vigilante. No todos los vigilantes habrían actuado así y; al final, se inclina profundamente hacia el hombre para darle la oportunidad de plantear una última pregunta. Sólo deja traslucir una débil impaciencia —el vigilante sabe que todo ha acabado–

–, cuando dice: "Eres insaciable". Algunos intérpretes continúan, incluso, esta línea exegética y afirman que las palabras "eres insaciable" expresan una suerte de admiración, que, por supuesto, tampoco está libre de altivez. Pero así la figura del vigilante adquiere un perfil distinto al que tú le has atribuido.

—Tú conoces la historia con más detalle que yo y desde hace mucho más tiempo —dijo K.

Permanecieron callados un rato. Luego K preguntó:

—¿Entonces crees que no engañó al hombre?

—No me interpretes mal —dijo el sacerdote—, sólo te menciono las distintas opiniones sobre la leyenda. No debes fiarte tanto de las opiniones. La escritura es invariable, y las opiniones, con frecuencia, sólo son expresión de la desesperación causada por este hecho. En este caso hay, incluso, una opinión según la cual precisamente el vigilante es el engañado.

—Ésa es una interpretación que va demasiado lejos —dijo K—. ¿Cómo la fundamentan?

—La fundamentación se basa en la simpleza del centinela. Él dice que no conoce el interior de la Ley, sino sólo el camino que una y otra vez tiene que recorrer ante la entrada. Las ideas que posee del interior se consideran ingenuas y se cree que él mismo teme aquello que también quiere hacer que el hombre tema. Sí, incluso él tiene más miedo que el hombre, pues éste sólo quiere entrar, aun después de haber oído que hay vigilantes más poderosos; el centinela, sin embargo, no quiere entrar, al menos no se dice nada sobre ello. Otros, por el contrario, afirman que él ha tenido que estar en el interior, pues fue admitido para ponerse al servicio de la Ley y eso sólo puede ocurrir en el interior. A esto se responde que una voz procedente del interior pudo nombrarle vigilante y que, por consiguiente, es posible que no hubiese estado en el interior, al menos no en la parte más interna, ya que él mismo dice que no resiste la mirada del tercer centinela. Además, tampoco se informa de que durante todos esos años haya mencionado, aparte de su referencia a los otros vigilantes, algo del interior. Es posible que lo tuviera prohibido, pero no se nos dice nada de esa prohibición. De todo esto se deduce que no sabe nada del aspecto que presenta el interior ni de su importancia y que, por lo tanto, permanece allí engañado. Pero también está engañado respecto al hombre de la provincia, pues es su subordinado y no lo sabe.

Que él trata al hombre como si fuera un subordinado, se reconoce en muchos detalles, fáciles de recordar. Pero que realmente sea un subordinado debería derivarse, según esa opinión, con la misma claridad. Ante todo es libre el que está por encima del que permanece sujeto. Ahora bien, el hombre es el que realmente está libre, él puede ir a donde quiera, sólo le está prohibida la entrada a la Ley y, además, sólo por una persona, por el centinela. Si se sienta en el taburete al lado de la puerta y allí pasa toda su vida, lo hace voluntariamente, la historia no habla de ninguna obligación. El centinela, sin embargo, está obligado por su cargo a permanecer en su puesto, no se puede alejar; según las apariencias, tampoco puede ir hacia el interior, ni en el caso de que así lo quisiera.

Además, aunque está al servicio de la Ley, sólo presta su servicio ante esa entrada, es decir, en realidad está al servicio de ese hombre, el único al que está destinada dicha entrada. También desde esta perspectiva está subordinado a él. Se puede suponer que, a través de muchos años, sólo ha prestado un servicio inútil, pues se dice que llega un hombre maduro, es decir, que el centinela tuvo que esperar mucho tiempo hasta que pudo cumplir su objetivo y, además, tuvo que esperar tanto tiempo como quiso el hombre del campo, que vino voluntariamente. Pero también el final de su servicio queda determinado por la muerte del hombre, así que permanece subordinado a él hasta su fallecimiento. Y una y otra vez se acentúa que el centinela no sabe nada de eso. No es nada extraordinario, pues, según esta interpretación, el centinela es víctima de un engaño mucho mayor, el que hace referencia a su servicio. Al final habla de la entrada y dice: "Ahora me voy y la cierro", pero al principio se dice que la puerta que da acceso a la Ley permanece abierta, como siempre, así que siempre está abierta, siempre, con independencia de la vida del hombre para el que está destinada esa entrada, por consiguiente el vigilante no podrá cerrarla. Aquí divergen las opiniones. Unos creen que el centinela, con el anuncio de que va a cerrar la puerta, sólo pretende dar una respuesta o acentuar su obligación;

otros piensan que en el último momento quiere entristecer al hombre e impulsarle a que se arrepienta. Muchos comentadores coinciden en que no podrá cerrar la puerta. Opinan, incluso, que al menos al final, también en lo que sabe, permanece subordinado al hombre, pues éste ve cómo surge el resplandor de la Ley, mientras que el centinela permanece de espaldas y no menciona nada que haga suponer que ha advertido alguna transformación.

—Esta última interpretación está bien fundada—dijo K, que había repetido para sí, en voz baja, algunos de los pasajes de la aclaración del sacerdote—. Está bien fundada, y creo también que el centinela está engañado. Pero al aceptar esto no me he apartado de mi primera opinión, ambas se cubren parcialmente. No es algo decisivo si el centinela ve claro o se engaña. Yo dije que han engañado al hombre. Si el centinela ve claro, se podría dudar, pero si el centinela está engañado, su engaño se transmite necesariamente al hombre. El centinela no es, en ese caso, un estafador, pero sí tan simple que debería ser expulsado inmediatamente del servicio. Tienes que considerar que el engaño que afecta al centinela no le daña, pero sí al hombre, y con crueldad.

—Aquí topas con una opinión contraria—dijo el sacerdote—. Muchos dicen que la historia no otorga a nadie el derecho a juzgar al centinela. Sea cual sea la impresión que nos dé, es un servidor de la Ley, esto es, pertenece a la Ley, por lo que es inaccesible al juicio humano. Tampoco se puede creer que el centinela esté subordinado al hombre. Estar sujeto, por su servicio, a la entrada de la Ley es incomparablemente más importante que vivir libre en el mundo. El hombre viene a la Ley, el centinela ya está allí. La Ley ha sido la que le ha puesto a su servicio. Dudar de su dignidad significa dudar de la Ley.

—Yo no comparto esa opinión —dijo K moviendo negativamente la cabeza—, pues si se aceptan sus premisas hay que considerar que todo lo que dice el vigilante es verdad. Pero eso es imposible, como tú mismo has fundamentado con todo detalle.

—No —dijo el sacerdote—, no se debe tener todo por verdad, sólo se tiene que considerar necesario.

—Triste opinión —dijo K—. La mentira se eleva a fundamento del orden mundial.

K dijo estas palabras como conclusión, pero no eran su juicio definitivo. Estaba demasiado cansado para poder abarcar todas las posibilidades que ofrecía la historia, además conducía a razonamientos inusuales, a paradojas, más adecuadas para funcionarios judiciales que para él. Esa historia tan simple se había tornado en algo informe, quería sacudírsela de encima y el sacerdote, que ahora mostró una gran delicadeza de sentimientos, lo toleró y recibió en silencio la última indicación de K, aunque con toda seguridad no coincidía con ella.

Siguieron andando un rato en silencio. K se mantenía muy cerca del sacerdote, sin saber dónde se encontraba por las tinieblas que les rodeaban. La vela de la lámpara hacía tiempo que se había apagado. Una vez brilló ante él el pedestal de plata de un Santo, pero volvió a sumirse en la oscuridad. Para no depender por completo del sacerdote, K le preguntó:

—¿No nos encontramos cerca de la salida principal?

—No —dijo el sacerdote—, estamos muy lejos. ¿Quieres irte ya? Aunque en ese momento no pensaba en ello, K respondió en seguida:

—Es verdad, tengo que irme. Soy gerente en un banco, me esperan, sólo he venido para enseñarle la catedral a un hombre de negocios extranjero.

—Bien —dijo el sacerdote, y estrechó la mano de K—, entonces vete.

—No puedo orientarme bien aquí en la oscuridad —dijo K.

—Ve a la izquierda, hacia el muro —dijo el sacerdote—, luego síguelo hasta que encuentres una salida.

El sacerdote sólo se había separado de él unos pasos, cuando K gritó:

—¡Por favor, espera!

—Espero —dijo el sacerdote.

—¿No quieres nada más de mí? —preguntó K.

—No —dijo el sacerdote.

Al principio has sido tan amable conmigo —dijo K—, y me lo has explicado todo, pero ahora me despides como si no te importase nada.

—Tienes que irte —dijo el sacerdote.

—Bien, sí —dijo K—, compréndelo.

—Comprende primero quién soy yo —dijo el sacerdote.

—Tú eres el capellán de la prisión —dijo K, y se acercó al sacerdote. No necesitaba regresar tan pronto al banco como en un principio había creído. Podía permanecer aún allí.

—Yo pertenezco al tribunal —dijo el sacerdote—. ¿Por qué debería querer algo de ti? El tribunal no quiere nada de ti. Te toma cuando llegas y te despide cuando te vas.

EL FINAL

La noche anterior al día en que cumplía treinta y un años —serían las nueve de la noche, tiempo de silencio en las calles—, dos hombres llegaron a la vivienda de K. Vestían levitas, sus rostros eran pálidos y grasientos, y estaban tocados con chisteras firmemente encajadas. Después de intercambiar algunas formalidades ante la puerta de la casa, repitieron las mismas formalidades, pero con más ceremonia, ante la puerta de K. Aunque nadie le había anunciado la visita, K, poco antes de la llegada de aquellos hombres, había permanecido sentado en una silla cerca de la puerta, también vestido de negro, poniéndose lentamente sus guantes, en una actitud similar a cuando alguien espera huéspedes. Se levantó en seguida y contempló a los hombres con curiosidad.

—¿Les han enviado para recogerme? —preguntó.

—Los hombres asintieron, uno de ellos hizo una seña a su compañero con la chistera en la mano. K reconoció que había esperado una visita distinta. Fue hacia la ventana y contempló una vez más la calle oscura. Casi todas las ventanas de la calle de enfrente también estaban oscuras, en muchas habían corrido las cortinas. En una de las ventanas iluminadas se podía ver cómo jugaban dos niños detrás de unas rejas, se tocaban con las manos, aún incapaces de moverse de sus sitios. "Viejos actores de segunda fila es lo que envían para recogerme" — pensó K, y miró a su alrededor, para convencerse otra vez de ello—. "Buscan librarse de mí de la forma más barata". K se volvió de repente y preguntó:

—¿En qué teatro actúan ustedes?

—¿Teatro? —preguntó uno de los hombres con un tic en la comisura del labio, volviéndose hacia su compañero para buscar consejo. El otro hizo gestos mudos, como el que lucha contra un ser fantasmal.

—No están preparados para que se les pregunte —se dijo K, y fue a recoger su sombrero. Ya en la escalera querían cogerle de los brazos, pero K dijo:

—Cuando estemos en la calle, no estoy enfermo.

No obstante, en cuanto llegaron a la puerta le agarraron de un modo inaudito para K. Mantenían los hombros justo detrás de los suyos, no doblaban los brazos, sino que los utilizaban para rodear los brazos de K en toda su largura, por debajo agarraban las manos de K con una maña de colegio, pero estudiada e irresistible. K iba muy recto entre ambos, ahora los tres formaban tal unidad que, si alguien hubiese golpeado a uno de ellos, todos habrían sentido el golpe. Constituían una unidad como sólo la materia inanimada puede formar.

K, bajo la luz de las farolas, intentó a menudo contemplar mejor a sus acompañantes de lo que lo había hecho en la penumbra de su vivienda, a pesar de que la forma en que lo llevaban dificultaba esa operación. "A lo mejor son tenores" —pensó al mirar sus dobles papadas. La limpieza de sus rostros le daba asco. Vio cómo la mano lustrosa restregó el rabillo del ojo, frotó el labio superior, rascó las arrugas de la barbilla.

Cuando K lo advirtió, se detuvo, así que los otros también se detuvieron. Se encontraban al borde de una plaza solitaria, adornada con jardines.

—¡Por qué les han enviado precisamente a ustedes! —gritó más que preguntó.

Los hombres no supieron qué contestar, se limitaron a esperar con el brazo libre colgando, como enfermeros cuando el enfermo quiere descansar.

—No sigo —dijo K para probarlos.

A eso no necesitaron contestar, apretaron las manos de K e intentaron moverle de su sitio, pero K se resistió.

"No necesitaré más mi fuerza —pensó K—, la emplearé toda ahora". Recordó a las moscas que intentan escapar con las patitas rotas del papel encolado.

—Los señores van a tener trabajo —se dijo.

Ante ellos apareció en ese momento la señorita Bürstner, que salía (orla plaza de una calle lateral. No era seguro que fuese ella, aunque se parecía mucho. Pero a K no le importaba si lo era o no, sólo tomó con ciencia de lo inútil de su oposición. No había nada de heroico en ofrecer ahora resistencia, en poner dificultades a esos hombres, o en intentar disfrutar de la vida aparente que aún le quedaba mediante una defensa. Así que reanudó su camino y sintió algo de la alegría de sus acompañantes por haberlo hecho. Toleraron que determinase la dirección y él eligió seguir el camino de la señorita, y no porque la quisiera alcanzar, no porque la quisiera ver el mayor tiempo posible, sino simplemente para no olvidar la advertencia que ella significaba para él.

"Lo único que puedo hacer —se dijo, y la sincronicidad de sus pasos con los de sus acompañantes confirmó sus pensamientos—, lo único que puedo hacer es mantener el sentido común hasta el final. Siempre quise ir por el mundo con veinte manos y, además, con un objetivo no autorizado. Eso fue incorrecto, ¿acaso es necesario que diga que ni siquiera un proceso de un año ha logrado hacerme aprender algo? ¿Acaso debo partir como un ser humano obcecado? ¿Se puede decir de mí que quise terminar el proceso en su inicio y que ahora, cuando termina, quiero comenzarlo de nuevo? No quiero que se diga eso. Estoy agradecido de que me hayan asignado para este camino a estos hombres necios y semimudos, y de que se me haya permitido que yo mismo me diga lo necesario".

La señorita, mientras tanto, había doblado por una calle perpendicular, pero K ya podía abandonarla, así que se dejó conducir por los acompañantes. Los tres, en perfecta armonía, atravesaron un puente a la luz de la luna. Los hombres permitían que K hiciera los pequeños movimientos que deseaba. Cuando quiso girar un poco hacia la barandilla, los hombres también giraron, quedando todos de frente. El agua, brillante y temblorosa a la luz de la luna, se bifurcaba ante una pequeña isla, en cuyas orillas crecían arbustos y una espesa arboleda. Por debajo de ellos, invisibles, se extendían caminos de arena, formando pequeñas playas en las que K, en algún verano, se había tumbado para tomar el sol.

—En realidad, no quería pararme —dijo K a sus acompañantes, avergonzado por su buena disposición hacia él. Uno de ellos, a espaldas de K, pareció hacerle al otro un reproche por la equivocación, luego siguieron adelante.

Pasaron por algunas calles empinadas, en las que, más lejos o más cerca, vieron a algunos policías. Uno de ellos, con un bigote poblado, se acercó al grupo con la mano en la empuñadura del sable, probable mente le resultó sospechoso[39]. Los hombres se detuvieron, el policía iba a abrir la boca, pero entonces K empujó a sus acompañantes hacia adelante. Se volvió con frecuencia para comprobar si el policía les seguía. Pero en cuanto doblaron una esquina y perdieron de vista al policía, K comenzó a correr. Sus acompañantes tuvieron que correr con él perdiendo el aliento.

Así, salieron rápidamente de la ciudad, que, en esa dirección, limitaba prácticamente sin transición con el campo. Cerca de una casa de pisos, como las de la ciudad, había una pequeña cantera, abandona da y desierta. Allí se pararon, ya fuese porque ese lugar había sido su destino desde el principio, ya porque estuvieran demasiado agotados para seguir andando. Dejaron libre a K, que, mudo, se limitó a esperar. Los dos hombres se quitaron las chisteras y, mientras inspeccionaban con la mirada la cantera, se secaron el sudor de la frente con un pañuelo. La luz de la luna iluminaba todo el escenario con la naturalidad y tranquilidad que ninguna otra luz posee.

---

[39] Tachado en el manuscrito: "El Estado me ofrece su ayuda—dijo K al oído de uno de sus acompañantes—. ¿Qué ocurriría si trasladase el proceso al ámbito de la ley estatal? Es posible que tuviera que defender a los señores del Estado".

Después de intercambiar algunas cortesías sobre quién debería hacerse cargo de las próximas tareas —aquellos señores parecían haber recibido el encargo sin que les asignaran sus respectivas competencias——, uno de ellos se acercó a K y le quitó la chaqueta, el chaleco y, finalmente, la camisa. K tembló involuntariamente, por lo que uno de los hombres le dio una palmada tranquilizadora en la espalda. A continuación, dobló cuidadosamente las prendas, como si se fueran a utilizar otra vez, aunque no en un periodo inmediato. Para no exponer a K al aire frío de la noche, le tomó bajo su brazo y anduvo con él de un lado a otro, mientras el compañero buscaba un lugar apropiado en la cantera. Cuando lo hubo encontrado, hizo una seña y el otro acompañó a K hasta allí. Estaba cerca del corte, al lado de una piedra desprendida. Los hombres sentaron a K en el suelo, le apoyaron contra la piedra y reclinaron su cabeza. A pesar del esfuerzo que ponían y de toda la ayuda de K, su posición quedaba forzada e inverosímil. Uno de los hombres pidió al otro que le dejase a él buscar una postura mejor, pero tampoco logró nada. Finalmente, dejaron a K en una posición que ni siquiera era la mejor entre todas las que habían probado. Entonces uno de los hombres abrió su levita y sacó de un cinturón que rodeaba al chaleco un cuchillo de carnicero largo, afilado por ambas partes; lo mantuvo en alto y comprobó el filo a la luz. De nuevo comenzaron las repugnantes cortesías, uno entregaba el cuchillo al otro por encima de la cabeza de K, y el último se lo devolvía al primero. K sabía que su deber hubiera consistido en coger el cuchillo cuando pasaba de mano en mano sobre su cabeza y clavárselo. Pero no lo hizo; en vez de eso, giró el cuello, aún libre, y miró alrededor. No podía satisfacer todas las exigencias, quitarle todo el trabajo a la organización; la responsabilidad por ese último error la soportaba el que le había privado de las fuerzas necesarias para llevar a cabo esa última acción. Su mirada recayó en el último piso de la casa que lindaba con la cantera. Del mismo modo en que una luz parpadea, así se abrieron las dos hojas de una ventana. Un hombre, débil y delgado por la altura y la lejanía, se asomó con un impulso y extendió los brazos hacia afuera. ¿Quién era? ¿Un amigo? ¿Un buen hombre? ¿Alguien que participaba?

¿Alguien que quería ayudar? ¿Era sólo una persona? ¿Eran todos? ¿Era ayuda? ¿Había objeciones que se habían olvidado? Seguro que las había. La lógica es inalterable, pero no puede resistir a un hombre que quiere vivir. ¿Dónde estaba el juez al que nunca había visto?

¿Dónde estaba el tribunal supremo ante el que nunca había comparecido? Levantó las manos y estiró todos los dedos.

Pero las manos de uno de los hombres aferraban ya su garganta, mientras que el otro le clavaba el cuchillo en el corazón, retorciéndolo dos veces. Con ojos vidriosos aún pudo ver cómo, ante él, los dos hombres, mejilla con mejilla, observaban la decisión.

—¡Como a un perro! —dijo él: era como si la vergüenza debiera sobrevivirle.

FRAGMENTOS LA AMIGA DE B

En los días siguientes, a K le había sido imposible intercambiar ni siquiera unas palabras con la señorita Bürstner. Intentó acercarse a ella por diversos medios, pero ella supo impedirlo. Después de la oficina se Iba directamente a casa, permanecía en su habitación sin encender la luz, sentado en el canapé o simplemente se limitaba a observar el recibidor. Si pasaba, por ejemplo, la criada, y ésta cerraba la puerta de la habitación, aparentemente vacía, K se levantaba pasado un rato y la abría de nuevo. Por las mañanas se levantaba una hora más temprano que de costumbre para poder encontrarse a solas con la señorita Bürstner, cuando ella se iba a la oficina. Pero ninguno de estos intentos culminó con éxito.

Así pues, decidió escribirle una carta tanto a la oficina como a casa, en ella intentó justificar su comportamiento, ofreció una satisfacción, prometió no volver a sobrepasarse y pidió que le diera una Oportunidad para hablar con ella, sobre todo porque no quería emprender nada respecto a la señora Grubach mientras no hubiesen hablado. Finalmente, le comunicaba que el domingo próximo permanecería todo el día en su habitación esperando un signo suyo, que él partía de la consideración de que cumpliría su petición o que, en caso contrario, le explicaría los motivos de su negativa, aunque él le había prometido plegarse a todos sus deseos. No devolvieron las cartas, pero tampoco recibió respuesta. Sin embargo, el domingo hubo un signo lo suficientemente claro. Por la mañana temprano K percibió a través del ojo de la cerradura un movimiento inusual en el recibidor, que pronto encontró una explicación. Una profesora de francés, que, por lo demás, era alemana y se llamaba Montag, una muchacha débil y pálida, que cojeaba un poco y que hasta el momento había vivido en su propia habitación, se estaba mudando a la habitación de la señorita Bürstnner. Se la vio arrastrar el pie por el recibidor durante horas. Siempre quedaba una prenda o una tapadera o un libro olvidados que había que ir a recoger y traer a la nueva habitación.

Cuando la señora Grubach le trajo el desayuno —desde que enojó tanto a K ya no delegaba en la criada ningún servicio—, K no se pudo contener y le habló por primera vez en seis días.

—¿Por qué hay hoy tanto ruido en el recibidor? —preguntó mientras se servía el café—. ¿No se podría evitar? ¿Precisamente hay que limpiar el domingo?

Aunque K no miró a la señora Grubach, notó que respiró aliviada. Consideraba esas palabras severas de K como un perdón o como el comienzo del perdón.

—No están limpiando, señor K —dijo ella—, la señorita Montag se está mudando a la habitación de la señorita Bürstner y traslada sus cosas.

No dijo nada más, se limitó a esperar a que K hablase o consintiese que ella lo siguiera haciendo. K, sin embargo, la puso a prueba, removió pensativo el café con la cuchara y calló. Luego la miró y dijo:

—¿Ha renunciado ya a su sospecha referente a la señorita Bürstner?

—Señor K —exclamó la señora Grubach, que había estado esperando esa pregunta, doblando las manos ante K—, usted tomó tan mal hace poco una mención ocasional. Jamás he pensado en insultar a nadie. Usted me conoce ya desde hace mucho tiempo, señor K, para estar convencido de ello. ¡No sabe lo que he sufrido los últimos días! ¡Yo, difamar a uno de mis inquilinos! ¡Y usted, señor K, lo creía! ¡Y dijo que debería echarle! ¡Echarle a usted!

El último grito se ahogó entre las lágrimas, se llevó el delantal al rostro y sollozó.

—No llore, señora Grubach —dijo K, y miró a través de la ventana. Seguía pensando en la señorita Bürstner y en que había admitido en su habitación a una persona extraña.

—No llore más —repitió al volverse hacia el interior de la habitación y ver que aún seguía llorando—. Tampoco lo dije con tan mala intención. Ha habido una confusión, eso es todo. Le puede ocurrir a viejos amigos.

La señora Grubach apartó el delantal de los ojos para ver si K realmente se había reconciliado.

—Bien, así es —dijo K y, como del comportamiento de la señora Grubach se podía deducir que el capitán no había contado nada, se atrevió a añadir:

—¿Acaso cree que me voy a enemistar con usted por una muchacha desconocida?

—Así es, precisamente —dijo la señora Grubach; su desgracia consistía en decir algo inadecuado cada vez que se sentía un poco libre —, siempre me pregunté: ¿por qué se toma tan en serio el señor K el asunto de la señorita Bürstner? ¿Por qué discute conmigo por su causa aun sabiendo que cada una de sus malas palabras me quita el sueño? De la señorita Bürstner sólo he dicho lo que he visto con mis ojos.

K no dijo nada, la tendría que haber echado de la habitación nada más abrir la boca, pero no quería hacerlo. Se contentó con tomarse el café y con hacer notar a la señora Grubach que allí sobraba. Fuera se volvió a oír el paso arrastrado de la señorita Montag, que atravesaba todo el recibidor.

—¿Lo oye? —preguntó K, y señaló con la mano hacia la puerta.

—Sí —dijo la señora Grubach, y suspiró—, la he querido ayudar, y también le dije que la criada podía ayudarla, pero es obstinada, ella quiere mudarlo todo sola. Con frecuencia me resulta desagradable tener a la señorita Montag de inquilina. La señorita Bürstner, sin embargo, se la lleva incluso a su habitación.

—Eso no debe preocuparle —dijo K, y deshizo los restos de azúcar en la taza—. ¿Le resulta perjudicial?

—No —dijo la señora Grubach—, en lo que a mí respecta no hay ningún problema. Además, así se queda una habitación libre y puedo alojar allí a mi sobrino, el capitán. Desde hace tiempo temo que le moleste por vivir ahí al lado, en el salón. Él no es muy considerado.

—¡Qué ocurrencia! —dijo K, y se levantó—. Ni una palabra sobre eso. Parece que me toma por un hipersensible sólo por el hecho de que no puedo soportar los paseos de la señorita Montag, y ahí la tiene, ya regresa otra vez.

La señora Grubach se vio impotente.

—¿Quiere que le diga que retrase el resto de la mudanza? Si usted quiere, lo hago en seguida.

—¡Pero tiene que mudarse a la habitación de la señorita Bürstner!

—Sí —dijo la señora Grubach, que no entendió muy bien lo que K quiso decir.

—Bien —dijo K—, pues entonces tendrá que trasladar todas sus cosas.

La señora Grubach se limitó a asentir. Esa impotencia muda, que se reflejaba exteriormente en un gesto de consuelo, irritaba aún más a K. Comenzó a pasear de un lado a otro de la habitación, de la ventana hasta la puerta y de ésta, de nuevo, a la ventana, y la señora Grubach aprovechó la oportunidad para alejarse, lo que probablemente hubiera hecho de todos modos.

Acababa de llegar K a la puerta, cuando alguien llamó. Era la criada. Anunció que la señorita Montag deseaba hablar con el señor K y por eso le pedía que fuera al comedor, donde ella le esperaba. K escuchó pensativo a la criada, luego se volvió hacia la asustada señora Grubach con una mirada irónica. Esa mirada parecía decir que K hacía tiempo que esperaba esa invitación y que se adaptaba perfectamente al tormento que los inquilinos de la señora Grubach le estaban infligiendo esa mañana dominical. Envió a la criada con la respuesta de que iría en seguida, se acercó al armario para cambiarse de chaqueta y como respuesta a la señora Grubach, que se quejaba en voz baja de esa persona tan desagradable, le pidió que se llevara la vajilla del desayuno.

—Pero si apenas ha comido algo —dijo la señora Grubach.

—¡Ah, lléveselo ya! —exclamó K, le parecía como si la señorita Montag se hubiera mezclado con el desayuno y lo hiciera repugnante. Cuando atravesó el recibidor, miró hacia la puerta cerrada de la habitación de la señorita Bürstner. Pero no estaba invitado allí, sino en el comedor, cuya puerta abrió sin llamar.

Era una habitación larga y estrecha, con una sola ventana. Había tanto espacio libre que se hubieran podido colocar en las esquinas, a ambos lados de la puerta, dos armarios, mientras que el resto del espacio quedaba acaparado por una larga mesa que comenzaba cerca de la puerta y llegaba casi hasta la ventana, que permanecía prácticamente inaccesible. La mesa estaba puesta y, además, para muchas personas, pues el domingo comían allí todos los inquilinos.

En cuanto K entró, la señorita Montag vino desde la ventana, a lo largo de la mesa, para encontrarse con K. Se saludaron sin pronunciar palabra. A continuación, la señorita Montag, con la cabeza demasiado erguida, como siempre, dijo:

—No sé si me conoce.

K la miró con ojos entornados.

—Claro que sí —dijo él—. Vive desde hace tiempo en casa de la señora Grubach.

—Usted, sin embargo, según creo —dijo la señorita Montag—, no se preocupa mucho de la pensión.

—No —dijo K.

—¿No quiere sentarse? —dijo la señorita Montag.

Llevaron dos sillas en silencio hacia el extremo de la mesa y allí se sentaron uno frente al otro. Pero la señorita Montag se volvió a levantar al poco tiempo, pues se había dejado el bolso en la ventana, así que fue a recogerlo. Cuando regresó, balanceando ligeramente el bolso, dijo:

—Quisiera hablar con usted sólo un momento por encargo de mi amiga. Quería haber venido ella misma, pero hoy no se siente bien. Le pide que la disculpe y que me oiga a mí en vez de a ella. No le hubiera podido decir nada diferente a lo que le voy a decir yo. Todo lo contrario, creo que yo le voy a decir más, ya que no tengo ningún interés en el asunto, ¿no cree?

—¡Qué podría decir yo! —respondió K, ya cansado de que la señorita Montag no parase de mirar sus labios. Así se arrogaba un dominio sobre lo que él quería decir.

—La señorita Bürstner, como veo, no está dispuesta a sostener conmigo la entrevista que le he solicitado.

—Así es —dijo la señorita Montag—, o, mejor, no es así, usted lo expresa con demasiada dureza. En general las conversaciones ni se conceden ni se niegan. Pero puede ocurrir que determinadas conversaciones se consideren inútiles, y éste es uno de esos casos. Después de su mención, ya puedo hablar abiertamente. Usted ha pedido por escrito u oralmente a mi amiga que sostenga una entrevista con usted. Pero mi amiga no sabe, al menos eso es lo que yo deduzco, cuál puede ser el objeto de esa entrevista y, por motivos que desconozco, está convencida de que, si tuviera lugar, no sería útil para nadie. Por lo demás, ayer me explicó, aunque de un modo fugaz, que a usted tampoco le podía importar mucho esa conversación, que se le debía de haber ocurrido por casualidad y que reconocería pronto, sin necesidad de aclaraciones, lo absurdo de la pretensión. Yo le respondí que podía tener razón, pero que sería más ventajoso, para una clarificación completa del asunto, hacerle llegar una respuesta. Yo me ofrecí a asumir esa tarea y, después de dudar algo, mi amiga consintió en ello. Espero haber trabajado también en su beneficio, pues la menor inseguridad en el asunto más insignificante siempre resulta desagradable. Además, si se puede resolver fácilmente, como en este caso, lo mejor es hacerlo en seguida.

—Se lo agradezco —dijo K con rapidez, se levantó lentamente, miró a la señorita Montag, luego deslizó su mirada a lo largo de la mesa hasta dejarla reposar en la ventana —en la casa de enfrente daba el sol— y, finalmente, se dirigió hacia la puerta.

La señorita Montag le siguió unos pasos como si no confiase en él. No obstante, ambos tuvieron que apartarse nada más llegar a la puerta, pues el capitán Lanz entró. K era la primera vez que lo veía de cerca. Era un hombre alto, de unos cuarenta años, con un rostro carnoso y bronceado. Hizo una ligera inclinación, también dirigida a K, luego se acercó hasta donde estaba la señorita Montag y besó obsequioso su mano. Su cortesía frente a la señorita Montag contrastaba con la actitud que K había tenido ante ella. Pero la señorita Montag no parecía enojada con K, pues, según le pareció, quiso presentarle al capitán. Pero K no quería que le presentaran, no hubiese sido adecuado ser amable con el capitán o con la señorita Montag, el beso en la mano la había unido, para él, a un grupo que, bajo la apariencia de una extremada inocencia y desinterés, intentaba apartarle de la señorita Bürstner. K no sólo creyó reconocer esto, sino también que la señorita Montag había escogido un buen medio, aunque de dos filos. Por una parte, exageraba la importancia de la relación entre la señorita Bürstner y K, por otra, exageraba la importancia de la entrevista solicitada e intentaba darle la vuelta a la argumentación, de tal modo que K apareciese como el que lo exageraba todo. Se equivocaba, K no quería exagerar nada, K sabía que la señorita Bürstner no era más que una pequeña mecanógrafa que no podría ofrecerle resistencia durante mucho tiempo. Ni siquiera había tomado en cuenta lo que la señora Grubach sabía de la señorita Bürstner. Reflexionó sobre todo esto mientras salía de la habitación sin apenas despedirse. Quiso volver de inmediato a su cuarto, pero oyó, desde el comedor, la risa de la señorita Montag, y pensó que podría prepararles una sorpresa a ambos, tanto a ella como al capitán. Miró alrededor y escuchó por si acaso podía ser descubierto por alguien de las habitaciones vecinas. Reinaba el silencio, sólo se oía la conversación en el comedor y, en el pasillo que conducía a la cocina, la voz de la señora Grubach. La oportunidad parecía favorable. K se acercó a la puerta de la habitación de la señorita Bürstner y tocó sin hacer apenas ruido. Como no se oyó nada, volvió a llamar, pero tampoco obtuvo respuesta. ¿Dormía o realmente se encontraba mal?

¿O tal vez no quería abrir porque sospechaba que esa forma de llamar sólo podía proceder de K? K supuso que no quería abrir, así que golpeó la puerta con más fuerza. Como tampoco tuvo éxito, abrió la puerta con precaución, aunque no sin el sentimiento de hacer algo incorrecto, y además inútil. En la habitación no había nadie. Apenas recordaba a la habitación que K había visto. En la pared había dos camas contiguas, habían situado tres sillas cerca de la puerta y estaban repletas de ropa; un armario permanecía abierto. Era posible que la señorita Bürstner hubiera salido mientras K conversaba con la señorita Montag en el comedor. K no estaba muy desilusionado, no había esperado poder encontrar tan fácilmente a la señorita Bürstner. Lo había intentado sólo como consuelo contra la señorita Montag. Más desagradable fue, cuando K, mientras cerraba la puerta, vio, a través de la puerta del comedor, cómo conversaban la señorita Montag y el capitán. Era probable que ya permanecieran así antes de que K hubiese abierto la puerta, evitaban dar la impresión de que le observaban, se limitaban a conversar en voz baja y seguían los movimientos de K con la mirada, como se mira distraído durante una conversación. Pero a K esas miradas le afectaron especialmente: se apresuró a llegar a su habitación sin separarse de la pared.

EL FISCAL

A pesar de los conocimientos psicológicos y de la experiencia adquirida durante su larga actividad bancaria, sus compañeros de tertulia siempre le habían parecido dignos de admiración y jamás negaba que para él suponía un gran honor pertenecer a un grupo semejante. Estaba constituido casi exclusivamente por jueces, fiscales y abogados; a algunos jóvenes funcionarios y pasantes se les admitía en la reunión, pero se sentaban al final de la mesa y sólo podían intervenir en los debates cuando se les preguntaba expresamente algo. Pero esas preguntas solían tener el único objetivo de divertir a la concurrencia: especialmente el fiscal Hasterer, habitual vecino de mesa de K, gustaba de avergonzar así a los jóvenes. Cuando ponía su gran mano peluda en el centro de la mesa, la extendía y miraba hacia el extremo, todos aguzaban los oídos. Y cuando uno de los jóvenes se adjudicaba la pregunta, pero o no podía descifrarla o se quedaba mirando la cerveza pensativo, moviendo las mandíbulas en vez de hablar, o —lo que era más enojoso defendía con un torrente de palabras una opinión falsa o desautorizada, entonces todos los señores volvían a acomodarse riendo en sus asientos y sólo a partir de ese momento parecían sentirse realmente a gusto. Las conversaciones serias y especializadas quedaban reservadas para ellos.

K había sido introducido en esa sociedad por el asesor jurídico del banco. Hubo un tiempo en que K tuvo que sostener largas entrevistas con ese abogado hasta muy tarde por la noche y se había adapta do a su costumbre de cenar en la tertulia, gustándole la compañía. Allí podía ver a eruditos, a hombres poderosos y de gran prestigio, cuya diversión consistía en intentar resolver cuestiones ajenas a la vida común. Aunque él podía intervenir muy poco, al menos disfrutaba de la posibilidad de acumular conocimientos, lo que más tarde o más temprano le procuraría ventajas en el banco. Además, podía conseguir importantes contactos personales con el mundo de la justicia, que siempre podían ser de utilidad. Pero también el grupo parecía tolerarle. Pronto fue reconocido como un experto en negocios y su opinión en esa materia —muchas veces emitida con ironía— resultaba irrefutable. Ocurría con frecuencia que dos personas, que juzgaban de manera diferente una cuestión jurídica, solicitaban a K su opinión, de tal modo que el nombre de K quedaba involucrado en todas las intervenciones, incluso en los análisis más abstractos, en los que K se perdía. No obstante, poco a poco iba comprendiendo las argumentaciones más complejas, pues contaba a su lado con el fiscal Hasterer, un buen consejero que le ayudaba amigablemente en esas cuestiones. Algunas veces K le acompañaba por la noche a casa, aunque no se podía acostumbrar a ir al lado de un hombre tan enorme, que le podría haber ocultado en los faldones de su abrigo.

A lo largo del tiempo se hicieron tan amigos que las diferencias de educación, de profesión y de edad desaparecieron. Hablaban entre ellos como si hubieran estado juntos desde siempre y, aunque en la relación a veces parecía que uno mostraba cierta superioridad, no era Hasterer, sino K el que quedaba algo por encima, pues sus experiencias prácticas le daban con frecuencia la razón, no en vano las había adquirido directamente, como nunca ocurre en un despacho judicial.

Esa amistad era conocida entre los contertulios; al final, sin embargo, se olvidó quién había introducido a K en la sociedad, aunque Hasterer le cubría en todo momento. Si el derecho de K a sentarse entre ellos hubiese sido puesto en duda, habría podido apelar a Hasterer con todo derecho. Por eso K ocupó una posición privilegiada, pues Hasterer era tan admirado como temido. La fuerza de su argumentación jurídica era digna de admiración, pero había otros señores que estaban a su altura en ese terreno. No obstante, ninguno de ellos alcanzaba la impetuosidad con que defendía su opinión. K tenía la impresión de que Hasterer, cuando no podía convencer a su contrario, al menos le quería asustar, sólo ante su dedo índice admonitorio había más de uno que retrocedía. Entonces era como si el oponente olvidara que estaba en la compañía de buenos conocidos y colegas, que sólo se trataba de cuestiones teóricas y de que en realidad no podía ocurrirle nada. A pesar de todo esto, enmudecía y un ligero balanceo de cabeza ya era un acto de valor. Era un espectáculo patético cuando el oponente estaba sentado lejos; Hasterer sabía que con esa distancia no se podría llegar a ninguna unanimidad, a no ser que desplazara el plato de la cena y se levantase lentamente para buscar al hombre en cuestión. Los que estaban a su lado miraban hacia arriba para observar su rostro. Pero esos incidentes eran relativamente escasos, ante todo se irritaba tratando de cuestiones jurídicas, principalmente en aquellas que aludían a procesos en los que él mismo participaba o había participado.

Si no se trataba de esas cuestiones, permanecía tranquilo y amable, su sonrisa era cariñosa y su pasión era comer y beber. Podía ocurrir incluso que no escuchase la conversación, se volviera hacia K, pusiera el brazo sobre el respaldo de la silla de éste, le preguntase algo en voz baja acerca del banco, luego hablase él sobre su propio trabajo y contase algo sobre las damas que conocía, que le daban tanto o más trabajo que el tribunal. Con ningún otro hablaba así, podía ocurrir, incluso, que cuando alguien quería solicitar algo de Hasterer —la mayoría de las veces para lograr una reconciliación con algún colega— se dirigiera primero a K y le pidiera su intercesión, a lo que él siempre accedía. Sin aprovecharse en este sentido de la amistad con Hasterer, K era amable y modesto con todos los demás y sabía distinguir —lo que era mucho más importante que la cortesía y la modestia— los distintos rangos jerárquicos y tratar a cada uno según su posición. Hasterer le ilustraba a este respecto una y otra vez, ésas eran las únicas normas que ni siquiera Hasterer rompía en sus debates más enconados. Por el respeto a estas normas se juzgaba también a los jóvenes situados al fondo de la mesa, que aún no poseían rango alguno y a los que se dirigían como si no fueran individuos, sino una masa compacta. Pero precisamente estos jóvenes eran los que brindaban mayores honores a Hasterer, y cuando se levantaba a las once para irse a casa, siempre había uno dispuesto a ayudarle a ponerse el pesado abrigo y otro que con inclinaciones se apresuraba a abrirle la puerta y, naturalmente, la mantenía abierta hasta que K abandonaba la estancia detrás de él.

Mientras que al principio K acompañaba a Hasterer, o este último a K, un trecho del camino, más tarde Hasterer comenzó a invitar a K para que subiese a su vivienda y conversaran un rato. Permanecían alrededor de una hora juntos bebiendo licor y fumando cigarros. A Hasterer le gustaban tanto esas veladas que no quiso renunciar a ellas cuando una mujer, Helene de nombre, vivió allí durante unas semanas. Era una mujer gorda y ya mayor, con una piel amarillenta y rizos negros que le caían por la frente. K al principio sólo la vio en la cama: permanecía tendida sin vergüenza alguna, leyendo una novela y sin interesarse por la conversación de los dos hombres. Sólo cuando se había: hecho tarde acostumbraba estirarse y bostezar. Y si así no podía llamar la atención, entonces le arrojaba la novela a Hasterer. Éste se levantaba sonriendo y se despedía de K. Después, cuando Hasterer comenzó a cansarse de Helene, ésta perturbaba considerablemente los encuentros. Esperaba la llegada de ambos completamente vestida y, además, con un traje que ella, probablemente, consideraba muy elegante, pero que en realidad era un vestido de baile pasado de moda y que llamaba desagradablemente la atención por una serie de volantes que ella misma le había añadido como adorno. K ignoraba el aspecto real que podía haber tenido ese vestido, él se negaba a mirarlo y permanecía sentado durante horas con los ojos bajos, mientras ella iba y venía contoneándose por la habitación o se sentaba cerca de él. Más tarde, cuando su situación empezaba a ser insostenible, intentó dar, llevada por la desesperación, un trato de preferencia a K para, así, poner celoso a Hasterer. Era sólo por desesperación, no por maldad, cuando apoyaba su grasienta espalda desnuda en la mesa, acercaba su rostro a K y le quería obligar a que la mirara. Ella sólo consiguió que K renunciase a visitar a Hasterer y cuando, transcurrido un tiempo, regresó, ya se había desembarazado de Helene. K lo tomó como algo evidente. Esa noche permanecieron juntos más de lo habitual, celebraron su hermandad por iniciativa de Hasterer y K regresó a casa algo mareado a causa de los cigarros y del licor.

Precisamente a la mañana siguiente, el director del banco, durante una conversación de negocios, mencionó que le había parecido ver a K la noche anterior. Si no se equivocaba, había visto a K andando con el fiscal Hasterer cogidos del brazo. Al director le parecía tan extraño, que nombró la iglesia—esto correspondía a su pasión por la exactitud— en cuyo muro lateral, cerca de la fuente, se había producido ese encuentro. Si hubiese querido describir un espejismo, no lo hubiera podido expresar mejor. K le explicó que el fiscal era amigo suyo y que, en efecto, la noche anterior habían pasado por la iglesia mencionada. El director rió asombrado y pidió a K que se sentase. Era uno de esos momentos por los que K tenía tanto cariño al director. Eran instantes en que ese hombre enfermo y débil, que apenas dejaba de toser, sobrecargado de trabajo y lleno de responsabilidad, se preocupaba por el bienestar de K y por su futuro. Se trataba de una preocupación que, según otros funcionarios que habían experimentado algo parecido, se podía denominar fría y superficial, pues no era nada más que un buen método para ganarse a valiosos funcionarios por muchos años con el sacrificio de dos minutos. Pero fuera lo que fuese, K quedaba sometido al director en esos instantes. Tal vez el director hablaba con K de un modo algo diferente, jamás olvidaba su posición para ponerse al mismo nivel de K —esto, sin embargo, lo hacía con regularidad en las relaciones usuales de negocios —, pero sí parecía olvidar la posición de K, ya que hablaba con él como con un niño o como con un joven ignorante que pretende un puesto de trabajo y, por motivos inescrutables, cae simpático al director. K no habría tolerado semejante tratamiento de nadie, ni siquiera del director, si su preocupación no le hubiera parecido sincera o si al menos la posibilidad de esa preocupación, como se mostraba en esos instantes, no le hubiera hechizado de ese modo. K reconocía sus debilidades. Tal vez el motivo era que en él había algo infantil, ya que no había recibido el cariño de un padre, pues éste había muerto muy joven. Además, había salido muy pronto de casa y no se había sentido atraído por la ternura de la madre, que, medio ciega, vivía en una de esas ciudades de provincia por las que no pasa el tiempo y a la que había visitado por última vez hacía dos años.

—No sabía nada de esa amistad—dijo el director, y sólo una débil y amable sonrisa dulcificó la severidad de sus palabras.

HACIA LA CASA DE ELSA

Una noche, poco antes de irse, K recibió una llamada en la que le exhortaban a que se presentase inmediatamente en las oficinas del juzgado. Se le advertía que obedeciese. Sus inauditas indicaciones acerca de la inutilidad de los interrogatorios, de que éstos no conducían a nada, de que él no volvería a comparecer, de que no atendería ninguna notificación, ni por teléfono ni por escrito, y de que echaría a todos los ujieres, todas esas indicaciones constaban en acta y ya le habían perjudicado mucho. ¿Por qué no se quería plegar? ¿Acaso no se esforzaban, sin considerar el tiempo invertido ni los costes, en ordenar algo su confusa causa? ¿Acaso pretendía molestar y que se tomasen medidas violentas, de las que hasta ahora había sido eximido? La citación de ese día era un último intento. Que hiciera lo que quisiese, pero que supiese que el tribunal supremo no iba a tolerar que se burlasen de él.

Precisamente esa noche K había avisado a Elsa de su visita y por ese motivo no podía comparecer ante el tribunal. Estaba contento de poder justificar su incomparecencia con ese motivo, aunque, natural mente, jamás utilizaría semejante excusa ni, con toda probabilidad, acudiría esa noche al tribunal aun cuando no tuviera la obligación más nimia. En todo caso, con la conciencia de estar en su derecho, planteó la pregunta de qué ocurriría si no fuera.

—Sabremos encontrarle —fue la respuesta.

—¿Y seré castigado porque no me he presentado voluntariamente? —preguntó K, y sonrió en espera de lo que le iban a responder.

—No —fue la respuesta.

—Estupendo —dijo K—, ¿qué motivo podría tener entonces para cumplir con la citación de hoy?

—No se suele acosar con los medios punitivos del tribunal —dijo la voz ya debilitada y que terminó por extinguirse.

Es muy imprudente si no se hace —pensó K mientras se marchaba—. Hay que conocer esos medios punitivos.

Se dirigió a casa de Elsa sin pensarlo dos veces. Sentado cómodamente en la esquina del coche, con las manos en los bolsillos del abrigo —empezaba a hacer frío—, contempló las animadas calles. Pensó con cierta satisfacción que le causaría dificultades al tribunal, si realmente estaban trabajando, pues no había dicho con claridad si se iba a presentar o no. Así que el juez estaría esperando, quizá toda la asamblea, pero K, para decepción de toda la galería, no aparecería. Sin tomar en consideración al tribunal, iba a donde quería. Por un momento dudó de si, por distracción, le había dado al conductor la dirección del tribunal, así que le gritó la dirección de Elsa. El conductor asintió, la dirección que le había dado era la correcta. A partir de ese momento K se fue olvidando del tribunal y los pensamientos del banco comenzaron a invadir su mente, como en los viejos tiempos.

LUCHA CON EL SUBDIRECTOR

Una mañana K se encontró mucho más fresco y fuerte que de costumbre. Apenas pensaba en el tribunal. Cuando se acordaba de él, le parecía como si, palpando en la oscuridad un mecanismo oculto, pudiera manejar fácilmente a esa gran organización inabarcable, desgarrarla y hacerla trizas. Su ánimo extraordinario le tentó a invitar al subdirector para que viniera a su despacho y tratar de un asunto de negocios que urgía desde hacía tiempo. En esas ocasiones, el subdirector solía fingir que sus relaciones con K no se habían alterado en los últimos meses.

Entraba tranquilo, como en los tiempos de continua competencia con K, le escuchaba paciente, mostraba su interés con pequeñas indicaciones amistosas y de confianza, y sólo confundía a K, sin que se notase ninguna intención expresa en ello, al no desviarse un ápice del asunto de negocios, al mostrarse receptivo y concentrado mientras los pensamientos de K, ante ese modelo de cumplimiento del deber, comenzaban a dispersarse y le obligaban, casi sin resistencia, a cederle todo el asunto. Una vez la situación fue tan mala que el subdirector se levantó repentinamente y regresó a su oficina en silencio. K no sabía lo que había ocurrido, era posible que la entrevista hubiera concluido, pero también era posible que el subdirector la hubiera interrumpido porque K, sin saberlo, le había molestado, o porque había dicho alguna necedad, o porque al subdirector le había resultado indudable que K no escuchaba y estaba ocupado en otros asuntos. Era posible, incluso, que K hubiese tomado una decisión ridícula o que el subdirector le hubiese sonsacado algo absurdo y ahora se apresurase a difundirlo para dañar a K. Por lo demás, ya no volvieron a hablar de ese asunto. K no quería recordárselo y el subdirector permaneció inaccesible al respecto. Tampoco hubo, al menos provisionalmente, consecuencias visibles. Pero K no aprendió del incidente, cuando encontraba una oportunidad adecuada y se sentía con algo de fuerzas, ya estaba en la puerta del despacho del subdirector invitándole a ir al suyo o pidiendo permiso para entrar. Ya no se escondía de él como había hecho anteriormente. Tampoco tenía la esperanza de que se produjera una pronta decisión que le liberase de una vez por todas de sus cuitas y que restableciera la relación originaria con el subdirector. K comprendió que no podía ceder; si retrocedía, como, tal vez, exigían las circunstancias, corría el peligro de no poder avanzar más. No se podía dejar que el subdirector creyese que K estaba acabado, no podía permanecer sentado tranquilamente en su despacho con esa suposición, había que ponerlo nervioso, tenía que experimentar con tanta frecuencia como fuera posible que K vivía y que, como todo lo que poseía vida, un día podía sorprender con nuevas capacidades, por muy inofensivo que pareciese hoy. A veces, sin embargo, K se decía que con ese método lo único que conseguía era luchar por su honor, pero que no le sería de ninguna utilidad, puesto que siempre que se enfrentaba al subdirector terminaba fortaleciendo la posición de éste y, además, le daba la oportunidad de realizar observaciones y tomar las medidas adecuadas que reclamaban las circunstancias que en ese momento se imponían. Pero K no hubiera podido alterar su comportamiento, estaba sometido a ilusiones generadas por él mismo, a veces creía que podía medirse con el subdirector con despreocupación. No aprendió de las experiencias más desgraciadas; lo que no había resultado en diez intentos, creía que podría resultar en el decimoprimero, aunque las circunstancias eran las mismas y todo estaba en su contra. Cuando, después de uno de esos encuentros, regresaba agotado, sudoroso, con la mente vacía, no sabía si lo que le había impulsado a entrevistarse con el subdirector había sido la esperanza o la desesperación. En la siguiente ocasión fue claramente la esperanza la que le indujo a apresurarse hacia la puerta del subdirector.

Así era hoy. El subdirector entró en seguida, permaneció cerca de la puerta, limpió sus quevedos —era una nueva costumbre que había adquirido—, miró a K y, a continuación, para no dar la impresión de fijarse demasiado en él, paseó la mirada por la habitación. Era como si aprovechase la oportunidad para examinar su vista. K resistió sus mira das, incluso sonrió un poco e invitó al subdirector a que tomase asiento. K se reclinó en su sillón, lo acercó un poco al subdirector, tomó los papeles necesarios y comenzó a informarle. El subdirector parecía s como si apenas escuchara. La tabla de la mesa de K estaba rodeada por una pequeña moldura labrada. Toda la mesa estaba excepcionalmente trabajada y también la moldura era de madera y estaba sólidamente adosada a la tabla. Pero el subdirector hizo como si hubiese encontrado ahí precisamente una pieza suelta y quisiera repararla con el dedo índice. K pensó en interrumpir su informe, pero el subdirector no quiso, pues él, como explicó, lo escuchaba y comprendía todo. Mientras K era incapaz de sonsacarle una mera indicación, la moldura parecía requerir un tratamiento especial, pues el subdirector sacó una navaja de bolsillo, tomó la regla de K como palanca e intentó elevar la moldura para poder encajarla mejor. K había incluido en su informe una propuesta novedosa, la cual esperaba que ejerciera un efecto especial en el subdirector, pero cuando llegó el momento de mencionarla, no pudo parar, tanto le obsesionaba el trabajo o, mejor, tanto se alegraba de esa conciencia, cada vez más rara, de que aún era alguien en el banco y de que sus pensamientos tenían la fuerza de justificarle. Tal vez fuese esa forma de justificarse la mejor, y no sólo en el banco, sino también en el proceso, quizá mucho mejor que cualquier otra defensa ya intentada o planeada. Con su prisa por decirlo todo, K no tuvo tiempo de desviar la atención del subdirector de su actividad, se limitó, dos o tres veces, mientras leía, a pasar la mano sobre la moldura con un ademán tranquilizador, para, así, sin ser consciente de ello, mostrar al subdirector que la moldura no tenía ningún defecto y que, si encontraba uno, era mas importante escuchar y comportarse decentemente que cualquier mejora en el mueble. Pero el subdirector, como ocurre con frecuencia con hombres activos, asumió ese trabajo con celo, ya había levantado un trozo de moldura y ahora sólo le quedaba ir introduciendo las columnitas en sus agujeros respectivos. Eso era lo más difícil de todo. El subdirector se tuvo que levantar e intentó presionar con las dos manos la moldura contra la tabla. Pero no lo consiguió ni empleando todas sus fuerzas. K, mientras leía —aunque combinaba la lectura con muchas explicaciones—, sólo había percibido fugazmente que el subdirector se había levantado. Aunque apenas había perdido de vista la actividad complementaria del subdirector, supuso que el movimiento de éste se había debido a su informe, así que también se levantó y le extendió un papel al subdirector. El subdirector, mientras tanto, había comprendido que la presión de las manos no bastaría, así que se sentó con todo su peso encima de la moldura. Ahora lo consiguió, las columnitas se introdujeron chirriando en sus agujeros, pero una de ellas se quebró y la moldura se partió en dos.

—La madera es mala —dijo el subdirector enojado, dejó la mesa y se sentó…

LA CASA

Sin una intención concreta, K, en diversas ocasiones, había intentado enterarse del domicilio del organismo del que partió la primera denuncia en su causa. Lo averiguó sin dificultades, tanto Titorelli como Wolfhart le dieron el número de la calle cuando les preguntó. Titorelli completó la información, con la sonrisa que siempre tenía preparada para aquellos planes secretos que no se le presentaban para su examen pericial, diciendo que ese organismo no tenía ninguna importancia, sólo ejecutaba lo que se le encargaba y sólo era el órgano externo de la autoridad acusatoria, que era inaccesible para los acusados. Si se deseaba algo de la autoridad acusatoria —naturalmente siempre había muchos deseos, pero no siempre era inteligente manifestarlos—, había que dirigirse al mencionado organismo, pero así ni se lograba acceder a la autoridad acusatoria, ni que el deseo fuese transmitido a ésta.

K ya conocía la manera de ser del pintor, así que no le contradijo, tampoco quiso pedirle más información, se limitó a asentir y a darse por enterado. Una vez más le pareció que Titorelli, cuando se trataba de atormentar, superaba al abogado. La diferencia consistía en que K no dependía tanto de Titorelli y hubiera podido liberarse de él cuando hubiese querido. Además, Titorelli era hablador, incluso parlanchín, si bien antes más que ahora y, en definitiva, también K podía atormentar a Titorelli.

Y así lo hizo en esa oportunidad, habló con frecuencia a Titorelli de esa casa como si quisiera ocultarle algo, como si tuviera algún contacto con ese organismo, aunque no lo suficientemente intenso como para darlo a conocer sin peligro. Titorelli intentó obtener alguna información de K, pero éste, repentinamente, ya no volvió a hablar más del asunto. K se alegraba de esos pequeños éxitos, él creía después que entendía mejor a esas personas del tribunal, incluso que podía jugar con ellas, estar por encima y disfrutar, al menos en algunos instantes, de una mejor visión de las cosas, ya que ellas estaban en el primer nivel del tribunal. Pero, ¿qué ocurriría si perdía su posición? Aún habría una posibilidad de salvación, no tenía nada más que deslizarse entre esas personas, si no le habían podido ayudar en su proceso a causa de su bajeza o por otros motivos, al menos le podrían aceptar y esconder, sí, ni siquiera, si él lo planeaba bien y ejecutaba su plan en secreto, podrían rechazar ayudarle de esa manera, especialmente Titorelli no podría denegarle ayuda, ya que se había convertido en un benefactor.

Sin embargo K no se alimentaba diariamente de esas esperanzas,. en general aún distinguía con precisión y se guardaba mucho de ignorar o pasar por alto alguna dificultad, pero a veces —normalmente en estados de agotamiento por la noche, después del trabajo— encontraba consuelo en los más pequeños y significativos incidentes del día. Usualmente permanecía tendido en el canapé de su despacho —no podía abandonar su despacho sin tener que recuperarse después una hora en el canapé— y se dedicaba a encadenar en su mente observación tras observación. No se limitaba a las personas que pertenecían a la organización de la justicia, en ese estado de duermevela se mezclaban todos, entonces se olvidaba del enorme trabajo del tribunal, le parecía que él era el único acusado y veía cómo el resto de las personas, una confusión de funcionarios y juristas, pasaban por los pasillos de un edificio. Ni los más lerdos hundían la barbilla en el pecho, todos mostraban los labios fruncidos y una mirada fija de reflexión responsable. Los inquilinos de la señora Grubach siempre aparecían como un grupo cerrado, permanecían juntos uno al lado del otro con las bocas abiertas, como los miembros de un coro. Entre ellos había muchos desconocidos, pues K hacía tiempo que no prestaba ninguna atención a la pensión.

A causa de los muchos desconocidos le causaba desagrado acercarse al grupo, lo que a veces se veía obligado a hacer cuando buscaba entre ellos a la señorita Bürstner. Sobrevoló, por ejemplo, el grupo y, de repente, brillaron dos ojos completamente desconocidos que lo detuvieron. No encontró a la señorita Bürstner, pero cuando siguió buscando para evitar cualquier error, la encontró en el centro del grupo, rodeando a dos hombres con sus brazos. No le causó ninguna impresión, sobre todo porque esa visión no era nueva, sino un recuerdo imborrable de una fotografía de la playa que había visto una vez en la habitación de la señorita Bürstner. Esa visión separaba a K del grupo y aun cuando regresaba una y otra vez, sólo lo hacía para atravesar a toda prisa el edificio del tribunal. Conocía muy bien todas las estancias; incluso los pasillos perdidos, que no había visto nunca, le resultaban familiares, como si le hubieran servido de morada desde siempre. Los detalles quedaban grabados en su cerebro con una exactitud dolorosa. Un extranjero, por ejemplo, paseaba por una antesala, vestía como un torero, el talle apretado, su chaquetilla corta y rígida estaba adornada con borlas amarillas, y ese hombre, sin parar de pasear, se dejaba admirar por K. Éste, encogido, le contemplaba con los ojos muy abiertos. Conocía todos los dibujos, todos los flecos, todas las líneas de la chaquetilla y, aun así, no se cansaba de mirarla. O, mejor, hacía tiempo que se había cansado de mirarla o, aún más correcto, nunca la había querido mirar, pero no le dejaba. "¡Qué mascaradas ofrece el extranjero!" —pensó, y abrió aún más los ojos. Y fue seguido por ese hombre hasta que se echó y presionó el rostro contra el canapé[40].

---

[40] En el manuscrito hay varios intentos para continuar el fragmento: "Así permaneció largo tiempo y realmente pudo descansar. Aunque seguía reflexionando, lo hacía en la oscuridad y sin que nadie le molestara. Pensaba en Tit. Tit. estaba sentado en una silla y K permanecía arrodillado ante él, acariciando sus brazos y adulándolo de todas las maneras posibles. Tit. sabía lo que K pretendía, pero hacía como si no lo supiera y así le atormentaba un poco. No obstante, K sabía que al final conseguiría lo que se proponía, pues Tit. era un imprudente, un hombre fácil de convencer, sin conciencia del deber. Era incomprensible cómo el tribunal podía tener tratos con un tipo así. K se dio cuenta: era posible influir en él. No se dejó confundir por su sonrisa desvergonzada, dirigida al vacío, se mantuvo en su petición y alzó las manos hasta acariciar con ellas las mejillas de Tit. No se esforzaba mucho, lo hacía casi con pereza, prolongó su gesto por puro placer, estaba seguro de su éxito. ¡Qué fácil era engañar al tribunal! Como si obedeciera a una ley natural, Tit. se inclinó hacia él y un guiño de ojos amigable y lento le mostró que estaba dispuesto a concederle su favor. Estrechó la mano de K con fuerza, éste se levantó, sintió que era un momento solemne, pero Tit. no toleró ninguna solemnidad, abrazó a K y se lo llevó. Llegaron en seguida al edificio del tribunal y se apresuraron a subir las escaleras, pero no sólo subieron, se deslizaron hacia arriba y hacia abajo como si estuvieran en una barca. Y precisamente cuando K observaba sus pies y llegaba a la conclusión de que esa bella forma de desplazarse no era propia de su vida vulgar, precisamente en ese momento se produjo la

VISITA A LA MADRE

De repente, durante la comida, se le ocurrió visitar a su madre. La primavera ya estaba llegando a su fin y con ella se cumplía el tercer año desde que no la había visto. Su madre le había pedido hacía tres años que fuese a su cumpleaños y él había cumplido la promesa, a pesar de algunos impedimentos. Luego le había prometido visitarla en todos sus cumpleaños, una promesa que había dejado de cumplir dos veces. Ahora no quería esperar hasta su cumpleaños: aunque sólo faltaran catorce días, deseaba viajar en seguida. Sin embargo, se dijo que no había ningún motivo para salir tan rápido, todo lo contrario, las noticias que recibía regularmente, en concreto cada dos meses, de su primo, que poseía un comercio en la pequeña ciudad y administraba el dinero que K le enviaba a su madre, eran más tranquilizadoras que nunca. La vista de la madre se apagaba, pero eso, según lo que le habían dicho los médicos, ya lo esperaba K desde hacía años, no obstante su estado había mejorado en general, determinadas dolencias de la edad habían disminuido en vez de agravarse, al menos ella se quejaba menos. Según el primo, se podría deber a que en los últimos años —K ya había advertido algo con disgusto en su visita— se había vuelto muy piadosa. El primo le había descrito en una carta, de manera muy ilustrativa, cómo la anciana, que antes se había arrastrado con esfuerzo, ahora andaba muy bien cogida de su brazo cuando la llevaba los domingos a la iglesia. Y K podía creer al primo,

---

transformación sobre su cabeza inclinada. La luz, que hasta ese momento procedía de la parte de atrás, cambió y les dio de frente, cegándoles. K miró hacia arriba, Tit. asintió y se dio la vuelta. Otra vez se encontraba K en el pasillo del juzgado, pero estaba mucho más tranquilo, no había nada que llamase la atención. K lo contempló todo, se soltó de Tit. y siguió su propio camino. K llevaba un traje nuevo, largo y negro, era pesado y cálido. Sabía lo que acababa de ocurrirle, pero estaba contento de no querer reconocerlo. En un rincón del pasillo, en el que había una gran ventana abierta, encontró sus ropas, la chaqueta negra, los pantalones y la camisa arrugada".

pues éste era miedoso y solía exagerar en sus informes lo malo antes que lo bueno.

Pero K se había decidido a partir. Desde hacía tiempo había confirmado en su temperamento, entre otras cosas desagradables, una cierta inclinación a quejarse, así como una ansiedad irrefrenable por satisfacer todos sus deseos. Bien, en este caso particular, ese defecto serviría para una buena acción.

Se acercó a la ventana para ordenar un poco sus pensamientos, luego mandó que se llevasen la comida, envió al ordenanza a casa de la señora Grubach para que le anunciase su partida y para recoger el maletín, en el que la señora Grubach podía meter lo que considerase conveniente. A continuación, dejó unos encargos, referentes a algunos negocios, al señor Kühne, para que los realizase durante el tiempo en que iba a estar ausente; esta vez apenas se enojó por las malas maneras con que últimamente recibía sus encargos, sin ni siquiera mirarle, como si supiera de sobra lo que tenía que hacer y sólo tolerase ese reparto de encargos como una ceremonia. Finalmente, se fue a ver al director. Cuando le pidió dos días libres para visitar a su madre, el director preguntó, naturalmente, si la madre de K estaba enferma.

—No —dijo K, sin más explicaciones. Permanecía en medio de la habitación, con las manos entrelazadas a la espalda. Reflexionaba con la frente arrugada. ¿Acaso se había precipitado con los preparativos del viaje? ¿No era mejor quedarse? ¿Quería viajar sólo por puro sentimentalismo? ¿Y si por ese sentimentalismo descuidaba algo allí, por ejemplo perdía una importante oportunidad para actuar, que, además, podía surgir en cualquier momento, sobre todo ahora, cuando el proceso, desde hacía semanas, no había experimentado cambio alguno y no había surgido ninguna noticia referente a él? ¿Y no asustaría a la pobre mujer, ya mayor? Eso era algo que no pretendía en absoluto y, sin embargo, podía ocurrir contra su voluntad, pues ahora muchas cosas ocurrían contra su voluntad. Y la madre tampoco había manifestado su deseo de verle. Antes, en las cartas de su primo, se habían repetido regularmente las urgentes invitaciones de la madre, pero desde hacía un tiempo se habían interrumpido. Así que por la madre no iba, eso estaba claro. Si iba, no obstante, por alguna esperanza referida a él, entonces era un completo demente y allí, en la desesperación final, recibiría la recompensa por su demencia. Pero, como si estas dudas no fueran las suyas propias, sino que intentasen convencer a gente extraña, mantuvo, al despertar de su ausencia mental, la determinación de viajar. El director, mientras tanto, casualmente o, lo que era más probable, por especial consideración a K, se había inclinado sobre el periódico, pero ahora elevó los ojos, estrechó la mano de K y le deseó, sin plantearle más preguntas, un buen viaje.

K esperó en su despacho al ordenanza paseando de un lado a otro, rechazó casi en silencio al subdirector, que quiso entrar varias veces para preguntarle por los motivos de su viaje y, cuando al fin tuvo el maletín, se apresuró a llegar hasta el coche. Se encontraba aún en la escalera, cuando arriba apareció el funcionario Kullych con una carta en la mano, con la que aparentemente quería solicitar algo de K. Éste le rechazó con la mano, pero terco y necio como era ese hombre rubio y cabezón, interpretó mal el gesto de K y bajó las escaleras con el papel dando unos saltos en los que ponía en peligro su vida. K se enojó tanto que, cuando Kullych le alcanzó en la escalinata, le arrebató la carta y la rompió. Cuando K se volvió ya en el coche, Kullych, que probablemente aún no había comprendido el error cometido, permanecía estático en el mismo sitio y miraba cómo se alejaba el coche, mientras el portero, a su lado, se quitaba la gorra. Así que K aún era uno de los funcionarios superiores del banco, el portero rectificaría la opinión de quien lo quisiera negar. Y su madre le tendría, incluso, y a pesar de todos sus desmentidos, por el director del banco y, eso, desde hacía años. En su opinión jamás descendería de rango, por más que su reputación sufriese daños. Tal vez era una buena señal que justo antes de salir se hubiera convencido de que aún era un funcionario que incluso tenía conexiones con el tribunal, podía arrebatar una carta y romperla sin disculpa alguna. Pero no pudo hacer lo que más le hubiera gustado, dar dos sopapos en las mejillas pálidas y redondas de Kullych.

ANOTACIONES EN LOS DIARIOS DE KAFKA
REFERENTES A EL PROCESO

"Josef K, el hijo de un rico comerciante, se dirigió una noche, después de una gran disputa con su padre —el padre le había reprochado su vida licenciosa y le había exigido que cambiase de vida—, hacia la casa de comercio, situada en las cercanías del puerto, sin ninguna intención definida, inseguro y cansado. El guardián ante la puerta se inclinó profundamente. Josef le miró fugazmente sin saludarle. "Estas personas mudas y subordinadas hacen todo lo que se espera de ellas pensó—. Si pienso que me observa con mirada impertinente, así lo hace en realidad". Y se volvió de nuevo hacia el guardián de la puerta sin saludar. Éste se volvió a su vez hacia la calle y contempló el cielo cubierto" (29 de julio de 1914).

"Comencé con tantas esperanzas y ahora rechazado por las tres historias, hoy más que nunca. Tal vez sea conveniente trabajar en la historia rusa después del Proceso. En esta ridícula esperanza, que sólo se apoya en una fantasía maquinal, comienzo de nuevo el Proceso. No fue del todo en vano" (21 de agosto de 1914).

"Fracaso al intentar terminar el capítulo, otro ya comenzado no podré continuarlo tan bien, mientras que aquella vez, por la noche, me habría sido posible. No puedo abandonarme, estoy completamente solo" (29 de agosto de 1914).

"Frío y vacío. Siento demasiado los límites de mi capacidad, que, cuando no estoy plenamente concentrado, se estrechan" (30 de agosto de 1914).

"Un completo desamparo, apenas 2 páginas escritas. Hoy he estado muy cansado, aunque he dormido bien. Pero sé que no puedo doblegarme si quiero llegar a la gran libertad que tal vez me espera más allá de los padecimientos más bajos de mi actividad literaria, tan nimia a causa de mi forma de vida" (1 de septiembre de 1914).

"Otra vez sólo 2 páginas. Al principió pensé que la tristeza provocada por las derrotas austríacas y el miedo ante el futuro (un miedo que me parece al mismo tiempo ridículo e infame) me impedirían seguir escribiendo. No ha sido así, sólo una abulia que me asalta una y otra vez y que tengo que superar continuamente. Para la tristeza hay tiempo suficiente cuando no escribo" (13 de septiembre de 1914).

"He tomado una semana de vacaciones para dar un impulso a la novela. He fracasado, estoy en la noche del miércoles, el lunes se acaban las vacaciones. He escrito poco y débil" (7 de octubre de 1914).

"14 días, en parte un buen trabajo, comprensión completa de mi situación" (15 de octubre de 1914).

"Desde hace 4 días no he trabajado apenas nada, alguna hora y un par de líneas, pero he dormido mejor, los dolores de cabeza prácticamente han desaparecido por esta razón" (21 de octubre de 1914).

"Paralización casi completa del trabajo. Lo que he escrito no parece espontáneo, sino el reflejo de un buen trabajo realizado con anterioridad" (25 de octubre de 1914).

"Ayer, después de un largo espacio de tiempo, avancé un buen trecho, hoy de nuevo casi nada, los 14 días de vacaciones se han perdido prácticamente del todo" (1 de noviembre de 1914).

"—… A causa del miedo al dolor de cabeza, que ya ha comenzado, como he dormido poco por la noche, no he trabajado nada, en parte también porque temo estropear un pasaje soportable escrito ayer. El cuarto día desde agosto en el que no he escrito nada" (3 de noviembre de 1914).

"No puedo seguir escribiendo. He llegado al límite definitivo en el que tendré que permanecer otra vez muchos años, luego comenzaré, a lo mejor, otra historia, que probablemente también quedará inconclusa. Este destino me persigue. También estoy frío y confuso, sólo me ha quedado el amor senil a la completa tranquilidad. Y como un animal cualquiera apartado del hombre vuelvo a balancear el cuello y quisiera intentar conseguir de nuevo a F durante el tiempo intermedio. Realmente lo volveré a intentar, si las náuseas que me causo a mí mismo no me lo impiden" (30 de noviembre de 1914).

"(…) Seguir trabajando como sea. Triste de que hoy no sea posible, pues estoy cansado y padezco dolores de cabeza, ya los tuve por la mañana, como una premonición, en la oficina. Seguir trabajando como sea, tiene que ser posible a pesar del insomnio y de la oficina" (2 de diciembre de 1914).

"Ayer, y por primera vez desde hace mucho tiempo, con la capacidad para realizar un buen trabajo. Sin embargo, sólo he escrito la primera página del capítulo de la madre. Puesto que no había dormido en dos noches, padecí ya desde por la mañana dolores de cabeza y tenía demasiado miedo al día siguiente. Otra vez he comprobado que todo lo escrito fragmentariamente y no a lo largo de la mayor parte de la noche (o durante toda ella) es de escaso valor y que estoy condenado a esa calidad inferior debido a mis condiciones de vida" (8 de diciembre de 1914).

"En vez de trabajar (sólo he escrito una página —exégesis de la leyenda—), he leído los capítulos concluidos y los he encontrado en parte buenos. Siempre con la conciencia de que tendré que pagar todo sentimiento de satisfacción o de felicidad, como el que por ejemplo tengo frente a la leyenda, y, además, para no disfrutar jamás de descanso, lo tendré que pagar con posterioridad" (13 de diciembre de 1914).

"El trabajo se arrastra lamentablemente, tal vez en el lugar más importante, donde hubiera sido necesaria una buena noche" (14 de diciembre de 1914).

"No he trabajado nada" (15 de diciembre de 1914).

"He trabajado desde agosto, en general bastante y bien, pero ni en el primer sentido ni en el segundo hasta los límites de mi capacidad, como debería haber sido, sobre todo considerando que mi capacidad, según todos los indicios (insomnio, dolores de cabeza, insuficiencia cardíaca), no durará mucho. He trabajado en algunos textos incompletos: El proceso, Recuerdos del Kaldabahn, Un maestro rural, El ayudante del fiscal y pequeños inicios. Completado sólo: En la colonia penitenciaria y un capítulo de El ausente, ambos durante los 14 días de vacaciones. No sé por qué hago este repaso, no es propio de mí" (31 de diciembre de 1914).

"He resistido los muchos deseos de comenzar una nueva historia. Todo es inútil. No puedo seguir escribiendo las historias durante las noches, se interrumpen y se pierden, como con El ayudante del fiscal" (4 de enero de 1915).

"He dejado provisionalmente Un maestro rural y El ayudante del fiscal, pero también incapaz de continuar El proceso" (6 de enero de 1915).

"También se lo he leído a ella (Felice), las frases irrumpían repugnantes y confusas, ninguna conexión con la oyente, que yacía en el canapé con los ojos cerrados y muda. Una tibia solicitud para llevarse el manuscrito y copiarlo. Gran atención a la historia del centinela y buena observación. En ese momento comprendí la importancia de la historia, también ella la comprendió correctamente, luego hicimos algunos burdos comentarios acerca de ella, yo comencé" (24 de enero de 1915).

LA CONDENA

Era domingo por la mañana en lo más hermoso de la primavera. Georg Bendemann, un joven comerciante, estaba sentado en su habitación en el primer piso de una de las casas bajas y de construcción ligera que se extendía a lo largo del río en forma de hilera, y que sólo se distinguía entre sí por la altura y el color.

Acababa de terminar una carta a un amigo de su juventud que se encontraba en el extranjero, la cerró con lentitud juguetona y miró luego, con el codo apoyado sobre el escritorio" por la ventana, hacia el río, el puente y las colinas de la otra orilla con su color verde pálido.

Reflexionó sobre cómo este amigo, descontento de su éxito en su ciudad natal, había literalmente huido ya hacía años a Rusia. Ahora tenía un negocio en San Petersburgo, que al principio había marchado muy bien, pero que desde hacía tiempo parecía haberse estancado, tal como había lamentado el amigo en una de sus cada vez más infrecuentes visitas.

De este modo se mataba inútilmente trabajando en el extranjero, la extraña barba sólo tapaba con dificultad el rostro bien conocido desde los años de la niñez, rostro cuya piel amarillenta parecía manifestar una enfermedad en proceso de desarrollo. Según contaba, no tenía una auténtica relación con la colonia de sus compatriotas en aquel lugar y apenas relación social alguna con las familias naturales de allí y, en consecuencia, se hacía a la idea de una soltería definitiva.

¿Qué podía escribírsele a un hombre de este tipo, que, evidentemente, se había enclaustrado, de quien se podía tener lástima, pero a quien no se podía ayudar?

¿Se le debía quizá aconsejar que volviese a casa, que trasladase aquí su existencia, que reanudara todas sus antiguas relaciones amistosas, para lo cual no existía obstáculo" y que, por lo demás, confiase en la ayuda de los amigos? Pero esto no significaba otra cosa que decirle al mismo tiempo, con precaución, y por ello hiriéndole aún más, que sus esfuerzos hasta ahora habían sido en vano, que debía, por fin, desistir de ellos, que tenía que regresar y aceptar que todos, con los ojos muy abiertos de asombro, le mirasen como a alguien que ha vuelto para siempre; que sólo sus amigos entenderían y que él era como un niño viejo, que debía simplemente obedecer a los amigos que se habían quedado en casa y que habían tenido éxito.

¿E incluso entonces era seguro que tuviese sentido toda la amargura que había que causarle? Quizá ni siquiera se consiguiese traerle a casa, él mismo decía que ya no entendía la situación en el país natal, y así permanecería, a pesar de todo, en su extranjero, amargado por los consejos y un Poco más distanciado de los amigos. Pero si siguiera real mente el consejo y aquí se le humillase, naturalmente no con intención sino por la forma de actuar, no se encontraría a gusto entre sus amigos ni tampoco sin ellos, se avergonzaría entonces no tendría de verdad ni hogar ni amigos. En estas circunstancias ¿no era mejor que se quedase en el extranjero tal como estaba? ¿Podría pensarse que en tales circunstancias saldría realmente adelante aquí?

Por estos motivos, y si se queda mantener en pie la relación epistolar con él, no se le podían hacer verdaderas confidencias como se le harían sin temor al conocido más lejano. Hacía más de tres años que el amigo no había estado en su país natal y explicaba este hecho, apenas suficientemente, mediante la inseguridad de la situación política en Rusia, que, en consecuencia, no permitía la usencia de un pequeño hombre de negocios mientras que cientos de miles de rusos viajaban tranquilamente por el mundo. Pero precisamente en el transcurso de estos tres años habían cambiado mucho las cosas para Georg. Sobre la muerte de su madre, ocurrida hacía dos años y desde la cual Georg vivía con su anciano padre en la misma casa, había tenido noticia el amigo, y en una carta había expresado su pésame con una sequedad que sólo podía tener su origen en el hecho de que la aflicción por semejante acontecimiento se hacía inimaginable en el extranjero. Ahora bien, desde entonces, Georg se había enfrentado al negocio, como a todo lo demás, con gran decisión. Quizá el padre, en la época en que todavía vivía la madre, le había obstaculizado para llevar a cabo una auténtica actividad propia, por el hecho de que siempre quería hacer prevalecer su opinión en el negocio. Quizá desde la muerte de la madre, el padre, a pesar de que todavía trabajaba en el negocio, se había vuelto más retraído. Quizá desempeñaban un papel importante felices casualidades, lo cual era incluso muy probable; en todo caso, el negocio había progresado inesperadamente en estos dos años, había sido necesario duplicar el personal, las operaciones comerciales se habían quintuplicado, sin lugar a dudas tenían ante sí una mayor ampliación.

Pero el amigo no sabía nada de este cambio. Anteriormente, quizá por última vez en aquella carta de condolencia, había intentado convencer a Georg de que emigrase a Rusia y se había explayado sobre las perspectivas que se ofrecían precisamente en el ramo comercial de Georg. Las cifras eran mínimas con respecto a las proporciones que había alcanzado el negocio de Georg. Él no había querido contarle al amigo sus éxitos comerciales y si lo hubiese hecho ahora, con posterioridad, hubiese causado una impresión extraña. Es así como Georg se había limitado a contarle a su amigo cosas sin importancia de las muchas que se acumulan desordenadamente en el recuerdo cuando se pone uno a pensar en un domingo tranquilo. No deseaba otra cosa que mantener intacta la imagen que, probablemente, se había hecho el amigo de su ciudad natal durante el largo período de tiempo, y con la cual se había conformado. Fue así como Georg, en tres cartas bastante distantes entre sí, informó a su amigo acerca del compromiso matrimonial de un señor cualquiera con una muchacha cualquiera, hasta que, finalmente, el amigo, totalmente en contra de la intención de Georg, comenzó a interesarse por este asunto.

Georg prefería contarle estas cosas antes que confesarle que era él mismo quien hacía un mes se había prometido con la señorita Frieda Brandenfeld, una joven de familia acomodada.

Con frecuencia hablaba con su prometida de este amigo y de la especial relación epistolar que mantenía con él.

—Entonces no vendrá a nuestra boda —decía ella—, y yo tengo derecho a conocer a todos tus amigos.

—No quiero molestarle —contestaba Georg—, entiéndeme, probablemente vendría, al menos así lo creo, pero se sentiría obligado y perjudicado, quizá me envidiaría y seguramente, apesadumbrado e incapaz de prescindir de esa pesadumbre, regresaría solo, solo ¿sabes lo que es eso?

—Bueno, ¿no puede enterarse de nuestra boda por otro camino?

—Sin duda no puedo evitarlo, pero es improbable dada su forma de vida.

—Si tienes esa clase de amigos, Georg, nunca debiste comprometerte.

—Sí, es culpa de ambos, pero incluso ahora no desearía que fuese de otra forma.

Y si ella, respirando precipitadamente entre sus besos, alegaba todavía:

—La verdad es que sí que me molesta.

Entonces era realmente cuando él consideraba inofensivo contarle todo al amigo.

—Así es como soy y así tiene que aceptarme —decía él—.No pienso convertirme en un hombre a su medida, hombre que quizá fuese más apropiado a su amistad de lo que yo lo soy.

Y, efectivamente, en la larga carta que había escrito este domingo por la mañana, informaba a su amigo del compromiso que se había celebrado con las siguientes palabras: "Me he reservado la novedad más importante para el final. Me he prometido con la señorita Frieda Brandenfeld, una muchacha perteneciente a una familia acomodada que se estableció aquí mucho tiempo después de tu partida y a la que tú apenas conocerás. Ya habrá oportunidad de contarte más detalles acerca de mi prometida, baste hoy con decirte que soy muy feliz y que en nuestra mutua relación sólo ha cambiado algo en cuanto que tú, en lugar de tener en mí un amigo corriente, tendrás un amigo feliz. Además tendrás en mi prometida, que te manda saludos cordiales y que te escribirá próximamente, una amiga leal, lo que no deja de tener importancia para un soltero. Sé que muchas cosas te impiden hacemos una visita, pero ¿acaso no sería precisamente mi boda la mejor oportunidad de echar por la borda, al menos por una vez, todos los obstáculos? Pero, sea como sea, actúa sin tener en cuenta todo lo demás y según tu buen criterio"

Georg había permanecido mucho tiempo sentado en su escritorio con la carta en la mano y el rostro vuelto hacia la ventana. Con una sonrisa ausente había apenas contestado a un conocido que, desde la calle, le había saludado al pasar. Finalmente, se metió la carta en el bolsillo y, a través de un corto pasillo, se dirigió desde su habitación a la de su padre, en la que no había estado desde hacía meses. No existía por lo demás, necesidad de ello, porque constantemente tenía contacto con él en el negocio; comían juntos en una casa de comidas, por la noche cada uno se tomaba lo que le apetecía pero después la mayoría de las veces se sentaban un ratito, cada uno con su periódico, en el cuarto de estar común, a no ser que Georg, como ocurría con mucha frecuencia, estuviese en compañía de amigos o, como ahora, fuese a ver a su novia.

Georg se extrañó de lo oscura que estaba la habitación del padre incluso en esta mañana soleada, tal era la sombra que proyectaba la alta pared que se elevaba al otro lado del estrecho patio. El padre estaba sentado ante la ventana, en un rincón adornado con recuerdos de la difunta madre, y leía el periódico, que sostenía de lado ante los ojos, con lo cual intentaba contrarrestar una cierta falta de visión. Sobre la mesa estaban aún los restos del desayuno, del que no parecía haber comido mucho.

—¡Ah Georg! —exclamó el padre, e inmediatamente se dirigió hacia él. Su pesada bata se abría al andar y los bajos revoloteaban a su alrededor.

"Mi padre sigue siendo un gigante", se dijo Georg.

—Esto está insoportablemente oscuro —dijo a continuación.

—Si, si que está oscuro —contestó el padre.

—¿También has cerrado la ventana?

—Lo prefiero así

—Fuera hace bastante calor —dijo Georg como complemento a lo anterior, y se sentó.

El padre retiró la vajilla del desayuno y la colocó sobre una cómoda.

—La verdad es que sólo quería decirte —continuó Georg, que seguía los movimientos del anciano totalmente aturdido— que, por fin, he informado a San Petersburgo de mi compromiso.

Sacó un poco la carta del bolsillo y la dejó caer dentro de nuevo.

—¿Cómo que a San Petersburgo? —preguntó el padre.

—Si, a mi amigo — dijo Georg, y buscó los ojos del padre.

"En el negocio es completamente distinto", pensó. "Cuánto sitio ocupa ahí sentado y cómo se cruza de brazos!"

—Sí, claro, a tu amigo —dijo el padre recalcándolo.

—Ya sabes, padre, que en un principio quería silenciar mi compromiso. Por consideración, por ningún otro motivo. Tú ya sabes que es una persona difícil.

Puede enterarse de mi compromiso por otros cauces, me dije, y si bien esto apenas es probable dada su solitaria forma de vida, yo no puedo evitarlo, pero por mí mismo no debe enterarse.

—¿Y ahora has cambiado de opinión? — preguntó el padre.

Puso el periódico en el antepecho de la ventana y sobre el periódico las gafas que tapaba con las manos.

—Sí, ahora he cambiado de opinión. Si verdaderamente se trata de un buen amigo, me he dicho, entonces mi feliz compromiso es también para él motivo de alegría y por eso no he dudado más en comunicárselo. Sin embargo, antes de echar la carta quería decírtelo

—Georg, — dijo el padre, y estiró la boca sin dientes — escucha por una vez. Has venido a mí por este asunto, para discutirlo conmigo. Esto te honra sin duda alguna, pero no sirve para nada, y menos aún que para nada, si no me dices ahora mismo toda la verdad. No quiero traer a colación cosas que nada tienen que ver con esto. Desde la muerte de nuestra querida madre han ocurrido ciertas cosas desagradables. Quizá también les llegue su turno, y quizá antes de lo que pensamos. En el negocio se me escapan algunas cosas, quizá no se me oculten, ahora no quiero en modo alguno alimentar la sospecha de que se me ocultan, ya no estoy lo suficientemente fuerte, me falla la memoria, ya no puedo abarcar tantas cosas. En primer lugar esto es ley de vida y, en segundo lugar, la muerte de tu madre me ha afligido mucho más que a ti. Pero ya que estamos tratando de este asunto de la carta, te pido, Georg, que no me engañes. Es una pequeñez, no merece la pena, así pues, no me engañes.

¿Tienes de verdad ese amigo en San Petersburgo?

Georg se levantó desconcertado.

—Dejemos en paz a mis amigos. Mil amigos no sustituyen a mi padre.

¿Sabes lo que creo?, que no te cuidas lo suficiente, pero los años exigen sus derechos. En el negocio eres indispensable para mí, bien lo sabes tú, pero si el negocio amenaza tu salud mañana mismo lo cierro para siempre. Esto no puede seguir así. Tenemos que adoptar otro modo de vida para ti, pero desde el principio. Estás sentado aquí en la oscuridad y en el cuarto de estar tendrías buena luz. Tomas un par de bocados del desayuno en lugar de comer como es debido. Estás sentado con las ventanas cerradas y el aire fresco te sentaría bien. ¡No, padre mío! Iré a buscar al médico y seguiremos sus prescripciones Cambiaremos las habitaciones. Tú te trasladarás a la habitación de delante y yo a ésta. No supondrá una alteración para ti, todo se llevará allí Ya habrá tiempo de ello, ahora te acuesto en la cama un poquito, necesitas tranquilidad a toda costa. Vamos, te ayudaré a desnudarte, ya verás cómo sé hacerlo. ¿O prefieres trasladarte inmediatamente a la habitación de delante y allí te acuestas provisionalmente en mi cama? La verdad es que esto sería lo más sensato.

Georg estaba de pie justo al lado de su padre, que había dejado caer sobre el pecho su cabeza de blancos y despeinados cabellos.

—Georg —dijo el padre en voz baja y sin moverse.

Georg se arrodilló inmediatamente junto al padre, vio las enormes pupilas en su cansado rostro dirigidas hacia él desde las comisuras de los ojos.

—No tienes ningún amigo en San Petersburgo. Tú has sido siempre un bromista y tampoco has hecho una excepción conmigo. Cómo ibas a tener un amigo precisamente allí No puedo creerlo de ninguna manera.

—Padre, haz memoria una vez más — dijo Georg, levantó al padre del sillón y le quitó la bata, estaba allí tan débil...—, pronto hará ya tres años que mi amigo estuvo en casa de visita. Recuerdo todavía que no te hacía demasiada gracia. Al menos dos veces te oculté su presencia, a pesar de que en esos momentos se hallaba precisamente en mi habitación. Yo podía comprender bien tu animadversión hacia él, mi amigo tiene sus manías, pero después conversaste agradablemente con él. En aquellos momentos me sentía tan orgulloso de que le escuchases, asintieses y preguntases... Si haces memoria tienes que acordarte. Él contó entonces historias increíbles de la revolución rusa. Cómo, por ejemplo, en un viaje de negocios a Kiev, había visto en un balcón a un sacerdote que se había cortado una ancha cruz de sangre en la palma de la mano, la levantó e invocó con ella a la multitud. Tú mismo has contado de vez en cuando esta historia.

Mientras tanto Georg había conseguido sentar al padre y quitarle cuidadosamente el pantalón de punto que llevaba encima de los calzoncillos de lino, así como los calcetines.

Al ver la ropa, que no estaba precisamente limpia, se hizo reproches por haber descuidado al padre. Seguro que también formaba parte de sus obligaciones el cuidar de que el padre se cambiase de ropa. Todavía no había hablado expresamente con su prometida de cómo iban a organizar el futuro del padre, porque tácitamente habían supuesto que él se quedaría solo en el piso viejo. Sin embargo, ahora se decidió, de repente y con toda firmeza, a llevárselo a su futuro hogar. Bien mirado, casi daba la impresión de que el cuidado que el padre iba a recibir allí podría llegar demasiado tarde.

Llevó al padre en brazos a la cama. Una terrible sensación se apoderó de él cuando, a lo largo de los pocos pasos hasta ella, notó que su padre jugueteaba con la cadena del reloj sobre su pecho. Se agarraba con tal fuerza a la cadena del mismo, que no pudo acostarle inmediatamente. Apenas se encontró en la cama, todo pareció volver de nuevo a la normalidad. Se tapó solo y se cubrió muy bien los hombros con el cobertor. No miraba a Georg precisamente con hostilidad.

—¿Verdad que ya te acuerdas de él? — preguntó Georg, y asintió con la cabeza haciendo un gesto alentador.

—¿Estoy bien tapado? — preguntó el padre como si no pudiese asegurarse él mismo de que sus pies se encontraban tapados.

—Así es que te gusta estar en la cama — dijo Georg, y colocó mejor el cobertor a su alrededor.

—¿Estoy bien tapado? — preguntó el padre de nuevo, y pareció prestar especial atención a la respuesta.

—Estate tranquilo, estás bien tapado.

—¡No! — gritó el padre de tal forma que la respuesta chocó contra la pregunta, echó hacia atrás el cobertor con una fuerza tal que por un momento quedó extendido en el aire y se puso de pie sobre la cama. Sólo con una mano se apoyaba ligera mente en el techo.

—Querías taparme, lo sé retoño mío, pero todavía no estoy tapado, y aunque sea la última fuerza es suficiente para ti, demasiada para ti. ¡Claro que conozco a tu amigo! Sería el hijo que desea mi corazón, por eso también le has engañado durante todos estos años. ¿Por qué si no? ¿Acaso crees que no he llorado por él?

Precisamente por eso te encierras en tu oficina, el jefe está ocupado. Sólo para poder escribir tus falsas cartitas a Rusia.

Pero, afortunadamente, nadie tiene que dar lecciones al padre de cómo adivinar las intenciones del hijo. De la misma manera que ahora has creído haberle subyugado, subyugado de tal forma que podrías sentarte con tu trasero sobre él y él no se movería, en ese momento mi señor hijo ha decidido casarse.

Georg levantó la mirada hacia el espectro de su padre. El amigo de San Petersburgo a quien de repente el padre conocía tan bien, se apoderaba de él como nunca hasta ahora. Le vio perdido en la lejana Rusia. Le vio en la puerta del negocio vacío y desvalijado Entre las ruinas de las estanterías entre los géneros hechos jirones, entre los tubos de gas que estaban caídos, él permanecía todavía erguido. ¿Por qué había tenido que irse tan lejos?

—¡Pero mírame! — gritó el padre.

Georg corrió, casi distraído, hacia la cama, con la intención de comprenderlo todo, pero se quedó parado a mitad de camino.

—Porque ella se ha levantado las faldas —comenzó a hablar el padre—, porque se ha levantado así las faldas de cerda asquerosa —y para expresarlo plásticamente se levantó el camisón tan alto que se veía sobre el muslo la cicatriz de sus años de guerra—, porque se ha levantado así, y así las faldas, te has acercado a ella y, para poder gozar con ella sin que nadie molestase, has profanado la memoria de nuestra madre, has traicionado al amigo y has metido en la cama a tu padre para que no se pueda mover, pero ¿puede moverse o no?

Permanecía en pie sin apoyo alguno y lanzaba las piernas en todas las direcciones. Sonreía con entusiasmo al comprenderlo todo.

Georg estaba de pie en un rincón lo más lejos posible del padre. Desde hacía un rato había decidido firmemente observarlo todo con exactitud, para no ser indirectamente sorprendido de alguna forma por detrás o desde arriba. Entonces se acordó de nuevo de la decisión, ya hacía rato olvidada, y volvió a olvidarla tan deprisa como se pasa un hilo corto a través del ojo de una aguja.

—No obstante el amigo no ha sido todavía traicionado— gritó el padre, y lo corroboraba su índice movido de acá para allá— yo era su representante en este lugar.

Georg no pudo evitar gritar:

—¡Comediante!

Reconoció inmediatamente el daño y demasiado tarde, los ojos fijos se mordió la lengua hasta doblarse de dolor.

—¡Si, por supuesto que he representado una comedia! ¡Comedia! ¡Buena palabra! ¿Qué otro consuelo le quedaba al anciano padre viudo? Dime, y durante el momento que dure la respuesta sé todavía mi hijo vivo. ¿Qué otra salida me quedaba en mi habitación interior, perseguido por un personal infiel, viejo hasta los huesos? Y mi hijo iba con júbilo por la vida, ultimaba negocios que yo había preparado, se retorcía de la risa y pasaba ante su padre con el reservado rostro de un hombre de honor. ¿Crees tú que yo no te hubiese querido, yo, de quien saliste tú?

Ahora se inclinará hacia delante", pensó Georg, "¡si se cayese y se estrellase!"

Esta palabra se le pasó por la cabeza como una centella.

El padre se echó hacia delante, pero no se cayó. Puesto que Georg no se acercaba como había esperado, se irguió de nuevo.

—¡Quédate donde estás, no te necesito! Piensas que tienes todavía la fuerza suficiente para venir aquí, y solamente te contienes porque así lo deseas, ¡No te equivoques! Todavía soy el más fuerte, ¡Yo solo habría tenido quizá que retirarme pero así la madre me ha dado su fuerza, con tu amigo me alié maravillosamente y a tu clientela la tengo aquí en el bolsillo!

—¡Incluso en el camisón tiene bolsillos! — se dijo Georg, y creyó que con esta observación podría hacerle quedar en ridículo ante todo el mundo. Pensó en esto sólo durante un momento, porque inmediatamente volvía a olvidarlo todo.

—¡Cuélgate del brazo de tu novia y ven hacia mí! ¡Te la barro de al lado y no sabes cómo!

Georg hacía muecas como si no pudiese creerlo. El padre sólo asentía con la cabeza, ratificando la verdad de lo que decía y dirigiéndose al rincón en que se encontraba Georg.

—¡Cómo me has divertido hoy cuando has venido y me has preguntado si debías contarle a tu amigo lo del compromiso! Si lo sabe todo, estúpido, lo sabe todo! Yo le escribía porque olvidaste quitarme las cosas para escribir. Por eso ya no viene desde hace años, lo sabe todo cien veces mejor que tú mismo, tus cartas las arruga con la mano izquierda sin haberlas leído, mientras que con la derecha se pone delante mis cartas para leerlas.

De puro entusiasmo agitaba el brazo por encima de la cabeza.

—¡Lo sabe todo mil veces mejor! —gritó.

—Diez mil veces —dijo Georg con la intención de burlarse de su padre, pero todavía en su boca estas palabras adquirieron un tono profundamente serio.

—¡Desde hace años estoy a la espera de que me vengas con esa pregunta!

¿Crees que me preocupa alguna otra cosa? ¿Crees que leo periódicos? ¡Mira! — Y tiró a Georg un periódico que, de alguna forma, había ido a parar a su cama. Un periódico viejo con un nombre que a Georg le era completamente desconocido — ¡Cuánto tiempo has tardado en llegar a la madurez! Tuvo que morir tu madre, no llegó a ver el día de júbilo. El amigo perece en su Rusia, ya hace tres años estaba amarillo de muerte, y yo, ya ves cómo me va a mí, para eso tienes ojos.

—Entonces me has espiado —gritó Georg.

El padre dijo como si tal cosa y en tono compasivo:

—Probablemente eso querías haberlo dicho antes, ahora ya no viene a cuento.

Y en voz más alta:

—Ahora ya sabes lo que había además de ti, hasta ahora no sabías más que de ti mismo. Lo cierto es que fuiste un niño inocente, pero aún más ciertamente fuiste un hombre diabólico. Por eso has de saber que yo te condeno a morir ahogado.

Georg se sintió como expulsado de la habitación, el golpe con el que el padre a su espalda había caído sobre la cama resonaba todavía en sus oídos. En la escalera, por cuyos escalones bajaba tan deprisa como si se tratase de una rampa inclinada, sorprendió a la criada que estaba a punto de subir para arreglar el piso.

—Jesús! —gritó, y se tapó la cara con el delantal, pero él ya se había ido.

Salió del portal de un salto, el agua le atraía por encima de la calzada. Ya se asía firmemente a la baranda como un hambriento a la comida. Saltó por encima como el excelente atleta que, para orgullo de sus padres, había sido en sus años juveniles. Todavía seguía sujeto con las manos, que se iban do poco a poco, divisó entre las barras de la baranda un ómnibus que cubriría con facilidad el ruido de su caída, exclamó en voz baja: "Queridos padres, siempre os he querido", y se dejó caer.

En ese momento atravesaba el puente un tráfico verdaderamente interminable.

CONTEMPLACIÓN Y OTROS MICRORRELATOS

EL DESEO DE SER UN INDIO

Si pudiera ser un indio, ahora mismo, y sobre un caballo a todo galope, con el cuerpo inclinado y suspendido en el aire, estremeciéndome sobre el suelo oscilante, hasta dejar las espuelas, pues no tenía espuelas, hasta tirar las riendas, pues no tenía riendas, y sólo viendo ante mí un paisaje como una pradera segada, ya sin el cuello y sin la cabeza del caballo.

LA NEGATIVA

Si me encuentro a una muchacha bonita y le pido: "Sé buena, ven conmigo", y pasa de largo sin decir una palabra, su actitud significa:

"Tú no eres un duque con apellido rimbombante; ningún americano atlético con la estatura de un indio, con ojos horizontales y contemplativos, con una piel acariciada por el aire de las praderas y de los ríos que fluyen por ellas. No has viajado a los Grandes Lagos, ni los has surcado, aunque no sé ni dónde se encuentran. Así que dime, por qué yo, una muchacha bonita, tendría que ir contigo".

"Olvidas que no te llevan en automóvil por la calle, balanceándote con sus sacudidas; no veo ir detrás de ti a los señores pertenecientes a tu séquito, embutidos en sus trajes y murmurándote piropos. Tus pechos quedan bien comprimidos por el corsé, pero tus muslos y caderas se resarcen por esa sobriedad. Llevas un vestido de tafetán con pliegues, como el que nos alegró tanto a todos el pasado otoño y, sin embargo, con ese peligro mortal en el cuerpo, sólo te ríes de vez en cuando".

"Sí, los dos tenemos razón y, para no ser conscientes de ello de un modo irrefutable, preferimos irnos solos a casa, ¿verdad?".

LOS ÁRBOLES

Pues somos como troncos de árbol en la nieve. Aparentemente yacen en un suelo resbaladizo, así que se podrían desplazar con un pequeño empujón. Pero no, no se puede, pues se hallan fuertemente afianzados en el suelo. Aunque fíjate, incluso eso es aparente.

VESTIDOS

A menudo, cuando veo vestidos con múltiples pliegues, volantes y adornos, que tan bellamente lucen sobre bonitos cuerpos, no puedo dejar de pensar en que no permanecerán así mucho tiempo, sino que se arrugarán, perderán su lisura, quedarán cubiertos de tanto polvo que será imposible limpiarlos. Y también pienso que nadie querrá mostrar una imagen tan triste y ridícula al ponerse todos los días por la mañana temprano el mismo traje costoso y quitárselo por la noche.

Sin embargo, veo muchachas bastante bonitas, que poseen músculos excitantes, huesecillos, una piel tersa y un cabello fino, pero que, no obstante, cubren a diario su cuerpo con este disfraz natural y siempre tapan el mismo rostro con las mismas palmas delas manos, dejándose reflejar así por su espejo.

Sólo algunas veces, por la noche, cuando regresan tarde de una fiesta, ese traje les parece usado, dado de sí, polvoriento, demasiado visto y lo consideran indigno de ponerse.

EL COMERCIANTE

Es posible que algunos me tengan compasión, pero yo no advierto nada. Mi pequeño negocio me abruma de preocupaciones que me provocan dolores internos en las sienes yen la frente, pero sin darme la más mínima perspectiva de satisfacción, pues mi negocio, como he dicho, es pequeño.

Tengo que tomar decisiones por adelantado, mantener despierta la memoria de los empleados, advertir de los errores que temo y prever en una temporada la moda de la siguiente, y no la que dominará entre gente de mi clase, sino en la población inaccesible de las provincias.

Mi dinero lo tiene gente extraña. Sus recursos no me resultan del todo claros; no logro sospechar la desgracia que puede caer sobre esas personas. ¡Cómo puedo entonces defender mi dinero! Tal vez se han vuelto derrochadores y dan una fiesta en el jardín de una hostería, y otros se quedan un rato en la fiesta en plena huida a América.

Cuando cierro el comercio la noche de un día laborable y de repente veo ante mí horas en las que no trabajaré para las incesantes exigencias de mi negocio, entonces se arroja sobre mí la excitación ya anticipada por la mañana, como si fuera la subida de una marea, pero no soporta quedarse en mi interior y me arrebata sin objetivo alguno.

Y, sin embargo, no puedo utilizar ese estado de ánimo, sólo puedo irme a casa, pues tengo el rostro y las manos sucios y sudorosos, el traje lleno de manchas y polvoriento, la gorra del negocio en la cabeza y las botas arañadas por las esquinas de las cajas. Entonces me desplazo como si fuera sobre olas, hago chascar los dedos y acaricio el pelo de los niños que vienen a mi encuentro.

Pero el camino es demasiado corto. Llego en seguida a mi casa, abro la puerta delascensor y entro.

Ahora compruebo de repente que estoy solo. Otros, que tienen que subir las escaleras,se cansan algo al hacerlo, tienen que esperar con la respiración acelerada hasta que alguien les abre la puerta de la casa, así que tienen un motivo para enfadarse y para mostrar una actitud impaciente. Luego entran en el recibidor, donde cuelgan el sombrero, y al llegar asu habitación, después de atravesar el pasillo pasando por algunas puertas de cristal, escuando se encuentran solos.

Yo, sin embargo, ya estoy solo en el ascensor y, apoyándome en la rodilla, contemploel delgado espejo. Cuando el ascensor comienza a elevarse, digo:

"Permaneced tranquilos, retroceded, ¿queréis ir bajo la sombra de los árboles, detrás de las cortinas de las ventanas, en la cúpula de follaje?".

Hablo entre dientes, y las barandillas de la escalera se deslizan hacia abajo por el cristal opalino como una catarata.

"Volad lejos; que vuestras alas, jamás vistas, os lleven hasta el valle de vuestra aldea, o a París, si es allí hacia donde os impulsan.

"Pero disfrutad de la vista que os ofrece la ventana cuando las procesiones vienen por las tres calles, y no se evitan, sino que se confunden y dejan de nuevo espacio libre entre sus últimas filas. Saludad con los pañuelos, horrorizaos, conmoveos, alabad a la bella dama que pasa de largo.

"Id hacia el puente de madera sobre el arroyo, saludad a los niños que se bañan ya sombraos por los "hurras" de los miles de marineros en el lejano acorazado.

"Perseguid sólo al hombre modesto y cuando lo hayáis empujado hacia la puerta de una cochera, robadle y luego contemplad con qué tristeza continúa su camino por la calle de la izquierda, con las manos en los bolsillos.

"La policía, galopando dispersa sobre sus caballos, frena a los animales y os hace retroceder. Dejadlos, las calles vacías les harán infelices, lo sé. Ya cabalgan en parejas torciendo lentamente las esquinas y volando sobre las plazas".

Entonces tengo que abandonar el ascensor, tocar el timbre, y la muchacha abre la puerta mientras saludo.

EL CAMINO A CASA

¡Se ve la fuerza de convicción del aire después de la tormenta! Aparecen mis méritos y me dominan, aunque tampoco me resisto.

Marcho y mi ritmo es el ritmo de esta acera de la calle, de esta calle, de este barrio. Soy responsable, y con razón, de todos los golpes contra las puertas, contra las tablas delas mesas, soy responsable de todos los brindis, de todas las parejas en sus camas, en los andamios de las nuevas construcciones, apretadas contra la pared en las oscuras callejuelas, en las otomanas de los burdeles.

Aprecio mi pasado en detrimento de mi futuro; aunque encuentro excelentes ambos, no puedo otorgar primacía a ninguno, y sólo debo censurar la injusticia de la providencia que tanto me favorece.

Sólo después de entrar en mi habitación me torno algo pensativo, aunque sin haber encontrado nada durante la subida de las escaleras que me pareciera digno de ser pensado. No me ayuda mucho que abra la ventana del todo y que aún se toque música en un jardín.

CONTEMPLACIÓN DISPERSA

¿Qué haremos en los días de primavera que ya llegan? Hoy por la mañana estaba el cielo gris, pero si alguien va ahora a la ventana, se quedará sorprendido y apoyará la mejilla en su picaporte.

Abajo se puede ver cómo la luz del sol, que ya comienza a ocultarse, se refleja en el rostro infantil de una muchacha, que anda y mira alrededor, y al mismo tiempo se ve la sombra de un hombre que viene rápidamente detrás de ella.

El hombre la ha pasado y el rostro de ella reluce de claridad.

GENTE QUE VIENE A NUESTRO ENCUENTRO

Cuando alguien sale a pasear por la noche, y un hombre, ya visible desde lejos —pues la calle se empina ante nosotros y hay luna llena—, viene a nuestro encuentro, no lo agarraremos violentamente, aunque sea débil y desarrapado, ni siquiera en el caso de que alguien corra detrás de él y grite, sino que lo dejaremos pasar de largo.

Pues es de noche, y no podemos evitar que la calle se empine ante nosotros con luna llena; además, tal vez esos dos han organizado la persecución para divertirse, o a lo mejor persiguen los dos a un tercero, tal vez persiguen al primero, que es inocente, tal vez el segundo lo asesinará y seríamos cómplices del crimen. A lo mejor no saben nada el uno del otro, y cada uno corre hacia su cama, a lo mejor son sonámbulos, quizás el primero lleva un arma.

Y, finalmente, ¿no podemos estar cansados, no hemos bebido mucho vino? Nos alegramos de que ya tampoco veamos al segundo.

EL PASAJERO

Permanezco de pie en la plataforma del tranvía, completamente inseguro respecto a mi situación en este mundo, en esta ciudad, en mi familia. Ni siquiera podría precisar las pretensiones que estaría en condiciones de alegar con derecho. Me es absolutamente imposible defender que esté aquí de pie, agarrado al asidero, que me deje llevar por este vagón, que la gente evite el tranvía o pase de largo en silencio o que descanse frente a la ventana. Nadie lo reclama de mí, es cierto, pero eso es indiferente.

El tranvía se aproxima a una parada; una muchacha se acerca al peldaño, dispuesta a subir. Aparece ante mí con tal claridad que me parece haberla tocado. Está vestida de negro, los pliegues de la falda apenas se mueven, la blusa, que acaba en cuello de punta de redecilla blanco, se ciñe al cuerpo, la palma de la mano izquierda se apoya en la pared, el paraguas, en la mano derecha, permanece apoyado en el segundo escalón. Posee un rostro moreno; la nariz, débilmente aplastada en los laterales, termina en una forma redondeada y ancha. Tiene pelo castaño abundante y algunos cabellos cubren la mejilla derecha. Su oreja pequeña queda pegada a la cabeza; no obstante, como estoy cerca, puedo ver la parte trasera del lóbulo y la sombra en la raíz.

En aquel instante me pregunté: ¿cómo es posible que no quede maravillada ante sí misma, que permanezca con la boca cerrada y no diga nada que exprese su asombro?

PARA MEDITACIÓN DE LOS JINETES

Nada, si se piensa con detenimiento, puede inducirnos a querer ser los primeros en una carrera.

La gloria de ser reconocido como el mejor jinete de un país alegra demasiado cuando la orquesta comienza a tocar como para que al día siguiente pueda evitarse el remordimiento.

La envidia del contrincante, de gente más astuta e influyente, nos aflige al atravesar las estrechas barreras hacia aquella planicie que pronto quedará vacía ante nosotros, si no es por la presencia de algunos jinetes aventajados que, diminutos en la distancia, cabalgan hacia la línea del horizonte.

Muchos de nuestros amigos, ansiosos por recoger las ganancias, gritan "hurras" hacia nosotros por encima de los hombros y desde la alejada ventanilla de cobros; los mejores amigos, sin embargo, no han apostado por nuestro caballo, pues temen que si pierden podrían enfadarse con nosotros, pero como nuestro caballo ha sido el primero y ellos no han ganado nada, se dan la vuelta cuando pasamos y prefieren mirar hacia las tribunas.

Los contrincantes, detrás, bien sujetos sobre la silla de montar, intentan comprender la desgracia que les ha caído, así como la injusticia que, de algún modo, se ha cometido con ellos. Adoptan una expresión de frescura, como si fuera a comenzar otra carrera, y una expresión seria después de ese juego de niños.

A muchas damas el ganador les parece ridículo porque se ufana, y, sin embargo, no sabe qué hacer con el continuo apretar de manos, con los saludos, las reverencias, las salutaciones y los saludos a la lejanía, mientras que los vencidos tienen la boca cerrada y dan palmadas en el cuello de los caballos, la mayoría de los cuales relinchan.

Finalmente, el cielo se pone turbio y comienza a llover.

SER INFELIZ

Cuando ya se volvió insoportable —una noche de noviembre—,corrí sobre la estrecha alfombra de mi habitación como en una pista de carreras y, asustado por la visión de la calle iluminada, me di la vuelta, encontré un nuevo objetivo en la base del espejo, y grité, sólo para escuchar el grito, al que nada responde y al que nada mitiga la fuerza del gritar y que, por consiguiente, se eleva sin contrapeso alguno, sin cesar, aun cuando enmudece; entonces se desencajó la puerta de la pared, deprisa, pues la prisa era necesaria, y hasta los caballos del coche, abajo, en el empedrado, se irguieron como bestias que se tornan salvajes en la batalla, ofreciendo las gargantas.

Como si fuera un pequeño espectro, un niño salió del oscuro pasillo, en el que aún no ardía la lámpara, y permaneció de puntillas sobre una tabla de madera que se balanceaba imperceptiblemente. Cegado por la luz crepuscular de la habitación, quiso taparse rápidamente el rostro con las manos, pero se tranquilizó de improviso al mirar hacia la ventana, cuando comprobó que el reflejo de la iluminación callejera, impulsado hacia arriba, no lograba desplazar del todo a la oscuridad. Apoyado en el codo derecho, se mantuvo erguido ante la puerta abierta, pegado a la pared de la habitación, y dejó que la corriente de aire procedente del exterior acariciase las articulaciones de los pies, y también que recorriese el cuello y las mejillas.

Lo miré durante un rato, luego dije "buenos días" y retiré la chaqueta de la pantalla dela estufa, ya que no quería permanecer medio desnudo. Durante un tiempo mantuve la boca abierta, para que la excitación me abandonase por la boca. Tenía una saliva desagradable, los párpados me vibraban, en suma, lo único que me faltaba era esa visita inesperada.

El niño estaba todavía junto a la pared, en el mismo sitio, presionaba la mano derecha contra el muro y, con las mejillas coloradas, nunca quedaba saciado de frotar la blanca pared con la punta de los dedos, pues era granulada. Dije:

—¿Realmente ha querido venir a mi casa? ¿No se trata de un error?

No hay nada más fácil que equivocarse en esta casa tan grande. Yo me llamo "fulano", vivo en el tercer piso. ¿Es a mí a quien quiere visitar?

—¡Silencio! ¡Silencio! —dijo el niño hablando sobre el hombro—. Todo es correcto.

—Entonces entre en la habitación, quisiera cerrar la puerta.

—Acabo de cerrar la puerta. No se preocupe. Tranquilícese de una vez.

—No hable de "preocuparme". Pero en ese pasillo vive mucha gente, todos son, naturalmente, conocidos míos; la mayoría regresan ahora de sus negocios; si usted escucha que hablan en una habitación, ¿cree usted tener el derecho de abrir y mirar lo que ocurre? Esa gente ha dejado a sus espaldas el trabajo diario; ¡a quién se habrán sometido en su efímera libertad vespertina! Por lo demás, usted ya lo sabe. Déjeme cerrar la puerta.

—Sí, ¿y qué?¿Qué quiere usted? Por mí puede venir toda la casa. Y, además, se lo repito, ya he cerrado la puerta, o acaso cree que sólo usted puede cerrarla? He cerrado con llave.

—Entonces está bien. No quiero más. No era necesario que cerrase con llave. Y ahora póngase cómodo, ya que está aquí. Es usted mi huésped, confíe en mí. Siéntase como en su casa, sin miedo. No le obligaré ni a quedarse ni a irse. ¿Debo decirlo? ¿Me conoce tan mal?

—No, realmente no era necesario que lo dijera. Aún más, no lo debería haber dicho.Soy un niño; ¿por qué tantos problemas por mi causa?

—No, no pasa nada. Naturalmente, un niño. Pero usted no es tan pequeño.Ya está usted bastante crecido. Si fuera una muchacha, seguro que no podría encerrarse conmigo así, sin más, en la habitación.

—Sobre eso no tenemos que preocuparnos. Yo sólo quería decir que el conocerle también no me protege de nada, sólo le libera del esfuerzo de tener que mentirme. No obstante, me hace cumplidos. Déjelo, se lo pido, déjelo. A ello se añade que no le conozco en todas partes y en todo el tiempo, y menos en estas tinieblas. Sería mejor que encendiese la luz. No, mejor no. De todos modos le tengo que advertir que ya me ha amenazado.

—¿Cómo? ¿Qué le he amenazado? Pero se lo suplico. Estoy tan contento de que porfin esté aquí. Digo "por fin", ya que es tarde. Me resulta incomprensible por qué ha venido tan tarde. Es posible que yo haya hablado de un modo confuso, debido a mi alegría, y que usted me haya entendido mal. Que yo haya hablado de esa manera, lo reconozco una y mil veces, sí, le he amenazado con todo lo que usted quiera. Pero, porfavor, ¡por el amor de Dios!, ninguna disputa. Aunque, ¿cómo puede creer usted algo semejante? Cómo puede mortificarme de esta manera? ¿Por qué quiere usted amargarme a toda costa el pequeño rato de su estancia aquí? Un extraño sería más complaciente que usted.

—Ya lo creo, eso no es ninguna novedad. Por naturaleza puedo acercarme a usted tanto como un extraño. Eso ya lo sabe usted, ¿para qué entonces esa melancolía? Diga directamente que quiere hacer comedia y me iré al instante.

—¿Ah, sí? También se atreve a decirme eso? Usted es audaz en demasía. A fin de cuentas se halla en mi habitación y, además, no ha parado un momento de frotar como un loco la pared con los dedos. iMi habitación, mi pared! Y, por añadidura, todo lo que dice no es sólo una frescura, sino ridículo. Usted dice que su naturaleza le obliga a hablar conmigo de esa manera. ¿Realmente es así? Su naturaleza le obliga? Muy amable por parte de su naturaleza. Su naturaleza es mía, y si yo me comporto amablemente, por naturaleza, con usted, usted no puede sino hacer lo mismo.

—¿Eso es amabilidad?

—Hablo de antes.

—¿Sabe usted cómo seré más tarde?

—No sé nada.

Y me fui a la mesita de noche, donde encendí la vela. En aquel tiempo, mi habitación no disponía de gas ni de luz eléctrica. Permanecí un rato allí sentado, hasta que me cansé; luego me puse el abrigo, cogí el sombrero del canapé y apagué la vela. Al salir tropecé con una de las patas del sillón.

En la escalera me encontré con uno de los inquilinos del mismo piso.

—Ya sale usted otra vez, ¿eh, granuja? —preguntó descansando sólidamente sobre sus dos piernas abiertas.

—¿Qué puedo hacer?—dije yo—, acabo de tener a un fantasma en la habitación.

—Lo dice tan insatisfecho como si hubiera encontrado un pelo en la sopa.

—Usted bromea. Pero tenga en cuenta que un fantasma es un fantasma.

—Eso es verdad. Pero ¿qué ocurre si no se cree en fantasmas?

—¿Quiere dar a entender que creo en fantasmas? ¿En qué me ayudaría esa incredulidad?

—Muy fácil. Usted ya no debe tener miedo cuando le visita un fantasma.

—Sí, pero ése es un miedo secundario. El miedo real es el miedo que produce la causa que ha provocado la aparición. Y ese miedo permanece. Precisamente lo tengo ahora, y enorme, en mi interior. Comencé a registrar todos mis bolsillos por los nervios.

—¡Pero ya que no sintió propiamente miedo ante la aparición, podría haberse planteado tranquilamente la pregunta acerca de su causa!

—Resulta notorio que usted todavía no ha hablado con fantasmas. De ellos no se puede recibir nunca una información clara. Todo es un divagar aquí y allá. Esos fantasmas parecen dudar de su existencia más de lo que nosotros lo hacemos, lo que, por lo demás, y debido a su abatimiento, no produce ninguna sorpresa.

—Sin embargo, he oído que se les puede rellenar.

—Ahí está usted bien informado. Eso sí que se puede hacer, &pero a quién le interesa?

—¿Por qué no? Si se trata, por ejemplo, de un fantasma femenino— dijo, y subió un escalón más.

—¡Ah, ya!—dije—,pero aun así no está dispuesto.

Me despedí. Mi vecino estaba ya tan alto que para verme necesitaba inclinarse bajo una bóveda formada por la escalera.

—No obstante —le grité—, si me quita a mi fantasma, hemos terminado y para siempre.

—Pero si sólo fue una broma— dijo, y retiró la cabeza.

—Entonces está bien— dije.

Podría haber salido tranquilamente a pasear, pero me sentí tan abandonado que preferí subir y acostarme.

LA EXCURSIÓN A LA MONTANA

"No sé", grité sin eco, realmente no lo sé. Si no viene nadie es que precisamente viene"nadie". No le he hecho nada malo a nadie, nadie me ha hecho a mí nada malo, sin embargo nadie me quiere ayudar. Absolutamente nadie. Pero tampoco es así. Sólo que nadie me ayuda, si no "nadie" sería muy hermoso. Me gustaría, por qué no, hacer una excursión en compañía de un puro nadie. Naturalmente a la montaña, ¿adónde si no? iCómo se aprietan uno al lado del otro, esos nadie, todos esos brazos estirados y colgantes, todos esos pies, separados por pasos diminutos! Se entiende que todos visten frac. Nosotros vamos así, el viento atraviesa los espacios que nosotros y nuestros miembros dejan abiertos. ¡Las gargantas se tornan libres en la montaña! Es un milagro que no cantemos.

NIÑOS EN LA CARRETERA

Oí cómo pasaban los coches de caballos ante la verja del jardín, a veces los veía también através del casi estático follaje. ¡Cómo crujía la madera bajo los rigores del verano en sus radios y troncos! Había trabajadores que venían de los campos y reían que era una vergüenza.

Yo estaba sentado en mi pequeño columpio; en ese preciso instante descansaba entre los árboles en el jardín de mis padres.

Ante la verja no había descanso. Acababan de cruzar niños con paso rápido; carros con grano sobre los que iban hombres y mujeres encima de gavillas y que oscurecían a su alrededor los arriates; por la noche vi pasear lentamente a un señor con bastón, así como a dos muchachas que, cogidas del brazo, iban a su encuentro, pisando el césped mientras se saludaban.

Luego revolotearon pájaros como si fueran llamaradas, yo los seguí con la vista, vi cómo ascendían en un suspiro, hasta que ya no creí que subían, sino que yo caía, y me así fuertemente de las cuerdas por debilidad cuando comencé a balancearme ligeramente. Pronto me balanceé con más fuerza, cuando el viento soplaba más frío y, en vez de aparecer pájaros en el cielo, aparecían estrellas reverberantes.

Recibí la cena a la luz de la vela. A menudo apoyaba ambos brazos sobre la tabla y, ya cansado, daba bocados al pan. Las cortinas, rasgadas en muchos puntos, se henchían con el viento cálido y, a veces, uno de los que pasaba las sujetaba con fuerza cuando quería verme mejor y hablar conmigo. Normalmente la vela se apagaba pronto y los mosquitos revoloteaban todavía un rato a su alrededor, en la oscuridad surcada por el humo. Si alguien se dirigía a mí desde la ventana, lo miraba como si mirase a la montaña o al aire, y tampoco él mostraba mucho interés en una respuesta.

Saltaba alguno sobre el antepecho de la ventana y anunciaba que los demás ya se encontraban ante la casa, entonces me levantaba, aunque suspirando.

"No, ¿por qué suspiras así? ¿Qué ha ocurrido? Alguna desgracia especial e irreversible? Jamás podremos recuperarnos? ¿Está realmente todo perdido?".

Nada estaba perdido. Corrimos hasta la parte delantera de la casa. "¡Gracias a Dios, por fin habéis llegado! ¡Casi siempre llegas demasiado tarde!". "¿Por qué yo?"."Precisamente tú, permanece en casa si no quieres venir. ¡Sin misericordia!". "¿Qué? Sin misericordia? ¿De qué hablas?".

Atravesamos la noche con la cabeza. No había tiempo diurno ni nocturno. Pronto comenzaron a rozarse los botones de nuestros chalecos como si fueran dientes y, con fuego en la boca, como animales en los trópicos, corrimos una distancia que permaneció invariable. Como los coraceros en guerras pasadas, dando fuertes pisadas y bien alto en el cielo, bajamos la corta calle, uno al lado del otro, y con el mismo ímpetu en las piernas, subimos la carretera. Algunos penetraron en las cunetas; apenas habían desaparecido ante el oscuro talud, aparecían como gente extraña arriba del todo, en la senda, y miraban hacia abajo.

"¡Ven hacia abajo!". "¡Ven primero hacia arriba!". "¿Para que nos empujéis hacia abajo?, ni pensarlo, todavía tenemos dos dedos de frente". "¡Así sois de cobardes, queréis decir! ¡Atreveos a subir, atreveos!". " ¿Sí?Vosotros? Precisamente vosotros nos queréis echar abajo? No sois capaces".

Atacamos, pero fuimos rechazados, y nos echamos por propia voluntad en el césped delas cunetas. Todo estaba templado de un modo uniforme, no sentíamos calor ni frío en la hierba, sólo cansancio.

Si nos apoyábamos sobre el costado derecho y poníamos la mano bajo la oreja, nos hubiera gustado dormir. Es cierto que se quería hacer un nuevo esfuerzo y elevar la barbilla, pero para caer en una cuneta todavía más profunda. Luego, colocando el brazo atravesado hacia adelante y las piernas oblicuas, queríamos arrojarnos contra el viento para, así, caer de nuevo con seguridad en una cuneta aún más profunda. Y nadie quería dejar de hacerlo.

Apenas se pensaba en cómo podría alguien estirarse en la última cuneta para dormir, sobre todo qué se podría hacer con las rodillas;

simplemente yacíamos sobre la espalda, como un enfermo presto a llorar. Se pestañeaba cuando un joven, con los codos en las caderas y oscuras suelas saltaba sobre nosotros desde el talud hacia la calle.

Ya se podía ver la luna, un coche postal pasó de largo con su luz. Se levantó un ligero viento, también percibido en las cunetas, y el bosque, en las cercanías, comenzó a susurrar.Entonces no importaba mucho estar solo.

"¿Dónde estáis? ¡Venid! ¡Todos juntos! Por qué te escondes? ¡Deja de hacer tonterías! No sabéis que el coche postal ya ha pasado?". "¡Pero, no!, ¿ya ha pasado?"."Naturalmente, ha pasado mientras tú dormías". "¿Que yo dormía? ¡Nada de eso!"."Cállate, se te nota a la legua". "Pero, por favor". ¡Ven!.

Corrimos juntos y unidos, algunos se cogieron de las manos, la cabeza no se podía mantener lo suficientemente elevada, ya que se iba hacia abajo. Uno dio un grito de guerra indio y nuestras piernas cogieron un galope como nunca. Al saltar, el viento nos alzaba por las caderas. Nada podría habernos detenido. Alcanzamos tal ritmo en la carrera que al adelantar cruzábamos tranquilamente los brazos y nos podíamos mirar.

Nos detuvimos en el puente sobre el torrente. Los que habían seguido, regresaron. El agua, abajo, golpeaba las rocas y las raíces como si no fuera ya noche avanzada. No había ningún motivo que impidiera saltar sobre la barandilla del puente.

Tras la maleza, en la lejanía, surgía un tren convoy, con todos los compartimientos iluminados y las ventanas bajadas. Uno de nosotros comenzó a cantar una canción de moda, pero todos queríamos cantar. Cantamos mucho más deprisa cuando el tren pasó y balanceamos los brazos, ya que la voz no bastaba. Alcanzamos con nuestras voces una densidad en la que nos sentimos bien. Cuando se mezcla la voz con la de otros es como si se nos hubiera capturado con un anzuelo.

Así cantamos, con el bosque a nuestras espaldas y los ya lejanos viajeros en los oídos.Los adultos estaban todavía despiertos en el bosque, las madres preparaban las camas para la noche.

Ya era tiempo. Besé al que estaba a mi lado, a los tres más próximos les alcancé la mano, comencé a desandar el camino, ninguno me llamó.

Llegado al primer cruce, donde ya no me podían ver, me desvié y marché de nuevo por senderos a través del bosque.Pretendía ir a la ciudad en el sur, de la que se dice en nuestro pueblo:

"¡Allí hay gente, pensad, que nunca duerme!

Y por qué no?

Porque nunca se cansan.

¿Y por qué no?

Porque están locos.

No se cansan acaso los locos?

¡Cómo podrían cansarse los locos!".

EL PUENTE

Yo era rígido y frío, yo era un puente, tendido sobre un precipicio, en la parte de acá estaban atornilladas las puntas de los pies, en la de más allá, las manos; me aferraba a un barro que se desmoronaba. Los faldones de la chaqueta flameaban a ambos lados. En la profundidad bramaba el helado arroyo truchero. Ningún turista se perdía por estas altitudes intransitables, el puente aún no había sido marcado en ningún mapa. Así permanecía yo y esperaba; me veía obligado a esperar; un puente ya construido no puede dejar de ser puente sin despeñarse. Una vez, por la noche, ya fuera la primera o la milésima, no lo sé, mis pensamientos se tornan confusos, no paran de vagar en círculo, una noche de verano, pues, cuando el arroyo murmuraba oscuro, oí la pisada de un hombre. Hacia mí, hacia mí. Extiéndete, puente, ponte en condición; vigas sin barandilla, sostened al que se os ha confiado, equilibrad imperceptiblemente la inseguridad de su paso, pero si vacila, muéstrate, puente, y llévale hasta tierra como un dios de la montaña. Llegó, me tanteó con la punta de hierro de su bastón, luego levantó con su ayuda los faldones de mi chaqueta y los puso sobre mí, se abrió paso a través de mi pelo enzarzado con la punta del bastón, probablemente mirando a su alrededor, y lo dejó descansar un rato. Pero entonces, precisamente cuando soñaba que le llevaba sobre montañas y valles, saltó con ambos pies en la mitad de mi cuerpo. Ignorante de todo, me estremecí al sentir un dolor salvaje. ¿Quién era? ¿Un niño? ¿Un gimnasta? ¿Un temerario? ¿Un suicida? ¿Un tentador? ¿Un destructor? Y me di la vuelta para verle. ¡El puente se da la vuelta! Aún no lo había hecho, cuando ya me había despeñado; me despeñé y ya estaba desgarrado y atravesado por los afilados salientes que, desde los furiosos remolinos, me habían contemplado siempre con mirada pacífica.

UN MÉDICO RURAL Y OTROS RELATOS

ANTE LA LEY

Ante la Ley hay un guardián que protege la puerta de entrada. Un Hombre procedente del campo se acerca a él y le pide permiso para acceder a la Ley. Pero el guardián dice que en ese momento no le puede permitir la entrada. El hombre reflexiona y pregunta si podráentrar más tarde.

—Es posible—responde el guardián—, pero no ahora.

Como la puerta de acceso a la Ley permanece abierta, como siempre, y el guardián se sitúa a un lado, el hombre se inclina para mirar a través del umbral y ver así qué hay en el interior. Cuando el guardián advierte su propósito, ríe y dice:

—Si tanto te incita, intenta entrar a pesar de mi prohibición. Ten en cuenta, sin embargo,que soy poderoso, y que además soy el guardián más ínfimo. Ante cada una de las salas permanece un guardián, el uno más poderoso que el otro. La mirada del tercero es ya para mí insoportable.

El hombre procedente del campo no había contado con tantas dificultades. La Ley, piensa, debe ser accesible a todos y en todo momento, pero al considerar ahora con más exactitud al guardián, cubierto con su abrigo de piel, al observar su enorme y prolongada nariz, la barba negra, fina, larga, tártara, decide que es mejor esperar hasta que reciba el permiso para entrar. El guardián le da un taburete y deja que tome asiento en uno de los lados de la puerta. Allí permanece sentado días y años. Hace muchos intentos para que le inviten a entrar y cansa al guardián con sus súplicas. El guardián le somete a menudo a cortos interrogatorios, le pregunta acerca de su hogar y de otras cosas, pero son preguntas indiferentes, como las que hacen grandes señores, y al final siempre repetía que todavía no podía permitirle la entrada. El hombre, que se había provisto muy bien para el viaje,utiliza todo, por valioso que sea, para sobornar al guardián. Éste lo acepta todo, pero al mismo tiempo dice:

—Sólo lo acepto para queno creas que has omitido algo.

Durante los muchos años que estuvo allí, el hombre observó al guardián de forma casi ininterrumpida. Olvidó a los otros guardianes y éste le terminó pareciendo el único impedimento para tener acceso a la Ley. Los primeros años maldijo la desgraciada casualidad, más tarde, ya envejecido, sólo murmuraba para sí. Se vuelve senil, y como ha sometido durante tanto tiempo al guardián a un largo estudio ya es capaz de reconocer a la pulga en el cuello de su abrigo de piel, por lo que solicita a la pulga que le ayude para cambiar la opinión del guardián. Por último, su vista se torna débil y ya no sabe realmente si oscurece a su alrededor o son sólo los ojos que le engañan. Pero ahora advierte en la oscuridad un brillo que irrumpe indeleble a través de la puerta de la Ley. Ya no vivirámucho más. Antes de su muerte se concentran en su cabeza todas las experiencias pasadas, que toman forma en una sola pregunta que hasta ahora no había hecho al guardián. Entonces le guiña un ojo, ya que no puede incorporar su cuerpo entumecido. El guardián tiene que inclinarse hacia él profundamente porque la diferencia de tamaños ha variado en perjuicio del hombre.

—Qué quieres saber ahora? —pregunta el guardián—, eres insaciable.

—Todos aspiran a la Ley —dice el hombre—. Cómo es posible que durante tantos años sólo yo haya solicitado la entrada?

El guardián comprueba que el hombre ha llegado a su fin y, para que su débil oído pueda percibirlo, le grita:

—Ningún otro podía haber recibido permiso para entrar por esta puerta, pues esta entrada estaba reservada sólo para ti. Yo me voy ahora y cierro la puerta.

UN VIEJO MANUSCRITO

Es como si se hubieran desatendido muchas cosas en la defensa de nuestra patria. Hasta ahora no nos hemos preocupado por ella y nos hemos retrasado en nuestro trabajo. Sin embargo,l os acontecimientos de los últimos tiempos nos causan alarma.

Tengo una zapatería en la plaza, ante el palacio imperial. Apenas abro al alba mi tienda, ya veo todas las entradas que desembocan en la plaza ocupadas por gente armada. Pero no son nuestros soldados, sino, por lo visto,nómadas del norte. De un modo incomprensible para mí han logrado penetrar hasta la capital, que se encuentra muy lejos de la frontera. En todo caso, aquí están; parece que cada mañana son más.

Acampan bajo el cielo abierto, como corresponde a su naturaleza, ya que aborrecen las casas. Ocupan el tiempo en afilar las espadas y las puntas de las flechas, así como en ejercitarse con los caballos. De esta tranquila plaza, siempre mantenida limpia con temor, han hecho un auténtico establo. No obstante, nosotros intentamos alguna vez salir de nuestros negocios y quitar al menos la basura más visible, pero ocurre cada vez menos, pues el esfuerzo resulta inútil y nos pone en peligro de ser arrollados por los caballos o ser heridos por los látigos.

No se puede hablar con los nómadas. No conocen nuestro idioma, ni siquiera tienen uno propio. Entre ellos se entienden como las grajillas. Una y otra vez se escuchan esos gritos de las grajillas. Nuestro estilo de vida y nuestras instituciones les son tan incomprensibles como indiferentes. Por esta razón también se niegan a adoptar un lenguaje por señas. Ya puedes dislocarte las mandíbulas o descoyuntarte las muñecas que ni te entienden ni te entenderán. A veces hacen muecas, entonces gira el blanco de sus ojos y les sale espuma por la boca, pero con ello no pretenden decir nada, tampoco asustar, lo hacen por costumbre. Lo que necesitan, lo toman. No se puede decir que ejerzan violencia. Nos apartamos cuando entran a coger algo y se lo cedemos todo.

También de mis existencias se han llevado más de una buena pieza. Pero no me puedo quejar, sobre todo si veo cómo le va al carnicero de enfrente. Apenas ha traído sus mercancías, ya se lo han arrebatado todo, que es devorado de inmediato por los nómadas. También sus caballos comen carne; con frecuencia se puede ver a jinete y caballo juntos comiendo del mismo trozo de carne, cada uno desde un extremo. El carnicero tiene miedo y no se atreve a interrumpir el suministro. Nosotros lo entendemos, reunimos dinero y le apoyamos. Si los nómadas no recibieran más carne, quién sabe lo que se les ocurriría hacer; quién sabe qué se les ocurrirá aun recibiendo carne diariamente.

Últimamente el carnicero pensó que se podría ahorrar, al menos, el esfuerzo de matar las reses y trajo por la mañana un buey vivo. Ya no lo va a repetir. Me refugié más de una hora en el cuarto trasero de mi zapatería, tumbado en el suelo, con todas mis prendas de vestir, colchas y almohadas sobre mí para no oír los bramidos del buey, que era atacado por los nómadas desde todos los flancos para desgarrar con sus dientes trozos de su cálida carne. Sólo me atreví a salir cuando ya hacía tiempo que no se oía nada; como borrachos alrededor de un tonel de vino, así yacían cansados en torno a los restos del buey.

Precisamente en aquel momento creí ver al mismo Emperador en una ventana del palacio, pero nunca había entrado en esas estancias exteriores, seguía viviendo exclusivamente en su jardín interior. No obstante, esa vez permanecía allí, al menos así me lo pareció, ante una de las ventanas, y miraba con la cabeza inclinada loque ocurría ante el palacio.

«Qué sucederá?» —nos preguntamos todos—, « cómo podremos soportar esta carga y este tormento?». El palacio imperial ha atraído a los nómadas, pero no sabe cómo expulsarlos. La puerta permanece cerrada; la guardia, antaño desfilando siempre solemne, se mantiene tras ventanas enrejadas. A nosotros, los artesanos y comerciantes, se nos ha confiado la salvación de la patria; pero no estamos a la altura de semejante misión,tampoco nos hemos gloriado nunca de ser capaces de cumplirla. No se trata más que de un malentendido, y por su causa nos arruinamos.

ONCE HIJOS

Tengo once hijos.

El primero es de un aspecto desagradable, pero serio y listo; no obstante, no lo aprecio mucho, aunque al ser un niño le quiero como a los demás. Su manera de pensar me parece muy simple. No se entera ni de lo que está a su izquierda, ni a su derecha, ni tampoco de lo que tiene enfrente; en el ámbito de su escasa capacidad de raciocinio se mueve siempre en círculo o, mejor aún, no para de girar.

El segundo es guapo, delgado y bien formado. Da gusto mirarlo cuando adopta la postura de un esgrimidor. También es listo, pero sobre todo experimentado; ha visto mucho mundo, y por eso parece como si la naturaleza hablara con él más confiada que con los que han permanecido en casa. Pero ese privilegio no se debe, con toda seguridad, exclusivamente a sus viajes, más bien es algo propio de la inimitabilidad de este niño, que, por ejemplo, es reconocida por todo aquel que intenta imitar su bien calculado pero indómito salto acrobático de trampolín. Hasta el final del trampolín alcanzan el valor y las ganas, pero allí el imitador en vez de saltar se sienta y levanta los brazos disculpándose. Y a pesar de todo (en realidad debería ser feliz con un hijo así), mi relación con él no es muy clara. Su ojo izquierdo es un poco más pequeño que el derecho y lo guiña mucho. Sólo se trata de un pequeño defecto, es cierto, que dota a su rostro de más osadía de la que tendría sin él, y nadie censuraría ese pequeño ojo parpadeante teniendo presente la incomparable unidad de su ser. Yo, el padre, lo hago. No es, naturalmente, ese defecto corporal el que me molesta, sino la correspondiente pequeña irregularidad de su espíritu, una suerte de veneno presente en su sangre, una incapacidad que manifiesta su verdadero ser y que sólo yo puedo ver. Pero precisamente eso hace de él, por otra parte, mi hijo verdadero, pues su defecto es al mismo tiempo el de toda la familia y en este hijo aparece con toda claridad.

El tercer hijo es igualmente guapo, pero no es su belleza la que agrada. Posee la belleza del cantante: la boca bien formada; el ojo soñador; la cabeza, que necesita unos cortinajes detrás para que haga su efecto; el pecho desmesuradamente abombado; las manos que se alzan con ligereza y se vuelven a bajar aún más ligeras; las piernas, que se doblan porque no lo pueden soportar. Y, además, el tono de su voz no es perfecto, engaña un instante, hace que el experto agudice el oído, pero el defecto se extingue poco después. Aunque en general todo invita a presentar a este hijo, prefiero mantenerlo oculto. Él mismo no quiere salir, y no precisamente porque conozca sus defectos, sino por su inocencia. También él se siente extraño viviendo en nuestra época. Como si perteneciera a mi familia, pero, además, a otra, ya para siempre perdida, se muestra apático con frecuencia y nada lo puede animar.

Mi cuarto hijo es, tal vez, el más sociable de todos. Un verdadero hijo de su tiempo, todo el mundo lo comprende, se planta en el mismo terreno que los demás y todos están tentados de hacerle algún signo de aprobación. Tal vez por este reconocimiento general, su ser cobra ligereza, sus movimientos ganan en libertad, sus opiniones en despreocupación.

Algunos de sus dichos se quisieran repetir con frecuencia, si bien sólo algunos porque en conjunto pecan de un exceso de trivialidad. Él es como uno que salta de maravilla, gira en el aire como una golondrina y luego termina cayendo desconsolado en el polvo: una nada. Pensamientos semejantes me amargan la visión de este niño.

El quinto hijo es cariñoso y bueno; promete mucho menos de lo que cumple; era tan insignificante que uno en su presencia se sentía solo; sin embargo ha llegado a adquirir cierto prestigio. No obstante, si me preguntan cómo ha ocurrido, no sabría qué responder.Quizá la inocencia penetra con más facilidad a través de los elementos desencadenados de este mundo, y él es inocente. Quizá demasiado inocente. Lo reconozco: no me sienta bien que lo alaben en mi presencia. Es decir, lo que no me gusta es que se tome a la ligera la acción de alabar cuando se alaba a alguien tan digno de alabanza como lo es mi hijo.

El sexto parece, al menos a primera vista, el más pensativo de todos. Un tristón, pero al mismo tiempo un charlatán. Por eso es difícil tratarle. Si está en uno de sus puntos bajos, se sume en una tristeza invencible; pero si alcanza uno de sus estados eufóricos, lo demuestra sin parar de charlar. Sin embargo, no le niego cierta pasión inconsciente; con frecuencia, a plena luz del día, se abre paso a través del pensamiento como en un sueño. Sin estar enfermo —más bien goza de excelente salud—, a veces se tambalea,especialmente al anochecer, pero no necesita ayuda, no se cae. Tal vez este fenómeno tenga algo que ver con su desarrollo corporal, es demasiado alto para su edad. Eso lo hace feo en general, a pesar de llamativas particularidades que destacan por su belleza, por ejemplo las manos y los pies. Fea es también, por lo demás, su frente; tanto la piel como la estructura ósea parecen arrugadas.

El séptimo hijo representa para mí, tal vez, más que el resto. El mundo no lo comprende ni lo reconoce, no entiende su sentido del humor. No lo sobrestimo,yo sé que es bastante insignificante; si el mundo no tuviera otro defecto que el de no saberle hacer justicia, sería siempre perfecto. Pero no quisiera echar de menos a este hijo en mi familia. Trae tanto agitación como respeto ante la tradición, y sabe fundir ambas cosas en, al menos para mí, un todo inatacable. Con este «todo», sin embargo, es el que menos sabe qué hacer; no echará a rodar la rueda del futuro, pero esa disposición suya es tan alegre,tan plena de esperanzas; yo quisiera que tuviera hijos, y que éstos, a su vez, también tuvieran hijos. Por desgracia ese deseo no parece querer cumplirse. Con una satisfacción de sí mismo que yo comprendo pero que resulta indeseable y que además contrasta plenamente con el juicio que domina en su entorno, vaga por ahí solo, no presta atención a las muchachas y, sin embargo, no pierde nunca su buen humor.

Mi octavo hijo es el de mis penas, y no conozco ningún motivo para ello. Me mira con extrañeza y, sin embargo, me siento muy unido a él paternalmente hablando. El tiempo ha logrado mucho; con anterioridad me asaltaba una suerte de temblor con sólo pensar en él. Va a su aire. Ha roto los vínculos conmigo, pero con toda seguridad, con su duro cráneo y su cuerpo pequeño y atlético —sólo las piernas las tenía de pequeño bastante débiles, pero es algo que ya se ha equilibrado—logrará salir adelante en cualquier lugar que quiera.Con frecuencia tuve ganas de ponerme en contacto con él para preguntarle cómo le va, por qué se aparta tanto de su padre y cuáles son sus proyectos, pero está tan lejos y ya ha pasado tanto tiempo que lo mejor es que todo se quede como está. He oído que es el único de mis hijos que lleva barba; naturalmente, una barba no le queda bien a un hombre tan pequeño.

Mi noveno hijo es muy elegante y posee la mirada dulce para las mujeres; tan dulce que hasta a mí, ocasionalmente, me podría seducir, que sé de sobra que basta una esponja húmeda para borrar todo ese brillo ultraterreno. Lo especial de este joven es que a él no le va eso de seducir, se quedaría toda su vida echado en el canapé y malgastaría su mirada en el techo de la habitación o preferiría dejarla descansar bajo los párpados. Cuando se encuentra en ésta su postura favorita, le gusta hablar y no lo hace mal; es parco e intuitivo,pero con ciertos límites; si se pasa de la raya, lo que no puede evitar dada su estrechez mental, su conversación se torna vacía del todo. Se le podrían hacer señas negativas si se abrigara la esperanza de que esa mirada somnolienta llegaría a advertirlas.

Mi décimo hijo tiene fama de poseer un carácter poco sincero. No voy a desmentir ese defecto, pero tampoco a confirmarlo. Seguro que quien le vea venir con una solemnidad poco común para su edad, siempre vestido con una levita cerrada hasta arriba, tocado de un viejo sombrero negro limpiado con un exceso de pulcritud, con el rostro inamovible, la barbilla prominente, los párpados que se abomban pesadamente sobre los ojos, llevándose de vez en cuando dos dedos a la boca, seguro que quien así lo vea pensará: ése es un farsante inconmensurable. Pero ¡que le oigan hablar! Razonablemente, con discreción,parquedad,contestando a las preguntas con maligna vivacidad, en completa, suficiente y asombrosa armonía con el mundo, una armonía que, necesariamente, hace erguir el cuello y levantar la cabeza. A muchos, que se tienen por listos y que, por este motivo,se sentían repelidos por su aspecto exterior, los ha atraído fuertemente con su palabra. Pero también hay personas a las que su aspecto deja indiferente, y, sin embargo, estiman que sus palabras son las propias de un farsante. Yo, como padre, no quiero decidir, pero debo reconocer que los últimos enjuiciadores son más dignos de tomar en consideración que los primeros.

Mi undécimo hijo es sensible, el más débil de todos mis hijos, pero su debilidad engaña; en determinados momentos puede ser fuerte y decidido, pero su debilidad es, a fin de cuentas, lo esencial de su carácter. Sin embargo, no se trata de una debilidad vergonzosa, sino algo que sólo en la superficie de la tierra aparece como débil. Acaso no es, por ejemplo, la disposición para volar una debilidad, ya que supone también vacilación, indeterminación y aleteo? Algo así es lo que muestra mi hijo. Al padre,desde luego, no le alegran ese tipo de atributos, está claro que contribuyen a la destrucción de la familia. A veces me mira como si quisiera decirme: «Te voy a llevar conmigo, padre».Luego pienso yo: «Tú serías el último en quien confiaría». Y su mirada parece volver a decir: «Al menos puedo ser el último».

Éstos son mis once hijos.

EL NUEVO ABOGADO

Tenemos un nuevo abogado, el Dr. Bucéfalo. En su aspecto externo no nos recuerda mucho la época en que fue caballo de batalla de Alejandro el Macedonio. Quien esté familiarizado con las circunstancias, puede notar algo. Pero hace poco contemplé cómo un simple auxiliar del juzgado seguía con la mirada experta del pequeño asiduo de las carreras cómo el abogado, elevando considerablemente los muslos, subía peldaño a peldaño las escaleras, con pasos que resonaban en el mármol.

En general, el colegio de abogados aceptó el ingreso de Bucéfalo. Con asombrosa perspicacia se dice que Bucéfalo se encuentra en una difícil situación en el orden social actual; esto, sumado a su significación en la Historia Universal, obliga a que se le haga frente. Hoy, eso no lo puede negar nadie, ya no hay ningún gran Alejandro, aunque de matar entienda más de uno. Tampoco se puede decir que falte habilidad en lancear al amigo sobre la mesa del banquete. Y, para muchos, Macedonia es demasiado pequeña,por lo que maldicen a Filipo, el padre; sin embargo, nadie, nadie puede conducir a la India. Ya antaño las puertas de la India eran inalcanzables, pero la dirección hacia ellas estaba marcada por la espada real. Hoy las puertas están en otro sitio, más elevado y lejano; nadie muestra la dirección; muchos blanden espadas, pero sólo para manotear, y la mirada que las quiere seguir se extravía.

Tal vez lo mejor sea enfrascarse en los códigos como ha hecho Bucéfalo. Soberano, liberados los flancos de las piernas del jinete, lee y pasa las páginas de nuestros viejos libros a la sosegada luz de la lámpara y lejos del estruendo de la batalla de Alejandro.

EL MAESTRO RURAL

Aquéllos, yo soy uno de ellos, que ya encuentran repulsivo un pequeño y simple topo,hubieran muerto de repugnancia si hubieran visto al topo gigantesco que se observó hace un año en las cercanías de un pequeño pueblo, el cual llegó a alcanzar por ese motivo cierta notoriedad pasajera. Ahora, sin embargo, hace ya mucho tiempo que ese pueblo pasó al olvido y comparte, así, la vida oscura de aquella aparición, que quedó sin explicar y que nadie, tampoco, se empeñó en aclarar. Como consecuencia, pues, de la negligencia de aquellos círculos obligados a preocuparse del asunto, que se esforzaron, sin embargo, por atender a otras cosas menudas, aquel fenómeno se olvidó sin que se realizara una investigación minuciosa. Que el pueblo quede muy apartado del ferrocarril, no se puede aducir como disculpa; mucha gente vino desde muy lejos por mera curiosidad, algunos vinieron hasta del extranjero, sólo aquellos que deberían haber mostrado algo más que simple curiosidad, no aparecieron. Si personas llanas, cuyo horario laboral apenas les deja un respiro, no se hubieran hecho cargo desinteresadamente del asunto, el rumor de la aparición apenas habría salido de la comarca. Así pues, el rumor, en otras circunstancias imparable, en este caso se extendió con bastante lentitud, y si no se le hubiera dado un buen impulso, no se habría extendido como lo hizo. Pero ése tampoco constituía ningún motivo para no ocuparse del asunto, todo lo contrario, esa aparición se tendría que haber investigado. En vez de hacerlo, se confió al viejo maestro rural el tratamiento por escrito del caso, quien, ciertamente, es un hombre distinguido en su profesión, pero cuyas capacidades, así como preparación, no le posibilitan suministrar una descripción fundamentada y útil, por no hablar de una explicación. El breve escrito fue impreso y vendido a los visitantes del pueblo, encontrando cierto reconocimiento, pero el maestro era lo suficientemente inteligente para saber que sus esfuerzos aislados, sin apoyo de nadie, en el fondo no tenían valor ninguno. Si él, no obstante, perseveró y decidióconsagrar su vida a aquel suceso, empeño que, por su naturaleza, se fue haciendo año tras año más desesperado, eso sólo demuestra, por una parte, lo grande que era la fascinación ejercida por la aparición y, por otra, qué resistencia, fidelidad y convencimiento se pueden encontrar en un viejo e ignorado maestro rural. Que él padeció gravemente por la actitud negativa de las personalidades más influyentes, es algo que queda demostrado por el breve epílogo que añadió a su escrito, si bien lo incorporó años después, esto es, en un tiempo en el que ya apenas nadie recordaba de qué se trataba. En el mencionado epílogo formula quejas convincentes, quizá no con mucha habilidad pero sí con sinceridad, sobre la falta de comprensión mostrada por aquellas personas en las que esta comprensión, como mínimo, se debía presuponer. De esa gente dice con acierto: «No yo, sino ellos hablan como viejos maestros rurales». Y cita, entre otros, a un erudito con el que habló sobre su investigación. El nombre del erudito, sin embargo, no se menciona, pero se puede adivinar su identidad gracias a distintos pormenores. Después de que el maestro hubo superado grandes dificultades para ser recibido por el erudito, pues tuvo que solicitar la entrevista semanas antes, notó ya en el momento de saludarse que éste tenía un prejuicio insuperable en lo referente a su asunto. La distracción con que escuchó el largo informe del maestro, emitido en base a su escrito, quedó patente en la indicación realizada después de un aparente momento de meditación:

—Cierto, hay distintos topos, grandes y pequeños. En su comarca, la tierra es especialmente negra y pesada. Bien, por eso ofrece a los topos una alimentación rica en grasas y adquieren, así, un gran tamaño.

—Pero no tan grandes —exclamó el maestro y midió, exagerando por la rabia, dos metros en la pared.

—Oh, sí— respondió el erudito, al que todo le parecía bastante cómico—. ¿Por quéno?

Con esa información regresó el maestro al pueblo. Cuenta cómo su mujer y sus seis hijos lo recibieron por la noche, en la carretera, en plena nevada, y cómo les tuvo que confesar el fracaso definitivo de sus esperanzas.

Cuando leí acerca del comportamiento del erudito frente al maestro, aún no conocía el escrito de este último. No obstante, me decidí de inmediato a reunir todo lo que pudiera averiguar sobre el caso y a ordenarlo. Ya que no me podía enfrentar al erudito, mi escrito,al menos, debía defender al maestro o, mejor expresado, no tanto al maestro como a la buena intención de un hombre honrado pero sin influencias. Reconozco que después lamenté mi decisión, pues sentí que la ejecución de mi plan me tenía que llevar a una situación singular. Por una parte, mi influencia no era tan importante como para poner al erudito o a la opinión pública a favor del maestro; por otra parte, el maestro tenía que advertir que a mí su intención principal, la demostración de la aparición del gran topo, me importaba muy poco en comparación con la defensa de su honradez, que a él, naturalmente, le parecía que no necesitaba defensa alguna. Por consiguiente, sucedió que yo, que me quería unir al maestro, no encontré ninguna comprensión en él y, probablemente, en vez de ayudar, hubiera necesitado, a mi vez, de un nuevo ayudante, cuya aparición, por lo demás, era más que improbable. Además, con mi decisión me impuse un arduo trabajo. Si quería convencer, no podía remitirme al maestro, al que le había sido imposible convencer. El conocimiento de su escrito sólo me hubiera desconcertado, así que evité leerlo antes de terminar mi propio trabajo. Ni siquiera me puse en contacto con el maestro. Aunque él, a través de intermediarios, conoció mis investigaciones, no supo si trabajaba en su mismo sentido o contra él. Bueno, probablemente suponía lo último, aunque lo negara más tarde, pues dispongo de pruebas de que puso obstáculos en mi camino. Eso lo podía hacer con gran facilidad, ya que me veía obligado a emprender todas las investigaciones que él ya había realizado, así que siempre se podía anticipar a mis acciones. Ése constituye, por lo demás, el único reproche que se le puede hacer a mi método de trabajo, un reproche inevitable, por añadidura, que,sin embargo, merced a mi precaución, rayana en la abnegación, pude debilitar en gran parte a la hora de escribir las conclusiones. En lo demás, mi escrito estaba completamente libre de la influencia del maestro, quizás en este punto demostré demasiados escrúpulos;daba la impresión de que nadie había investigado hasta el momento el caso, como si yo hubiera sido el primero en interrogar a los testigos oculares y auriculares, el primero en ordenar sucesivamente los datos, el primero en sacar conclusiones. Posteriormente, cuando leí el escrito del maestro —tenía un título bastante prolijo: «Un topo tan grande como no se ha visto nunca»—, hallé que, efectivamente, había puntos esenciales en los que no coincidíamos, si bien ambos creíamos haber demostrado el aspecto esencial, es decir la existencia del topo. No obstante, aquellas diferencias de opinión impidieron el origen de una relación amistosa con el maestro, que yo, a pesar de todo, había esperado. Se puede decir que se desarrolló cierta hostilidad por su parte. Siempre permaneció, ciertamente, modesto y humilde frente a mí, pero cuanto más acentuaba esa actitud, con mayor claridad dejaba traslucir su estado de ánimo real. Era de la opinión de que yo le había dañado a él y había perjudicado a la causa, de que mi creencia de que le había utilizado o podido utilizar, era, en el mejor de los casos, simpleza, aunque probablemente fuese arrogancia o perfidia. Ante todo hacía hincapié con frecuencia en que sus enemigos hasta ese momento no habían mostrado públicamente su hostilidad, como mucho a solas con él o sólo oralmente, mientras que yo había creído necesario imprimir en seguida toda mi exposición. Además, los pocos adversarios que se habían ocupado del asunto, si bien superficialmente, habían escuchado, al menos, la opinión del maestro, es decir la opinión más importante, antes de haberse manifestado; sin embargo, según él, yo había sacado mis propias conclusiones de datos reunidos sin sistema y, en parte, mal interpretados, que aunque fueran correctos en lo principal tendrían que dar una impresión de inverosimilitud, tanto a la masa como a la gente instruida. Y el más leve atisbo de inverosimilitud era lo peor que aquí podía ocurrir. Me hubiera sido fácil contestar a todos esos reproches, formulados de un modo encubierto —por ejemplo, era precisamente su escrito el que representaba el colmo de la inverosimilitud—, sin embargo parecía menos fácil contrarrestar otra de sus sospechas, y éste fue el motivo por el que mi actitud frente a él fue muy comedida. Él creía en secreto que le había querido quitar la gloria de ser el primer defensor del topo. Bueno, no creo que existiera ninguna gloria referida a su persona, sino más bien cierta notoriedad ridícula, limitada a un círculo cada vez más pequeño al que,con toda seguridad, no quería sumarme. Además, en la introducción a mi escrito había declarado expresamente que el maestro debía considerarse el descubridor del topo para todos los tiempos —en ningún caso había sido el descubridor— y que sólo la simpatía por el destino del maestro me había impulsado a redactar el escrito. «El objetivo de este escrito es— así concluía con exagerado patetismo, pero conforme a la excitación que sentía en aquel momento—ayudar a que la exposición del maestro disfrute de una merecida difusión. Si lo lograra, mi nombre, implicado fugaz y superficialmente en este asunto, deberá ser borrado inmediatamente del mismo». Rechazaba, por tanto, todo protagonismo en la cuestión. Era como si hubiera previsto el increíble reproche del maestro. No obstante, precisamente ahí encontró el asidero contra mí, y no voy a negar que no existía ni el más ligero atisbo de justificación en lo que decía, o mejor, en lo que indicaba, pues me llamó la atención varias veces que mostraba frente a mí más sagacidad que en su escrito. En concreto afirmaba que mi introducción era ambigua. Si realmente lo que me importaba era difundir su escrito, ¿por qué no me ocupaba exclusivamente del autor y de su pequeña obra? ¿Por qué no mostraba sus méritos, su irrefutabilidad? ¿Por qué no me limitaba a destacar la importancia de su descubrimiento y a comentarlo? Por qué me inmiscuía en su descubrimiento ignorando por completo su escrito? Acaso quedaba algo por hacer en este campo? Si yo, sin embargo, creía realmente que podía repetir el descubrimiento, ¿por qué me apartaba con tanta solemnidad de éste en la introducción? Eso podría haber sido falsa modestia, pero era algo enojoso. Había desvalorizado el descubrimiento, había llamado la atención sobre él con la exclusiva intención de desvalorizarlo, lo había investigado y dejado a un lado, quizá se había hecho un poco el silencio en torno al asunto, yo había vuelto a hacer ruido, pero al mismo tiempo había hecho la situación del maestro más difícil de lo que nunca había sido. ¿Qué significaba, pues, para el maestro la defensa de su honradez? A él sólo le importaba el asunto, sólo el asunto. Sin embargo, yo lo había traicionado porque no había entendido el asunto, porque no lo valoraba correctamente, porque no tenía el más mínimo sentido para él, se elevaba por los cielos, mucho más allá de los límites de mi razón. Estaba sentado ante mí y me miraba tranquilo con su rostro arrugado y, sin embargo, ésa era su opinión.Pero no era cierto que sólo le importase el asunto, él era muy ambicioso y quería también ganar dinero, lo que, considerando su numerosa familia, era muy comprensible, no obstante le parecía mi interés en el asunto comparativamente tan pobre, que creía poder caracterizarlo como altruista sin decir algo muy apartado de la verdad. Y ni siquiera servía para mi satisfacción personal cuando me decía a mí mismo que los reproches de ese hombre sólo procedían, en el fondo, de que en cierta manera sujetaba a su topo con ambas manos y a cualquiera que se quería acercar con los dedos lo llamaba traidor. Tampoco era así, su comportamiento no se podía explicar como avaricia o, al menos, sólo como avaricia, más bien cobraba sentido como la inquina que habían despertado en él sus grandes esfuerzos y su completo fracaso. Pero tampoco la inquina lo explicaba todo. Quizás era realmente muy pobre mi interés en el asunto; el maestro estaba acostumbrado al desinterés de los extraños, padecía por ello en general, pero no en particular, sin embargo había encontrado finalmente a alguien que aceptó el asunto de manera extraordinaria y, precisamente esa persona, no comprendió el asunto. Impulsado en esa dirección no quise negarlo. No soy un zoólogo, quizá me hubiera apasionado con el caso si yo mismo lo hubiera descubierto, pero no lo había hecho. Un topo tan enorme es, ciertamente, una rareza, pero tampoco se puede reclamar de forma duradera la atención del mundo sobre ello, especialmente cuando la existencia del topo no ha sido demostrada de un modo irrefutable y tampoco se lepuede presentar ante todos. Y debo reconocer que,aunque yo mismo lo hubiera descubierto, probablemente no habría defendido tanto la causa del topo como lo hice de buena gana y voluntariamente con el maestro.

Con toda probabilidad la disensión entre el maestro y yo se hubiera desvanecido si mi escrito hubiera tenido éxito. Pero precisamente ese éxito no se produjo. Tal vez no era bueno, no era lo suficientemente convincente, yo soy comerciante, la redacción de un escrito semejante supera, quizá, mis límites con mucha más claridad que los del maestro, aunque, ciertamente, yo rebasaba al maestro en mucho respecto a los conocimientos necesarios para el caso. El fracaso también podía interpretarse de otro modo: la aparición del escrito se produjo en un momento desfavorable. El descubrimiento del topo, que no se había podido imponer, no quedaba tan lejano en el tiempo para que se hubiera olvidado del todo y mi escrito causara una sorpresa; por otra parte, había transcurrido el tiempo suficiente para haberse agotado el pobre interés suscitado en el momento inicial. Los pocos que pensaron algo acerca de mi escrito se dijeron con unasuerte de desconsuelo, sentimiento dominante desde hacía años en esta discusión, que ahora comenzarían los esfuerzos inútiles sobre ese aburrido asunto, y algunos llegaron a confundir mi escrito con el del maestro. En una revista agrícola importante se podía leer el siguiente comentario, felizmente al final y con letra pequeña: «El escrito sobre el topo gigante nos ha sido remitido de nuevo. Recordamos cuando, hace años, reímos de buena gana al recibirlo. Desde aquellos tiempos no se ha tornado más inteligente, ni nosotros más tontos. No podemos simplemente reírnos por segunda vez. Al contrario, hemos preguntado a nuestras asociaciones de maestros si un maestro rural no puede encontrar un trabajo más útil que el de perseguir topos gigantes». ¡Una confusión imperdonable! No habían leído ni el primero ni el segundo de los escritos, y dos términos infelices, cogidos al vuelo con las prisas, «topo gigante» y «maestro rural», bastaron a aquellos señores para presentarse en escena como los representantes de reconocidos intereses. Se podía haber emprendido algo con éxito contra esa actitud, pero la falta de entendimiento con el maestro me retuvo. Intenté, sin embargo, ocultarle la revista todo el tiempo que fue posible, pero la descubrió muy pronto. Lo reconocí por un comentario en una de sus cartas, en la que me anunciaba su visita en Navidad. Escribía: «El mundo es malo y encima se lo facilitamos», con lo que quería decir que yo pertenezco al mundo malo, pero que no quedo satisfecho con esa maldad intrínseca, sino que encima se lo pongo fácil al mundo, es decir que mi actividad se dirige a sacar la maldad general y a ayudarla a vencer. Bien, entonces tomé las decisiones pertinentes, podía esperar tranquilamente y mirar también con toda tranquilidad cómo llegaba, cómo saludaba, por cierto con menos cortesía que otras veces, cómo se sentaba frente a mí en silencio y sacaba la revista cuidadosamente del bolsillo de su peculiar chaqueta enguatada y la abría ante mí.

—La conozco— dije yo, y rechacé la revista sin haberla leído.

—La conoce —dijo suspirando. Tenía la vieja costumbre de los maestros de repetir las respuestas extrañas—. No aceptaré esto, naturalmente, sin defenderme —siguió,y tamborileó con los dedos en la revista mientras me miraba fijamente, como si yo fuera de una opinión contraria. Tenía una idea de lo que yo quería decir; creí notar, menos por sus palabras que por determinados gestos, que poseía a menudo cierto instinto correcto para mis intenciones, pero no se dejaba guiar por él y se desviaba. Lo que le dije entonces, lo puedo repetir literalmente, ya que lo anoté poco después de nuestra entrevista: «Haga lo que quiera— dije— —,nuestros caminos se separan a partir de hoy. Creo que esto no constituirá ninguna sorpresa para usted y que tampoco será inoportuno. La noticia aparecida en la revista no es el origen de mi decisión, sólo la ha afianzado y hecho definitiva. El motivo real es que en un principio creí que podría serle útil con mi intervención, pero ahora me doy cuenta de que le he perjudicado en todos los aspectos. Cómo ha sido esto posible, no lo sé, las causas del éxito y del fracaso son siempre múltiples, no escoja sólo aquellas interpretaciones que hablan contra mí. Piense en usted,también usted tenía las mejores intenciones y fracasó, si consideramos los resultados finales. No hablo en broma, en realidad me echo a mí la culpa cuando digo que incluso el contacto conmigo cuenta, por desgracia, entre sus fracasos. Si ahora me aparto del asunto, no es ni por cobardía ni por traición. No lo hago sin realizar un gran esfuerzo; el respeto que le tengo a su persona se puede deducir de mi escrito, en cierta manera usted se ha convertido en mi maestro y el topo casi llegó a serme simpático. No obstante, me retiro, usted es el descubridor y, cualquiera que sea la manera en que me ocupe del asunto,siempre constituiría un impedimento para que la posible gloria recayese en usted, al menos mientras yo atraiga el fracaso y se lo traspase a usted. Ésa es también su opinión.Ya he dicho bastante. La única penitencia que puedo asumir es pedirle perdón y, si usted lo requiere, repetiré esta confesión públicamente, por ejemplo en esa revista. Éstas fueron mis palabras, no fueron del todo sinceras, pero lo sincero de ellas era fácil de deducir. Él lo tomó aproximadamente como yo había esperado. La mayoría de los ancianos tiene frente a los jóvenes algo fraudulento, algo mentiroso en su ser, se puede seguir viviendo tranquilamente con ellos, se cree que la relación es segura, se conocen las opiniones dominantes, se reciben una y otra vez confirmaciones de la paz, se tiene todo como evidente, pero, repentinamente, cuando ocurre algo decisivo que puede afectar a la tranquilidad alcanzada, entonces esas personas mayores se alzan como extraños, poseen opiniones profundas y fuertes, despliegan su bandera por vez primera y en ella se puede leer con horror su nuevo lema. Este horror tiene su origen en lo que ahora dicen, realmente mucho más justificado y lleno de sentido, como si se produjera una intensificación de lo evidente que se torna en algo aún más evidente. Lo insuperablemente falaz que hay en ello es, sin embargo, que lo dicho ahora, en el fondo, siempre lo han dicho y que, no obstante, en general, no se podía predecir. Tenía que haber penetrado mucho en aquel maestro de pueblo para que no me sorprendiera del todo.

—Hijo—respondió, y colocó su mano sobre la mía, acariciándola amigablemente—, ¿cómo llegaste a involucrarte en este asunto? Cuando lo oí por primera vez, hablé con mi mujer—se apartó de la mesa, extendió los brazos y miró al suelo, como si allí estuviera, diminuta, su mujer y hablara con ella—. Tantos años, le dije, que luchamos solos, y ahora parece que un gran mecenas sale en nuestra defensa, un comerciante de la ciudad, de nombre tal y tal. ¿Eso debería causarnos mucha alegría, verdad? Un comerciante de la ciudad no significa poco; si un labriego nos cree y lo dice, no nos puede ayudar mucho, pues todo lo que hace un labriego es indecente, ya diga «el viejo maestro rural tiene razón» o si se limita a escupir de un modo inadecuado, ambas acciones tendrán el mismo efecto. Y si en vez de un labriego se alzan diez mil, el efecto será, si ello es posible, mucho peor. Un comerciante de la ciudad es, por el contrario, algo muy distinto, un hombre así tiene contactos, incluso lo que dice incidentalmente corre entre círculos más amplios, nuevos mecenas admiten el tema, por ejemplo uno de ellos dice: «También se puede aprender de maestros rurales», y al día siguiente lo comenta en voz baja una gran cantidad de gente, que, por su aspecto, nadie lo podría imaginar. Entonces secomienzan a encontrar medios económicos para el asunto, uno reúne, mientras otros le ponen el dinero en la mano; alguien opina que se debería traer al maestro rural, así que vienen, no se preocupan de su aspecto, lo ponen en el medio y, como la mujer y los hijos no se separan de él, se los llevan también. ¿Has observado alguna vez a la gente de la ciudad? Cantan continuamente. Si se junta una fila de ellos, se empieza a cantar desde la derecha hacia la izquierda y luego al revés, y arriba y abajo. Y así, cantando, nos meterían en el coche, sin ni siquiera dejamos tiempo para saludar con la cabeza. El señor en el pescante se ajusta los quevedos, agita el látigo y partimos. Todos se despiden del pueblo, como si todavía estuviéramos allí y no estuviéramos sentados entre ellos. De la ciudad vienen algunos coches con personas impacientes a nuestro encuentro. Cuando nos acercamos se levantan de sus asientos y se estiran para vernos. El que ha reunido el dinero pone orden y pide tranquilidad. Al entrar en la ciudad nos sigue una gran fila de coches. Habíamos creído que ya se había producido la bienvenida, pero en realidad comenzaba frente a la casa de huéspedes. En la ciudad se puede reunir mucha gente con una sola llamada. Y lo que le importa a uno, le importa también al otro. Se desembarazan de las distintas opiniones y se ponen de acuerdo. No toda esa gente puede seguir con el coche, esperan frente a la casa de huéspedes. Otros podrían montar en el coche, pero no lo hacen por altivez. También éstos esperan. Es incomprensible cómo el que ha reunido el dinero, mantiene una visión de conjunto sobre todo.

Le había escuchado con tranquilidad, más aún, durante su discurso me había ido tranquilizando cada vez más. Sobre la mesa había acumulado todos los ejemplares que poseía de mi escrito. Faltaban muy pocos, pues en los últimos tiempos había mandado una circular solicitando que me devolvieran los ejemplares enviados, recibiendo la mayoría de ellos. Desde muchas partes, sin embargo, me escribieron que no se acordaban de haber recibido ese escrito y que, en el caso de que hubiera llegado, debía de haberse perdido.También así estaba bien, en realidad no deseaba otra cosa. Sólo uno me pidió conservar el escrito como curiosidad y se obligaba, siguiendo el deseo expuesto en la circular, a no mostrarlo a nadie en los próximos veinte años. El maestro rural no había visto esa circular,así que me alegré de que sus palabras me facilitasen el mostrársela. Lo pude hacer,además,sin preocuparme, ya que había sido muy cuidadoso en su redacción y no había descuidado en ningún momento el interés del maestro rural y de su asunto. Transcribo las frases principales: «No reclamo el reenvío del escrito porque me haya distanciado de las opiniones allí defendidas o porque haya considerado algunas partes como erróneas o indemostrables. Mi solicitud se fundamenta en motivos personales apremiantes, de los que no se puede deducir ninguna conclusión referida al tema que me ha ocupado; les pido que tengan esto en consideración y que, si está en su mano, lo divulguen».

Mantuve un momento la circular oculta entre mis manos y dije:

—¿Quiere hacerme reproches porque no ha salido como usted quería? ¿Por qué quiere hacer eso? No nos amarguemos en nuestra despedida definitiva. E intente comprender de una vez que usted hizo un descubrimiento, pero que este descubrimiento no ha superado a todos los demás y que, como consecuencia de esto, la injusticia que se le hace tampoco supera a todas las demás injusticias. No conozco los estatutos de las sociedades científicas, pero no creo que le hubieran preparado una recepción que, en el mejor de los casos, ni siquiera se aproximase a aquella que ha descrito a su mujer. Si yo esperaba algo de mi escrito era, así lo creo, que quizá podría llamar la atención de un profesor universitario,que éste podría encargar a uno de sus estudiantes la investigación del asunto, que este estudiante le visitaría y examinaría «in situ» nuestras pesquisas y, finalmente, que si el resultado le parecía digno de darse a conocer —aquí hay que afirmar que todos los jóvenes estudiantes están llenos de dudas—,publicaría un escrito propio, fundamentando científicamente lo que usted había descrito. No obstante, aunque se hubiese cumplido esa esperanza, tampoco se hubiera alcanzado mucho. La exposición de un estudiante, que había defendido un caso tan extraño, podría ser ridiculizada. Usted puede comprobar con el ejemplo de la revista agrícola lo fácil que eso puede resultar, y revistas científicas tienen, en este sentido, menos contemplaciones. También es comprensible; los profesores tienen mucha responsabilidad, ante sí mismos, ante la ciencia, ante la posteridad, no pueden lanzarse de cabeza a todo nuevo descubrimiento. Nosotros, sin embargo, estamos, comparativamente, en ventaja. Pero dejemos esto y aceptemos que el escrito del estudiante se haya impuesto. ¿Qué ocurriría entonces? Su nombre sería mencionado algunas veces con honor, tal vez habría prestado algún buen servicio a su gremio, se habría dicho:«Nuestros maestros rurales tienen los ojos abiertos», y esta revista, si las revistas tuvieran memoria y conciencia, hubiera tenido que retractarse públicamente y anunciar que se había encontrado a un profesor que obtendría una beca para usted; es incluso posible que intentaran llevarle a la ciudad, conseguirle una plaza en una escuela primaria y darle la oportunidad de seguir instruyéndose con los medios científicos ofertados por la misma ciudad. Pero si quiere que sea sincero, debo decir que sólo lo hubieran intentado. Se le habría llamado, usted habría venido y, además, como un vulgar pedigüeño, como los hay a cientos, sin recibimiento festivo, habrían hablado con usted, habrían reconocido la honradez de su empresa, pero, al mismo tiempo, habrían visto que usted es un hombre mayor, que a esas edades el inicio de un estudio científico es pura ficción, que usted había llegado a su descubrimiento más por casualidad que por un procedimiento sistemático y que, más allá de este caso, no pretendería seguir trabajando. Por todos estos motivos le hubieran dejado en el pueblo. Su descubrimiento se hubiera seguido estudiando, pues no es tan ínfimo que una vez alcanzado el reconocimiento pudiera olvidarse. Pero usted no hubiera sabido mucho más de él y lo que hubiera sabido, apenas lo habría entendido. Todo descubrimiento se investiga del mismo modo en el conjunto de la ciencia y por eso mismo, en cierta medida, deja de ser un descubrimiento, desembocando en la totalidad y desvaneciéndose en ésta; después hay que tener un experimentado ojo científico para reconocerlo. De inmediato quedará ligado a axiomas de cuya existencia jamás habíamos oído hablar y, en la disputa científica, se elevará hasta las nubes llevado por esos axiomas. ¿Cómo lo entenderemos? Si escuchamos una discusión semejante, creemos,en principio,que trata del descubrimiento, pero en realidad se está ocupando de cosas muy diferentes.

—Pues, bien —dijo el maestro rural, cogió la pipa y empezó a rellenarla con el tabaco que llevaba suelto por todos los bolsillos—. Se había apropiado voluntariamente del ingrato asunto y ahora renuncia voluntariamente. Todo es correcto.

—No soy testarudo—le dije—. ¿Quiere usted oponer alguna objeción a mi propuesta?

—No, ninguna —dijo el maestro rural, cuya pipa ya humeaba.

Yo no resistía el olor de su tabaco, así que me levanté y recorrí la habitación. Ya estaba acostumbrado, por conversaciones anteriores, a que el maestro rural se mantuviera muy silencioso, pero una vez que estaba allí no había manera de sacarle de la habitación. Ya me había causado sorpresa la primera vez, pues parecía querer algo de mí, así que pensé en ofrecerle dinero, que él aceptó a partir de ese momento con regularidad. Pero irse, sólo lo hacía cuando quería. Normalmente, después de haberse fumado la pipa, se removía en el sillón, que, con cortesía y respeto, acercaba a la mesa, cogía su bastón nudoso de la esquina, me estrechaba la mano con vehemencia y se iba. Hoy, sin embargo, su silenciosa presencia me resulta onerosa. Cuando alguien ofrece una despedida definitiva,como yo había hecho, que, además, es recibida con aquiescencia por la otra parte, entonces se intentan ventilar los asuntos que quedan pendientes con la mayor rapidez posible y no se impone al otro la carga de su presencia muda e inútil. Si se miraba al pequeño y obstinado anciano por la espalda, cómo estaba sentado a mi mesa, se podría creer que sería absolutamente imposible sacarlo de la habitación.

UN FRATRICIDIO

Se ha demostrado que el crimen se produjo de la manera siguiente:

Schmar, el asesino, se situó a eso de las nueve de una noche de luna clara en la esquina por la que Wese, la víctima, tenía que doblar, viniendo de la calle en que tenía su oficina,para ir hacia la calle en la que vivía. Helado, aquel estremecedor aire nocturno. Pero Schmar sólo se había puesto un delgado traje azul; la chaqueta, además, estaba desabotonada. No sentía ningún frío, aunque se mantenía continuamente en movimiento. Sin ocultarla, sujetaba con fuerza el arma del crimen, mitad bayoneta, mitad cuchillo de cocina. Contemplaba el arma a la luz de la luna; el filo centelleaba, pero no lo suficiente para Schmar, así que lo afiló contra uno de los adoquines del empedrado hasta que saltaron chispas; tal vez se arrepintió; para reparar el daño causado, lo frotó como si fuera el arco de un violín contra la suela de su bota; mientras, él, sosteniéndose sobre una pierna, inclinado, escuchaba simultáneamente el sonido del cuchillo en su bota y los sonidos en la calle de la fatalidad.

¿Por qué lo permitió el particular Pallas, que lo observaba desde una ventana cercana en un segundo piso? ¡Quién puede penetrar en la naturaleza humana! Miraba hacia abajo sacudiendo la cabeza, el cuello de la bata levantado, la bata ceñida a su cuerpo obeso.

Y cinco casas más allá, frente a él y de soslayo, la señora Wese, con la piel de zorro sobre su camisón, esperaba a su marido, que hoy se retrasaba más de lo normal.

Al fin sonó la campanilla de la puerta en la oficina de Wese; demasiado ruidosa para ser la campana de una puerta, se escuchó más allá de la ciudad, hasta el cielo, y Wese, el diligente trabajador nocturno, salió de la casa, anunciado por el sonido de la campanilla; el empedrado comenzó a contar sus pasos tranquilos.

Pallas se inclinó aún más hacia adelante, no quería perderse nada. La señora Wese cerró su ventana haciendo algo de ruido, tranquilizada por la campana. Sin embargo, Schmar se arrodilló; como en ese instante no tenía nada más al aire, presionó el rostro y las manos contra las piedras; donde todo se helaba, Schmar hervía.

Wese permanecía precisamente en el límite que dividía las calles, únicamente el bastón se aventuraba en la calle próxima. Un capricho. El cielo nocturno lo ha seducido, el azul oscuro y el dorado. Lo miró ignorante, ignorante se acarició el pelo bajo el sombrero ligeramente alzado; nada se movía allá arriba que le pudiese mostrar su futuro más inmediato; todo se mantenía en su absurdo e inescrutable lugar. En el fondo, resultaba muy razonable que Wese continuase, pero iba directo hacia el cuchillo de Schmar.

—¡Wese!—gritó Schmar, manteniéndose de puntillas, el brazo erguido, el cuchillo acentadamente inclinado—. ¡Wese! ¡Julia espera en vano!

Y Schmar clavó el cuchillo, una vez en la parte derecha del cuello, otra en la izquierda,y una tercera profundamente en el estómago. Las ratas de agua, cuando se las despanzurra,emiten un sonido similar al de Wese.

—¡Hecho! —dijo Schmar, y arrojó el cuchillo, ese lastre sangriento y superfluo, contra la fachada de la casa más próxima—, ¡Bendición del crimen! ¡Aliviado, alígero por el correr de la sangre ajena! Wese, viejo juerguista, amigo, camarada de cervecerías, te desangras en el oscuro suelo de la calle. ¿Por qué no serás simplemente una burbuja llena de sangre? Así desaparecerías al sentarme encima. No todo se cumple, no todos los sueños que anuncian un florecer maduran, tu pesado residuo yace aquí, inmune a las patadas. ¿Cuál es la muda pregunta que planteas?

Pallas, con todo el veneno confuso y estrangulante en su cuerpo, permanecía en la puerta de su casa, abierta de par en par.

—¡Schmar! ¡Schmar! Lo he visto todo, no me he perdido nada —Pallas y Schmar se examinaron mutuamente. Pallas se quedó satisfecho, al ver que Schmar no remataba el asunto.

La señora Wese, acompañada a derecha e izquierda por el gentío, se apresuró a llegar con un rostro envejecido por el susto. La piel de zorro se abrió, ella cayó sobre Wese, el cuerpo vestido con el camisón le pertenecía a él, la piel, sin embargo, que se extendía sobre la pareja como la hierba de una tumba, pertenecía a la plebe.

Schmar aguantaba con esfuerzo las náuseas y presionaba la boca en el hombro del policía, que se lo llevó con pies ligeros

CHACALES Y ÁRABES

Habíamos acampado en un oasis. Mis compañeros dormían. Un árabe, alto y blanco, pasópor donde yo estaba. Acababa de abastecer a su camelloy se dirigía a su lugar de reposo.

Me eché de espaldas sobre la hierba; deseaba dormir, pero no podía; un chacal aullaba en la lejanía; me senté de nuevo y lo que había estado tan lejos estaba de repente muy cerca. Una manada de chacales, a mi alrededor; ojos de una opacidad áurea que brillaban y se apagaban; cuerpos enjutos, cuyos movimientos parecían dirigidos, regular y diestramente, por un látigo.

Uno de ellos vino desde atrás, se metió por debajo de mi brazo, pegado a mi cuerpo,como si necesitase mi calor, luego se puso delante de mí y, mirándome frente a frente, dijo:

—Soy el chacal más viejo a lo largo y a lo ancho de esta región. Estoy contento de poder saludarte aquí. Casi había perdido la esperanza, pues hemos esperado mucho tiempo tu llegada; mi madre ha esperado, y su madre, y todas las madres hasta llegar a la madre de todos los chacales. ¡Debes creerme!

—Me sorprende —dije, y olvidé encender la hoguera para mantener alejados a los chacales con el humo—, me sorprende oír algo así. He venido casualmente del lejano norte y mi viaje es muy corto. ¿Qué queréis de mí, chacales?

Y como alentados por esa, tal vez, demasiado amigable respuesta, estrecharon su círculo en torno a mí; todos jadeaban.

—Sabemos —dijo el más viejo— que vienes del norte, precisamente en esta circunstancia se funda nuestra esperanza. Allí hay un entendimiento que falta aquí, entre los árabes. De este frío orgullo, ya sabes, no se puede hacer saltar la más mínima chispa de entendimiento. Matan a los animales para comérselos y desprecian la carroña.

—No hables tan alto—dije yo—, hay árabes que duermen en las proximidades.

—Se ve que realmente eres un extranjero —dijo el chacal—, si no sabrías que, en toda la Historia Universal, aún no ha habido un chacal que haya temido a un árabe. ¿Deberíamos acaso temerlos? ¿No es suficiente desgracia que nos hayan arrojado entre ese pueblo?

—Puede ser, puede ser—dije yo—, no puedo formarme un juicio de cosas que me son tan ajenas. Parece tratarse de una disputa muy antigua, es decir que se lleva en la sangre, así que, probablemente, acabará con sangre.

—Eres muy listo —dijo el vejo chacal, y todos respiraron aún más rápido, con pulmones agitados, aunque no se movían de su sitio; un olor amargo surgía de sus fauces abiertas, sólo soportable a veces con los dientes apretados—, eres muy listo; lo que dices coincide perfectamente con nuestra vieja doctrina. Si les quitamos toda la sangre, la disputa se habrá terminado.

—¡Oh! —dije con más vehemencia de la que pretendía—, se defenderán; abatirán manadas con sus fusiles de pedernal.

—No nos entiendas mal —dijo él—, se trata de una manera de obrar humana, que tampoco se ha perdido en el lejano norte. No los mataremos. El Nilo no tendría agua suficiente para lavarnos su sangre y purificarnos. Huimos con sólo contemplar sus cuerpos vivientes, buscamos aire puro, nos internamos en el desierto que, por eso,es nuestra patria.

Y todos los chacales en derredor, a los que se habían ido sumando otros muchos venidos de lejos, escondieron las cabezas entre las patas delanteras y las restregaron con ellas; era como si quisieran ocultar una aversión tan terrible que me hubiera gustado huir dando un salto por encima de aquel cerco.

— Qué pensáis hacer entonces? —pregunté, y quise levantarme, pero no pude, dos animales jóvenes me sujetaban fuertemente con sus mandíbulas desde atrás, mordiendo la chaqueta y la camisa; tuve que seguir sentado.

—Sostienen tu cola—dijo el viejo chacal solemne, aclarando la situación— en señal de respeto.

—¡Que me suelten!—grité, volviéndome ya hacia el viejo chacal ya hacia los jóvenes.

—Lo harán, naturalmente—dijo el viejo—, si así lo quieres. Pero durará un rato, pues, según la costumbre, han mordido profundamente y ahora tendrán que ir aflojando lentamente las mandíbulas. Mientras tanto escucha nuestra petición.

—Vuestra conducta no me ha predispuesto favorablemente hacia vuestros ruegos —dije yo.

—No nos eches en cara nuestra torpeza —dijo él, y adoptó como ayuda el tono quejumbroso natural de su voz—, somos pobres animales, sólo tenemos nuestras dentaduras; para todo lo que queremos hacer, sea bueno o malo, sólo nos podemos valer de la dentadura.

—Bien, ¿qué deseas de mí? —pregunté, apenas aplacado.

—¡Señor! —exclamó, y todos los chacales aullaron; me pareció oír una remota melodía—. Señor, tú debes poner fin a la disputa que divide el mundo. Tal y como tú eres,así describieron nuestros antepasados al que lo realizaría. Queremos que los árabes nos dejen en paz; aire respirable; que quede libre la vista de ellos hasta el horizonte; ningún lamento más de un carnero degollado por un árabe; cualquier animal debe reventar tranquilo; que podamos beber su sangre y limpiarlos hasta los huesos sin ser molestados. Pureza, sólo deseamos pureza —y se pusieron a llorar, todos sollozaron—. ¿Cómo puedes soportar vivir en este mundo, tú, de un corazón tan noble y de tan dulces entrañas? Sucio es su blanco; sucio es su negro; su barba es horrible; escupimos de repugnancia sólo con ver el rabillo de sus ojos; y si levantan el brazo, es como si se abriera en la axila la puerta del infierno. ¡Por eso, oh, señor, por eso, oh, digno señor, con la ayuda de tus todopoderosas manos, con la ayuda de tus todopoderosas manos córtales el gaznate con estas tijeras!

Y obedeciendo un gesto de su cabeza, uno de los chacales trajo una pequeña y oxidada tijera de costura en uno de sus colmillos.

— ¡Finalmente las tijeras y con eso se acabó! —gritó el guía árabe de nuestra caravana, que se había deslizado hasta nosotros desde la dirección opuesta al viento, y ahora empuñaba su enorme látigo.

Todos los chacales se dispersaron en seguida, pero se reagruparon no muy lejos, apretándose entre ellos con tal rigidez que parecían una valla estrecha revoloteada por fuegos fatuos.

—Así que, señor, usted también ha visto y oído todo este teatro —dijo el árabe,que riótan alegremente como lo permitía la actitud reservada de su tribu.

—¿Entonces ya sabes lo que quieren los animales? —pregunté yo.

—Naturalmente, señor —dijo él—, todos lo saben. Mientras haya árabes, esas tijeras errarán por el desierto y deambularán con nosotros hasta el final de los días. Se las ofrecen a todos los europeos para la gran obra; cualquier europeo les parece el elegido. Esos animales albergan una esperanza absurda; locos, son auténticos locos. Nosotros los amamos precisamente por eso; son nuestros perros; más bellos que los vuestros. Pero mira, un camello ha muerto durante la noche, he hecho que lo traigan aquí.

Cuatro portadores llegaron y arrojaron el pesado cadáver ante nosotros. Apenas tocó el suelo, los chacales alzaron sus voces. Como si cada uno de ellos hubiera sido irresistiblemente atraído por una cuerda, se acercaron, paso a paso, arrastrando el cuerpo por el suelo. Habían olvidado a los árabes, habían olvidado el odio, la presencia de aquel cuerpo cubierto de sudor los hechizaba y les hizo olvidar todo. Uno de ellos ya colgaba del cuello y encontró la carótida al primer mordisco. Como una pequeña bomba de agua frenética que pretende, por todos los medios aunque sin esperanza, apagar un incendio demasiado poderoso, así se distendían y contraían todos los músculos de su cuerpo. Y ya se acumulaban todos, como una montaña, sobre el cadáver realizando el mismo trabajo.

En ese momento, el guía de la caravana blandió con fuerza el látigo sobre ellos. Levantaron las cabezas, ebrios e impotentes; miraron a los árabes ante sí; comenzaron a probar el látigo en los hocicos; saltaron hacia atrás y retrocedieron un trecho. Pero la sangre humeante del camello salíaa torrentes por las heridas, el cuerpo del animal había sido desgarrado a mordiscos. No podían resistirlo; otra vez estaban allí; el guía blandió de nuevo el látigo; sujeté su brazo.

—Tienes razón, señor —dijo él—, les dejaremos que cumplan con su labor; además,es hora de partir. Ya los has visto. Animales asombrosos, verdad? ¡Y cómo nos odian!

UN SUEÑO

Josef K soñó:

Era un hermoso día y K quería pasear. Pero apenas había dado dos pasos, cuando ya se encontraba en el cementerio. Allí había dos caminos muy artificiosos que se entrecruzaban de forma poco práctica, pero él se deslizó por ellos como por un torrente, con una actitud imperturbable y fluctuante. Desde la lejanía descubrió un túmulo reciente en el que quería detenerse. Ese túmulo ejercía sobre él una atracción poderosa y no creía ir lo suficientemente rápido. Algunas veces apenas podía ver el túmulo, pues quedaba oculto por banderas que se entrelazaban con fuerza. No se veía a sus portadores, pero parecía como si allí reinase un gran júbilo.

Mientras dirigía su vista a la lejanía, descubrió repentinamente el túmulo a su costado, en el camino, ya casi a su espalda. Saltó rápidamente al césped. Como el terreno bajo su pie de apoyo al saltar era deslizante se desequilibró y cayó precisamente ante el túmulo y de rodillas. Detrás de la tumba había dos hombres que sostenían una lápida en vilo. Apenas apareció K, arrojaron la lápida al suelo y él quedó como si lo hubieran emparedado. Un tercer hombre, al que K reconoció de inmediato como un artista, salió en seguida de un matorral. Vestía sólo unos pantalones y una camisa mal abotonada. En la cabeza llevaba un gorro de terciopelo y sostenía en la mano un lápiz común con el que, al acercarse, trazó figuras en el aire. Se colocó con el lápiz arriba, sobre la lápida. Como ésta era muy alta no tuvo que agacharse del todo, aunque sí inclinarse, pues el túmulo, que no quería pisar, le separaba de la lápida. Permanecía, por consiguiente, sobre las puntas de los pies y se apoyaba con la mano izquierda sobre la superficie de la losa. Gracias a una hábil maniobra logró trazar algunas letras doradas con el lápiz. Escribió: «Aquí descansa...». Cada letra apareció clara y bella, perfecta y de oro puro. Cuando terminó de escribir las dos palabras, se volvió y miró a K, que esperaba ansioso la continuación de la escritura y apenas se preocupaba del hombre, ya que sólo mantenía fija la mirada en la lápida. El hombre, en efecto, se dispuso a seguir escribiendo, pero no podía, había algún impedimento. Bajó el lápiz y se volvió de nuevo hacia K, que, ahora, se fijó en el pintor y advirtió que éste se encontraba en un estado de gran confusión, aunque no podía decir la causa. Toda su animación previa había desaparecido. También K quedó confuso. Intercambiaron miradas suplicantes. Había un malentendido que ninguno podía aclarar. Comenzó a sonar de un modo inoportuno la campana de la capilla perteneciente a la tumba, pero el artista hizo un ademán y la campana se detuvo. Transcurrido un rato comenzó a sonar de nuevo, esta vez en un tono muy bajo y deteniéndose al instante sin ningún requerimiento. Era como si quisiera probar su sonido. K estaba desconsolado por la situación del artista, comenzó a llorar y sollozó largo tiempo cubriéndose el rostro con las manos. El artista esperó hasta que K se hubo tranquilizado y entonces decidió seguir escribiendo, ya que no encontraba otra salida. La primera línea que escribió supuso para K una liberación, aunque el artista la realizó con gran resistencia. La escritura ya no era tan bella, ante todo parecía faltar oro. La línea surgía pálida e insegura, la letra quedaba demasiado grande. Era una «J», estaba casi terminada cuando el artista pisoteó furioso la tumba, de tal modo que la tierra invadió el aire. K le comprendió al fin. Para pedir perdón ya no había tiempo. Escarbó en la tierra, que apenas oponía resistencia, con los dedos. Todo parecía preparado. Sólo había una ligera capa para guardar las apariencias. Una vez retirada, apareció una gran fosa con paredes escarpadas en la que K se hundió, puesto de espaldas por una suave corriente. Mientras él, con la cabeza todavía recta sobre la nuca, ya era recibido por la impenetrable profundidad, su nombre era inscrito con poderosos ornamentos en la piedra.

Fascinado por esta visión, despertó.

INFORME PARA UNA ACADEMIA

¡Honorables señores de la Academia!

Para mí representa un gran honor seguir su invitación para presentar un informe a la Academia sobre mi anterior vida simiesca.

Pero, por desgracia, no puedo corresponder a sus requerimientos en ese sentido. Ya se han cumplido casi cinco años desde que me separé de mi condición de primate, un periodo de tiempo que, tal vez, considerado en el calendario, pueda resultar breve, pero que fue infinitamente largo de recorrer, sobre todo en el modo en que yo lo hice, acompañado cada trecho por hombres eximios, consejos, ovaciones, música orquestal, aunque en el fondo siempre estuviera solo, pues todo mi acompañamiento, para decirlo con lenguaje figurado, se mantenía detrás de la barrera. Toda esa actividad hubiera sido imposible si yo, por obstinación, hubiera deseado seguir aferrado a mis orígenes y a mis recuerdos juveniles. Precisamente renunciar a toda obstinación constituyó el mandamiento supremo que yo mismo me impuse; yo, un mono libre, me sometí a ese yugo. Por esta misma razón, sin embargo, los recuerdos se desvanecen cada vez más. Si en un principio, en el caso de que los hombres así lo hubiesen deseado, aún se hubiera mantenido abierto el camino de regreso a través de la gran puerta que el cielo forma sobre la tierra, mi desarrollo progresivo y violento se habría tornado más estrecho y asfixiante; me sentía mucho mejor y más adaptado en el mundo humano, la tormenta que venía hacia mí desde mi pasado se había suavizado; ahora sólo es una corriente de aire que me enfría los talones, y el agujero en la lejanía por el que sopla ese aire, y que yo también atravesé, se ha vuelto tan pequeño que, si mis fuerzas y voluntad bastaran para regresar, tendría que desollarme la piel para poder pasar. Dicho con toda sinceridad, por más que me guste emplear imágenes para estas cosas, dicho con toda franqueza: ¡Su condición simiesca, señores, en el caso de que tengan algo similar a sus espaldas, no les puede ser más extraña que a mí la mía! Pero a todo el que anda por la tierra, le cosquillea el talón: tanto al pequeño chimpancé como al gran Aquiles.

No obstante, aunque de un modo limitado, creo que podré responder a su pregunta, y lo haré encantado. Lo primero que aprendí fue a dar la mano. Dar la mano es una manifestación de franqueza. Por eso deseo que hoy, cuando me encuentro en el cenit de mi carrera, aquel franco apretón de manos se refleje en la sinceridad de mis palabras. No creo que pueda aportar nada nuevo a la Academia y temo que me quedaré rezagado respecto a sus expectativas y respecto a lo que, con la mejor voluntad, no puedo revelar; de todos modos mostraré las líneas directrices gracias a las cuales un primate ha logrado penetrar en el mundo humano y permanecer en él con solidez. Pero no podría decir lo que a continuación expondré si no estuviera completamente seguro de mí mismo y si mi posición en todos los grandes escenarios de Variedades del mundo civilizado no se hubiera afianzado hasta ser imperturbable.

Nací en Costa de Oro. Para los detalles de mi captura dependo de informes ajenos.

Una expedición de caza organizada por la empresa Hagenbeck —con el patrón, por lo demás, he vaciado desde entonces más de una buena botella de vino tinto—permanecía al acecho oculta tras los matorrales junto a la orilla de un río, cuando yo, por la noche, en medio de mi grupo, me acerqué a beber. Dispararon. Yo fui el único al que acertaron; recibí dos tiros. Uno en la mejilla, no fue grave. Me dejó una gran cicatriz roja sin pelo, que hizo que me adjudicaran el repugnante e inexacto apelativo de Pedro el Rojo, digno invento de un mono, como si sólo me diferenciara del primate amaestrado Pedro, muerto no hace mucho tiempo, por la mancha roja en la mejilla. Esto sea dicho sólo de paso.

El segundo disparo me acertó debajo de la cadera. Fue grave, es el culpable de que aún cojee un poco. Ultimamente he leído en un artículo, escrito por alguno de los diez mil galgos que saltan sobre mí desde los periódicos, que mi naturaleza simiesca no ha sido completamente suprimida, prueba de ello sería que cuando recibo visitas me gusta bajarme los pantalones para mostrar la cicatriz de aquel tiro. A ese tipo se le deberían amputar todos los deditos de la mano con la que escribe. Yo puedo bajarme los pantalones ante quien me dé la gana; no se encontrará otra cosa que una piel bien cuidada y la cicatriz—elijamos aquí un adjetivo determinado para un fin determinado, pero que no se debe interpretar mal—, la cicatriz, digo, de un tiro ultrajante. No hay nada que ocultar, todo estáa la vista. Cuando se trata de la verdad, todo interesado arroja por la borda sus modales más finos. Si, por el contrario, ese periodista se bajase los pantalones cuando viene visita,todo tendría una apariencia muy distinta, y quiero destacar como gesto razonable que no lo haga. ¡Pero entonces que me deje en paz con su delicadeza!

Después de recibir aquellos tiros —y aquí comienzan mis propios recuerdos—,desperté encerrado en una jaula situada en el entrepuente de un vapor de Hagenbeck. La jaula no tenía cuatro lados enrejados, sino tres, adosados a una caja; la caja, por consiguiente, formaba el cuarto lado. Era demasiado baja para poder levantarse y demasiado estrecha para sentarse. Así que me mantenía en cuclillas, con las rodillas sacudidas por continuos temblores, y como probablemente no quería ver a nadie y sólo quería permanecer a oscuras, vuelto hacia la caja, mientras los barrotes de la jaula se clavaban en mi espalda. Se considera conveniente encerrar a los animales salvajes de esa forma, por lo menos al principio, y yo no puedo negar hoy, apoyándome en mi experiencia, que, en un sentido humano, ciertamente así es.

Pero en aquellos momentos no pensé en ello. Por primera vez en mi vida carecía de una salida, al menos de frente no podía ser; frente a mí estaba la caja, hecha de tablas fuertemente ensambladas. No obstante, descubrí una pequeña ranura entre dos tablas, y la saludé con los benditos aullidos de la irracionalidad, pero ese agujero ni siquiera bastaba para meter el rabo y era imposible de agrandar ni con toda mi fuerza simiesca.

Según me dijeron más tarde, debí de hacer poco ruido, lo que era poco habitual, por ello dedujeron que moriría pronto o que, si lograba sobrevivir el periodo crítico, tendría muy buenas aptitudes para ser amaestrado. Sobreviví. Sollozos ahogados, la dolorosa búsqueda de pulgas, lametones apáticos a un coco, golpeteo de la caja con la cabeza, enseñar la lengua cuando alguien se acercaba: éstas fueron mis principales ocupaciones en mi nueva vida. Pero hiciera lo que hiciese, siempre la misma convicción: no hay salida.Naturalmente ahora sólo puedo expresar aquellos sentimientos simiescos con palabras humanas y así lo hago constar, pero, aunque ya no pueda alcanzar la antigua verdad simiesca, al menos mi descripción apunta hacia esa dirección, de eso no hay duda.

Había tenido tantas salidas hasta entonces, pero ahora ninguna. Estaba encerrado. Si me hubieran apuntalado, mi libertad no hubiera podido ser menor. ¿Por qué? Si te pica entre los dedos del pie, no sabrás el motivo. Si te presiona tanto el barrote en la espalda que casi te parte por la mitad, no sabrás el motivo. No tenía ninguna salida, así que me vería obligado a buscar una, ya que sin ella no podía vivir. Siempre mirando las tablas de la caja, habría reventado irremediablemente. Pero los monos de Hagenbeck están destinados a mirar la caja, bueno, entonces dejaría de ser un mono. Un pensamiento bello y claro, que de alguna forma tuve que fraguar en el estómago, pues los monos sólo piensan con el estómago.

Temo que no se entienda correctamente lo que quiero decir con la palabra «salida». Empleo la palabra en su sentido más frecuente y normal. Intencionadamente, no empleo el término «libertad». No hago referencia a ese gran sentimiento de libertad hacia todas las direcciones. Como primate lo he experimentado y he conocido seres humanos que lo anhelaban. Pero en lo que a mí respecta, no he reclamado libertad ni entonces ni ahora.Dicho sea de paso: con la libertad se engañan los hombres entre sí con demasiada frecuencia. Y así como la libertad pertenece a los sentimientos más elevados, el fraude correspondiente equivale al mismo nivel. A menudo, cuando trabajaba en las Variedades,he visto, antes de salir a escena, cómo una pareja artística, allá en lo alto, hacía ejercicios sobre el trapecio. Se balanceaban, giraban, saltaban, quedaban suspendidos en el aire cogidos de los brazos, uno de ellos sujetaba con la boca al otro por el cabello. «Eso también es libertad humana» —pensé—, «movimiento soberano». ¡Ay, escarnio de la sagrada naturaleza! Nada quedaría en pie ante las risas de toda la especie simiesca ante semejante visión.

No, no era libertad lo que quería. Sólo una salida; hacia la derecha, la izquierda, hacia donde fuera, no pedía nada más. Si la salida sólo fuera un engaño, bueno, mi petición era pequeña, así que el engaño no podría ser más grande. ¡Salir adelante! ¡Salir adelante! Pero no permanecer allí quieto con los brazos alzados, comprimido en una caja.

Hoy lo veo claro, sin haber mantenido una gran tranquilidad interior, no hubiera podido salir. Y, ciertamente, todo lo que soy se lo debo a la serenidad que me invadió en el barco, transcurridos los primeros días. Pero esa calma, a su vez, también se la debía a la tripulación del barco.

Son buenas personas, a pesar de todo. Aún hoy me gusta recordar el rudo de sus pasos pesados que, en aquel entonces, resonaban en mi estado de duermevela. Tenían la costumbre de emprender cualquier actividad con extremada lentitud. Si uno quería frotarse los ojos, levantaba la mano como si con ella sujetara un peso. Sus bromas eran groseras pero afectuosas. Sus risas siempre se mezclaban con una tos que sonaba peligrosa pero que carecía de importancia. Siempre tenían algo en la boca para escupir y les era completamente indiferente hacia dónde escupían. Siempre se quejaban de que mis pulgas saltaban sobre ellos, pero no por eso se enfadaban conmigo; sabían que en mi piel había pulgas y que éstas saltaban, con eso quedaban satisfechos. Cuando no estaban de servicio, algunos se sentaban a veces a mi alrededor, entonces apenas hablaban, sólo farfullaban entre ellos; fumaban en pipa estirados sobre cajas; en cuanto hacía el más mínimo movimiento, se golpeaban la rodilla y, de vez en cuando, uno tomaba un bastón y me rascaba donde me gustaba. Si hoy me invitaran a hacer una travesía en ese barco, rechazaría con toda seguridad la invitación, pero con la misma seguridad afirmo que no sólo tengo malos recuerdos del tiempo que pasé en el entrepuente.

La serenidad que logré en la compañía de aquella gente es la que me impidió realizar un intento de fuga. Visto desde el día de hoy, me parece como si hubiera presentido que era necesario encontrar una salida si quería seguir viviendo, pero que dicha salida no se podía conseguir por medio de la huida. No sé si realmente era posible hir, yo lo creo, a un mono siempre le debería ser posible huir. Con los dientes que me quedan ahora, tengo que tener mucho cuidado al partir unas simples nueces, pero en aquel tiempo me hubiera sido posible romper el candado de la jaula con la dentadura. No lo hice. ¿Qué habría ganado con ello? Me habrían capturado de nuevo nada más sacar la cabeza y me habrían encerrado en una jaula mucho peor; o tal vez habría huido en dirección hacia otros animales, por ejemplo hacia una serpiente gigante, que me hubiera asfixiado con su abrazo mortal; o a lo mejor me hubiera sido posible llegar hasta la cubierta para saltar por la borda, entonces habría sido mecido un rato por el océano y me habría ahogado. Actos desesperados. Yo no razonaba como los humanos, pero, gracias a la influencia del ambiente, me comporté como si pudiera razonar así.

No razonaba, pero lo observaba todo con gran sosiego. Veía a los hombres ir y venir, siempre los mismos rostros, los mismos movimientos, con frecuencia me parecía como si todos fuesen el mismo hombre. Este hombre o esos hombres andaban sin preocupaciones.Mi mente vislumbró un gran objetivo. Nadie me prometía que si me convertía en lo que ellos eran quitarían los barrotes. Nadie hace promesas cuyo cumplimiento resulta imposible. Pero si se cumplen, aparecerán las promesas con posterioridad y, además, precisamente allí donde con anterioridad se habían buscado en vano. Pero en aquellos hombres no había nada que me sedujera. Si hubiera sido un amante de esa libertad anteriormente mencionada, hubiera preferido con toda seguridad el océano a la salida que asomaba en la mirada turbia de aquellos hombres. No obstante, los había estado observando mucho antes de que comenzara a pensar en estas cosas, sí, la acumulación de observaciones fue la que me impulsó en una dirección determinada.

Era tan fácil imitar a la gente. A escupir aprendí en los primeros días; la única diferencia estaba en que yo me lamía el rostro después de hacerlo, ellos no. Muy pronto fumé la pipa como un viejo; si presionaba la cazoleta con los dedos pulgares, había gritos de júbilo en el entrepuente; sólo la diferencia entre la pipa vacía y llena no pude comprenderla durante mucho tiempo.

El mayor esfuerzo lo representó la botella de aguardiente. Su simple olor me atormentaba; me obligué con todas mis fuerzas, pero pasaron semanas antes de que pudiera superar la aversión. Es raro, esas luchas interiores eran tomadas más en serio que cualquier otra de mis manifestaciones. No logro distinguir a la gente en mis recuerdos,pero había uno que venía con frecuencia, unas veces solo, otras con sus compañeros, ya fuera de noche o de día, y a diferentes horas. Se ponía delante de mí con la botella y me quería enseñar. No podía comprenderme y quería descifrar el enigma de mi ser. Descorchaba lentamente la botella y luego me miraba para comprobar si había entendido; tengo que reconocer que lo miraba con una atención cada vez más indómita. Ningún maestro humano encontrará en todo el mundo un alumno tan ávido como aquél. Después de descorchar la botella, se la llevaba a la boca; yo la seguía con la mirada; él asentía, satisfecho conmigo, y se llevaba la botella a los labios; yo, encantado con mis paulatinos progresos, me rascaba, gruñendo de satisfacción, todas las partes de mi cuerpo que lo necesitaban; él se alegraba y daba un trago a la botella; yo, impaciente y desesperado por emularle, me ensuciaba en la jaula, lo que le proporcionaba una vez más gran satisfacción; y luego, alejando la botella de sí, volvía a llevársela a la boca de un impulso; a continuación bebía, exagerando con su afán didáctico la inclinación, y la vaciaba de un trago. Yo, agotado por el excesivo afán, ya no le podía seguir y me colgaba, agotado como estaba, de los barrotes, mientras él finalizaba la clase teórica frotándose el estómago y riéndose sarcásticamente.

Después comenzaban los ejercicios prácticos. ¿No estaba ya agotado por la teoría? Sí, demasiado agotado, pero eso formaba parte de mi dstino. Así que agarraba la botella lo mejor que podía, la descorchaba temblando; con los buenos resultados sentía cómo poco a poco iba disponiendo de nuevas fuerzas; levantaba la botella, fiel reflejo de mi maestro, la colocaba en mis labios... y la arrojaba con repugnancia, con repugnancia, a pesar de que estaba vacía y sólo contenía el olor, pero no podía resistirlo y la arrojaba con repugnancia al suelo. Para gran decepción de mi maestro, para gran decepción de mí mismo. Ni a él ni a mí nos reconciliaba el que después de haber arrojado la botella no hubiera olvidado frotarme con diligencia el estómago y reír sarcásticamente.

Así acabó la clase con demasiada frecuencia. Y para honra de mi maestro debo decir que nunca se enfadó conmigo. Aunque de vez en cuando aplicaba la pipa ardiente a mi piel, en algún lugar al que yo difícilmente alcanzaba, y la mantenía hasta que comenzaba a arder, luego, sin embargo, apagaba él mismo las llamas con su enorme mano; no estaba enfadado conmigo, sólo veía que ambos luchábamos en el mismo frente contra la naturaleza simiesca y que yo llevaba la peor parte.

Pero qué victoria para él y para mí cuando, una noche, ante un gran círculo de espectadores —tal vez era una fiesta, ya que se oía música de gramófono y un oficial se paseaba entre la gente—, alguien, sin darse cuenta, dejó una botella de aguardiente ante mi jaula y yo la cogí, mientras los presentes me miraban con creciente atención, luego la descorché como había aprendido, la coloqué en mi boca y, sin dudar, sin rechazarla, como un bebedor experimentado, haciendo girar los ojos, la garganta llena de líquido, me la bebí entera y de verdad; arrojé la botella, ya no como un desesperado, sino como un artista; si bien es cierto que olvidé frotarme el estómago. Pero fue porque no podía ser de otro modo, porque algo en mi interior pugnaba por salir, porque mis sentidos estaban alterados. A continuación grité: «¡Hola!». Era un sonido humano, nada más brotar de mis labios, la gente que me rodeaba dio un respingo y su eco fue: «¡Escuchad, ha hablado!». Esas palabras fueron para mí como un beso en todo mi cuerpo sudoroso.

Lo repito, no me seducía imitar a los hombres; yo imitaba porque buscaba una salida, por ningún otro motivo. Pero con aquella victoria no se había conseguido mucho. La voz me volvió a fallar en seguida, sólo la volví a recuperar transcurridos meses. Mi aversión por la botella se tornó mucho más fuerte. No obstante sabía, de una vez por todas, en quédirección tenía que avanzar.

Cuando me entregaron al primer domador en Hamburgo, reconocí rápidamente que tenía dos posibilidades: el jardín zoológico o las Variedades. No lo dudé. Me dije: emplea todas tus fuerzas para ir a las Variedades; ésa es la salida; el zoológico supone sólo una nueva jaula. Si entras allí, estás perdido.

Y aprendí, señores. ¡Ay!, se aprende cuando se está obligado a ello; se aprende sin miramientos. Me vigilaba a mí mismo con el látigo, me desgarraba la carne ante cualquier resistencia. Mi natualeza de primate salía de mí rabiando, desarticulada, de tal modo que mi primer maestro casi se volvió simiesco, tuvo que renunciar a seguir amaestrándome y fue ingresado en un manicomio. Felizmente sólo pasó allí un breve periodo.

Tuve muchos maestros, incluso varios al mismo tiempo. Cuando estuve más seguro de mis aptitudes y la opinión pública seguía mis progresos, cuando, en definitiva, comenzó a iluminarse mi futuro, contraté yo mismo a los maestros, los senté en cinco habitaciones contiguas y aprendí con todos a la vez, saltando ininterrumpidamente de una habitación a otra.

¡Qué progresos! ¡Cómo asimilaba mi cerebro los rayos del conocimiento! No lo niego, me causaba una gran felicidad. Pero también reconozco que no le di mucha importancia, ni en aquel tiempo ni, mucho menos, ahora. Con un esfuerzo inaudito en la historia de este planeta, alcancé la educación media de un europeo. Eso tal vez no signifique nada considerado en sí mismo, pero significa algo en cuanto que me ayudó a salir de la jaula y me proporcionó esa salida especial, la salida del hombre. Hay una expresión muy acertada en este contexto: «internarse en el bosque», eso es lo que he hecho, me he internado en el bosque. No tenía otro camino, sobre todo considerando que la libertad no existía como opción.

Si pienso en mis progresos y en la meta que me proponía, no me quejo, pero tampoco estoy satisfecho. Con las manos en los bolsillos de los pantalones, la botella de vino sobre la mesa, permanezco recostado en mi butaca y miro por la ventana. Si viene visita, la recibo como se debe. Mi empresario está sentado en el recibidor, si le hablo, viene y escucha lo que le tengo que decir. Casi todas las noches hay representación, y ya mis éxitos no se pueden superar. Si llego tarde por la noche de algún banquete, o de reuniones científicas, y quiero estar confortable en mi casa, allí me espera una chimpancé medio amaestrada y lo paso bien con ella a la manera simiesca. Por el día no la quiero ver; tiene la mirada extraviada del animal amaestrado, eso sólo lo reconozco yo y no lo puedo soportar.

En general he conseguido todo lo que quería. No se puede decir que no haya merecido la pena. Por lo demás, no quiero que me juzguen los hombres, sólo quiero difundir conocimientos; me limito a informar, también a ustedes, honorables miembros de la Academia, también a ustedes sólo les he informado.

EN LA COLONIA PENITENCIARIA

—Es un aparato peculiar —dijo el oficial al huésped y pasó su mirada con cierta admiración sobre el aparato, tan bien conocido por él. El viajero parecía haber seguido sólo por cortesía la invitación del comandante para presenciar la ejecución de un soldado,condenado por desobediencia y agravio a un superior. El interés por esa ejecución en la colonia penitenciaria no era muy grande. En realidad, en aquel valle pequeño, profundo,arenoso, cercado y aislado por pendientes desnudas, además del oficial y del viajero sólo se encontraba el condenado, un hombre con aspecto grosero y de boca grande, con pelo y rostro descuidados, así como un soldado que mantenía la pesada cadena, de la que a su vez salían otras pequeñas para sujetar los pies, las muñecas y el cuello del condenado, y que también estaban unidas entre sí por eslabones. Por lo demás, la actitud que mostraba el condenado era tan resignada y perruna que daba la impresión de que se le podría dejar correr libremente por los alrededores y simplemente silbar antes de la ejecución para que viniera.

El viajero prestaba poca atención al aparato y paseaba con visible indiferencia de un lado a otro por detrás del condenado; mientras, el oficial se ocupaba de los últimos preparativos, ya fuese arrastrándose bajo el aparato, instalado profundamente en la tierra,o subiendo por una escalera, para inspeccionar la parte superior. Eran trabajos que deberían haberse asignado a un maquinista, pero el oficial los llevaba a cabo con gran celo, bien porque fuese especial partidario de ese aparato, bien porque, a causa de otros motivos, no se pudiera confiar el trabajo a nadie más.

—¡Ya está todo listo! —exclamó finalmente, y bajó de la escalera. Estaba muy fatigado, respiraba con la boca abierta y había introducido dos finos pañuelos de señora detrás del cuello del uniforme.

—Esos uniformes son demasiado pesados para los trópicos —dijo el viajero, en vez de interesarse por el aparato, como había esperado el oficial.

—Cierto—dijo el oficial, y se lavó las manos, manchadas de grasa y aceite, en un cubo de agua allí dispuesto.

—Pero significan la patria, y no queremos perder la patria. Bien, pero ahora contemple este aparato—añadió con rapidez, se secó las manos con un trapo y señaló el aparato—.Hasta el día de hoy aún era necesaria cierta actividad manual para manejarlo, pero ahora el aparato funciona solo.

El viajero asintió y siguió al oficial. Éste intentó asegurarse ante cualquier incidente y dijo:

—Naturalmente, pueden producirse desajustes, pero espero que hoy no se produzca ninguno, aunque siempre hay que contar con ellos. Además, el aparato tiene que estar funcionando doce horas ininterrumpidas. Si, de todos modos, se produce alguna avería, no será de importancia y la arreglaré de inmediato. ¿No quiere sentarse? —preguntó, sacando una silla de mimbre de una pila de ellas y ofreciéndosela al viajero. Éste no pudo rechazarla, así que permaneció sentado al lado de un hoyo profundo, en el que arrojó una mirada fugaz. A uno de los lados del hoyo se había formado un terraplén con la tierra que se había sacado al excavarlo, en el otro lado estaba el aparato.

—No sé—dijo el oficial—si el comandante ya le ha explicado el aparato.

El viajero hizo un gesto incierto con la mano; el oficial no pudo esperar nada mejor,pues así él mismo podría explicárselo.

—Este aparato —dijo, y asió una manivela, en la que se apoyó— es un invento de nuestro anterior comandante. Yo mismo participé en los primeros ensayos y colaboré en todos los trabajos hasta el final. El mérito del invento, sin embargo, sólo se le puede atribuir a él. ¿Ha oído hablar de nuestro anterior comandante, no? Bien, no creo exagerar si digo que la construcción de toda la colonia penitenciaria es obra suya.Nosotros, sus amigos, ya sabíamos, cuando se produjo su muerte, que la colonia era una obra terminada y que su sucesor, aunque tuviese mil nuevos planes en la cabeza, no cambiaría nada de lo realizado hasta entonces, al menos durante muchos años. Nuestro presagio se ha cumplido; el nuevo comandante lo ha tenido que reconocer. ¡Es una pena que no haya podido conocer al antiguo comandante! Pero —aquí se interrumpió el oficial —no hago más que charlar, y aquí, ante nosotros, está su aparato. Consta, como puede ver, de tres partes. Para cada una de las partes se han afianzado con el paso del tiempo designaciones populares. La inferior se llama la "cama", la superior, el "dibujante", y ésta, la que está suspendida, la del medio, el "rastrillo".

—¿El rastrillo?—preguntó el viajero. No había prestado mucha atención; el sol caía con demasiada fuerza sobre el desprotegido valle, era difícil reunir todos los pensamientos. La actitud del oficial le pareció, por esta razón, más admirable, ya que explicaba su tema con gran entusiasmo, embutido en una estrecha guerrera, con hombreras y cordones, como si fuera a desfilar y, por añadidura, mientras hablaba no dejaba de ajustar un tornillo acá y otro allá. El soldado, sin embargo, parecía compartir el estado del viajero. Tenía las cadenas del condenado enrolladas en ambas muñecas, se apoyaba con una mano en su fusil y dejaba descansar la cabeza sobre la nuca sin preocuparse de nada más. El viajero no se asombró en absoluto, pues el oficial hablaba francés y ni el soldado ni el condenado parecían entender ese idioma. Por eso resultaba tan extraño que el condenado se esforzara en seguir las explicaciones del oficial. Con una suerte de obstinación somnolienta siempre dirigía su mirada hacia el lugar que el oficial señalaba y cuando éste fue interrumpido con una pregunta del viajero, también se quedó mirándolo como el oficial.

—Sí, el "rastrillo"—dijo el oficial—, el nombre le conviene. Las agujas están ordenadas como en un rastrillo, y su movimiento es similar, aunque reducido a una zona concreta y con una mayor exactitud. Lo entenderá ahora mismo mucho mejor. Aquí, en la "cama", se coloca al condenado. Para empezar quiero describir el aparato, luego lo pondremos en funcionamiento. Entonces podrá seguir el procedimiento mucho mejor. En el "dibujante" también hay una rueda dentada muy desgastada, chirría cuando está en funcionamiento, apenas nos podremos oír. Las piezas de repuesto son aquí muy difíciles de conseguir. Bien, aquí está la "cama", como dije. Está cubierta del todo por una capa de algodón, ya conocerá la finalidad. El condenado se tiende boca abajo sobre esa superficie algodonosa, naturalmente desnudo; aquí hay correas para sujetar las manos, aquí para los pies y aquí para el cuello, así se le mantiene inmovilizado. Aquí, en la cabecera de la "cama", donde el hombre yacerá con su rostro boca abajo, como he dicho,hay este pequeño tubo forrado de fieltro, fácilmente regulable, y que se introduce en la boca del condenado. Tiene la finalidad de impedirle que grite y que se muerda la lengua. Por supuesto, el hombre tiene que aceptar el fieltro, pues en otro caso las correas para el cuello terminarían por romperle la nuca.

—¿Eso es algodón? —preguntó el viajero,y se inclinó.

—Sí, por supuesto— dijo el oficial sonriendo—, tóquelo usted mismo.

Tomó la mano del viajero y la asó por la "cama".

—Se trata de un algodón preparado especialmente para que sea irreconocible; más adelante hablaré de su finalidad.

Ya se había ganado un poco al viajero en favor del aparato; éste, con la mano sobre los ojos para protegerse del sol, contempló el aparato elevando la mirada. Era una máquina enorme. La "cama" y el "dibujante" tenían la misma superficie y parecían dos oscuros baúles. El "dibujante" estaba colocado alrededor de dos metros sobre la "cama"; ambas piezas estaban unidas en las esquinas por cuatro barras de latón que, a causa del sol,parecían arrojar rayos. Entre los dos baúles oscilaba el "rastrillo", sujeto por un fleje de acero.

El oficial apenas había notado la anterior indiferencia del viajero, pero ahora se mostró sensible a su incipiente interés, interrumpiendo sus explicaciones para permitirle hacer las consideraciones que creyera oportunas. El condenado imitó al viajero, pero como no podía proteger los ojos con la mano, parpadeó al dirigir la mirada hacia arriba.

—Así que éste es el hombre —dijo el viajero, recostándose en la silla y cruzando las piernas.

—Sí—dijo el oficial, que echó la gorra un poco hacia atrás y se pasó la mano por el rostro sudoroso—. ¡Ahora escuche! Tanto la "cama" como el "dibujante" disponen de batería propia; la "cama" la necesita para su adecuado funcionamiento, el "dibujante"para el "rastrillo". Tan pronto como el hombre queda bien sujeto, la "cama" se pone en movimiento. Vibra con impulsos pequeños y muy rápidos, que se producen simultáneamente en todas las direcciones. Puede que haya visto aparatos semejantes en sanatorios. Sin embargo, en lo que concierne a nuestra "cama", todos los movimientos están calculados con meticulosidad, pues tienen que coincidir perfectamente con los movimientos del "rastrillo", el cual asume, en cierta medida, la propia ejecución de la condena.

— Y cuál es la condena? —preguntó el viajero.

—¿Tampoco sabe eso? —dijo el oficial asombrado, y se mordió el labio—. Disculpe si mis explicaciones son algo confusas, le pido mil perdones. Anteriormente era el comandante el que solía hacer este tipo de aclaraciones, pero el nuevo ha declinado este deber honorífico. No obstante, que no ponga en conocimiento de una visita tan importante —el viajero intentó rechazar el honor con ambas manos, pero el oficial insistió en la expresión—, de una visita tan importante, digo, la forma de nuestra condena, constituye una novedad que...—tenía una maldición en los labios, pero se contuvo, diciendo sólo:

—No fui informado, no es culpa mía. Por lo demás, estoy óptimamente capacitado para explicar nuestros tipos de condena, pues aquí llevo —se golpeó el bolsillo del pecho —los croquis respectivos realizados por el comandante anterior.

—Croquis del mismo comandante? —preguntó el viajero—. &Es que lo aunaba todo en su persona? ¿Era soldado, juez, constructor, químico, dibujante?

—Sí, señor—dijo el oficial asintiendo y con mirada estática y pensativa.

Luego observó sus manos con mirada inquisitiva; no le parecían lo suficientemente limpias para tocar los dibujos, así que regresó a donde estaba el cubo y se las volvió a lavar. A continuación, sacó una cartera de piel y dijo:

—Nuestra condena no suena muy severa. Al condenado se le escribirá en el cuerpo con el "rastrillo" el precepto que ha infringido. En este caso, por ejemplo —el oficial señaló al hombre—, se escribirá en su cuerpo: ¡Honra a tus superiores!

El viajero miró fugazmente al hombre, que había mantenido hundida la cabeza cuando el oficial lo había señalado, y parecía agudizar toda la fuerza de su aparato auditivo para entender algo. Los movimientos de sus labios hinchados y apretados, no obstante,mostraban que no podía entender nada. El viajero podría haber preguntado muchas cosas,pero en presencia de aquel hombre sólo se le ocurrió preguntar:

—¿Conoce su sentencia?

—No —dijo el oficial, y quiso continuar en seguida con sus explicaciones, pero el viajero lo interrumpió:

—¿No conoce su propia sentencia?

—No —repitió el oficial, y se detuvo un instante, como si reclamara del viajero el fundamento de su pregunta, diciendo a continuación:

—Sería inútil anunciársela, la conocerá escrita en su cuerpo.

El viajero ya no quería hablar más, pero entonces sintió cómo el condenado dirigía la vista hacia él; parecía preguntar si aprobaba el procedimiento descrito. A causa de esta actitud, el viajero, que se había recostado en la silla, se inclinó hacia adelante y preguntó:

—Pero que ha sido condenado, eso sí lo sabrá.

—Tampoco—dijo el oficial, y sonrió al viajero cómo si ahora esperase de él más revelaciones insólitas.

—No—dijo el viajero, que se pasó la mano por la frente—. ¿Entonces este hombre no sabe cómo fue tomada su defensa?

—No ha tenido ninguna oportunidad de defenderse —dijo el oficial, y miró hacia un lado como si hablase consigo mismo y no quisiera avergonzar al viajero con la explicación dé cosas que, para él, resultaban evidentes.

—Pero tiene que tener la oportunidad de defenderse —dijo el viajero, y se levantó de la silla.

El oficial se dio cuenta de que corría el peligro de que se postergase su aclaración del funcionamiento del aparato; por ello, se acercó al viajero, le tomó del brazo, señaló con la mano al condenado, que ahora, consciente de que la atención se dirigía hacia él, se puso firme —el soldado también tiró de la cadena—, y dijo:

—La cuestión es la siguiente. A pesar de mi juventud, me han nombrado juez de la colonia penitenciaria. Ayudé al comandante anterior en todos los asuntos penales y conozco el aparato mejor que nadie. El principio al que someto mis decisiones es: la culpa es siempre inconcusa. Otros tribunales podrán no compartir este principio, pues normalmente son colegiados y tienen otros tribunales superiores a los que están sometidos. Pero ése no es el caso aquí, o, al menos, ése no era el caso con el anterior comandante. El nuevo, ciertamente, ya ha mostrado ganas de entrometerse en mis competencias judiciales, pero hasta ahora he sabido defenderme y también lo sabré hacer en el futuro. Usted quería que le explicase este caso. Es muy simple, como todos. Un capitán ha presentado esta mañana una denuncia en la que acusa a este hombre, asignado al capitán como sirviente y que duerme ante su puerta, de haberse dormido durante el tiempo de servicio. Su deber consistía en levantarse cada hora y saludar ante la puerta del capitán. Ningún deber difícil, como se puede comprobar, y muy necesario, pues tiene que permanecer fresco para vigilar y para servir. El capitán quiso comprobar la noche anterior si el sirviente cumplía su deber.Abrió la puerta cuando el reloj daba las dos de la madrugada y lo encontró durmiendo en posición fetal. A continuación, cogió la fusta y lo golpeó en la cara. En vez de levantarse y pedirle perdón, el hombre cogió al capitán por las piernas, lo movió de un lado a otro y exclamó: "¡Tira la fusta o te como!". Ése es el relato de los hechos. El capitán vino hace una hora a verme, escribí los datos que me proporcionó y, a renglón seguido, escribítambién la sentencia. A continuación, ordené que encadenaran al hombre. Todo fue muy fácil. Si hubiera llamado primero al hombre y le hubiera preguntado, sólo se habría originado confusión. Para empezar, habría mentido; si me hubiera sido posible demostrar que mentía, habría sustituido las antiguas mentiras por otras nuevas y etc. Pero ahora lo tengo y ya no lo suelto. ¿Está claro? Pero el tiempo pasa, la sentencia se debería ejecutar ya y todavía no he terminado de explicar el funcionamiento del aparato.

Casi obligó al viajero a que se sentara de nuevo, se acercó al aparato y comenzó:

—Como puede ver, el "rastrillo" corresponde a la forma humana; aquí está el "rastrillo" para el torso, aquí para las piernas. Para la cabeza, sin embargo, se dispone de esta pequeña aguja. ¿Está claro? —se inclinaba amablemente hacia el viajero durante las explicaciones más detalladas.

El viajero miraba el "rastrillo" con la frente arrugada. Las explicaciones sobre el procedimiento judicial no le habían satisfecho. Si bien, tenía que reconocer que se trataba de una colonia penitenciaria, que las medidas excepcionales eran necesarias y que se debía proceder hasta el final de acuerdo con las reglas militares. Además, confiaba algo en la actitud del nuevo comandante, que, aparentemente, aunque con lentitud, tenía la intención de introducir un nuevo procedimiento, que no terminaba de entrar en la limitada mente del oficial. Como resultado de esta cadena de pensamientos, surgió la pregunta:

—¿Presenciará el comandante la ejecución?

—No es seguro —dijo el oficial, desagradablemente sorprendido por la súbita pregunta. Su gesto amistoso se descompuso.

—Precisamente por eso tenemos que darnos prisa. Me veré obligado, por desgracia, a acortar mis explicaciones. Pero mañana, cuando hayan limpiado el aparato —el que estétan sucio ha sido su único error—, podría ampliar la información. Ahora, sin embargo,diré lo más esencial. Cuando el hombre yace en la "cama" y ésta se pone a vibrar, el "rastrillo" desciende hasta el cuerpo. Se coloca por sí mismo de tal manera que apenas roza el cuerpo con las puntas; una vez concluida la colocación, ese cable de acero se tensa de inmediato como una barra. Entonces comienza el juego. Un ignorante del funcionamiento no notará ninguna diferencia entre las penas. El rastrillo parece funcionar siempre igual. Sin dejar de vibrar, introduce las agujas en el cuerpo, que tambіén vibra a causa de la "cama". Para poder comprobar la ejecución de la sentencia, el "rastrillo" fue construido de cristal. Causó algunas dificultades técnicas fijar en él las agujas,pero después de muchos ensayos se consiguió. No escatimamos ningún esfuerzo. Ahora se puede ver a través del cristal cómo se completa la inscripción en el cuerpo. ¿No quiere acercarse y ver las agujas?

El viajero se levantó lentamente, se acercó y se inclinó sobre el "rastrillo".

—Puede ver—dijo el oficial—dos clases de agujas en varias disposiciones. Cada una de las agujas largas tiene una corta a su lado. La larga es la que propiamente escribe, la corta inyecta agua para lavar la sangre y mantener siempre limpia la inscripción. La sangre aguada se canaliza por estas ranuras y fluye finalmente por estas acanaladuras cuyo tubo de desagüe lleva a la fosa. —El oficial señaló con el dedo el camino exacto que la sangre aguada tenía que recorrer. Cuando, para mostrarlo mejor, llevó ambas manos hasta el final del canal de desagüe, el viajero levantó la cabeza y quiso volver a la silla, tanteando con las manos a la espalda. Entonces comprobó con horror que también el condenado había seguido la invitación del oficial para ver de cerca la disposición del "rastrillo". Había estirado la cadena sujetada por el somnoliento soldado y también se había inclinado sobre el cristal. Se veía cómo buscaba con mirada insegura lo que los dos hombres ya habían observado, pero sin encontrarlo, ya que le faltaban las explicaciones necesarias. Se inclinaba hacia un sitio y otro. Una y otra vez recorrieron sus ojos el cristal. El viajero quiso retirarlo, pues lo que estaba haciendo era sin duda punible. Pero el oficial detuvo al viajero con una mano y con la otra tomó un terrón de tierra del terraplén y se lo arrojó al soldado. Éste alzó los ojos de repente, vio a lo que se había atrevido el condenado, dejócaer el fusil, afirmó los talones en el suelo y tiró de él con tanta fuerza que lo derribó.Entonces miró cómo se daba la vuelta, haciendo sonar sus cadenas.

—¡Levántalo!—gritó el oficial, pues advertía que la atención del viajero se desviaba demasiado hacia el condenado. El viajero continuó inclinado sobre el "rastrillo", pero sin prestarle atención, sólo quería enterarse de lo que ocurría con el condenado.

—¡Trátalo con cuidado! —gritó de nuevo el oficial. Rodeó el aparato, tomó él mismo al condenado por debajo de los hombros y logró levantarlo con ayuda del soldado, aunque durante la operación los pies del condenado resbalaron más de una vez.

—Bien, ahora ya lo sé todo —dijo el viajero, cuando regresó el oficial.

—Falta lo más importante —dijo éste, tomó al viajero del brazo y le señaló hacia arriba:

—Allí, en el "dibujante", está el engranaje que determina el movimiento del "rastrillo", y ese engranajese dispone según la inscripción establecida por la sentencia. Aún empleo los dibujos del antiguo comandante. Aquí están —y sacó unas hojas de la cartera de piel—, por desgracia no se los puedo entregar en mano, son lo más preciado que poseo. Siéntese, se los mostraré desde esta distancia, lo podrá ver todo muy bien.

Mostró la primera hoja. Al viajero le hubiera gustado decir algo elogioso, pero sólo pudo ver líneas laberínticas, que se entrecruzaban hasta cubrir casi por completo el papel; sólo con esfuerzo se podían distinguir los espacios en blanco.

—Lea—dijo el oficial.

—No puedo —dijo el viajero.

—Pero si está claro —dijo el oficial

—Es demasiado complejo —respondió el viajero evasivo—. No lo puedo descifrar.

—Sí—dijo el oficial,se rió y lo guardó en la cartera—, no es ninguna caligrafía para niños. Hay que leer en la hoja durante mucho tiempo. También usted terminaría por reconocer lo escrito. Naturalmente no puede tratarse de ninguna simple caligrafía, no debe matar al instante, sino por término medio en un plazo de doce horas; se calcula que el momento crítico se produce en la sexta hora. Por consiguiente, muchos adornos tendrán que rodear a la inscripción propiamente dicha; la inscripción real sólo rodea al cuerpo como un cinturón delgado, el resto del cuerpo queda reservado a los ornamentos. Quiere hacer ahora el honor al trabajo del "rastrillo" y de todo el aparato? ¡Mire! —saltó hacia la escalera, giró una rueda y gritó hacia abajo:

—Atención, échese a un lado —y la máquina se puso en funcionamiento.

Si la rueda no hubiera rechinado, habría sido magnífico. Como si el oficial hubiese sido sorprendido por esa rueda perturbadora, la amenazó con el puño, extendió los brazos en actitud de disculpa hacia el viajero y bajó rápidamente por la escalera para observar el funcionamiento de la máquina. Había algo que no estaba conforme y que sólo él advertía; volvió a subir por la escalera, asió con ambas manos algo en el interior del "dibujante" y luego se deslizó, en vez de bajar la escalera, por el pasamanos; una vez abajo, marcado por la tensión, gritó al oído del viajero para hacerse comprender a causa del ruido:

—¿Comprende el funcionamiento? El rastrillo comienza a escribir; ya ha terminado con la primera inscripción en la espalda del hombre; ahora rueda la capa de algodón para situar lentamente el cuerpo de costado y así ofrecer más espacio al "rastrillo". Mientras tanto, las zonas ya inscritas toman contacto con el algodón que contiene un preparado especial que detiene instantáneamente la hemorragia y prepara la superficie para seguir profundizando en la inscripción. Aquí, las puntas situadas al borde del "rastrillo" retiran el algodón de las heridas cuando se remueve el cuerpo, lo arrojan en la fosa, y el "rastrillo"vuelve a tener trabajo. Así sigue la inscripción, cada vez más profunda,durante doce horas. Las primeras seis horas el condenado vive casi como antes, sólo sufre dolores.Transcurridas dos horas más se quita el fieltro, pues el hombre ya no tiene fuerzas para gritar. Aquí, en esta escudilla calentada eléctricamente situada en la cabecera, se coloca papilla de arroz templada, de la que el hombre, si tiene ganas, podrá tomar lo que la lengua sea capaz de alcanzar. Ninguno desaprovecha la oportunidad. No conozco a ninguno que haya perdido la ocasión, y mi experiencia es larga. A partir de la sexta hora el condenado pierde las ganas de comer. Habitualmente me arrodillo aquí y observo la aparición de ese síntoma. El hombre raramente traga el último bocado, sólo le da vueltas en la boca y termina escupiéndolo en la fosa. Tengo que agacharme, porque si no me da en la cara. ¡Pero qué tranquilo se vuelve el hombre cuando llega la sexta hora! Hasta el más tonto lo capta. Comienza alrededor de los ojos y desde ahí se extiende. Una visión que podría seducir a alguien para tumbarse bajo el "rastrillo". Ya no pasa nada más. El hombre comienza simplemente a descifrar la inscripción; al hacerlo afila la boca como si oyera. Ya lo ha visto, no es fácil descifrar lo inscrito con los ojos; nuestro hombre, sin embargo, lo descifra con las heridas. Se trata, ciertamente, de un trabajo fatigoso, pues necesita seis horas para concluirlo. Entonces el "rastrillo" lo atraviesa por completo y lo arroja a la fosa, donde cae con la sangre aguada y con el algodón. En ese momento ha concluido el castigo y nosotros, el soldado y yo, lo enterramos.

El viajero había inclinado el oído hacia el oficial y contemplaba el funcionamiento de la máquina con las manos en los bolsillos de los pantalones. También el condenado miraba, pero sin comprender nada.

Estaba ligeramente agachado, siguiendo con la mirada las oscilantes agujas, cuando el soldado, obedeciendo un signo del oficial, cortó con un cuchillo por detrás la camisa y los pantalones, de tal modo que cayeron del cuerpo del condenado. Este quiso recoger la ropa para cubrir su desnudez, pero el soldado la levantó y retiró los últimos jirones del cuerpo. El oficial desconectó la máquina y, en medio del silencio restablecido, colocó al condenado bajo el "rastrillo". Le quitaron las cadenas y le ajustaron las correas; para el condenado ese cambio pareció un alivio. Entonces descendió el "rastrillo" un poco más, pues era un hombre delgado. Cuando le tocaron las puntas de las agujas, un estremecimiento recorrió toda su piel. Mientras el soldado se ocupaba de su mano derecha, estiró la mano izquierda sin saber hacia dónde. Pero era la dirección en que se encontraba el viajero. El oficial miraba ininterrumpidamente al viajero de costado, cómo si intentase escudriñar en su rostro la impresión que le causaba la ejecución, cuyo procedimiento él le había explicado, al menos, superficialmente.

La correa destinada a la muñeca se rompió, tal vez el soldado la había apretado demasiado. El soldado le mostró el trozo de correa desgarrado al oficial, así que éste se desplazó hasta donde estaba, con el rostro vuelto hacia el viajero:

—La máquina está muy ajustada, algo tiene que rasgarse o romperse por un lado o por otro. No debe dejarse influir por esto en su juicio general. Para las correas, por lo demás, se consigue rápidamente alguna pieza de recambio. Utilizaré una cadena, aunque la sensibilidad de la oscilación para el brazo derecho quedará afectada.

Y mientras colocaba la cadena, dijo:

—Los medios para el mantenimiento de la máquina son ahora muy limitados. Cuando estaba el otro comandante, pusieron a mi disposición el dinero en efectivo que fuera necesario para ese cometido. Aquí había un almacén en el que se guardaban todo tipo de piezas de repuesto. Reconozco que llegué casi a dilapidar el dinero, antes, quiero decir, no ahora, como el nuevo comandante afirma, al que todo le sirve de pretexto para luchar contra las instituciones anteriores. Ahora tiene el presupuesto destinado a la máquina bajo su control y si solicito una nueva correa, me reclama la rota como prueba material, y la nueva llega transcurridos como mínimo diez días, siendo, además, de peor calidad, por lo que no dura mucho. Nadie se preocupa, sin embargo, de cómo podré poner en funcionamiento la máquina mientras llegan las piezas de repuesto.

El viajero consideró: "Siempre resulta arriesgado injerirse en asuntos extranjeros". No era ni ciudadano de la colonia penitenciaria, ni ciudadano del Estado al que ésta pertenecía. Si quisiera condenar esa ejecución o, simplemente, aplazarla, se le podría decir: "eres un extranjero, así que cállate". A esa respuesta no podría objetar nada. Sólo podría añadir que no entiende el caso, pues él viaja con la intención de ver y de ningún modo para cambiar los ordenamientos procesales extranjeros. Sin embargo, el asunto que presenciaba era muy tentador. La injusticia del procedimiento y la inhumanidad de la ejecución eran incuestionables. Nadie podía atribuir al viajero un interés egoísta, pues el condenado era para él un completo extraño, ni un compatriota, ni, por lo demás, un hombre que invitase a la compasión. El viajero disponía de recomendaciones de altos organismos, había sido recibido aquí con gran cortesía, y que hubiera sido invitado a presenciar esa ejecución indicaba que se tenía interés en saber su opinión sobre ese tipo de castigo. Esto parecía muy probable, puesto que el comandante, como había oído hasta la saciedad, no era ningún adepto a ese procedimiento y su actitud frente al oficial era casi hostil.

En ese momento el viajero oyó un grito de furia del oficial. Acababa de insertar, no sin esfuerzo, el tubo de fieltro en la boca del condenado, cuando éste, atacado por unas náuseas insoportables, había cerrado los ojos y estaba a punto de vomitar. A toda prisa intentó retirarle el tubo y doblar la cabeza hacia la fosa, pero demasiado tarde; la inmundicia se deslizaba por la máquina.

—¡Todo es culpa del comandante! —gritó el oficial, y sacudió sin sentido la biela de latón—. Me ensucian la máquina como si fuese un establo. —Señaló con manos temblorosas al viajero lo que había ocurrido—. Durante horas he intentado que el comandante entendiese que no se debía suministrar comida alguna al condenado desde el día antes de la ejecución. Pero la nueva política de suavidad ve las cosas de otra manera. Las damas del comandante embuten al hombre de dulces antes de entregarlo. ¡Toda su vida se ha alimentado de pescados apestosos y ahora tiene que comer dulces! No obstante,podría ser, no objetaría nada si me proporcionaran un nuevo tubo de fieltro como el que no dejo de solicitar desde hace tres meses. ¿Cómo se puede meter alguien ese fieltro en la boca sin sentir asco, si lo han chupado y mordido más de cien hombres durante su agonía?

El condenado había bajado la cabeza y su actitud era pacífica. Por su parte, el soldado estaba ocupado en limpiar la máquina con la camisa del condenado. El oficial se dirigióhacia el viajero, que a causa de alguna presunción, retrocedió un paso, pero el oficial le cogió la mano y se lo llevó a un lado.

—Quisiera hablar con usted en confianza—dijo—.¿Puedo hacerlo?

—Por supuesto —dijo el viajero, que escuchaba con los ojos caídos.

—Este procedimiento y esta ejecución que usted tiene la oportunidad de admirar ya no posee, en el presente, ningún partidario más. Soy su único defensor, al mismo tiempo el único defensor de la herencia del antiguo comandante. No puedo ni pensar en que se siga con la labor de desmontaje del procedimiento, empleo todas mis fuerzas en mantener todo lo que se pueda. Cuando vivía el antiguo comandante, la colonia estaba llena de adeptos suyos; poseo algo de la fuerza de convicción del antiguo comandante, pero me falta su poder. Por consiguiente, todos sus partidarios se han encogido, aunque hay muchos,lo único que ocurre es que no lo reconocen públicamente. Si usted va hoy a la casa de té y oye lo que se dice, probablemente sólo pueda escuchar expresiones ambiguas. Ésos son partidarios, pero con el actual comandante y sus convicciones, para mí son inservibles. Y ahora le pregunto: ¿Habría que renunciar a semejante obra de toda una vida —señaló a la máquina— por culpa del comandante y de sus mujeres, por las que se deja influir? ¿Se puede permitir eso? ¿Aun en el caso de permanecer sólo unos días en nuestra isla como extranjero? Pero no hay tiempo que perder, algo se está preparando contra mi jurisdicción.Tienen lugar consejos en la comandancia a los que no se me llama. Hasta su visita de hoy me parece significativa; son cobardes y envían a un extranjero, a usted. ¡Cómo era la ejecución en los viejos tiempos! Ya un día antes todo el valle se hallaba inundado de gente, todos venían para presenciarla; por la mañana temprano aparecía el comandante con sus damas; fanfarrias despertaban a todo el campamento; yo daba novedades y anunciaba que todo estaba dispuesto; la comunidad —ningún funcionario podía faltar—,se alineaba en torno a la máquina. Ese montón de sillas de mimbre es un pobre residuo de aquellos tiempos. La máquina brillaba, recién limpiada; prácticamente para cada ejecución colocaba piezas nuevas. Ante cien ojos —todos los espectadores permanecían de puntillas hasta las laderas—, el condenado era puesto bajo el "rastrillo" por el propio comandante.Lo que hoy puede hacer un soldado raso, era antaño mi trabajo, el del presidente del tribunal,y eso me honraba. ¡Y, a continuación, comenzaba la ejecución! Ni la más mínima disonancia perturbaba el trabajo de la máquina. Algunos ni siquiera miraban, sólo se mantenían allí con los ojos cerrados en la arena. Todos lo sabían: en ese mismo instante se hacía justicia. En el silencio sólo se podían oír los suspiros del condenado, amortiguados por el fieltro. Hoy la máquina ya no puede arrancar un fuerte suspiro del condenado, como tampoco puede asfixiar el fieltro; en aquel tiempo las agujas, mientras inscribían, goteaban una sustancia corrosiva que ya no se puede emplear. Bien, ¡y llegaba la sexta hora! Era imposible permitir a todos los que lo solicitaban que se acercaran a verlo. El comandante, con su entendimiento de causa, ordenaba que sobre todo tuvieran en cuenta a los niños.Yo, por supuesto, gracias a mi profesión, podía estar siempre presente. A menudo me agachaba con dos niños pequeños en cada uno de mis brazos. ¡Cómo recibíamos todos la expresión de transfiguración del rostro atormentado! ¡Cómo manteníamos nuestros espíritus en el resplandor de la justicia, finalmente alcanzada y ya desvanecida! ¡Quétiempos,camarada!

El oficial había olvidado a todas luces ante quién estaba. Había abrazado al viajero y puesto la cabeza sobre su hombro. El viajero quedó atónito y miraba impaciente sobre el hombro del oficial. El soldado había terminado sus labores de limpieza y había vertido un bote de papilla de arroz en la escudilla. Apenas lo advirtió el condenado, que ya parecía haberse recuperado del todo, cuando comenzó a hacer esfuerzos ímprobos con la lengua para comer algo de la papilla. El soldado lo apartó una y otra vez, pues la papilla se tenía que reservar para más tarde; y, algo inaudito, el soldado metió sus manos sucias en la escudilla y comió delante del ávido condenado.

El oficial se serenó rápidamente:

—No quería tocarle —dijo—. Ya sé, es imposible hacer comprensibles aquellos tiempos. Por lo demás, la máquina aún funciona y habla por sí misma. Habla por sí misma aunque esté sola en este valle. Y el cuerpo sigue cayendo al final, en un suave vuelo indescriptible, en la fosa, aunque no sea como antes, cuando cientos de personas se reunían alrededor como moscas. Antaño tuvimos que colocar una barandilla en torno a la fosa, ya hace tiempo que se quitó.

El viajero quiso esquivar la mirada del oficial, y miró a su alrededor sin un objetivo fijo. El oficial creyó que contemplaba la soledad del valle; entonces tomó sus manos, se puso delante para poder mirarle a los ojos y preguntó:

—¿Se da cuenta de la vergüenza?

Pero el viajero no contestó. El oficial se apartó de él un momento; miraba al suelo en silencio con las piernas abiertas y las manos en las caderas. A continuación, sonrió al viajero y le dijo con un tono animado:

—Ayer estaba cerca de usted cuando el comandante le invitó. Conozco al comandante.Comprendí de inmediato lo que pretendía con la invitación. Aunque posee el poder suficiente para tomar medidas contra mí, aún no se atreve, aunque quiere exponerme a su juicio, al juicio de un extranjero distinguido. Su cálculo es cuidadoso. Es su segundo día en la isla, no conoce al antiguo comandante ni su pensamiento, está ofuscado por las ideas europeas, tal vez usted es un adversario por principio de la pena de muerte en general y de este tipo de ejecución automática en particular. Además, usted asiste a una ejecución sin participación pública, triste, y con una máquina dañada; tomado todo en su conjunto (así piensa el comandante), ¿no será bastante fácil que usted no apruebe mi procedimiento? Y si usted no lo aprueba, no lo silenciará (sigo hablando como lo haría el comandante), pues usted confía en sus expertas convicciones. Usted ha visto, además, las peculiaridades de muchos pueblos y ha aprendido a respetarlas, por lo que no se expresará, por consiguiente,con toda su fuerza, contra este procedimiento, como quizá lo haría en su patria. Pero el comandante no necesita tanto. Con una sola palabra fugaz y desprevenida basta. No es necesario que usted manifieste su convencimiento, siempre que suponga una oposición aparente. Que él le interrogará con toda la astucia, de eso estoy seguro. Y sus damas se sentarán en círculo y agudizarán los oídos; dirán algo como: "Entre nosotros el procedimiento judicial es muy distinto", o "entre nosotros se escucha al acusado antes de la sentencia", o "entre nosotros el condenado conoce la sentencia", o "entre nosotros hay penas distintas a la de muerte", o "entre nosotros sólo había tortura en la Edad Media".Todas esas observaciones, tan ciertas como evidentes para usted, esas observaciones inocentes no afectan para nada a mi procedimiento. Pero, ¿cómo las tomará el comandante? Ya le veo, al buen comandante, cómo deja a un lado la silla y sale presuroso al balcón; veo a las damas, cómo corren detrás de él; oigo su voz —las damas dicen que tiene voz de trueno—, diciendo: "Un gran investigador de Occidente, con la misión de examinar los procedimientos judiciales en todos los países, acaba de dedique nuestro procedimiento, según la vieja costumbre, es inhumano. Después de este juicio, formulado por semejante personalidad, no puedo seguir tolerando, naturalmente, este procedimiento.En el día de hoy, por consiguiente, ordeno, etc". Usted quiere intervenir; usted no ha dicho lo que él anuncia, usted no ha denominado mi procedimiento "inhumano", todo lo contrario, en su más profundo convencimiento lo considera como el más humano y digno; usted admira toda esta maquinaria, pero es demasiado tarde; usted no sale al balcón, repleto de damas; usted quiere llamar la atención; quiere gritar, pero la mano de una dama mantiene su boca cerrada—y yo y la obra del comandante estamos perdidos.

El viajero tuvo que reprimir una sonrisa; tan fácil era, por tanto, la misión que él había tenido por difícil. Dijo evasivo:

—Atribuye demasiado valor a mi influencia; el comandante ha leído mis cartas de recomendación, él sabe que no soy ningún experto en procedimientos judiciales. Si expresara mi opinión, sería la de un hombre privado, y no más importante que la de cualquier otro y, por supuesto, mucho menos importante que la opinión del comandante,que,en esta colonia penitenciaria, según creo saber, dispone de competencias muy amplias. Si su opinión acerca de este procedimiento es tan segura como usted cree,entonces me temo que ha llegado su fin sin que necesite de mi modesta colaboración.

¿Lo comprendió el oficial? No, aún no lo había comprendido. Negó vivamente con la cabeza, miró fugazmente al condenado y al soldado, quienes se sobresaltaron y dejaron la papilla, se aproximó hasta el viajero, no le miró a los ojos, sino a algún punto de la chaqueta y dijo en voz más baja que antes:

—Usted no conoce al comandante. Tanto usted como todos nosotros —y perdóneme la expresión—,estamos, en cierta manera, indefensos ante él; su influencia, créame, no puede ser apreciada en su justo valor. Me alegré cuando oí que presenciaría solo la ejecución. Esa orden del comandante iba dirigida contra mí, pero ahora me sirvo de ella en mi propio beneficio. Sin ser desviado por falsas sugerencias y miradas despreciativas—como no se podrían haber evitado en una ejecución con más público—, ha podido escuchar mis explicaciones, ha visto la máquina y está en disposición de asistir a la ejecución. Ya tendrá, con toda seguridad, un juicio firme; si aún queda alguna pequeña inseguridad, la contemplación de la ejecución la disipará. Y ahora le pido: ¡Ayúdeme frente al comandante!

El viajero no le dejó seguir hablando:

—Pero cómo podría —exclamó—, eso es completamente imposible. Le puedo beneficiar tan poco como le puedo perjudicar.

—Usted puede—dijo el oficial.

Con algún temor, el viajero observó cómo el oficial cerraba los puños.

—Usted puede —repitió el oficial más acuciante—. Tengo un plan que deberáfuncionar. ¿Usted cree que su influencia no basta. Pero, aceptando que usted tenga razón, no será necesario intentarlo todo, hasta lo imposible, para mantener este procedimiento? Escuche, pues, mi plan. Para su ejecución es necesario, ante todo, que hoy, en la colonia,se muestre todo lo reticente posible en cuanto a su juicio sobre el procedimiento. Si no le preguntan directamente, no comente nada bajo ninguna circunstancia; sus observaciones tienen que ser cortas y ambiguas; deben notar que le será difícil hablar sobre el asunto,que, en el caso de hablar abiertamente, rompería en imprecaciones. No le pido que mienta,de ningún modo. Sólo tiene que responder con brevedad, algo como: "Sí, he presenciado la ejecución", o "sí, he escuchado todas las explicaciones". Sólo eso, nada más. Para el enojo que tienen que notar en usted, hay suficientes motivos, aunque no en el sentido del comandante. Él, es natural, lo interpretará equivocadamente y lo entenderá conforme a sus ideas. Aquí radica mi plan. Mañana se celebra en la Comandancia una gran reunión, presidida por el comandante, y en la que participan todos los funcionarios superiores de la Administración. El comandante, por supuesto, ha sabido hacer de este tipo de sesiones una exhibición. Se construyó una galería que siempre está llena de espectadores. Estoy obligado a participar en la reunión, pero la repugnancia me estremece. Bien, le invitarán con toda seguridad a la sesión; si se comporta hoy conforme a mi plan, la invitación se tornará en una solicitud apremiante. Pero si por cualquier motivo incomprensible no fuese invitado, entonces tendrá que solicitar la invitación; es indudable que la recibirá. Siéntese mañana con las damas en el palco del comandante. Él se asegurará con frecuencia mirando hacia arriba de que usted está presente. Después de tratar distintos temas indiferentes, ridículos, sólo pensados para los espectadores —¡la mayoría de las veces se trata de obras portuarias, siempre son obras portuarias!—, llega el turno del proceso judicial. Si esto no ocurre o no ocurre con la debida prontitud, yo cuidaré de que así sea. Me levantaré y comunicaré la ejecución de hoy. Muy brevemente, sólo ese anuncio. Un anuncio semejante, sin embargo, no es usual allí, pero lo haré. El comandante me lo agradecerá,con una sonrisa amable, como siempre, y bien, no se puede reprimir siempre que encuentra una buena oportunidad. "Se acaba de notificar —o dirá algo similar—la celebración de la ejecución. Sólo quisiera añadir a esta notificación que precisamente esta ejecución fue presenciada por el gran investigador, cuya tan honrosa visita ya conocen.También nuestra reunión de hoy se ve distinguida por su presencia. No quisiéramos perder la oportunidad de preguntar a tan gran investigador cómo juzga la ejecución según la costumbre y el procedimiento que la precede". Por supuesto, ovación general, aprobación unánime, soy el más fuerte. El comandante, entonces, se inclinará ante usted y dirá: "En nombre de todos le hago esta pregunta". Y ahora le toca a usted subir al pretil, coloque las manos en lugar visible para todos, si no tocarán a las damas y jugarán con los dedos. Y, finalmente, toma usted la palabra. No sé cómo voy a poder soportar la tensión de las horas hasta que llegue ese momento. No escatime nada en su discurso, que la verdad resuene bien, inclínese sobre el pretil, brame, sí, brámele su opinión al comandante, su opinión imperturbable. Pero, a lo mejor, usted no quiere, no es propio de su carácter, tal vez en su patria no se puede uno comportar así en situaciones similares, también esa actitud es correcta, también eso será suficiente, de sobra; no se levante, diga sólo unas palabras,susúrrelas, que los funcionarios cercanos a usted las oigan, eso basta. No es necesario que hable de la escasa asistencia a la ejecución, de la rueda chirriante, de la correa rota, del repugnante fieltro, no, yo asumiré todo lo demás y créame, si mi discurso no lo echa de la sala, hará que se arrodille, que confiese: "Antiguo comandante, me inclino ante ti". Ése es mi plan, ¿quiere ayudarme a ejecutarlo? Pero naturalmente que quiere, más aún, debe hacerlo—y el oficial tomó ambos brazos del viajero y le miró, jadeante, a los ojos. Había gritado las últimas frases de tal modo que había llamado la atención del soldado y del condenado; aunque no podían entender nada, éstos siguieron comiendo y miraron, mientras mascaban, hacia el viajero.

Para el viajero, la respuesta era nítida; había acumulado mucha experiencia a lo largo de su vida para vacilar ahora; en lo fundamental era honrado y no tenía miedo. No obstante, dudó un instante al ver al soldado y al condenado. Pero finalmente dijo lo que tenía que decir:

El oficial guiñó varias veces los ojos, pero no apartaba la vista de él.

—¿Quiere usted una explicación? —preguntó el viajero.

El oficial asintió sin pronunciar una palabra.

—Soy un adversario de este procedimiento —dijo el viajero—, y mucho antes de que usted me hablara con toda confianza —por supuesto que no traicionaré esa confianza bajo ninguna circunstancia—. He pensado si estaría autorizado a intervenir en contra de este proceso y si mi intervención podría tener la más mínima perspectiva de éxito. A quién me tenía que dirigir, para mí era obvio desde el principio: al comandante, naturalmente. Usted me lo ha puesto mucho más claro, sin haber afianzado con anterioridad mi decisión, todo lo contrario; su honrado convencimiento me causa lástima, aunque tampoco puedo dejar que me desconcierte.

El oficial permaneció mudo, se volvió hacia la máquina, asió una de las bielas de latón y miró, algo inclinado, hacia el "dibujante", como si examinara que todo se encontrase en perfecto estado. El soldado y el condenado parecían haber trabado amistad; el condenado hacía signos al soldado, por más que, a causa de la fuerte sujeción, resultara bastante difícil, el soldado se inclinó hacia él, el condenado le susurró algo, y el soldado asintió.

El viajero siguió al oficial y dijo:

—Aún no sabe lo que voy a hacer. Le comunicaré mi opinión al comandante sobre este procedimiento, pero no en una reunión, sino a solas. Tampoco permaneceré aquí el tiempo suficiente como para asistir a una reunión, mañana temprano salgo de viaje o, como mínimo,me embarco.

No parecía que el oficial hubiera escuchado.

—Así que el procedimiento no le ha convencido —dijo para sí, y sonrió como un anciano lo haría ante algún disparate de un niño, manteniendo detrás de la sonrisa su propia visión de las cosas.

—Bien, ya es la hora—dijo finalmente, y miró súbitamente al viajero con ojos claros, que parecían contener un desafío o una invitación a participar.

—¿Para qué es hora? —preguntó el viajero intranquilo, pero no recibió respuesta.

—Eres libre —dijo el oficial al condenado en su idioma. Éste al principio no lo creía.

—Bien, eres libre—repitió el oficial.

Por primera vez el rostro del condenado cobró vida. ¿Era real? No sería un humor pasajero del oficial? ¿Había logrado el viajero que tuviera misericordia con él? ¿Qué había ocurrido? Todas estas preguntas se reflejaban en su rostro. Pero no por mucho tiempo.Cualquiera que fuese el motivo, quería, si realmente podía, ser libre y comenzó a agitarse tanto como el "rastrillo" lo permitía.

—¡Vas a romper las correas! —gritó el oficial—. ¡Tranquilo, ya las abrimos!—y se puso a ello con el soldado, al que hizo un signo. El condenado reía en voz baja para sí, tan pronto giraba la cabeza hacia la izquierda, hacia el oficial, como hacia la derecha, hacia el soldado, y tampoco olvidaba al viajero.

—Sácalo— ordenó el oficial al soldado. Había que tener cuidado al hacerlo, pues el condenado, a causa de su impaciencia, se había hecho un pequeño corte en la espalda.

A partir de ese momento el oficial apenas se preocupó de él. Se acercó al viajero, sacóde nuevo la cartera de piel, encontró la hoja que buscaba y la mostró al viajero:

—Lea—dijo.

—No puedo—dijo el viajero—, ya le dije que no lo podía leer.

—Mire la hoja con detenimiento —dijo el oficial, y se puso al lado del viajero para leerla. Como eso tampoco ayudó, pasó el dedo meñique a cierta distancia de1 papel, como si no se pudiera tocar bajo ningún concepto, para, de ese modo, facilitar la lectura al viajero. Éste también se esforzó, pues así complacería, al menos en esto, al oficial, pero le resultó imposible. El oficial comenzó entonces a deletrear, y luego lo leyó de corrido.

—¡Sé justo! Eso es lo que está escrito— dijo—, ahora ya puede leerlo.

El viajero se inclinó tanto sobre el papel que el oficial, por miedo a que lo tocara, lo apartó de él. Pero el viajero no dijo nada, pues estaba claro que aún no había logrado leer nada.

—¡Sé justo! Eso es lo que está escrito—repitió el oficial.

—Puede ser—dijo el viajero—,le creo,creo que es eso lo que dice.

—Pues muy bien —dijo el oficial, algo satisfecho, y subió con la hoja por la escalerilla, la extendió con gran cuidado en el "dibujante" y aparentemente volvió a disponer el engranaje; debía de tratarse de un trabajo ímprobo, probablemente eran ruedas muy pequeñas, a veces desaparecía por completo la cabeza del oficial en el "dibujante", con tal exactitud tenía que ajustar el engranaje.

El viajero observaba el trabajo desde abajo, su cuello quedó rígido y los ojos le dolían a causa de la luminosidad que invadía el cielo. El soldado y el condenado hablaban entre sí. La camisa y el pantalón del condenado, que yacían en la fosa, fueron recogidos por el soldado con la punta de la bayoneta. La camisa estaba horriblemente sucia, y el condenado la lavó en el cubo de agua. Cuando finalmente se puso la camisa y el pantalón, tanto el soldado como el condenado no pudieron evitar soltar una carcajada, pues las prendas estaban completamente desgarradas por detrás. Quizás el condenado se creyó obligado a entretener al soldado, ya que dio varias vueltas ante él con la ropa rota, mientras el soldado, en cuclillas, no paraba de reír golpeando su rodilla. No obstante, se contuvieron por deferencia a los señores presentes.

Cuando el oficial, arriba, terminó el trabajo, contempló, sonriendo, el resultado; esta vez cerró la tapa del "dibujante", que hasta ese momento había permanecido abierta, saltóhacia abajo, miró en la fosa y luego al condenado, notó, satisfecho, que había recogido sus ropas, a continuación se dirigió hacia el cubo de agua para lavarse las manos, se dio cuenta demasiado tarde de lo sucia que estaba el agua, se entristeció por no poder lavarse las manos y, finalmente, se las limpió con arena — lo que no le satisfizo, pero tuvo que conformarse—, después se levantó y comenzó a desabotonarse el uniforme. Al hacerlo cayeron en sus manos los dos pañuelos de mujer que se había puesto al cuello.

—Aquí tienes tus pañuelos —dijo, y se los arrojó al condenado. Como aclaración le dijo al viajero:

—Regalo de las damas.

No obstante la apaente prisa con que se quitaba el uniforme, trataba cada prenda con sumo cuidado, y llegó a frotar con los dedos el cordón de plata de su guerrera y a colocar un fleco en su sitio. Sin embargo, ese cuidado no se ajustaba al comportamiento que lo seguía, pues tan pronto terminaba de doblar la prenda, la arrojaba con un arrebato de enojo a la fosa. Lo último que le quedaba era su sable corto con las cintas. Sacó el sable de la vaina, lo partió, cogió todo junto, las cintas, los trozos del sable, la vaina, y los arrojó con tal fuerza que resonaron en el fondo de la fosa.

Ahora estaba completamente desnudo. El viajero se mordió los labios y no dijo nada. Sabía, sin embargo, lo que iba a ocurrir, pero no tenía ningún derecho para impedirle algo al oficial. Si el procedimiento judicial, al que tan apegado se sentía el oficial, estaba realmente tan próximo a desaparecer —probablemente a causa de la intervención del viajero, a lo que éste, por su parte, se sentía obligado—, en ese caso el oficial actuaba de un modo completamente correcto; el viajero, en su lugar, no habría actuado de otra forma.

Al principio, el soldado y el condenado no entendían nada, ni siquiera miraban. El condenado estaba muy contento de haber recuperado los pañuelos, pero no por mucho tiempo, ya que el soldado se los quitó de un rápido manotazo impredecible. Ahora, el condenado intentaba sacar los pañuelos de detrás del cinturón, que era donde el soldado los guardaba, pero éste estaba atento. Así se peleaban medio en serio medio en broma. Sólo cuando el oficial quedó completamente desnudo, prestaron atención. Especialmente el condenado parecía afectado por el presagio de un cambio sustancial. Lo que le había ocurrido a él, ahora le ocurría al oficial. Era probable que esta vez se llegara hasta el final. Probablemente el viajero extranjero era el que había dado la orden. Se trataba, pues, de venganza. Sin haber sufrido hasta el final, sería vengado hasta el final. Una amplia y muda sonrisa se dibujó en su rostro y no desapareció más.

Pero el oficial ya se había vuelto hacia la máquina. Si antes resultó evidente lo bien que entendía la máquina, ahora causaba asombro cómo la manejaba y cómo ella obedecía. Sólo había acercado la mano al "rastrillo", cuando éste descendió y se elevó varias veces hasta situarse a la distancia correcta para recibirle; tocó sólo el borde de la "cama" y comenzó a vibrar; el tubo de fieltro avanzó hacia su boca, se vio cómo el oficial se resistía a tomarlo, pero esa vacilación sólo duró un instante, inmediatamente se sometió y lo introdujo. Todo estaba preparado, sólo las correas colgaban en los laterales, pero, por lo visto, no eran necesarias, el oficial no necesitaba que lo sujetasen. Pero entonces el condenado reparó en las correas sueltas, según su opinión la ejecución no sería completa si no se ajustaban las correas. Hizo señas vehementes al soldado y se acercaron para sujetar al oficial. Éste ya había extendido el pie para darle a la manivela que pondría en funcionamiento al "dibujante"; entonces se dio cuenta de que los dos estaban a su lado, retiró entonces el pie y dejó que lo sujetaran. Pero ahora ya no podía alcanzar la manivela. Ni el soldado ni el condenado podrían encontrarla, y el viajero había decidido no moverse.

Tampoco fue necesario, apenas quedaron ajustadas las correas, la máquina se puso en funcionamiento; la "cama" vibraba, las agujas danzaban sobre la piel, el "rastrillo"oscilaba arriba y abajo. El viajero estuvo mirando fijamente durante un rato antes de acordarse de que una de las ruedas del "dibujante" debería rechinar, pero todo estaba en silencio, no se oía el más mínimo zumbido.

A causa del funcionamiento silencioso, la máquina dejó de llamar la atención. El viajero miró hacia el soldado y el condenado. El condenado era el que estaba más animado; todo lo concerniente a la máquina le interesaba, tan pronto se agachaba como se levantaba, pero siempre mantenía el dedo índice extendido para mostrarle algo al soldado. Para el viajero esa actitud era lamentable. Estaba decidido a quedarse allí hasta el final, pero no habría podido resistir la presencia de esos dos.

—Idos a casa—dijo.

Tal vez el soldado hubiese estado dispuesto, pero el condenado consideró la orden como un castigo. Suplicó encarecidamente con las manos entrelazadas que le permitiera quedarse y cuando el viajero, negando con la cabeza, no quiso transigir, llegó a arrodillarse. El viajero comprobó que en esas circunstancias no lograría nada dando órdenes, él quería quedarse y expulsar a los otros. Pero en ese instante se escuchó un ruido en el "dibujante". Miró hacia arriba. ¿Acaso se atascaba una de las ruedas dentadas? No, era algo distinto. Lentamente se levantó la tapa del "dibujante" y se abrió por completo.

Asomó el diente de una rueda, pronto surgió toda la rueda, era como si una fuerza poderosa comprimiera de tal modo al "dibujante" que ya no dejara espacio para esa rueda,por lo que giró hasta el borde del "dibujante", cayó, rodó un trecho por la arena y quedó estática. Pero ya surgía otra por la parte superior, y la siguieron otras muchas, grandes, pequeñas, algunas apenas distinguibles, con todas ocurrió lo mismo; cada vez se pensaba que el "dibujante" ya no podía contener más ruedas, pero entonces surgía un nuevo grupo de ellas, especialmente numeroso, y caían, rodaban en la arena y se detenían. Mientras contemplaba ese espectáculo, el condenado se olvidó de la orden del viajero; las ruedas dentadas le entusiasmaban, trataba de coger una y animaba al mismo tiempo al soldado para que le ayudase, pero retiraba la mano, pues ya surgía otra rueda que lo asustaba por la fuerza con que comenzaba a rodar.

El viajero, encambio, estaba muy intranquilo; la máquina parecía desguazarse, su silencioso funcionamiento no había sido más que una ilusión. Sentía que tenía el deber de hacerse cargo del oficial, pues éste ya no podía cuidar más de sí mismo. Pero mientras el problema con las ruedas dentadas había reclamado toda su atención, había olvidado atender al resto de la máquina; cuando se inclinó sobre el "rastrillo", una vez que la última rueda había abandonado al "dibujante", tuvo una nueva sorpresa y más enojosa. El "rastrillo" ya no escribía, sólo clavaba, y la "cama" ya no ladeaba el cuerpo, sino que lo impulsaba, vibrando, hacia las agujas. El viajero quería intervenir; si era posible, parar la máquina por completo, ya no se trataba de una tortura como el oficial deseaba, eso era morir sin más. Extendió las manos.

Pero en ese momento se levantó el "rastrillo" y empujó el lanceado cuerpo a un lado,algo que debía haber hecho en la hora duodécima. La sangre fluyó a través de cien canales, sin estar mezclada con agua, tampoco los tubitos de agua habían funcionado. Y, finalmente,tampoco funcionó lo último, el cuerpo no se desprendió de las agujas largas, que hacían manar la sangre a chorros, por lo que el cuerpo pendía sobre la fosa sin caer. El "rastrillo" quería ya regresar a su posición inicial, pero como si notase que aún no se había liberado de su carga, permaneció sobre la fosa.

—¡Pero ayudad! —gritó el viajero al soldado y al condenado, y agarró él mismo los pies del oficial. Pretendía sujetar los pies mientras los otros dos, en la otra parte, cogían la cabeza para, así, lentamente, desprenderlo de las agujas. Pero ahora no se decidían a venir; el condenado se dio la vuelta; el viajero tuvo que ir hasta él y empujarle violentamente hasta la cabeza del oficial. Entonces miró contra su voluntad el rostro del cadáver. Estaba igual que como había estado en vida; no se descubría ni el más mínimo signo de la prometida liberación; lo que otros habían encontrado en la máquina, el oficial no lo había encontrado; los labios estaban apretados; los ojos, abiertos, tenían la expresión de la vida,la mirada era tranquila y mostraba convicción; a través de la frente penetraba la punta del gran aguijón de acero.

***

Cuando el viajero, con el soldado y el condenado detrás de él, llegó a las primeras casas de la colonia, el soldado señaló una de ellas y dijo:
—Ahí está la casa de té.

En el piso bajo de una casa había un espacio profundo, como una cueva, con las paredes y el techo ahumados. La parte que daba a la calle estaba abierta en toda su extensión. A pesar de que la casa de té se diferenciaba poco de las otras casas de la colonia, las cuales, incluido el palacio de la Comandancia, se encontraban en un estado muy deteriorado, ejerció en el viajero la impresión de un recuerdo histórico y sintió el poder de los tiempos pasados. Se acercó y pasó, seguido de sus acompañantes, entre las mesas vacías situadas en la calle, frente a la casa de té, respirando el aire fresco y húmedo que salía de su interior.

—El viejo está enterrado aquí —dijo el soldado—, el sacerdote le negó una plaza en el cementerio. Durante un tiempo hubo dudas de dónde se le podría enterrar, finalmente se le enterró aquí. Seguro que el oficial no le ha contado nada, pues de eso es de lo que más se avergonzaba. Más de una vez intentó, incluso, desenterrar al viejo durante la noche, pero siempre lograron ahuyentarlo.

— ¿Dónde está la tumba? —preguntó el viajero, que no podía creer al soldado. Al instante corrieron delante de él tanto el soldado como el condenado y señalaron con la mano el lugar donde debía de encontrarse la tumba. Guiaron al viajero hasta la pared del fondo, donde estaban sentados varios clientes. Se trataba probablemente de trabajadores portuarios, hombres fuertes con barbas cortas y de un negro brillante. Todos estaban sin chaqueta, sus camisas estaban rotas, eran pobre y humillado pueblo. Cuando se aproximóel viajero, algunos de ellos se levantaron, se apretaron contra la pared y lo miraron.

—Es un extranjero—susurraban alrededor del viajero—, quiere ver la tumba.

Desplazaron una de las mesas, debajo de la cual, efectivamente, se hallaba una lápida.Era una simple piedra, lo suficientemente plana como para que la pudieran ocultar debajo de una mesa. Tenía una inscripción con letras muy pequeñas; el viajero tuvo que arrodillarse para leerla. Decía: "Aquí yace el viejo comandante. Sus adeptos, que ya no pueden portar ningún nombre, cavaron su tumba y colocaron la piedra. Existe la profecía de que el comandante, transcurrido un número determinado de años, resucitará y conducirá a sus adeptos desde esta casa para reconquistar la colonia. "¡Creed y esperad!". Al terminar de leer, el viajero se levantó, miró a los hombres que le rodeaban sonrientes,como si hubieran leído la inscripción con él, la hubieran encontrado ridícula y le animaran a unirse a su opinión. El viajero hizo como si no se hubiera dado cuenta, repartió algunas monedas y esperó hasta que colocaron la mesa sobre la tumba, luego abandonó la casa de té y se dirigió al puerto.

El soldado y el condenado habían encontrado conocidos en la casa de té que los retuvieron. Pero lograron salir pronto, pues el viajero se encontraba a la mitad de la larga escalera que llevaba a los botes, cuando los vio correr detrás de él. Probablemente querían obligar al viajero en el último momento a que los llevara consigo. Mientras el viajero,abajo, negociaba con un marinero para hacer el trayecto hasta el vapor, bajaron las escaleras a toda prisa y en silencio, pues no se atrevían a gritar. Pero cuando llegaron abajo, el viajero ya estaba en el bote, y el marinero soltaba la amarra de la orilla. Aún podrían haber saltado al bote, pero el viajero levantó una pesada soga con nudos y les amenazó con ella, logrando así que desistieran de saltar.

JOSEFINA, LA CANTORA, O EL PUEBLO DE LOS RATONES

Nuestra cantora se llama Josefina. Quien no la haya oído, desconoce el poder del canto. Todos se sienten arrebatados por el suyo, lo que adquiere mucho más valor, ya que nuestra especie,en general, no ama la música. La paz silenciosa es nuestra música preferida; nuestra vida es dura, no podemos elevarnos, ni siquiera cuando intentamos sacudirnos las preocupaciones diarias, a cosas tan ajenas a nuestra vida como lo es la música. Pero tampoco nos lamentamos mucho, ni siquiera un poco; consideramos cierta astucia práctica, que nosotros necesitamos con extremada urgencia, como una de nuestras ventajas más grandes, y con la sonrisa de esta astucia solemos consolarnos de todo, aun cuando alguna vez—lo que nunca ocurre— pudiéramos sentir el anhelo de felicidad que, tal vez, proporciona la música. Sólo Josefina es la excepción; ella ama la música y sabe transmitir sus bondades; ella es única. Con su partida desaparecerá la música de nuestras vidas, quién sabe por cuánto tiempo.

Me he preguntado con frecuencia qué hay detrás de esa música, pues somos completamente amusicales. ¿Cómo es posible que comprendamos el canto de Josefina o, ya que Josefina niega que lo comprendamos, por qué creemos que lo comprendemos? La respuesta más simple sería que la belleza de ese canto es tan grande que ni siquiera el sentido auditivo más obtuso puede resistirse a ella, pero esta respuesta no es satisfactoria. Si realmente fuera así, siempre tendría que experimentarse ante ese canto el sentimiento de que es extraordinario, el sentimiento de que de esa garganta brota algo que no hemos oído nunca, que no tenemos la capacidad de oír, algo que sólo Josefina, y nadie más,nos capacita para percibir. Pero, en mi opinión, precisamente esta afirmación es incorrecta. Yo no lo siento así, y tampoco he notado algo parecido en los demás. En círculos de confianza reconocemos abiertamente que el canto de Josefina no tiene nada de extraordinario.

¿Se trata realmente de canto? A pesar de nuestra amusicalidad disponemos de tradiciones en este género vocal; nuestro pueblo cantaba en los viejos tiempos; hay leyendas que dan testimonio de ello y se han conservado canciones que ya nadie sabe cantar. Así pues tenemos una noción de lo que es el canto, y esta noción no corresponde al arte de Josefina. ¿Se trata realmente de canto? ¿No será acaso un silbido? Y el sonido del silbido lo conocemos todos, es una habilidad propia de nuestro pueblo, o, tal vez, no una habilidad, sino una forma de expresión vital innata. Todos nosotros silbamos, pero nadie pensaría en considerarlo un arte, silbamos sin prestar atención a lo que hacemos, sí, aún más, sin ni siquiera notarlo, y muchos de entre nosotros ignoran que silbar es una de nuestras peculiaridades. Si fuera cierto que Josefina no canta, sino que sólo silba y que, tal vez, como a mí al menos me lo parece, apenas supera los límites del silbido usual —es posible que su fuerza ni siquiera alcance para el silbido usual, mientras que cualquier trabajador de la tierra lo logra durante todo el día y sin esfuerzo—, si todo esto fuera verdad,entonces el supuesto arte de Josefina quedaría refutado,aunque aún faltaría por resolver el enigma de su gran éxito.

Pero no sólo emite silbidos. Si uno se sitúa lejos de ella y la escucha o, mejor aún, si uno se propone distinguir el canto de Josefina entre otras voces, no oirá nada más que un silbido normal, como mucho algo llamativo por su suavidad o debilidad. Pero si uno se coloca ante ella, no es sólo un silbido. Para la comprensión de su arte resulta necesario no sólo oírla, sino también verla. Aun cuando se tratase de nuestro silbido habitual, aquí se daría, en principio, la peculiaridad de alguien que se reviste de solemnidad para hacer algo completamente vulgar. Cascar una nuez no es ningún arte, por esto tampoco osará nadie reunir a un público para entretenerlo cascando nueces. Si lo hace y logra su intención, entonces no puede tratarse de un simple cascar nueces. O, en realidad, se trata de cascar nueces, pero se constata que hasta ese momento no nos habíamos dado cuenta de que era un arte, probablemente porque todos lo dominábamos y este nuevo cascador de nueces muestra ahora su verdadero ser, para lo que podría ser útil, en relación al efecto, que fuera menos hábil cascando nueces que la mayoría de nosotros.

Tal vez ocurra lo mismo con el canto de Josefina; en ella admiramos lo que jamás admiraríamos en nosotros; por lo demás, ella coincide plenamente con nosotros en esto último. Yo estuve presente cuando alguien llamó su atención —lo que sucedía con frecuencia—sobre el silbido popular, y lo hizo con mucha modestia, pero para Josefina fue demasiado. Aún no he visto una sonrisa tan descarada y orgullosa como la que ella puso; ella, que exteriormente es la delicadeza en persona, de una delicadeza llamativa en nuestro pueblo, tan rico en este tipo de personalidades femeninas, me pareció en aquel entonces cruel. Lo debió de percibir gracias a su gran sensibilidad y se rehízo en seguida.Pero niega cualquier relación entre su arte y el silbido. A los que son de una opinión contraria, sólo les muestra su desprecio y, con toda probabilidad, un odio no confesado. Esto no es simple vanidad, pues esa oposición, a la que yo también pertenezco en parte, no la admira menos que la multitud, pero Josefina no sólo quiere admiración, sino que la admiren del modo en que ella lo desea, la admiración a secas no le interesa para nada. Y cuando uno se sienta ante ella, se la comprende. Sólo se hace oposición desde la lejanía; cuando uno se sienta ante ella, se sabe; lo que aquí se silba no es ningún silbido.

Como silbar pertenece a nuestros comportamientos instintivos, se podría pensar que el auditorio de Josefina también silba. Cuando presenciamos su arte nos sentimos bien y cuando nos sentimos bien, silbamos. Pero su auditorio no silba, es un silencio ratonil,como si participásemos de la anhelada paz, de la que nos aparta nuestro propio silbido. Así que permanecemos callados. Es su canto el que nos embelesa o el silencio solemne que rodea la tenue vocecilla? Una vez ocurrió que una necia y pequeña criatura comenzó a silbar con toda inocencia mientras Josefina cantaba. Bien, pues sonaba igual que el canto de Josefina; allá delante el silbido intimidador, a pesar de la rutina, y detrás, en el público, el absorto silbido infantil; habría sido imposible marcar la diferencia. Habríamos podido hundir a la perturbadora a silbidos y siseos, aunque no fue necesario, ya que se agazapó de miedo y vergüenza, mientras Josefina entonaba su silbido triunfal, completamente fuera de sí, con los brazos abiertos y el cuello extendido hasta el límite de sus posibilidades.

Así sucede siempre, una pequeñez, una casualidad, cualquier oposición, un crujido en el suelo, un rechinar de dientes, un problema de iluminación, todo le parece indicado para aumentar el efecto de su canto. Según ella, canta ante oídos sordos; no faltan entusiasmo y aplausos, pero en lo que se refiere a una comprensión real, hace tiempo que ha aprendido a renunciar a ella. Por eso todas las molestias le convienen; todo lo que se opone a la pureza de su canto desde el exterior y se puede vencer en una lucha fácil, incluso sin lucha,simplemente con una mera confrontación, puede contribuir a despertar a la multitud, y si no puede enseñarle comprensión, sí podrá enseñarle un respeto aprensivo.

Si esas pequeñeces le son tan útiles, ¡cuánto más le servirán las enormidades! Nuestra vida es muy inquieta, todos los días traen sorpresas, miedos, esperanzas y sustos, ningún individuo aislado podría soportarlo si no tuviera día y noche el respaldo del prójimo, pero aun así muchas veces resulta difícil; hay momentos en que mil hombros tiemblan bajo la carga que estaba destinada a uno solo. Entonces Josefina considera que ha llegado su turno. Y allí está ese ser tan delicado, bajo su pecho se distingue una vibración preocupante, como si hubiese concentrado todas sus fuerzas para cantar, como si hubiese sido privada de todo aquello que no participa directamente en el canto, de toda fuerza, de casi todas las posibilidades de vida, como si estuviera desnuda, entregada, sometida a la exclusiva tutela de los buenos espíritus, como si, mientras permanece así, privada de todo,ensimismada en su canto, pudiera matarla cualquier hálito frío que soplara en ese momento. Pero precisamente ante esa visión, nosotros, los supuestos oponentes, solemos decir: «Ni siquiera sabe silbar; tiene que esforzarse de ese modo tan horrible y no para cantar —no hablemos aquí de canto—, sino para arrancarse los silbidos más normales».Ésa es nuestra opinión. Pero se trata de una impresión que, aunque inevitable, es fugaz y pasajera. Al instante nos sumergimos en el sentimiento de la masa, que escucha fervorosa,hombro con hombro, conteniendo la respiración.

Para congregar a esa multitud, para reunir a nuestro pueblo, siempre disperso y en movimiento por motivos no muy definidos, Josefina sólo necesita echar hacia atrás su cabecita, entreabrir la boca y dirigir sus ojos hacia lo alto, adoptar, en definitiva, la postura que indica su disposición a cantar. Lo puede hacer donde le plazca, en un lugar visible y abierto o en un rincón oculto elegido caprichosa o casualmente. La noticia de que va a cantar se extiende en seguida, y se forman procesiones en esa dirección. A veces, sin embargo,surgen inconvenientes. A Josefina le gusta cantar en tiempos inestables, las penalidades y preocupaciones nos obligan a transitar por caminos muy distintos, no nos podemos reunir, ni con nuestra mejor voluntad, tan rápidamente como lo desea Josefina,y hay veces que permanece allí durante un rato sin suficiente auditorio, manteniendo su actitud grandiosa. En esos casos se pone furiosa y da fuertes pisotones en el suelo, maldice como no lo haría ninguna señorita, incluso muerde. Pero ni siquiera un comportamiento semejante logra perjudicarla; en vez de intentar mitigar sus excesivas pretensiones, nos esforzamos por satisfacerlas. Se envían mensajeros para que traigan más oyentes, aunque a ella se lo silenciamos. En los caminos de los alrededores se instalan postes para indicar a los que llegan que se den prisa; esto lo hacemos hasta que hemos conseguido reunir un número respetable de oyentes.

¿Qué impulsa al pueblo a satisfacer los deseos de Josefina? Ésta es una pregunta tan difícil de contestar como la relativa a su canto, con la que, además, guarda una íntima relación. En realidad, se podría eliminar y quedaría inserta, íntegra, en la segunda pregunta, si se pudiera afirmar que el pueblo se entrega incondicionalmente a Josefina debido a su canto. Pero no es éste el caso; nuestro pueblo apenas conoce la lealtad incondicional; este pueblo, que sobre todo ama la astucia inofensiva, el cuchicheo infantil, el chismorreo inocente consistente en un ligero movimiento de los labios, un pueblo así no se puede entregar incondicionalmente, eso también lo intuye Josefina, eso es contra lo que ella lucha con toda la fuerza de su débil garganta.

Aunque tampoco se puede llegar tan lejos con esos juicios tan abstractos; el pueblo se entrega a Josefina, pero no sin condiciones. Por ejemplo, no sería capaz de reírse de Josefina. Se tiene que reconocer. Hay algo en Josefina que mueve a algunos a la risa, además de que por naturaleza siempre estamos próximos a reírnos; a pesar de todas las miserias de nuestra vida, siempre tenemos a punto una ligera sonrisa; pero no nos reímos de Josefina. Algunas veces tengo la impresión de que el pueblo entiende su relación con Josefina, con esta criatura frágil, necesitada de cuidados, que se distingue, en su opinión, por el canto, como si se la hubieran confiado y tuviera que cuidar de ella. El motivo es oscuro, pero el hecho se constata. Nadie se ríe, por supuesto, de lo que le han confiado,sería una violación del deber; lo más perverso que se atreven a decir los más perversos de entre nosotros es: «Se nos va la risa en cuanto vemos a Josefina».

Así, el pueblo cuida de Josefina como lo hace un padre con su hijo cuando éste —no se sabe muy bien si en actitud exigente o suplicante— extiende su manita hacia él. Alguno podría opinar que nuestro pueblo no sirve para cumplir ese tipo de deberes paternales, pero en realidad ella los desempeña, al menos en este caso, a la perfección. Ningún individuo podría realizar lo que el pueblo, como colectivo, es capaz de hacer. Ciertamente, la diferencia de fuerzas entre el pueblo y el individuo es enorme, basta que el acogido se aproxime al calor de la multitud para sentirse lo suficientemente protegido. Sin embargo, nadie osa hablar con Josefina de estos temas. «Silbo para protegeros», dice ella. «Sí, sí, ya vemos que silbas», pensamos nosotros. Además, el que ella se rebele no supone ninguna refutación de lo dicho, más bien se trata de un temperamento infantil, también de una forma de agradecimiento infantil, y la actitud del padre es no hacer caso.

Pero en la difícil relación entre el pueblo y Josefina intervienen otros factores difíciles de explicar. Josefina es de la opinión contraria, cree que ella misma es la que protege al pueblo. Se supone que su canto, ni más ni menos, nos salva cuando hay crisis políticas o económicas, y que cuando no logra apartar de nosotros la desgracia, nos da la fuerza necesaria para soportarla. Ella no lo expresa así, ni de ninguna otra forma, ella habla muy poco, es silenciosa cuando está rodeada de parlanchines, pero sus ojos refulgen y pueden leerse sus pensamientos en su boca cerrada (entre nosotros muy pocos pueden mantener la boca cerrada, ella sí puede). Cada vez que llega una mala noticia—y algunos días se suceden sin interrupción, entre ellas falsas y semiverdaderas— abandona su estado normal de postración, se yergue y extiende el cuello buscando su rebaño como el pastor ante la tormenta. También los niños plantean esas exigencias, a su manera desordenada y caótica, pero en el caso de Josefina no son tan infundadas. Cierto, no nos salva ni nos da fuerzas;es fácil asumir el papel de salvador de este pueblo, habituado a los padecimientos, sufrido, decidido, familiarizado con la muerte, aparentemente miedoso en la atmósfera de temeridad en la que vive continuamente y, por añadidura, tan fértil como valeroso, sí, es muy fácil, digo, asumir el papel de salvador de este pueblo cuando el peligro ha pasado, de un pueblo que una y otra vez se ha logrado salvar a sí mismo, aun a costa de sacrificios que hubiesen hecho palidecer a cualquier historiador (nuestro pueblo descuida por completo la investigación histórica). Y, sin embargo, es verdad que precisamente en los momentos de peligro escuchamos mejor que otras veces la voz de Josefina. Las amenazas que se ciernen sobre nosotros nos vuelven más callados, más modestos, más sumisos al ordenancismo de Josefina; nos gusta reunirnos, apretarnos, especialmente porque todo sucede por una causa muy distinta de la principal que nos atormenta. Es como si bebiéramos a toda prisa —sí, la prisa es necesaria, eso lo olvida Josefina con demasiada frecuencia—una copa de paz antes de la lucha. Más que de un concierto se trata de una reunión popular y, además, de una reunión completamente silenciosa, en la que no se oye ni el más mínimo silbido; es una hora demasiado seria como para perdérsela.

Pero Josefina no podría quedar satisfecha con ese tipo de relación. A pesar del disgusto y del nerviosismo que siempre se apoderan de ella sin motivo aparente, no es capaz de ver, cegada por su confianza en sí misma, muchas cosas y, sin mucho esfuerzo, se puede lograr que se le escapen muchas más; todo un enjambre de aduladores trabajan continuamente en ello, se supone que por el interés general. Pero ella sería incapaz de sacrificar su canto—y no sería un sacrificio desdeñable que lo hiciera—, digamos al cantar de un modo desapercibido, en cualquier rincón escondido en una de las reuniones populares.

Pero tampoco lo tiene que hacer, pues su arte no pasa desapercibido. Aunque en realidad estamos pendientes de cosas muy diferentes, a pesar de que el silencio no reina por amor al canto y algunos de nosotros ni siquiera la miran, sino que hunden el rostro en la piel del vecino y Josefina, por consiguiente, parece esforzarse en vano allá arriba, hay algo de su silbido —no se puede negar— que penetra inevitablemente en nosotros. Ese silbido, que se eleva donde se ha impuesto el silencio, llega casi como un mensaje del pueblo al individuo; el fino silbido de Josefina en medio de las decisiones más graves es como la miserable existencia de nuestro pueblo en medio del tumulto de un mundo hostil. Josefina se afirma; esa nada de voz, esa nada de rendimiento se afirma y se abre camino hasta nosotros, nos sienta bien pensar en ello. Seríamos incapaces de soportar a un verdadero artista del canto, si se encontrara entre nosotros en unos momentos como ésos, y rechazaríamos unánimemente la insensatez de una actuación así. Ojalá Josefina nunca sepa que el hecho de que la escuchemos constituye la mejor prueba contra su canto. Ella tiene una ligera idea de esto, por qué si no negaría con tanta vehemencia que la escuchamos y, no obstante, sigue cantando y silba sin importarle nada esa idea?

Pero también hay un consuelo para ella: en cierta medida la escuchamos de verdad, casi como se escucharía a un artista del canto; consigue efectos que un artista trataría de conseguir en vano y que, además, se deben a los pobres medios de que dispone. Y esto guarda relación con nuestro modo de vida.

Nuestro pueblo no conoce la juventud, apenas una breve infancia. Con frecuencia se reclama que se les garantice a los niños una libertad y un cuidado especiales, un derecho a cierta despreocupación, a dar algunos tumbos sin sentido, a jugar un poco, la intención es reconocerles estos derechos y ayudar a que tengan efectividad. Este tipo de pretensiones surgen con regularidad y casi todos las aprueban; no hay nada que se deseara más, pero tampoco hay nada que pudiera tener menos aceptación en la realidad de nuestra vida; se aprueban las pretensiones, se hacen intentos en esa dirección, pero en poco tiempo ya estátodo como antes. Nuestra vida discurre de tal modo que un niño, en cuanto ha corrido un poco y discierne algo de su entorno, tiene que cuidar de sí mismo como un adulto. Las zonas en las que nos vemos obligados a vivir, dispersas por motivos económicos,son demasiado grandes, nuestros enemigos demasiado numerosos, los peligros que nos acechan impredecibles, no podemos mantener apartados a los niños de la lucha por la existencia, si lo hiciéramos, significaría su fin prematuro. A estos tristes motivos se añade uno más, mucho más importante: la fertilidad de nuestra especie. Una generación —y cada una de ellas es numerosa— presiona a la otra, los niños no tienen tiempo de ser niños. Hay otros pueblos que cuidan a sus niños con esmero, que construyen escuelas para los pequeños, de las que diariamente salen torrentes de niños, el futuro del pueblo, y son los mismos niños los que día tras día, durante un largo periodo de tiempo, salen de estas escuelas. Nosotros no tenemos escuelas, pero de nuestro pueblo van saliendo, en breves intervalos, manadas inabarcables de niños, siseando y piando, hasta que aprenden a silbar, rodando, hasta que aprenden a correr; llevándose por delante con torpeza todo lo que encuentran en su camino, hasta que pueden ver. ¡Nuestros niños! Y no los mismos niños, como en esas escuelas, no, siempre, siempre nuevos, sin fin, sin interrupción, apenas aparece un niño, ya no es un niño, y ya presionan a sus espaldas los rostros infantiles, indistinguibles por su cantidad y la velocidad con que avanzan, rosados de felicidad. Cierto, por muy bello que resulte todo esto y por mucho que envidiemos a otros,no podemos dar a nuestros niños, con toda la razón, una infancia real. Y esto tiene sus consecuencias. Un infantilismo perpetuo e inextirpable se ha apoderado de nosotros. En manifiesta contradicción con nuestra mejor propiedad, un sentido común infalible, a veces actuamos con una necedad absoluta y, además, con la misma necedad con que actúan los niños, imprudentes, sin sentido, con magnificencia, derrochando, y todo por amor a una pequeña diversión. Y si nuestra alegría ya no puede alcanzar la fuerza del gozo infantil, en ella subsiste, sin duda, algo de ese gozo. Josefina se ha beneficiado de este infantilismo desde siempre.

Pero nuestro pueblo no es sólo infantil, en cierto modo también es un viejo prematuro,tanto la infancia como la vejez se dan en nosotros de manera diferente que en los demás.No tenemos juventud, alcanzamos en seguida la madurez, y luego somos adultos demasiado tiempo, cierto cansancio y desesperanza invaden, dejando profunda huella,todo nuestro ser, en general tan tenaz y esperanzado. También esto guarda relación con nuestra amusicalidad; somos demasiado viejos para la música, su estímulo, su impulso no

convienen a nuestra gravedad, cansados nos resistimos a ella. Nos hemos refugiado en el silbido; unos silbidos aquí y allá nos bastan. Quién sabe si entre nosotros no habrá talentos musicales; si los hubiera, el carácter de los compatriotas los reprimiría antes de que pudieran desarrollarse. Josefina, por el contrario, puede silbar cuanto quiera, o cantar, como lo denomine cada uno, eso no nos molesta, todo lo contrario, es propio de nosotros,lo podemos soportar muy bien; si lo que hace Josefina contuviese algo de música, se habría reducido a la mínima expresión; así se conserva cierta tradición musical, pero sin que ello nos moleste.

No obstante, Josefina ofrece aún más a este pueblo de humor tan lábil. En sus conciertos, ante todo en momentos de gran seriedad, sólo los muy jóvenes muestran interés por la cantora, sólo ellos contemplan asombrados cómo frunce sus labios, cómo expulsa el aire entre sus preciosos dientes delanteros, maravillada de los tonos que ella misma emite, cómo hace descender la voz hasta que muere, aprovechando esa modulación declinante para enardecerse y logrr un resultado incomprensible, pero la multitud propiamente dicha— eso se puede reconocer fácilmente— se queda ensimismada. Aquí,en las escasas treguas, sueña el pueblo, es como si los miembros de cada individuo se liberaran, como si el intranquilo pudiera extenderse y estirarse a su gusto en el gran y cálido lecho del pueblo. Y en este sueño resuena aquí y allá el silbido de Josefina; ella lo denomina «perlado», nosotros decimos que lo emite a empellones. Pero en todo caso aquíestá en su sitio, como en ningún otro, y en un instante excepcional, tan difícil de encontrar por la música. Aquí hay algo de la breve y pobre infancia, algo de la felicidad perdida y nunca encontrada, pero también algo de nuestra vida activa, de su alegría pequeña, incomprensible, pero aún existente e inextinguible. Y todo esto es verdadero, y no se expresa con grandilocuencia, sino en un tono bajo, susurrando, en confianza, a veces con voz algo enronquecida. Naturalmente que es un silbido. ¿Qué si no? El silbido es la lengua de nuestro pueblo, hay algunos que silban durante toda su vida y no lo saben, pero aquí el silbar ha quedado libre de todas las ataduras de la vida cotidiana y también nos libera a nosotros un rato. Jamás renunciaríamos a él.

Pero de aquí a la afirmación de Josefina de que ella nos da en tiempos semejantes nuevas fuerzas, etc., hay un gran trecho. Para gente vulgar, se entiende, no para los aduladores de Josefina. « ¿Cómo podría ser de otro modo?» —dicen con audacia despreocupada—. « ¿Cómo se podría explicar si no la tremenda afluencia, especialmente en los instantes que preceden a una situación de urgente peligro, y que a veces ha impedido la defensa contra ese mismo peligro?».

Pues bien, esto último, por desgracia, es cierto, pero no se puede decir que pertenezca a los títulos de gloria de Josefina, sobre todo cuando se añade que, cuando esas reuniones son disueltas por la inesperada aparición del enemigo, y muchos de los nuestros dejan allíl a vida, Josefina, la culpable de todo, sí, la que tal vez ha atraído al enemigo con sus silbidos, siempre ocupa el lugar más seguro y desaparece la primera, protegida por sus correligionarios, en silencio y lo más rápido que puede. Pero eso también lo saben todos y, sin embargo, vuelven a apresurarse hacia el lugar en el que Josefina, según mande su capricho, elevará su canto. De esto se podría deducir que Josefina prácticamente se encuentra fuera de la ley, que puede hacer lo que quiere, aun cuando ponga en peligro a la colectividad, y que todo se le perdonará. Si fuera así, las pretensiones de Josefina serían comprensibles; en esa libertad que el pueblo le otorgaría, en ese regalo extraordinario, jamás dado a nadie y que, en realidad, es contrario a las leyes, se podría suponer la confesión de que el pueblo, como ella afirma, no comprende a Josefina, que sólo admira impotente su arte y que no se siente digno de ella. El pueblo aspiraría a compensar el daño que causa a Josefina con su incomprensión a través de acciones desesperadas y, del mismo modo en que su arte queda fuera de su capacidad de discernimiento, también ella coloca su persona y sus deseos fuera de su poder de mando. Bueno, pues todo esto es completamente falso. Tal vez el pueblo capitula demasiado rápido ante Josefina, pero como nunca capitula incondicionalmente ante nadie, tampoco lo hace así ante Josefina.

Ya desde hace tiempo, tal vez desde los inicios de su carrera artística, lucha Josefina para que se la libere de todo trabajo por consideración a su canto; así que se le deben quitar las preocupaciones por el pan diario y por todo lo que va unido a nuestra lucha por la existencia y, con toda probabilidad, transferirlas al pueblo como colectividad.

Un entusiasta—ha habido algunos—podría deducir una legitimación de esa peculiar pretensión en el estado de ánimo que refleja esa demanda. Nuestro pueblo, sin embargo,saca otras conclusiones y rechaza esas reclamaciones con toda tranquilidad, aunque tampoco pierde mucho el tiempo con la fundamentación de ese rechazo. Josefina, por ejemplo, subraya el hecho de que el esfuerzo que realiza al trabajar daña su voz y que,aunque el esfuerzo que realiza al trabajar es ínfimo en comparación con el del canto, le quita la posibilidad de descansar lo suficiente después de sus actuaciones y de fortalecerse para cantar la próxima vez. Por consiguiente, se agota completamente y, en esas circunstancias, no puede alcanzar su máximo rendimiento. El pueblo la escucha y pasa de largo. Hay veces que nada puede conmover a este pueblo tan sentimental. Es posible que el rechazo sea tan duro que la misma Josefina se desconcierte, aunque parece adaptarse, trabaja como Dios manda, canta lo mejor que puede, pero sólo por un periodo de tiempo,luego emprende la lucha con nuevas fuerzas (para esto parece poseerlas de manera ilimitada).

Pues bien, está claro que Josefina no aspira a conseguir lo que reclama de palabra. Ella es razonable, no evita el trabajo, aunque la holgazanería es desconocida entre nosotros,con toda probabilidad seguiría viviendo como antes si se aceptara su pretensión, su trabajo no le impediría cantar, y su canto tampoco se tornaría más bello, lo que ella en realidad reclama es el reconocimiento público, claro, eterno, de su arte. Mientras casi todo lo demás le parece alcanzable, esto se le niega con obstinación. Tal vez debería haber dirigido su ataque desde el principio hacia otra dirección, tal vez se haya dado cuenta de su error, pero ya no puede echarse atrás, hacerlo supondría traicionarse a sí misma, ahora tiene que mantener esa reclamación o caer con ella.

Si realmente tuviera enemigos, como ella dice, podrían contemplar esta lucha con alegría y sin tener que mover un dedo. Pero no tiene enemigos, y aunque hay alguno que de vez en cuando le hace alguna objeción, esa lucha no alegra a nadie. Y no alegra porque aquí el pueblo se muestra en su fría actitud de juez, como muy raras veces se le ve. Y si alguno aprueba esta actitud, la simple idea de que el pueblo se podría comportar así frente a él le quita las ganas de alegrarse. En lo relativo al rechazo y a la pretensión, no se trata del asunto en sí, sino de que el pueblo se cierre de un modo tan impenetrable frente a un congénere, y se muestre más implacable cuanto más paternalmente se comporta con él, aunque le cuide, humillándose, con una excesiva ternura.

Si hubiera un solo individuo que ocupase el lugar del pueblo, se podría creer que este hombre ha cedido todo el tiempo ante Josefina con la pretensión continua y ardiente de poner fin a la condescendencia. Él ha cedido más de lo que es posible desde una perspectiva humana, con la firme creencia de que su indulgencia encontraría algún límite; sí, ha cedido más de lo que era necesario, sólo para acelerar el asunto, para mimar a Josefina, y para despertar en ella nuevos deseos, hasta que ella finalmente elevó esta pretensión; entonces él ha formulado el rechazo definitivo, preparado desde hacía tanto tiempo. Bueno, las cosas no han sido exactamente así, el pueblo no necesita esos trucos; además, su admiración por Josefina es sincera y probada. No obstante, la pretensión de Josefina es tan fuerte que cualquier niño ingenuo podría haber previsto su desenlace. Puede ser que en la mente de Josefina también incidan estas suposiciones y añadan cierta amargura al dolor ocasionado por el rechazo.

Pero por más que considere esas suposiciones, no le impiden continuar la lucha. En los últimos tiempos incluso se ha agudizado esta lucha. Si hasta ahora sólo había empleado la palabra, ha comenzado a emplear otros medios que, en su opinión, son más efectivos, pero que en nuestra opinión son peligrosos para ella misma.

Algunos creen que Josefina se ha vuelto tan imperiosa porque siente cómo envejece,cómo su voz comienza a fallar, y por eso cree que ha llegado el momento de entablar la última lucha por su reconocimiento. No me lo creo. Josefina no sería Josefina si eso fuera verdad. Para ella no pasan los años y su voz no conoce debilidad alguna. Cuando ella pide algo, no la impulsan motivos superficiales, sino una lógica interna. Ella pretende coger la guirnalda más alta, no porque en ese preciso momento cuelgue algo más baja, sino porque es la más alta. Si estuviera en su poder, la colgaría aún más arriba.

Este desprecio de las dificultades no le impide emplear los medios más indignos. Su derecho está fuera de toda duda, qué importa, por tanto, cómo lo consiga, ya que en este mundo, como ella se lo representa, los medios dignos son precisamente los que fracasan. Tal vez por esto ha desplazado la lucha por su derecho fuera del ámbito del canto, a otro ámbito menos valioso para ella. Sus acompañantes han extendido el rumor según el cual ella se siente capacitada para cantar de un modo tan especial que produciría placer en todas las capas populares, hasta en la oposición más escondida, y un placer no en el sentido del pueblo, quien afirma haber sentido desde siempre ese placer al oír el canto de Josefina, sino placer conforme a las pretensiones de Josefina. Pero ella añade que no puede falsificar lo elevado ni adular lo vulgar, que todo tiene que quedar como está. Otra es su actitud respecto a la lucha por la liberación laboral, aunque también es una lucha por el canto; aquí no lucha directamente con las valiosas armas del canto, cualquier medio que emplea es lo suficientemente bueno.

Así se extendió el rumor de que Josefina, si no se cedía ante ella, acortaría las coloraturas. Yo no sé nada de coloraturas, ni he notado nada en su canto de coloraturas.Josefina, sin embargo, quiere acortar las coloraturas, por el momento no desea suprimirlas,sino sólo acortarlas. Ella ha cumplido su amenaza, pero yo no he notado ninguna diferencia con sus actuaciones precedentes. El pueblo la ha escuchado como siempre, sin manifestarse sobre las coloraturas, y tampoco ha cambiado la actitud ante la pretensión de Josefina. Por lo demás, no se puede negar, Josefina posee, también en su figura, algo gracioso. Por ejemplo, después de aquella actuación, como si le pareciera que su decisión sobre las coloraturas era demasiado dura y repentina para el pueblo, declaró que la próxima vez volvería a cantar las coloraturas. Pero después del siguiente concierto cambióde opinión, ahora se había terminado definitivamente con las grandes coloraturas, y si no se produce una decisión favorable a Josefina, no volverán a escucharse jamás. Pues bien,el pueblo no hace caso de todas estas aclaraciones, decisiones y de los cambios de opinión,del mismo modo en que un adulto no hace caso a la palabrería de un niño, le escucha benevolente pero inalcanzable.

Pero Josefina no se rinde. Hace poco afirmó que se había lesionado un pie mientras trabajaba, lo que le causaba dolores mientras cantaba. Como ella sólo puede cantar de pie, ahora tiene que acortar los cantos. Aunque cojea y se apoya en sus acompañantes, nadie cree en una lesión de verdad. Aun cuando se reconozca la sensibilidad especial de su cuerpecillo,somos un pueblo de trabajadores y también Josefina pertenece a él. Pero si quisiéramos cojear con cada roce que sufrimos, el pueblo entero no pararía de cojear. Pero por más que se deje conducir como un cordero, por más que se muestre en público con mayor frecuencia que nunca en ese estado lamentable, el pueblo escucha su canto agradecido y tan encantado como siempre, y tampoco hace mucho ruido cuando lo acorta.

Como no puede cojear toda la vida, se inventa algo diferente, simula cansancio, debilidad, tristeza. Además del concierto tenemos una función teatral. Vemos cómo los acompañantes, detrás de Josefina, le suplican que cante. A ella le gustaría, pero no puede. La consuelan, la adulan, prácticamente la llevan hasta el lugar elegido para que cante. Finalmente cede llena de lágrimas, pero comienza a cantar forzada, extenuada, los brazos no tan extendidos como habitualmente, sino colgando sin vida, con lo que se tiene la impresión de que son un poco cortos. Cuando parece que va a cantar, renuncia otra vez, no puede, una sacudida involuntaria de la cabeza lo atestigua y se derrumba ante nuestros ojos. Pero logra rehacerse y canta, creo que como siempre, tal vez, si se tiene un oído que capte los más finos matices, se podría percibir cierta excitación inhabitual, que, sin duda,beneficia su actuación. Y al final se muestra menoscansada que antes, se aleja con paso firme, si así se puede denominar su trote ligero, rechazando toda ayuda de su séquito y examinando con miradas frías a la multitud que le deja paso con reverencia.

Así fue la última vez, pero la novedad es que desapareció en un momento en que se la esperaba para cantar. No sólo la busca su séquito, muchos ayudan en la búsqueda, pero en vano. Josefina ha desaparecido, no quiere cantar, ni siquiera quiere que se lo pidan, esta vez nos ha abandonado definitivamente.

Es extraño lo mal que calcula la muy astuta, tan mal que podría creerse que no calcula en absoluto, sino que se ve impulsada por su destino, que en nuestro mundo sólo puede ser muy triste. Ella misma deja el canto, ella misma destruye el poder que ha adquirido sobre los ánimos. ¿Cómo pudo adquirir ese poder si conoce tan poco los ánimos? Se esconde y no canta, pero el pueblo, tranquilo, sin mostrarse decepcionado, señorial, formando una masa sosegada, que, aunque las apariencias hablen en contra, sólo sabe regalar y nunca puede recibir, ni siquiera de Josefina, ese pueblo sigue su camino.

Josefina, sin embargo, va cuesta abajo. Pronto llegará el tiempo en que entonará su último silbido y callará para siempre. Será un pequeño episodio en la historia eterna de nuestro pueblo y el pueblo superará su pérdida. No nos será fácil. ¿Cómo serán posibles las reuniones en un completo silencio? Aunque, ¿no eran también silenciosas con Josefina? ¿Acaso era su silbido más alto y vivo de lo que será su recuerdo? ¿Acaso no era cuando vivía nada más que un simple recuerdo? ¿No habrá valorado tanto el pueblo, en su sabiduría, el canto de Josefina porque era perdurable en su esencia?

Tal vez no la echemos mucho de menos; Josefina, sin embargo, liberada de las miserias terrenales, reservadas, en su opinión, para los elegidos, se perderá alegre en la incontable multitud de héroes de nuestro pueblo, y pronto, ya que no nos ocupamos de nuestra historia, quedará olvidada, en un proceso liberador, como todos sus hermanos.

EL CUBO DE CARBÓN

Gastado todo el carbón; el cubo vacío; inútil el badil; la calefacción respirando frío; la habitación como un hálito gélido; ante la ventana árboles rígidos cubiertos de escarcha; el cielo, un escudo de plata contra el que busca su ayuda. Tengo que conseguir carbón; no puedo congelarme; detrás de mí la inmisericorde calefacción, ante mí el cielo inmisericorde; por consiguiente tengo que cabalgar justo entre los dos y buscar ayuda en el medio, en la carbonería. Pero el carbonero ya queda indiferente ante mis habituales súplicas; tengo que probarle que ya no tengo la más mínima cantidad de polvo carbonífero y que, por tanto, él, para mí, significa el sol en el firmamento. Tengo que aparecer como el mendigo que, agonizando de hambre, quiere morir en el umbral de la puerta y al que, por esa causa, la cocinera se decide a darle los restos del último café; del mismo modo, el carbonero, furioso, pero sumiso al rayo del mandamiento: «¡No matarás!», tendrá que echar en el cubo un badil entero.

Mi ascensión lo decidirá; monto, por tanto, en el cubo. Como jinete de cubos, la mano arriba, en el asidero, en los arreos más simples, giro con dificultad bajando las escaleras;abajo, sin embargo, mi cubo despega; espléndido, espléndido; camellos, bien afianzados al suelo, no suben, agitándose bajo la fusta de su jinete, con más belleza. Avanzo a través de la calle helada con un trote regular; con frecuencia asciendo hasta la altura del primer piso; nunca llego a descender hasta la puerta de la casa. Y a una altura extraordinaria oscilo ante la bóveda del sótano del carbonero, en el que él, allí abajo, permanece agachado frente a una mesita y escribe; para dejar salir el exceso de calor, ha dejado la puerta abierta.

—¡Carbonero! —grito con la voz cavernosa y cauterizada por el frío, envuelto por las nubes de vaho provocadas por la respiración— ¡Por favor, carbonero, dame un poco de carbón! Mi cubo está tan vacío que puedo cabalgar sobre él. Sé bueno. Pagaré hasta donde pueda.

El carbonero pega la mano a la oreja.

—¿Oigo bien? —pregunta sobre su hombro a su mujer, que teje en la silla junto a la calefacción—. ¿Oigo bien? Un cliente.

—No oigo nada —dice la mujer, inspirando y espirando tranquilamente sobre la aguja de tejer, con la espalda confortablemente caliente.

—Oh, sí—grito yo—, soy yo, un antiguo cliente; muy leal, sólo que por el momento sin medios.

—Mujer—dice el carbonero—, es alguien; no puedo equivocarme tanto; tiene que ser un cliente muy, muy antiguo, que sabe hablarme al corazón.

—Pero qué dices, esposo —y apoya un instante, descansando, la labor en el pecho—, no es nadie, la calle está vacía; toda nuestra clientela está servida; podemos cerrar el negocio durante unos días y descansar.

—Pero yo estoy aquí, sentado sobre el cubo —grito, y lágrimas impasibles del frío me nublan la vista—, por favor, mirad hacia arriba; me descubriréis en seguida; pido un badil lleno, y si me dais dos me haríais completamente feliz. El resto de la clientela ya se ha aprovisionado.¡Ay, si lo oyera ya caer en el cubo!

—Ya voy—dice el carbonero y, paticorto, quiere subir la escalera del sótano, pero la mujer ya está a su lado, le sostiene firmemente por el brazo y dice:

—Te quedas aquí. Si no dejas el capricho, subiré yo. Recuerda la tos tan fuerte de esta noche. Pero por un negocio, aunque sea imaginario, olvidas mujer e hijo y sacrificas tus pulmones. Yo iré.

—Entonces dile todos los tipos de carbón que tenemos en el depósito, yo te gritaré los precios.

—Bien— dice la mujer, y sube hasta la calle. Naturalmente me ve en seguida.

—Señora carbonera —grito—, mis saludos más respetuosos; sólo un badil de carbón, aquí mismo, en el cubo. Por supuesto que se lo pagaré todo, pero no ahora mismo, no ahora mismo.

Qué sonido más similar al de las campanas poseen las palabras «no ahora mismo», y cómo se mezclan, confundiendo los sentidos, con el sonido nocturno procedente del campanario próximo.

—¿Qué quiere?—grita el carbonero.

—Nada—responde la mujer—, no es nadie, no veo a nadie, no oigo nada; sólo están tocando las seis, y cerramos. Hace un frío terrible; mañana tendremos con toda probabilidad mucho trabajo.

Ni ve ni oye nada, no obstante se desata la cinta del delantal e intenta ahuyentarme con él. Por desgracia lo logra. Mi cubo posee todas las ventajas de un animal de monta; resistencia no tiene, es demasiado ligero; un delantal de mujer le hace despegar las patas del suelo.

—¡Tú, perversa! —le grito, mientras ella regresa hacia la tienda, con actitud mitad despreciativa mitad satisfecha, golpeando el aire con la mano.

—¡Tú, perversa! Te he pedido un badil de la peor calidad y no me lo has dado.

Y dicho esto subo hasta las regiones de las cumbres nevadas y allí me pierdo en el "Nunca más me verás".

AYER VINO UNA DEBILIDAD

Ayer vino una debilidad a mi casa. Vive en la casa de al lado, con frecuencia la he visto desaparecer agachándose por la puerta. Una gran dama con un vestido largo y ondulante, tocada con un sombrero ancho adornado de plumas. Llegó con prisas, atravesando susurrante la puerta, como un médico que teme haber llegado demasiado tarde a visitar a un enfermo que se apaga.

—¡Anton!—exclamó con voz profunda, aunque jactanciosa—, ya lego,ya estoy aquí.

Se dejó caer en el sillón que le señalé.

—Vives muy alto, muy alto —dijo suspirando.

Hundido en mi butaca, asentí. Innumerables, uno detrás de otro, saltaron ante mi vista los peldaños de la escalera que conducía a mi habitación, pequeñas olas incansables.

—¿Por qué hace tanto frío? —preguntó, y se quitó los viejos y largos guantes de esgrima, a continuación los arrojó sobre la mesa y me miró con la cabeza inclinada, parpadeando.

Me parecía como si yo fuera un gorrión que ejercitara en la escalera mis saltos y ella descompusiera mi suave plumaje gris.

—Siento con toda el alma que me anheles tanto. Sumida en la tristeza, he visto tu rostro con frecuencia, consumido de pena, cuando estabas en el patio y mirabas hacia mi ventana. Bueno, no me caes mal y aún no tienes mi corazón, así que puedes conquistarlo.

TENDRÍA QUE

Tendría que haberme ocupado mucho antes de lo que sucede con esta escalera, de las circunstancias que la determinan, de lo que se puede esperar y de cómo se debería interpretar. Tú no has oído nada de esta escalera, me dije como disculpa, y en los periódicos y libros, sin embargo, se comenta todo lo habido y por haber. Pero sobre esta escalera no he leído nada. Puede ser, me respondí a mí mismo, has debido de leer mal. Con frecuencia te distraías, dejabas párrafos enteros sin leer, incluso te has conformado con los titulares, tal vez se había mencionado la escalera y pasaste el pasaje por alto. Y permanecí de pie un instante meditando sobre esta objeción. De repente creí recordar que unavez había leído en un libro infantil algo referente a una escalera similar. No había sido mucho, quizá sólo la mención de su existencia; eso no me servía para nada.

MI NEGOCIO

Mi negocio recae completamente sobre mis hombros. Dos señoritas con máquinas de escribir y libros de contabilidad en el antedespacho, mi habitación con máquina de escribir, una caja fuerte, una mesa de consulta, un sillón de cuero y teléfono, ése es todo mi aparato laboral. Tan fácil de abarcar con la mirada, tan simple de dirigir. Soy joven y los negocios marchan, no me puedo quejar y no me quejo. Desde Año Nuevo un hombre joven ha alquilado sin rodeos la pequeña y vacía vivienda contigua, que yo, tan desacertado, había dudado largo tiempo en alquilar. También es una habitación con recibidor, y además con cocina. Yo podría haber necesitado una habitación con recibidor, mis dos señoritas se sienten ya un poco sobrecargadas, pero ¿de qué me habría servido la cocina? Esa pequeña objeción fue la culpable de que dejase escapar el apartamento. Ahora está allí ese joven. Se llama Harras. No sé realmente qué puede hacer ahí. En la puerta sólo hay un letrero que indica: «Despacho de Harras». He iniciado algunas pesquisas, me han dicho que se trata de un negocio similar al mío, no se puede prevenir lo suficiente en cuestión de concesión de créditos, pues es un hombre joven y ambicioso, cuyas ideas tal vez tengan futuro, pero no se puede aconsejar un crédito, ya que, por el momento, según todas las apariencias, no hay capital disponible. La información habitual que se da, cuando no se sabe nada. A veces me encuentro con Harras en la escalera, debe de tener siempre una prisa extraordinaria, pasa por mi lado rápidamente; aún no le he podido ver bien,mantiene preparada en la mano la llave del despacho, en un instante ya ha abierto la puerta, se ha deslizado dentro como el rabo de una rata y yo acabo de llegar ante su placa «Despacho de Harras», que ya he leído más veces de las que merece. Las paredes, miserablemente delgadas, delatanal hombre laborioso y honrado, pero esconden al tramposo. Mi teléfono está adosado a la pared que me separa de mi vecino, pero destaco como un hecho irónico que, aun en el caso de que lo colgara en la pared de enfrente, se oiría todo en la habitación contigua. He dejado de mencionar los nombres de mis clientes cuando hablo por teléfono, pero tampoco se necesita mucha astucia para deducir los nombres a través de inevitables expresiones características en la conversación. A veces me agito nervioso, con el receptor del aparato en la oreja, de puntillas, y no puedo evitar que se revelen algunos secretos. Por supuesto que por esta causa mis decisiones profesionales cuando hablo por teléfono se han tornado más inseguras, mi voz tiembla. ¿Qué hace Harras cuando hablo por teléfono? Si quisiera exagerar, algo que se debe hacer con frecuencia para lograr claridad en las cosas, diría: Harras no necesita teléfono, utiliza el mío, ha llevado su canapé hasta la pared y escucha allí sentado; yo, por el contrario, tengo que correr a coger el teléfono cuando suena, tengo que corresponder a los deseos de los clientes, tomar decisiones trascendentales, emplear complejas tácticas de persuasión, pero sobre todo informar involuntariamente a Harras a través de la pared. Tal vez ni siquiera espera a que termine la conversación, sino quese levanta de su posición de escucha, bien informado sobre el caso, sale disparado, como de costumbre, busca el lugar en la ciudad y, antes de que yo haya colgado el auricular, ya me está quitando el trabajo.

UN CRUCE

Tengo un animal peculiar, mitad gatito, mitad cordero. Es herencia de mi padre, pero se ha desarrollado en los últimos tiempos, antes era más cordero que gatito, ahora, sin embargo, posee la misma proporción de ambos. De gato, cabeza y garras; del cordero, tamaño y forma corporal; de ambos tiene los ojos, que son llameantes y dulces; el pelaje es suave y apretado; puede andar a saltos y despacio, sin ruido; cuando brilla el sol se hace un ovillo en el alféizar de la ventana y ronronea; corre como un loco en la pradera y apenas se le puede atrapar; huye de los gatos, a los corderos los quiere atacar; en las noches de luna llena su camino favorito es el canalón, no puede maullar y siente repugnancia por las ratas; puede quedarse acechando ante el gallinero durante horas, pero aún no ha aprovechado una oportunidad para matar; yo lo alimento con leche dulce, es lo que le va mejor; la toma a través de sus dos colmillos dando largos sorbos. Por supuesto, es todo un espectáculo para los niños. El domingo por la mañana hay horas de visita, yo tengo al animalito en el regazo y niños de todo el vecindario se ponen a mi alrededor. Entonces plantean preguntas tan extrañas que ningún hombre las puede responder. Yo tampoco me esfuerzo en hacerlo, me limito, sin más explicaciones, a mostrar lo que tengo. A veces, los niños traen gatos, una vez, incluso, dos corderos; pero para su decepción no se produjo ningún signo de reconocimiento, los animales se miraron tranquilamente con sus ojos de seres irracionales y, por lo visto, tomaron su existencia mutua como un hecho divino.

En mi regazo, el animal no conoce el miedo ni las ansias de persecución. Bien arrimado a mí es como se siente mejor. Se queda con la familia que lo ha criado. No se trata de ninguna fidelidad extraordinaria, sino del correcto instinto de un animal que, en la tierra, ciertamente, posee innumerables parientes, pero probablemente ni uno sólo que sea consanguíneo, por eso, la protección que ha encontrado en nuestra casa es sagrada para él. A veces tengo que reír cuando me olisquea, o cuando se entrelaza entre mis piernas y no se quiere separar de mí. Como si no le bastara ser gato y cordero, parece como si también quisiera ser perro. Algo parecido creo yo en serio. Tiene bastante inquietud en su interior, la del gato y la del cordero, tan diferentes como son. Para eso su piel es demasiado estrecha. Tal vez para el animal fuera el cuchillo del carnicero una liberación, pero se la tengo que negar por ser un objeto heredado.

LÁMPARAS NUEVAS

Ayer estuve por primera vez en los despachos de la Dirección. Nuestro turno de noche me ha elegido como hombre de confianza y, en vista de que la construcción y contenido de las lámparas es deficiente, tengo que lograr que se supriman estas anomalías. Me señalaron el despacho competente, llamé a la puerta y entré. Un hombre joven y delicado, muy pálido, sonreía ante mí desde su gran escritorio. Mucho, demasiado, asentía con la cabeza. No sabía si podía sentarme, había un sillón dispuesto, pero pensé que al ser mi primera visita tal vez no debería sentarme en seguida, así que conté toda la historia de pie. Precisamente esa modestia causó dificultades al joven, pues tenía que adelantar y girar la cabeza hacia mi rostro, si no quería mover su sillón, lo que no estaba dispuesto a hacer. Por otra parte, y a pesar de su buena voluntad, no lograba doblar lo suficiente el cuello, y por esa razón estuvo mirando, mientras duró mi historia, oblicuo hacia el techo; yo lo imitaba involuntariamente. Cuando terminé de hablar se levantó lentamente, me dio unos golpecitos en el hombro, y dijo:

—Bien, bien—y me acompañó hasta la habitación contigua, donde un señor, de barba salvaje, aparentemente nos esperaba, pues sobre su mesa no había ningún indicio de trabajo. Por el contrario, una puerta de cristal abierta conducía hacia un pequeño jardín con flores y arbustos. Una pequeña información consistente en algunas palabras susurradas por el joven, bastaron para que el señor comprendiese nuestras múltiples quejas. Se levantó en seguida y dijo:

—Bueno, querido amigo —se detuvo, creo que quería saber mi nombre, por eso abrí la boca, para presentarme de nuevo, pero él ya continuaba:

—Sí, sí, te conozco muy bien. Tú, o mejor vuestra solicitud está plenamente justificada, los señores de la Dirección y yo seríamos los últimos en no darnos cuenta. El bienestar de la gente, créeme, significa más para nosotros que el bien de la mina. ¿Por qué no? La mina se puede abrir de nuevo, sólo costará dinero, pero al diablo con el dinero, cuando un hombre sucumbe, es un hombre el que sucumbe, quedan la viuda, los niños. ¡Ay, Dios mío! Por eso mismo damos la bienvenida a cualquier proposición para introducir más seguridad, facilidad, comodidad o lujo. Quien viene y lo propone, ése es nuestro hombre. Así que tú nos dejas aquí tus sugerencias y nosotros las examinaremos detenidamente; si se pudiera añadir alguna pequeña novedad deslumbrante, no la omitiremos, y cuando todo esté listo, recibiréis vuestras nuevas lámparas. Pero dile una cosa a tu gente abajo: mientras no hagamos de vuestras galerías un salón, no descansaremos, y si no termináis muriendo con botas de charol no lo haréis de ningún modo. ¡Y con esto, muchos recuerdos!

UNA CONFUSIÓN COTIDIANA

Un suceso cotidiano; soportarlo, un heroísmo cotidiano. A tiene que cerrar con B, del pueblo vecino H, un importante negocio. Va a una entrevista previa a H, invierte diez minutos en ir y el mismo tiempo en regresar, y se precia en casa de esa asombrosa rapidez. Al día siguiente vuelve a ir a H, esta vez para cerrar definitivamente el negocio; como previsiblemente se necesitarán varias horas. A sale muy temprano por la mañana. Aunque todas las circunstancias accesorias, según opinión de A, son completamente las mismas que las del día anterior, esta vez necesita diez horas para llegar hasta H. Cuando llega por la noche agotado, se le dice que B, enfadado por la ausencia de A, ha salido hace media hora para buscarle en su casa; en realidad, se tendrían que haber encontrado en el camino. Aconsejan a A que espere, pues B no puede tardar mucho en llegar. A, sin embargo,angustiado por el negocio, se pone en seguida en marcha y se dirige deprisa hacia su casa. Esta vez recorre el camino, sin ni siquiera darse cuenta, en un instante. En casa le dicen que B llegó hace tiempo, justo en el momento en que A abandonaba su casa, por lo que se había encontrado con él en la puerta. B le recordó el negocio, pero A dijo que no tenía tiempo, que tenía mucha prisa. No obstante el extraño comportamiento de A, B se había quedado para esperarle. Por supuesto preguntó con frecuencia si A había llegado ya, y aún se encuentra arriba, en la habitación de A. Feliz de poder hablar con B y poder explicarle todo, sube corriendo las escaleras. Ya casi ha llegado arriba, cuando tropieza y sufre la rotura de un tendón. En un estado semiconsciente provocado por el dolor, incapaz de gritar, gimiendo en la oscuridad, escucha y ve cómo B, difuminado por la distancia o por su gran proximidad a él, baja furioso las escaleras y, finalmente, desaparece.

LA VERDAD SOBRE SANCHO PANZA

Sancho Panza, quien, por lo demás, nunca se ha gloriado de ello, consiguió después de muchos años, en las horas nocturnas, mediante la lectura de una gran cantidad de novelas de caballerías y de bandidos, apartar de sí de tal modo a su demonio, al que posteriormente bautizó con el nombre de Don Quijote, que éste se dedicó a realizar las acciones más locas y absurdas, las cuales, al carecer de un objeto predeterminado, pues éste tendría que haber sido Sancho Panza, no causaron daño a nadie. Sancho Panza,un hombre libre, siguió indiferente, tal vez sólo por cierto sentimiento de responsabilidad, a Don Quijote en sus aventuras y sobre ello sostuvo una gran y útil conversación hasta su final.

EL SILENCIO DE LAS SIRENAS

Demuéstrales que también medios deficientes, sí, incluso pueriles, pueden servir para salvarse.

Para guardarse de las sirenas, Odiseo se puso cera en los oídos y dijo que lo encadenaran al mástil. Algo similar podrían haber hecho los viajeros desde entonces —excepto aquéllos a los que las sirenas seducían desde la lejanía—, pero se sabía en todo el mundo que eso no ayudaba. El canto de las sirenas lo penetraba todo, hasta la cera, y la pasión del seducido habría roto algo más que cadenas y mástil. En eso no pensó Odiseo, aunque tal vez había oído algo sobre ello, pero él confiaba plenamente en los trozos de cera y en las cadenas, así que con alegría inocente por contar con tales medios de defensa se enfrentó a las sirenas.

No obstante, las sirenas poseen un arma mucho más terrible que su canto: su silencio. Aún no ha ocurrido, pero entra dentro de lo razonable que alguien pudiera salvarse ante su canto, lo que en ningún caso podría suceder ante su silencio. Nada en la tierra puede superar el sentimiento de haberlas vencido con las propias fuerzas, tampoco la arrogancia resultante de esa victoria, que todo lo arrebata.

Y, en realidad, cuando Odiseo llegó, aquellas violentas cantantes no cantaron, ya fuera porque creyeran que a ese enemigo sólo se le podría vencer con el silencio, ya porque al ver el rostro de felicidad de Odiseo, quien sólo pensaba en cera y cadenas, olvidaran sus cantos.

Odiseo, sin embargo, por decirlo de algún modo, no escuchó su silencio; él creyó que cantaban y que se había protegido muy bien de su canto; fugazmente pudo ver cómo giraban sus cuellos, cómo respiraban profundamente, vio los ojos llenos de lágrimas, la boca medio abierta, y creyó que todo se debía a las arias, que, sin ser oídas, resonaban a su alrededor. Pero esa visión se tornó distante, las sirenas desaparecieron y, precisamente cuando él estaba más cerca de ellas, ya no supo nada de ellas.

Las sirenas, sin embargo, más bellas que nunca, se estiraban y giraban, dejaban que su cabello ondeara al viento, extendían las garras sobre las rocas, ya no querían seducir, sólo querían seguir contemplando, tanto como fuera posible, el brillo de los grandes ojos de Odiseo.

Si las sirenas hubieran tenido conciencia, en aquel momento habrían sido destruidas; pero así son y así permanecen, sólo Odiseo se les ha escapado.

Por lo demás, hasta nosotros ha llegado un añadido a esta historia. Odiseo, se dice, era tan astuto, tan zorro, que la diosa del destino no pudo penetrar en su interior; tal vez él, aunque eso no se puede entender con una mentalidad humana, había notado que las sirenas callaban y presentó tanto ante ellas como ante los dioses el arriba descrito proceso imaginario como si se tratase de un escudo.

UNA COMUNIDAD DE INFAMES

Érase una vez una comunidad de infames, es decir no se trataba de infames, sino de personas normales, del tipo medio. Siempre se mantenían juntos. Cuando, por ejemplo, uno de ellos cometía alguna infamia, es decir nada infame, sino algo normal, como es habitual, y se confesaba ante la comunidad, entonces ésta investigaba el caso, lo juzgaba, hacía penitencia, perdonaba y otras cosas parecidas. No hay que interpretarlo mal, los intereses del individuo y de la comunidad se respetaban con severidad y al penitente se le administraba el complemento, cuyo color de fondo había mostrado. Así se mantenían siempre juntos; aun después de la muerte no renunciaban a la comunidad, sino que subían al cielo en corro. En general, la impresión que daban al volar era de la más pura inocencia infantil. Pero como ante las puertas del cielo todo se descompone en sus elementos, caían en picado como bloques de hormigón.

HUÉSPED EN LA CASA DE LOS MUERTOS

Era huésped en la casa de los muertos. Visité un gran panteón muy limpio, había algunos ataúdes, pero aún quedaba mucho espacio libre, dos ataúdes estaban abiertos, su interior ofrecía el aspecto de camas deshechas que acababan de ser abandonadas. Un poco apartado había un escritorio, por lo que al principio no lo advertí, un hombre con cuerpo poderoso se sentaba frente a él. En la mano derecha sostenía una pluma, parecía como si en ese mismo instante hubiese acabado de escribir; la mano izquierda jugaba en el chaleco con una cadena de reloj reluciente, la cabeza profundamente inclinada hacia la cadena. Una limpiadora regresaba, pero no había nada que limpiar.

Por curiosidad tiré de su pañuelo de cabeza, que ensombrecía su rostro. Ahora la pude ver. Era una muchacha judía a la que había conocido hacía tiempo. Tenía un rostro de blancura exuberante y esbeltos ojos negros. Cuando me sonrió en medio de sus harapos,que la convertían en una mujer vieja, le dije:

—Aquí todos hacen comedia, no?

—Sí—dijo ella—, un poco. ¡Qué bien nos conoces!

Entonces señaló al hombre del escritorio y dijo:

—Ahora ve y saluda a ese señor, es el amo aquí. Mientras no le hayas saludado, en realidad no puedo hablar contigo.

—¿Quién es? —pregunté en voz baja.

—Un aristócrata francés —dijo ella—, se llama De Poiton.

—¿Cómo ha venido a parar aquí? —pregunté.

—No lo sé—dijo ella—, aquí hay una gran confusión. Esperamos a alguien que debe poner orden. ¿Eres tú acaso?

—No, no—respondí.

—Muy razonable—dijo ella—, pero ahora ve y preséntate al señor.

Fui hacia allí y saludé con una inclinación, pero como él no levantó la cabeza —sólo podía ver su pelo blanco enmarañado—, dije «buenas noches». No obstante, siguió sin moverse, un gatito se paseó por el borde de la mesa, había saltado del regazo del hombre y volvió a desaparecer allí, tal vez el hombre no miraba la cadena del reloj, sino debajo de la mesa. Yo simplemente quería explicar de qué manera había llegado hasta allí, pero mi conocida me tiró de la chaqueta y susurró:

—Eso basta.

Al oírlo me quedé satisfecho, me volví hacia ella y fuimos cogidos del brazo por el panteón. La escoba me molestaba.

—Tira la escoba—le dije.

—No, por favor—dijo ella—, deja que me la quede; limpiar aquí no me supone ningún esfuerzo, ¿lo ves, verdad? Además, por hacerlo gozo de ciertas ventajas a las que no quiero renunciar. ¿Deseas quedarte aquí? —preguntó desviando la conversación.

—Por ti me encantaría quedarme —dije lentamente.

Íbamos muy apretados, como una pareja enamorada.

—Quédate, quédate —dijo ella—, cuánto te he echado de menos. Aquí no se está tan mal como tú probablemente crees. Y qué nos importa a los dos cómo nos va.

Anduvimos un rato en silencio, nos habíamos soltado de los brazos, que ahora ceñían los cuerpos. Caminábamos por el camino principal, a derecha e izquierda sólo se veían ataúdes, el panteón era muy grande o, al menos, muy largo. Todo estaba oscuro, pero no por completo, era como una suerte de crepúsculo que aún iluminaba algo el lugar en que nos hallábamos, esa claridad abarcaba un círculo a nuestro alrededor. De repente dijo ella:

—Ven, te enseñaré mi ataúd.

Eso me sorprendió.

—Pero tú no estás muerta —dije yo.

—No —dijo ella—, pero a decir verdad, no conozco mucho este lugar, por eso estoy contenta de que hayas venido. En poco tiempo lo comprenderás todo, creo que tú ahora ya lo ves todo más claro que yo. En todo caso, tengo un ataúd.

Torcimos a la derecha, por un camino lateral, otra vez nos encontramos entre dos hileras de ataúdes. En el ambiente me recordaba una gran bodega que había visto una vez.Continuando nuestro camino pasamos también sobre un pequeño arroyo, de apenas un metro de anchura, que fluía con rapidez. Poco después llegamos al ataúd de la muchacha. Disponía de bellos cojines de encaje. La muchacha se sentó en su interior y me hizo una indicación, menos con el dedo índice que con la mirada, para que subiera.

—Pero, mi querida niña—dije yo, le quité el pañuelo de la cabeza y puse mi mano en su suave cabello—, aún no me puedo quedar contigo. Hay alguien aquí, en el panteón, con quien tengo que hablar. ¿No quieres ayudarme a buscarle?

—¿Tienes que hablar con él? Aquí no hay obligaciones de ningún tipo —dijo ella.

—Pero yo no soy de aquí.

—¿Crees que podrás salir de aquí?

—Seguro—dije yo.

—Pues entonces con más razón no deberías perder tu tiempo —dijo ella.

A continuación buscó entre los cojines y sacó una camisa.

—Ésta es mi mortaja—dijo, y me la entregó—, pero no me la pongo.